DACHAO BENYONG

大潮奔涌

胡志平◎著

时代出版传媒股份有限公司
安徽文艺出版社

图书在版编目（ＣＩＰ）数据

大潮奔涌/胡志平著. —合肥：安徽文艺出版社,2023.12
ISBN 978-7-5396-7777-4

Ⅰ．①大… Ⅱ．①胡… Ⅲ．①长篇小说－中国－当代
Ⅳ．①I247.5

中国国家版本馆CIP数据核字(2023)第094379号

出 版 人：姚　巍
责任编辑：汪爱武　　　　　　　装帧设计：张诚鑫

出版发行：安徽文艺出版社　　　www.awpub.com
地　　址：合肥市翡翠路1118号　邮政编码：230071
营　销　部：(0551)63533889
印　　制：安徽联众印刷有限公司　(0551)65661327

开本：880×1230　1/32　印张：12.25　字数：300千字
版次：2023年12月第1版
印次：2023年12月第1次印刷
定价：55.00元

（如发现印装质量问题，影响阅读，请与出版社联系调换）

版权所有，侵权必究

目录

第一章	寻找	1
第二章	路春团长,我来接你了	22
第三章	革命的工作是具体的	37
第四章	罗宾走了,黄杰走了,我也要走了	53
第五章	椅边,他拉住了她的手	71
第六章	夕阳下的宝塔山真美	93
第七章	山洞是座军火库	115
第八章	李灿说,你一定要等着我	138
第九章	轰炸机来了	153
第十章	山腰上有四顶军用帐篷	170

第十一章	穿长衫的男人冲进了店	184
第十二章	老同学在小店中相聚	197
第十三章	镇上有条涧水河	214
第十四章	涧水河上的枪声	223
第十五章	大潮奔涌,势不可当	240
第十六章	政委在黎明来临时死去	259
第十七章	没想到,许多国民党高官在此地相会	282
第十八章	我想领养一个女孩	317
第十九章	一块玉佩	343
第二十章	我是党的女儿	362
后　记		384

第一章 寻找

咚！咚！咚！有人在敲路华栋老爷家的小院门。

路老爷家在湛海县是个大户，路老爷与夫人出门去了。女佣李妈正在院子一侧的厨房中洗菜，听见敲门声，她快步走到院子门口，拉开了门。

一位穿着浅白色的碎花圆领上衣、深蓝色布裙的漂亮女孩站在门口，李妈问："你找谁？"

女孩说："请问棕榈里在哪里？"

李妈回答："这一片地方就叫棕榈里，你找哪一户？"

女孩笑了，说："啊！这一片地方就叫棕榈里，我还以为棕榈里是个大院子呢。那，请问棕榈里6号在哪里？"

李妈笑了："我们家就是棕榈里6号，我家老爷姓路。"

女孩说："请问这儿是路润的家吗？"

李妈说："是呀！你是谁？你找路润？"

女孩白净的瓜子脸上有一对大眼睛，她笑着对李妈说："我是路润的同班同学，叫林芬。我和路润是好朋友，我来找她，她在家吗？"

李妈停顿了片刻,说:"路润是我家大小姐,她在家。你稍等,我去喊她。"

说完,李妈转身快步走进院内一栋二层小楼的门厅,朝楼上大声喊:"大小姐,有同学找你。"

"有人找我?"一个剪着短发的女孩一边说话一边跑下了楼,李妈笑着对女孩说:"大小姐,你的同学来了,在门口。"

路润听了,抬头向大门望去,看见自己的好友林芬站在门外,忙迎上去说:"林芬,你怎么来啦?"说完,路润拉着林芬的手,两人一同走向小楼。路润见李妈还站在那儿,忙问:"李妈,我爸妈呢?"

李妈说:"老爷和太太出去了,他们说去茶叶店看看。"

路润说:"那好,我和同学上楼去。"

李妈忙问:"要茶水吗?"

路润笑着回答:"不用,楼上有。"

两个女孩上楼进了路润的小房间。路润给林芬倒了一杯茶水,又拿出两样小点心,两个女孩在床边坐下。路润问:"你怎么到这儿来啦?"

林芬喝了一口茶水说:"路润,你家真难找,这儿明明是条小街,为什么叫棕榈里呢?我还以为是个大院子呢。"

路润听了,笑了,说:"你说得对,这地方原来是个很大的院落。它的老主人下过南洋,挣了不少钱,回来后就在这一片山坡地盖了一大批房子,形成一片很大的院落,在坡脚下栽了许多棕榈树,并起名为棕榈里。后来,这户人家的后人把房子卖掉了一些,把院子敞开了,还修了一条小街。我的祖父当时就在这儿买了一块地,拆掉上面的几间平房,盖了这栋小楼,楼盖好以后,定名为棕榈里6

号。因为你从未来过,所以不知道这里,这附近的老街坊邻居们,他们都很熟悉这条小街。"

林芬又喝了一口水,看起了路润的卧房。房间不大,但很干净舒适。依墙放着一张小木床、一个木衣橱,窗下摆放一张桌子、一把木椅。路润的母亲因见路润有时在家中写文章,就让正在读书的二女儿路莲住到了大哥的房中。路润的大哥路春已外出多年,他的房间一直空着。

林芬拿起一块点心吃了一口,又看看桌上的一沓稿纸说:"路润,你在家干什么?写稿子?我要去上海了,今天是特地来与你告别的。"

路润听了,说:"我在家无事,写点小文章。"接着,路润忙问,"你去上海?你怎么想去上海?"

林芬又吃了一块点心,说:"现在时局很紧,日本人似乎马上就要进攻关内了。许多有门路的人都走了,有的去参加革命,到前线去了,所以,我也想出门。我这么年轻,不能就这样一直在家闲着。我在上海有一位表哥,他前些日子来信,劝我去他那儿,他说可以帮我在上海找一份工作。"

路润听了,也吃了一块点心,对林芬说:"林芬,你在上海有亲戚,那你把我也带上吧。前些年,上海的革命运动进行得轰轰烈烈。听说上海的共产党很多,我也想去上海,去寻找共产党,去参加革命。"

林芬说:"听说上海有许多共产党都被日本人杀害了,你还敢去?"

路润反驳:"怕什么?前些年,我哥考进黄埔军校,参加了国民

3

革命军,还参加北伐了。北伐军一路往北进攻,攻城略地,势破如竹。林芬,你把我也带上吧。我和你一样,也不想在家中闲着浪费青春。"

林芬笑着拒绝:"你是大小姐,不愁吃穿,你也想革命?想参加共产党?你爸妈知道了,还不打死你。"

路润又一次恳求:"林芬,我是认真的。我天天在家无事,早就想出去了,只是苦于没有机会,你把我带上吧。我哥虽在外,但他不带我出去,他大概已参加了国民党,现在国民党名声不太好,我不喜欢国民党。我现在也不知道我哥哥在哪儿,林芬,你把我带上吧,我不会连累你的。我在上海可以自己找工作,我还会写文章,我能养活自己。"

林芬再次拒绝:"不行,我马上就要走了,你来不及准备。再说,你爸妈肯定也不会同意你走的。"

路润问:"你哪天动身?"

林芬说:"准备后天动身。"

路润说:"那来得及。到上海,路很远,时局又紧张,我俩一道,路上也安全一些。这事暂时不能让我爸妈知道,我要等安顿好了以后再告诉他们。"

林芬脸上没有了笑容,说:"不行!"

路润却笑着说:"怎么就不行?我马上就可以准备好。"说完,路润站了起来,她拉开木橱的门,拿出一个棕色的小皮箱,又随手从衣架上扯下几件衣服,塞进小皮箱。路润又拉开桌子抽屉,找了两本书放进小皮箱。路润把箱子放到林芬身边说:"你今天把这个小箱子先带走,后天我吃过午饭就去你家找你,可行?是什么时候的车票？"

林芬见路润动作这么快，只好退让说："后天傍晚有车去武汉，我还未买票，你最好取得你父母的同意才走。"

路润笑了，说："好！知道了，我送你下楼吧。"说完，路润又拉开木橱的小抽屉，从里面找出几块银圆，塞进了皮箱。

林芬提着皮箱站起来问："就这么下去？你不怕别人看到？"

路润说："我爸妈上街去了，几个弟妹都上学去了，现在只有李妈大概在楼下，我俩轻点。"

两个女孩提着小皮箱轻轻地下楼，路润扶着楼梯偷偷地观察大厅。楼下大厅内一个人也没有，李妈不知去了何处。路润一挥手，两个女孩快速地穿过大厅，跑过了小院。林芬出了院门，路润停在院门口，她叮嘱："林芬，我再讲一遍，后天午饭后我去你家。你买两张票，我俩一块走。"

"好的。"林芬提了小皮箱，笑着快步离开。

一周后，浦江号客运轮缓缓地驶进了黄浦江，这条客轮将在上午九时许停靠在上海十六铺码头。轮船已减慢了速度，缓缓地向外滩靠近，路润和林芬两个女孩倚在船舷上，俯瞰着黄浦江宽阔的水面。江面上许多大大小小的船只在匆忙穿行，一片繁忙。路润放眼向远处观望，那江岸的外滩上是成排的高大的西式洋楼。初次出远门，两个女孩十分兴奋，她们高兴得直拍手。林芬忽然看见有一些外国的国旗在楼前飘扬，忙拉着路润看。"路润，你看，那些大楼前面有许多外国国旗。"

路润说："上海不少地方已成为外国人的租界，所以看见外国国旗不稀奇,日本人也早就盯着上海这块好地方了。"路润收敛了笑容,又说,"上海到了,我俩准备下船吧,上岸后我们可以慢慢观察、了解上海。"

船靠上码头,林芬拿起小皮箱,拉着路润在人群中寻找自己的表哥。忽然,林芬在接船的人群中看见一个穿西装的青年十分显眼,她立即认出这青年就是自己的表哥,忙对身后的路润说:"快看,我表哥来了,他叫张力。哟,他是警察,今天却穿了西装来接我们。"

林芬拉着路润迎了上去。路润看着张力:中等身材,长得很壮实,留着很短的头发,浓眉但眼睛不大。今天,张力穿了一套深蓝色细条纹西装,扎了条浅蓝色领带,满脸堆笑,见到林芬立即说:"林芬,欢迎你。"

张力说完,伸手接过林芬手中的箱子。林芬对张力介绍路润说:"这是我的同学、'同乡'、好朋友路润。她陪我一块来上海的。"

张力听了林芬的介绍,也认真地看向路润,面前的这两位姑娘都很漂亮。路润桃形脸,大眼睛,短发,雪白的肌肤。她今天穿了件藕色的连衣裙,外套一件浅蓝色短罩衣,显得十分亮眼。张力又接过路润的小皮箱,笑着说:"路润,也欢迎你。"

三个人朝码头外走去。林芬一边走一边问张力:"我们在哪里住?房子找好了吗?"

张力说:"先在我那儿住吧,我那儿地方大。"

林芬说:"我们不到你那儿住,如果没有房子,我们就住旅社。"

张力连忙改口说:"我已经给你们订好了一间房,离我住的地方不远。"

林芬笑了:"这样才好嘛,大家都方便。"

张力又讨好地说:"我们先去吃饭,下午我送你们去房间,那房间刚订好,现在里面什么都没有。"

林芬、路润听了忙说:"谢谢,我们自己会把房间安排好的。"

出了码头,张力叫了两辆人力车,他让两个女孩坐一辆,自己上了另一辆车。张力在前面带路,三个人向"家"的方向驶去。

三个月后,已是1936年秋。

这天,中国共产党上海的一个党小组在平安里的一户人家中召开了一次会议。自从1934年中央红军在第五次反"围剿"失利后,中央主力红军被迫进行战略转移。上海党组织活动及与外界的联系也因此被迫中断了一年多。接近下午四点,靠近平安里最深处的一户人家中,先后有好几位工人打扮的人悄悄地推开了虚掩的小院大门,溜了进去。一位担任值守的阿姨正坐在院内一棵桂花树下缝补衣裳,她看见有人进门,连忙起身把大家引到院内的一栋二层楼房中。

人都到齐了,共五位同志。党小组的负责同志程刚书记主持了这次小组会议。程刚四十多岁,是位中学教师。他走到门前,把门闩轻轻插上,然后回到座位低声地说:"同志们,会议开始!"

程刚向大家传达了上级党组织的指示精神。他高兴地对大家说:"同志们,我们党的几支主力红军经过艰苦的长征,均已胜利到达陕北,革命形势已经有了明显的好转。上海党组织要求我们迅速恢复工作,加速发展党员,让我们党的组织更加壮大起来。"

程刚发言后,大家开始讨论。程刚则坐到另外一张长桌边,与其他几位同志单独交谈并分派任务。

吴霞,是一位二十七岁女工,梳着短发,小圆脸。她走到程刚面前说:"我有事要向组织汇报。"程刚指着一张凳子说:"坐下谈吧。"吴霞坐下后说:"我有一个很好的目标。我住的宿舍那儿,前些日子搬来一位女房客,很年轻,我们打过几次招呼后,现在已经很熟悉。这位女房客告诉我,她是位自由撰稿人,姓路,经常在报纸上写点小文章谋生。"

程刚问:"是个单身姑娘?"

吴霞说:"是的,听说不久前从广东那边过来的。"

程刚说:"那你可以从侧面打听一下她的思想倾向,看看能不能与我们共事。"

吴霞喝了一口水说:"这女孩知道我在工厂工作后,好几次主动和我谈起报纸上关于共产党和红军的事,她的思想很进步,人也比较单纯。"

程刚说:"你要仔细观察她一段时间,如无异常,可以与她深入交谈一次,摸清她的家庭情况及她以前的经历。有进展后,你可以去找李灿同志,他负责你们厂所在的那一片区的组织发展工作。如这个女孩确实有参加中国共产党的意愿,那是好事。你与老李联系后,为了安全起见还要设法进一步考验这个女孩。"

吴霞说:"好的,我知道了。"

程刚接着又说:"除了这位姑娘,你还要在你所在的工厂中寻找合适的人选。这方面,你要重点考虑,因为工人同志更容易做工作,更可靠。"

吴霞说:"我知道了,不知道组织上最近是否还有其他的任务？"

程刚说："上海的党组织正在恢复。我们的任务就是要争取多发展一些可靠的同志。现在日本人已经占领了东三省，下一个目标就是华北、上海等地。全国人民的抗日情绪日渐高涨，我们也要抓紧时间壮大我们的队伍，为下一个革命高潮的到来多做些准备。"

程刚说完后，吴霞说："没有其他的任务安排，那我就先走了，我今天晚上有夜班。"

程刚忙站起来，走到窗前掀开窗帘看了一下说："你出门后，要多绕一个圈，防止被盯梢，注意安全。你先走吧，其他的同志再等一会，大家一个一个地走。"

一个月后。

这天吴霞歇工休息，她把家中收拾干净后，就提着菜篮准备去买菜。刚走到狭窄的楼梯口，她就看见路润提着一个煤炉、一口铁锅吃力地往楼上爬。吴霞忙放下手中的竹篮，把路润手中的煤炉接了下来。

路润见是邻居吴霞，也不客气，松了一口气说："哎呀！这煤炉真是不轻，累死我了，谢谢你帮忙！"

吴霞提了煤炉与路润一前一后爬上楼梯，吴霞一口气把煤炉送到了路润的房中。

放下了煤炉，吴霞喘了一口气，扫了一眼路润的房间：一间房，一扇窗，窗上挂有一条天蓝色的软布碎花窗帘，靠窗摆了一张长条桌、两条凳子，靠墙有一张老旧的木架子床及一个木柜，室内收拾得很干净。

吴霞笑着问路润:"怎么?准备自己烧饭了?"

路润用毛巾擦了一下额头上的汗水说:"可不是嘛,我准备自己烧点吃。写稿子收入少,天天在外面吃,时间长了吃不消,我自己烧饭能省下不少钱。"

吴霞顺势在桌边坐下,她看了一下面前的这位姑娘:二十多岁,桃形脸,大眼睛,齐颈的短发。这位路小姐十分漂亮!

路润见吴霞坐下了,忙倒了一杯开水递给吴霞说:"谢谢你,把你弄累了。"

吴霞喝了一口水,问道:"你一个人来上海的?有没有亲戚在上海?"

路润说:"我是广东人。我们那儿前些年革命红红火火,许多男青年考入黄埔军校,参加了北伐,那时我在学校读书,我爸妈怕事,不让我出来参加革命。最近我听说上海这里好,有许多爱国青年正在进行抗日救亡活动。我的一位好友正好到我家找我,她有位亲戚在上海,我们就一道来上海了。我会写文章,在学校读书时就曾写过一些。"

吴霞又喝了一口水追问:"你会写文章?"

路润:"是呀!可以弄点稿费养活自己。我听说上海有很多共产党,可是我来上海三个多月了,一个也没有见到!"

吴霞笑了:"共产党脸上又没有写字,你怎么找得到,在我们工厂的工人中,共产党比较多。"

路润激动地说:"我真想参加革命,加入共产党。吴大姐,你在工厂工作,如有机会,帮我介绍介绍。"

吴霞笑了："你真想参加革命？加入共产党？那我就给你留心着。不过，听说参加革命要了解家庭的情况。"

路润说："我有一个哥哥、两个弟弟、一个妹妹。大哥进了黄埔军校，参加了北伐，离开家好多年了，我的父母也不知他现在何处。听说他在国民党军队中，是个军官，几个弟妹还在老家念书。"

吴霞接着又问："那你一个女孩子，你父母放心让你离家跑出来？"

路润说："我是与一位女同学偷着跑出来的，我父母不知道。假如他们知道了，肯定不会放我走的。"

吴霞："你有一位女同学陪你？"

路润回答："是的，就是我刚说的那位女同学。她想去找她表哥，我也正想出来看看上海，就求她带上我，于是我们就结伴偷着跑出来了。"

吴霞又问："你的那位女同学住在哪里？你俩怎么未住在一起？"

路润说："我原来和她住在一起，她表哥常去找她，大概想追求她，我觉得很不方便，就搬出来了。"

两人说了一会儿，吴霞站起来走到煤炉边说："你的房间太小了，不宜在室内做饭，你可以把煤炉放到房门口，这样比较安全。"

说完，吴霞顺手把煤炉拿出房间。门外小过道上有个位置正好摆放煤炉。路润跟着把铁锅拿出来放在炉子上。

路润拍手称赞："煤炉放在这儿，真好！又安全又不会弄脏房间。"

吴霞说："我走了，我要去买点菜，你说的事，我给你留心着。

你这铁锅用前要洗干净啰！"

路润说："谢谢！你慢走。"

吴霞出房门前停步问："路小姐，你叫什么名字呀？"

路润笑了："我叫路润！"

吴霞也笑了，说："路润，这名字好！我记住了，再见！"

时间一晃两个月过去了。

这天傍晚，吴霞下工回宿舍后，有意识地把房门打开，她一边做家务，一边留心住在楼道里面的路润。吴霞通过两个多月与路润的接触，以及上级党组织派人协助调查、核实、查清了路润的身份，领导已经通知吴霞近期可以把路润发展入党。路润是个热心的文艺女青年，党组织很需要像路润这样的新鲜血液加入，以便开展工作。

天黑了，吴霞开着房门亮着灯，她坐在门口一边吃饭，一边等路润。

不一会，吴霞听到了熟悉的脚步声，她知道是路润回来了。

果然是路润回来了。她今天穿了件灰蓝色的呢大衣，深色花裙，手中拿了一张报纸，看见吴霞门开着，笑盈盈地问："吃饭啦？"

吴霞忙回答："我也是才把饭烧好，你才回来？进来坐坐。"

路润见被邀请，高兴地拍了一下手中的报纸说："今天的报纸上又刊登了我的一篇小文，我给你看看。"

说完，路润走进了吴霞的家。

吴霞高兴地站起来进房，并随手关上了房门。她笑着说："我今天下工早，还买了点好菜，你就在我这儿吃一点吧，免得烧了！"

路润也不客气地说:"那好,我今天就在你这儿沾光,省得烧了,下次我请你!"

吴霞忙从小碗橱中拿出一副碗筷,盛了一碗饭,放在路润面前说:"不客气,不用请我!我有工作,有固定收入,比你条件要好一些,我正好有话要和你说,我俩一边吃饭一边谈。"

路润听到吴霞坦诚的话,未再推辞,她端起碗扒了一口饭。

吴霞也顺势在饭桌边坐下。

吴霞说:"小路,上次你和我说你想参加革命,想找共产党。这些日子,我帮你在我们工厂中找,还真给你找到了一位共产党员呢。他是个电工,他说现在国内形势紧张,日本人很快就要进攻关内,很欢迎你这样的爱国青年加入革命队伍。但是加入了革命的组织,就会有很大的风险,还要遵守各项革命纪律,参加一些革命工作,并且不能动摇。路润,我说的这些你可要想好啰!"

路润一边吃饭,一边仔细地听吴霞介绍。这时她放下碗,神情严肃地说:"我经常看报纸,有时还在报纸上写文章,你说的这些我都知道。我如果加入了共产党,参加了革命,就一定会按共产党的要求办事,请你相信我!我什么时候能加入呢?吴大姐,你大概也是共产党吧?"

吴霞低头一笑:"你说呢?"

路润听了,笑出了声:"你很像!那我什么时候能参加呢?"

吴霞夹了一些菜给路润说:"这事你不要着急,组织上还要观察考验你一段时间,到时我会告诉你。你还需要填写一张家庭成员表,交一张入党申请书才行。"

路润高兴地说:"好的!"

13

这次与吴霞坦诚地交谈后,路润就天天等待着吴霞的通知。她每次经过吴霞家门口时都要认真地向她的房间望一望,却很难看到吴霞的身影。吴霞是纱厂女工,她的工作很忙。

这天上午九点多路润才睡醒,因为写稿,路润昨天晚上睡得很晚。简单洗漱后,路润下楼去买早点。离她家不远处街口有一家小吃店,店老板是一对中年夫妇,他俩正在店中忙着炸油条、烙烧饼、蒸包子。

路润买了几个包子,要了一碗豆浆,在街边的一张小方桌旁坐下。正吃着,路润一抬头突然看见吴霞从远处快步走来。路润正准备与吴霞打招呼,却见吴霞已经快速地靠近桌边,把肩上的一个布包递给路润说:"把我的包收好,带回去,我被狗盯上了。"说完,吴霞镇定地往前走了。

这一切让路润惊呆了。她迅速把布包放在两腿之间夹住。路润一边继续吃包子、喝豆浆,一边紧张地四处观望。不一会,路润看见一个中年男人快速奔来。此人四十多岁,穿一身灰色的短装,看上去像工人。灰衣人在小吃店门口转了一圈,发现目标不见了,立即往西边的街道奔去。

路润知道吴霞经常上夜班,今天她大概刚下夜班。啊!吴霞的工作竟如此紧张、危险,路润想到这里,心脏立即快速跳动起来。

吴霞肯定是共产党,路润心中暗想,自己几个月来一直在寻找共产党,却没想到共产党就住在自己身边。路润此时很高兴。

吃完早点,路润便提着包回了家。包是灰白色的粗布包,很沉,似乎装有不少东西。路润想了一会,她没有把包打开,而是直接放到了床底下。

下午路润没有出门,傍晚时她听到了敲门声。拉开门,吴霞站在门口。路润把吴霞拉进门,说:"你来拿包?"随即从床底下拿出了布包。

吴霞接过布包,平静地说:"上午把你吓着了吧?昨天夜班,与几位工友一块办事,早上带了些重要材料,刚出厂门就被坏人盯上了,走了两条街都没有甩掉。那家伙后来还是跟上了我,发现我身上什么东西都没有,伴我走了一段路后就离开了。我甩开他之后,在一个朋友家睡了一觉,现在才敢回来。"

路润拉住吴霞的手说:"吴大姐,你们的工作很有意思,真好!我托你的事,你什么时候帮我解决呢?"

吴霞扭头看了一下布包,她见布包扎得很紧,未被打开,立即感觉自己未看走眼。路润这个女孩看起来很稳重,是个做革命工作的好苗子。

吴霞拿着布包准备离开,在门口,她说:"别急,今天上午你帮了我很大的忙,这已经在参加我们的工作了,也是经受我们组织对你的一次考验。这件事,我会向领导汇报的,你耐心等待吧,时机成熟,我会通知你的。"

吴霞开门走了,路润喜滋滋地关上门,在桌边坐下。

这段时间,路润很想再找一份稳定的工作,以解决生存问题。这天,她依着报上的招聘消息跑了好几条街也没有个着落。傍晚她有些疲惫,正在街上晃荡,一抬眼,正好到了林芬工作的那家银行。路润走了进去,看见林芬正坐在柜台后面,银行里一个客户也没有。路润笑着问林芬："你在银行的工作忙吗？今天没有客户嘛。"

林芬在这家银行上班时间不长，见到路润，很是惊喜，忙说："今天没有什么事，来取钱存钱的人很少。刚才我在门口小店买了两包生煎包子，准备晚上吃，你来了，正好！我马上就要下班了，今天我上你的住处看看。"

路润一听乐了，说："那好，我等你。"说完，路润就在银行门厅的一张沙发上坐下了。

林芬下班了，出银行大门就有一家小吃店，林芬又买了几包点心，两个女孩一边说笑，一边向路润住的地方走去。

路润住的这栋老房子的楼梯很狭窄，两人一前一后走上楼梯。经过吴霞的房门口时，路润发现她家的房门今天又是打开的。

路润敏锐地感觉到，吴霞今天肯定又是在等她。

路润故意站在吴霞房门口搭讪问："吴大姐，你今天休息？"

吴霞看见路润身边又站了个女孩，有点意外，她试探地问："今天有客人了？这位女孩是你什么人呀？她长得真漂亮！"

路润连忙向吴霞介绍说："她是我的同学、老乡，叫林芬。我就是和她一块来上海的。她有位表哥在上海工作，最近把她介绍进了一家银行做柜员。"

林芬在旁边打招呼说："大姐，你好！"

吴霞连声说："银行工作好！银行工作轻松！"说完，吴霞向路润点头笑笑。

打完招呼，路润领林芬进了家门。林芬把刚买的几包点心都放到了桌子上，路润高兴地笑着说："林芬，你怎么买了这么多？谢谢你！"

　　林芬笑着说："我刚发了工资,身上有钱了,所以请你吃一顿。"

　　路润想了一会说："林芬,刚才楼梯边的那位邻居平时对我很好,经常帮助我,我送一包生煎给她?"

　　林芬听了,忙说："你快送过去吧,今天我买得多,我俩吃不了。"

　　路润拿了一包生煎去了吴霞家。

　　吴霞家的房门仍是开着的,路润立即明白了吴霞今天肯定是在等自己。

　　吴霞看见路润拿了点心过来,她立即迎了过去。

　　吴霞笑着说："快进来！我正要找你。"

　　吴霞说完,一把把路润拉进了房门。

　　吴霞关上了门,神情有些严肃地对路润说："路润,你想要办的事有着落了。刚才正想告诉你,你有客人,我不便说。明天下午四时,我在楼下等你,你跟在我后面走就行了。"

　　路润惊喜地说："好的！"说完,路润把生煎包子递给吴霞,"刚买的,送给你尝尝。"

　　吴霞接下了包子说："快回房间吧,不要告诉任何人！"

　　第二天下午,路润四时整去弄堂口一个卖烤山芋的小贩车上买山芋,她一边付钱,一边注意着弄堂口。不一会儿,她看见吴霞穿着一件褐色带花的棉布旗袍从弄堂口出来,走向一条小街,路润忙远远地跟了上去。

　　两个人一前一后,缓慢地转过两条小街,来到一家中药铺门口。路润看见吴霞进去了,她也跟了进去。

吴霞正在柜台上买中药，路润听见她说："老板，我想买点阿胶熬水喝。"

路润也在柜台前站住。

老板是位中年人，穿深蓝色中式上衣，他说："我们店中有好阿胶，请跟我来。"

老板接着又问："这位小姐，你想买什么？"

路润说："我常常肚子痛，也想买点阿胶补补。"

老板："那好，你俩一块儿跟我来吧，我的库房中有好阿胶。"

说完，老板转身让一位伙计照应店铺，自己领着吴霞和路润向后店走去。推开后店侧面一个虚掩的门，三个人走了几步，就可见室内有个套房。

老板推开了套房说："你们进去吧，里面有人在等你们。我要到柜台上照应。"说完，老板对她俩点点头，转身走了。

吴霞与路润走进套房内，房间不大，正方形，约九个平方米。套房还开了一扇窗，窗边坐着一个男人，工人模样。

吴霞迎上去说："李大哥，你来啦。"

接着吴霞把路润介绍给李大哥说："这位是路润小姐，她是自由职业者，常在报纸上写点小文章。"

李大哥站起来，向路润伸出了手："认识你很高兴。"

李大哥紧紧地握住路润的手，并对路润说："欢迎你，欢迎你参加到我们队伍中来。"

路润与吴霞在桌子边坐下来。路润认真地看着李大哥：大约三十岁，中等偏瘦的身材，长圆脸，梳着分头，上身着一件深蓝色的工装。路润观察着，李大哥给她俩各倒了一杯水，接着拉开了抽屉,从里面拿出了一张纸递给路润。

李大哥说:"路润,你的情况及想法,吴大姐已经多次和我说了,我们组织经研究决定吸收你,现在你把这张表格填写一下,履行一下手续。"

路润看了一下手中的表格,表格非常简单。她拿出布袋中的钢笔,趴在小桌上填写起来。

表格填写到入党介绍人栏目,她抬起头,望着吴霞大姐和李大哥。

吴霞立即明白了路润的意思,她主动说:"路润,我愿意做你的入党介绍人。现在我可以告诉你了,我也是一名中共党员!我入党已经好几年了。"

李大哥接过话说:"小路同志,我也愿意做你的入党介绍人。我们党十分欢迎像你这样爱国、有志向、有理想的青年加入进来,以后我们就是战友了。"

路润听了两位的话,十分感动,热泪盈眶,她把笔递给了吴霞。

吴霞笑着接下笔,填上了自己的名字。

李大哥也填上了自己的名字李灿。

李灿接下路润填好的表格,看了一下,拉开抽屉把表放了进去。

李灿走到窗户边,这时路润才注意到这间小房间靠近窗帘的地方,还有一个不十分醒目的小侧门。

李灿拉开窗帘,推开帘后一个很小的木门,转身招了一下手,吴霞便拉着路润走进了小边门。

走进小边门,路润才发现又是一间小内室,没有窗户,光线很暗。李灿拉亮了电灯,路润惊喜地看见:在放着一个长柜的那面墙上,已经挂好了一面鲜艳的红旗,上面有镰刀、斧头的标志。

李灿站在路润面前,微笑着说:"路润同志,这是我们中国共产党的党旗,我党今天正式吸收你,我们宣誓吧!"

说完,李灿从口袋中掏出一张准备好的纸片站到了红旗下,举起了右手,对路润说:"我念,你跟着念!"

路润双眼含满泪水,回头望了一眼吴霞大姐,然后郑重地举起了右手。

宣誓结束后,三人走到外间,在桌边坐下。李灿说:"路润同志,从今天起,你就是我党的一名战士了。现在形势紧张,你一定要注意保护好自己,不要随便对外人说出自己的住址、工作等情况。听说你还没有找到工作,我党有一个秘密工作站,是个书店,准备先安排你到书店工作一段时间。这样,你可以先熟悉一下我们的工作方法及工作环境,以后再兼任一些我们内部的工作。目前我是你的直接领导,由吴霞与你联系,你俩以后也要尽量避免在外人面前直接接触。"

李灿接着又说:"书店工作环境好,书多,你会写文章,也是个很好的掩护。听说你有一个哥哥在国民党军队中,你有时间最好能回老家一趟,了解一下你哥哥最近在干些什么工作,能否争取让他加入我们的队伍。"

路润听完李灿的话,十分惊喜地说:"我能到书店工作,那太好了!我还有个与我一道来上海的女同乡,她在银行工作。"

李灿立即说:"你的身份、工作不能告诉你的那位同乡!"

路润连忙答应说:"好的!我过一段时间争取回老家看看我爸

妈,顺便问问我大哥的情况。"

李灿说:"这事不急,还可以再等一段时间。回去之前,你告诉吴霞同志一声就行了。你以后写文章,也要注意言辞,不可过激过左,以免让别人注意到你。"

路润忙点头说:"好的!"

第二章　路春团长，我来接你了

三个月后。

这天上午，在广东湛海县城一个姓路的大户人家中，男主人路华栋老爷正坐在大厅中喝茶，他的夫人路太太站在厅门口安排女佣李妈出门买菜。路老爷的大儿子路春最近升任国民革命军的团长，马上要去新地任职。动身之前，他回老家看看父母，顺便报个喜讯。路春多年未回家，这次回来仅仅只住了一夜，下午就要走了，路老爷、路太太心中十分不舍，他们要为儿子饯行，路太太匆忙地安排着午饭。

李妈刚刚出门，忽然折回大厅惊喜地说："老爷、太太，我们家大小姐也回来了，正躲在前面的街角不敢进门呢。"

路老爷一听，立即惊喜地站了起来问："路润也回来了？"

李妈满脸堆笑地大声说："是的！是大小姐回来了，我看得清清楚楚！她站在街角朝我们家张望，大概是害怕，不敢进门。"

路太太一听，欢喜地站起来说："这真是巧！大小姐也回来了。快！李妈，我俩一块去把大小姐接回来。"

路太太已经五十多岁了，显得比较年轻。路太太把身上的深蓝色丝绸大褂往下拉扯了几下,又拢了一下头发,就与李妈向门外走去。路老爷今天没有戴帽子,穿了一件浅白色长衫,他听到了太太与女佣的谈话后,也喜滋滋地踱步到大门口观望。

路太太与李妈远远地看见一女子提着一只小皮箱站在一个屋檐下。路润看见母亲与李妈走近,赶紧跑了几步,她怯生生地喊了一声:"妈!"

路太太顾不上骂孩子,高兴地说:"润儿,你都回来了,为什么不赶快回家?你爸正在家门口等你呢!"

路润害怕挨骂,低着头不作声。李妈弯腰提起她的小皮箱,路太太与李妈一左一右拉着路润的臂膀往家中走去。

三个人走到庭院门口,只见路老爷已等在那里,他大声对路润说:"你这个野丫头,还知道回来!"

路太太忙说:"回来就好!其他不说了。"一家人喜气洋洋地进了门。

女佣黄妈正在大院侧面厨房烧菜,她听说大小姐回来了,也连忙从厨房中跑出来说:"大小姐,你回来真好!大少爷昨天也回来了,今天他就要走!真巧,你今天赶回来,你们兄妹俩还可以见一面呢。"

路润一听,惊喜地问路太太:"妈,我哥呢,我怎么没看到他?"

路老爷说:"你哥只有两天假,马上要上前线,他昨天上午才到家,今天特地到街上转悠去了。"

几个人正说着,李妈已打来洗脸水,放在路润面前的茶几上说:"小姐,我看你满脸灰尘,大概走了不少路,很辛苦吧,快洗个脸吧。"

路太太也亲热地说:"润儿,洗个脸,歇一会,让黄妈先给你烧点吃的。李妈,你把大小姐的箱子送到她房间里。"

李妈拿起路润的箱子,把它送到路润的房间。

路太太见李妈上了楼,对女儿又补了一句说:"润儿,你的房间还是老样子,李妈天天打扫,可干净着呢。"

路润说:"谢谢李妈!"

看见父母的亲热态度,路润一颗紧张的心放松了下来。她洗干净脸后,安心地坐下来与父母交谈。

路润向父亲打听:"爸,哥现在在军队中干什么工作呀?"

路老爷呷了一口茶说:"你哥出去许多年了,我也不知道这些年他在外面干了些什么。他在黄埔读书时就和同学们一道参加了北伐,当过侦察连长,昨天他突然回来告诉我们,现在已是国民革命军的团长了,马上要去前线。"

路润附和说:"哥又升官了。"

听到女儿的话,路老爷沉下了脸说:"润儿,现在形势这么紧,日本人似乎马上就要攻进关内,这兵荒马乱的年代,我们真不希望他升官。当兵这碗饭不好吃!子弹在战场上可是不长眼睛的!"

路润说:"爸,您可不能这么说!我在上海,那儿也是人心惶惶,似乎马上就要开战了。我想,如果我们中国,人人都怕打仗、怕死,不上前线,那我们不久就会亡国的!"

路老爷说:"是啊,女儿说得对!你哥昨天回来,我们也未责怪他,儿大不由爹娘,顺其自然吧。"

路润又问:"大弟、二弟,还有小妹呢?"

路老爷:"他们三个人都上学去了,等会儿会回来的。"

路老爷家在当地是旺族,最近家中又找了一个半日女佣黄妈专门烧饭,让李妈改做其他家务。闲聊中,黄妈把烧好的一碗鸡汤面条送上来了。路润一边吃面条,一边继续向父母询问哥哥及几个弟妹的情况。

路润忽见一名军人快步走进来,定睛一看,是哥哥路春回来了!

路润放下碗筷,笑着快步迎了上去,一把抱住了哥哥。

路春身穿笔挺的军装,扎着皮带,刚跨进门厅就被冲上来的路润一把抱住。路春惊喜地扶住妹妹的双肩仔细地看。路春离家多年,走的时候,这个大妹还未成年,如今已长成一个漂亮的姑娘了。她穿了一件浅蓝色圆领袢,外罩一件淡紫色的薄毛背心,下面是深色碎花长裙。妹妹真是纯朴美丽!

兄妹俩手拉手走到茶几边的木椅上坐下,路春对妹妹说:"昨天爸爸还在骂你,为你担心得很,今天你就回来了,真好!这半年,你跑到哪儿去啦?"

路润说:"现在日本鬼子马上就要打进关内了,我也很着急,我这么年轻,在家闲不住,就和一位女同学结伴去了上海。我的那位女同学在上海有位亲戚,所以我们去了还挺方便。"

路春关心地说:"大妹,你去了上海?那地方很危险!日本鬼子要进攻关内,上海肯定是他们的第一个进攻目标。你在上海干什么工作?"

路润笑着对哥哥说:"我在上海一家书店找了一份工作,做店员,能糊口。"

路春说:"妹妹,上海太危险了,我们家不缺吃穿,你一个女孩子也在上海玩了半年,这次你回来了,就安心在家待着,不要再走了。我今天下午就要出发,父母年纪也大了,家中还有好几个弟妹,他们年纪小,很需要你的照顾。"

路润打断路春的话:"哥,你那儿可要女兵?我到你那儿去参军,以后也好有机会打日本鬼子!"

路春说:"胡说!你一个女孩子去什么部队。我们部队不要女兵,你好好地在家中待着吧!"

路春说完,叹了一口气。他大概是想起了往事,望着外面院子,沉默了片刻后又对路润说:"妹妹,你不知道,当兵很难的。当年我参加北伐,九死一生,后来我们部队被打散了,我脱离了部队,过了很久,我才重新和部队取得了联系,最近才被提拔为团长。"

路老爷插话说:"春儿,难怪你很久都未给家中音信!"

路太太也在旁边劝女儿:"润儿,你这次回家,就安心在家中帮助我们照顾家庭吧,不许你再往外跑了!"

路老爷附和说:"润儿,你回来了,就不要再出去了,马上就要与日本人开战了,形势紧张得很呢!"

几个人正在交谈,黄妈进来问:"老爷,饭烧好了,是否现在开饭?"

路老爷说:"那就开饭吧,路春吃完饭就要出发呢。"

说完,路老爷站起来说:"来,今天我们就在大厅吃饭,为你饯行!"

路润问:"爸,弟妹们还未回来,不等他们?"

路老爷说:"你大哥昨天晚上已与他们几个人见过面了,今天又正巧与你也见了面,真是好!不必等了,你哥哥吃了饭就要走。"

路润说:"好的。"

说完,路润与路春帮父亲把大方桌从条台底下抽出来抬到大厅中央。黄妈、李妈随即把烧好的几盆菜端上了桌。

路老爷坐好后说:"你们都坐好,我们边吃边聊。"

路春倒了一杯酒对父亲说:"爸,儿不孝,不能在身边照顾您,我先敬您,祝您老身体健康,长命百岁!"

路老爷笑嘻嘻地说:"长命百岁不敢当,只希望小日本不要打进关内就好了。"说完,他仰头一饮而尽。

接着,路春又倒了一杯酒敬母亲。路太太有点难过不舍,对儿子说:"你要出门打仗,儿大不由娘,我也没有办法管住你,只希望你在外多留心,遇事多看看,子弹不长眼睛,你要小心才是。另外,我和你爸还希望你能早早找个媳妇,安个家,我们也就放心了。"

路春听了,把杯中的酒一饮而尽后说:"妈,我会小心的。至于媳妇,不难!前些日子有一位黄埔的老同学就想把他的妹妹介绍给我,等局势有好转,生活安定一些了,我会考虑成家的。到那时,我会把您的儿媳妇带回来给你们看的!这事你们不必发愁。"

路润一边听一边吃,突然她对哥哥说:"哥,你们在外打仗,可要注意了,不能老是盯着共产党不放,你们军人要时刻注意防止小日本打进关内才是!"

路春听妹妹如此说,立即警惕地望着路润说:"你怎么说这话?是不是在上海被'赤化'了?妹妹,共产党可不能沾啊!那是很危险的,会被杀头的!"

路润驳斥:"那我听说你们以前还与共产党联合一起参加北伐,一块打军阀,怎么现在翻脸不认人了?"

路春听了,严厉制止:"那时是那时,现在可不一样了。大妹,你可不许胡说啊!你一个女孩子,不要过问政治,也不要过问军事。"

路润不让步地回道:"那国家都要亡了,也不让我们发声?"

路春说:"大妹,你的话也有一定道理。但打仗是男儿的事,我家有我参加就行了,你们几个年纪小,不必搅进去,在家陪父母就行了。"

路老爷见两个孩子争起来,忙制止说:"吃饭不谈政治!"

大门口传来了刹车声,路春的一个卫兵开着一辆吉普停在院子大门口。卫兵穿过院子,走进门厅,向路春敬了一个军礼,说:"路团长,我来接你了。"

路春又扒了一口饭后站了起来,倒了一杯酒对卫兵说:"我离家近十年了,难得回老家一次,唉!这次回来在家只住了一夜。来!你也喝一杯酒吧。"

卫兵听了,忙对路春敬礼说:"谢谢团长!"

他接下了酒杯,仰头一饮而尽。

路春放下酒杯说:"爸,我要走了!"

说完,路春快步上楼拿了自己的棕色小皮箱下楼,与卫兵匆忙向厅外走去。

路老爷夫妇、路润急忙跟到院子外。路春提着小皮箱钻进吉普车,车发动了,路春摇下车窗,与父母、妹妹告别。

路太太不舍,难过得流下了眼泪。

车开动了,扬尘远去。

送走了大儿子,路老爷与太太、女儿转身进院门,路太太一边走一边抹眼泪。这时路老爷问女儿:"你这次回来,不走了吧?"

路润说:"我在上海已找到了一份稳定的工作,在一家书店上班,有时还写点文章。我是怕你们担心,特地回来看看你们,让你们好放心,我过几天也要走的。"

路老爷听说女儿也要走,忙说:"你哥哥刚才要你陪我们,你为什么一点都不听呢?"

路润说:"上海是个好地方。目前国家危难,我作为一名中国青年,不能在家中吃闲饭,我这次回来准备多待几天,孝敬一下你俩!"

路太太擦了一把眼泪问:"那你准备在家待多久?"

路润说:"十天可行?不行就再增加几天,待两周!"

路老爷说:"好,好,好!翅膀都长硬了,都要飞走了,两周就两周吧。这两周你好好地在家中待着,陪陪我们吧。"路老爷见过世面,他的父亲还曾下过南洋,在外辛苦多年后,攒了一些钱,才置办了现在的这份家业,所以路老爷的思想比较开明。

路润听到父亲松口了,高兴地说:"那是当然,弟妹们什么时候回来呀?"

"他们一会儿就回来了。"

正说着,两个孩子背着书包,飞快地奔进了大厅,分别是小妹路莲,小弟路秋。路莲扎着两根小辫,穿着浅蓝色上衣、花格布裙。而路秋则穿着学生装,白色上衣、蓝色长裤,他俩都还在读初中。

路莲一进门就发现姐姐回来了,她来不及放下书包,便高兴地快跑几步,把姐姐的腰抱住,说:"姐姐,你回来啦!"

小弟路秋见了,也急忙站到路润的身边说:"大姐好!"

接着,二弟路夏也背着书包走了进来,他在读高二,穿着一身深蓝色的学生装,已是个半大帅哥了。

路夏见到了姐姐,也立即站到路润面前说:"姐,你回来啦。这些日子爸妈十分担心你啊。"

路润听了,一把拉住路夏的手说:"不用担心,姐姐出去工作了。"

路莲仍围在路润的身边,高兴地问:"姐,你到哪儿去啦?干什么工作?"

路润把手搭在路莲的肩膀上说:"姐到上海去了,我已在上海找到了一份工作,在书店卖书。有时写点文章,挺好的!"

路莲一听,欣喜地把手一拍:"那真好!我长大了也要去上海,到那时,姐,你可要帮我啊!"

路润说:"你们几个还小,好好地念书吧!学校还好吧?"

路夏说:"姐,现在书难念。我们学校现在也乱纷纷的,大家都在说,日本鬼子马上就要进攻关内了。这几天,街上天天都有人在游行,要求政府抗战!"

路老爷见几个孩子在一旁说个没完,忙说:"润儿,快让弟妹们吃饭吧,下午他们还要去上学。"

黄妈端着热好的菜走进门厅,路润迎上去接了下来。她把菜放在大方桌上,一家人又重新坐下,接着吃饭。

第二天上午路润睡到了八点多才醒。一缕阳光透过窗帘的缝隙照到她的床上。清醒后她才猛然想起现在是在老家,不是在上海。路润穿上鞋,披上衣,向走廊上张望。

在这栋西式小楼上,二楼并排设置有五间卧室,四小一大。路润依次查看各个房间,房间中均已没有人。这时,她才想起弟妹们都上学去了,父母肯定在楼下客厅中。

路润穿好衣服下楼,果然见父母正坐在大厅里。母亲看见她下楼,忙和气地问:"醒啦?看你辛苦,让你多睡一会儿,你梳洗好,赶快吃饭吧!"

路润说:"好的。妈,我今天上午想到街上转转看看。"

路太太说:"现在街上天天都有学生在游行,吵着要去前线打日本鬼子,热闹得很呢。"

路润说:"保家卫国,人人有责!如果大家都不抵抗,日本人很快就会攻入关内,接着就会打到我们这儿来的!"

路老爷说:"润儿,你说得也有道理,等会你出去看看,看了马上回来。我一会儿要到茶叶店中去看看生意,现在形势这么紧张,我们也要做些长远的安排。"

路润家从祖父起就持股参加了当地一个茶叶厂及两个茶叶店的生产及日常买卖,从而让老一辈留下来的一些钱财能增加点利润,以维持一大家人的日常生活。厂长及店长都是外姓人,路老爷他不必去操心那些具体的生产经营活动,他只需要偶尔去看看并按时去领取一些分红。

路润知道一大家人要生活,开支不小,就对父亲说:"爸,你去吧,我一会儿就回来。"

吃完了早饭,路润一个人上了街,她发现离家才半年,这个小县城变化不小。街道两侧的墙壁上张贴有许多标语,内容都是一些抵制日货、收复东北三省之类的文字。路润一边走一边看,突然迎面来了一支很大的学生队伍,他们扛着校旗,挥舞着各色标语。路润认出这队学生是自己的校友,是她以前就读的那所中学的学生。路润心中有些激动,她感到十分亲切。

"不知上海这几天怎么样了?"路润在心中问自己,"我要不要早点回去?"一会儿,路润在心中默默地对自己说,"我应该早点回去!"

正想着,一个学生跑过来往路润手中塞过来一张传单,路润打开一看,上面写着:同胞们,不要卖日货! 不要买日货! 传单号召全体民众要在自己的行动上爱国。

路润把传单折起,放进了自己的小包中。

中午吃饭时,路润想定了,她决定返回上海。在饭桌上她对爸妈说:"爸、妈,我想早点回上海,现在全国的局势动荡,回去迟了,我的那份工作难保。目前你们二老及弟妹们都还好,我也就放心了。"

路老爷听到女儿又提出要早走,只好退让说:"你想早走,就早点走吧,家中你放心。"

路太太却不放心女儿,又挽留路润:"你刚回来就又要走,再待几天吧,陪陪我们。"

路润见父母已松口,想起自己在外面待了半年,回来父母都未骂她,她心中十分高兴,忙接口说:"我还要再待两三天。明天,妈,我陪你逛街,陪你去买东西!"

路太太说:"好! 明天我们母女两人上街玩玩,你想要什么,我给你买!"

路润听了反驳说:"不! 明天我陪你上街去买东西! 妈,你生活中还缺什么？我陪你上街去挑选。"

路太太听到女儿如此贴心的话,感动得落泪。路太太想起了往事,她拉着路润的手说:"润儿,你可能还不知道吧,你是否想过,你与你哥的年龄为什么相差这么大呢？那是因为以前你还有个姐姐,她叫路静,比你大三岁,是个非常漂亮、聪明的女孩,我和你爸爸都非常喜欢她。因为生病,你的这位姐姐去世了。我和你爸更加小心,好不容易才把你们兄妹几人顺利地养大了,现在你们却都想着要离开家,这真让我心中难过。"

路润见母亲难过,忙安慰她:"我以后会经常回来的,妈,你不要难过,我明天也不走,我再多待几天,可好？"

听到女儿宽心的话,路太太破涕为笑,说:"好女儿,你能多待几天,我高兴！"

路润随即顺从地说:"妈,我明天不走,我再待几天！"

路润在家待了一个多星期后,再一次离开了家乡。因为是远行,路润的父母这次亲自把女儿送到车站。路润心中非常高兴,现在她已明确地知道父母都支持她出去工作了,她心中感到很温暖。她偷偷地嘘了一口气:他们现在还都不知道呢,我已参加了革命,已经是中国共产党党员了。

路润提着小皮箱,回到居住地。她走到吴霞房间门口,习惯地朝吴霞的房间内望了一眼。房门正开着,路润惊讶地发现房间内住进了一对陌生的中年人,她问:"原来住在这儿的那位大姐呢？"

一位大嫂从室内走出,笑着说:"原来住在这儿的人搬走了,我们是昨天才搬进来的。这儿离我先生上班的地方近一点,以后我们就是邻居了,请多关照。"

原来,时局动荡,党组织为了工作安全起见,在路润动身回老家的第二天,就让吴霞换了住处,从此让她与路润断了联系。

路润顿时感到心中很不安。她开锁进门,匆忙收拾了一下便赶到了书店。

还好,书店仍如以前一样。当她提着小包走进书店时,店老板站在柜台后,他十分惊讶地说:"不是说回家待两周的嘛,怎么提前回来啦?"

路润笑着说:"家人都还好,我记挂着店里的工作,就回来了。"

老板等路润说完后,对她说:"你进来一下。"

路润随着老板走进店侧面的店主房间。

站在店门口的一位小青年看见他俩进门,忙站到了柜台后。

店老板姓张,四十多岁,穿一件灰色长衫,戴了副眼镜。他等路润进门后,就关上房门说:"路润同志,你坐下吧。这几天,组织上已对我们的工作进行了调整。吴霞同志已调到了新的工作岗位,以后你就不要再去找她了,为了安全,你们要装作不认识。目前,在这个店里,我是你的上级,你仍在这个书店工作,并协助我做一些党的工作,我会给你安排具体任务的。平时你仍可以在报纸上写文章,以掩护自己的身份。"

路润安心了,忙回答:"好的,我听从组织上的安排。"

张老板接着又关心地问:"这样安排,你有没有什么困难?有困难可以告诉我,我们帮你解决。"

路润笑着说:"谢谢你!我一个人很方便,目前没有什么困难。

这次动身回家前,吴大姐曾要求我了解一下我哥的情况,以便以后开展工作。我回到家中正好见到了我哥,我们在一块交谈了一些目前的时局,我哥目前在国民革命军中任团长,到前线去了。"

张老板说:"那很好,也许他以后能为我们的工作提供一些方便,这事你不要再告诉别人了。我暂时就在这间房中工作,如有人进店找我,对上暗号,你就可以把他引进来。我的这间房子后面还有个后门,今天我告诉你,你平时留心注意一点就行了。你干一段时间后,就会积累许多工作经验的,安全特别要紧!"

路润说:"好的,我知道了。今天那个站在店门口的小青年是谁?我以前没有见过他。"

张老板说:"他也是我们的人,姓唐,这几天才安排进来的。他目前主要负责书的进货、销售及运输等工作,这也是组织上为了我们的安全着想,是起保卫作用的。"

张老板最后说:"好了,你知道这些就行了。你等会出去,把店里的书整理一下吧!把书理好以后,早点走,下班时帮我送两份通知。"说完,张老板拉开抽屉,拿出两个信封递给路润,"真巧,你今天赶回来了,刚才我还想让小唐去办呢,他刚来,对这片不熟悉。这两处都是小弄堂,你是女孩子,进去比较方便,不会引起外人注意。"

党组织让吴霞带领路润工作一段时间后,为了遵循尽量单线联系原则,调走了吴霞。路润从此将要独立地承担一些党组织的联络工作了。

路润接过张老板递过来的信封,迅速看了一下信封上的地址,她发现这两封信均未封口,便问:"这两封信怎么未封口?"

35

张老板笑着说:"这两个信封内装的是两张广告,我们的人接到后会按我们的阅读方法去阅读。广告内是两个开会通知,外人发现了也看不懂,所以未封口,你按地址送到就行了。你靠近接信地址时,要注意门外有无安全信号。"

　　路润听了,神情严肃地说:"我知道了。"说完,她把信封装进侧身的衣袋中。

　　"那我出去了。"路润告辞。

　　"好吧,你去忙吧!"张老板笑着点头。

第三章　革命的工作是具体的

两年后。

中日已正式开战,上海、南京先后沦陷,转眼到了1939年春节。

除夕这天下午,湛海县路华栋老爷家中,路太太与女佣李妈一道在厨房内准备年夜饭。由于战事吃紧,生意差,路老爷前些日子辞退了女佣黄妈,家中现在只留下女佣李妈。李妈已四十多岁,她在路老爷家中工作了不少年,主仆关系深厚,路太太留下了她。

路太太怕李妈一个人忙不过来,决定亲自到厨房帮忙,给李妈打下手。

为了准备好年夜饭大餐,路太太今天特地换了一身旧的家用便服,上身是一件深红色带碎花的大襟褂,下身是黑裤、黑鞋。她站在厨房案桌边笑着对李妈说:"李妈,真难为你一个人做了许多菜,我来给你当下手,递菜、摆盘子、端盘子都行!"

李妈见路太太亲自下厨房做事,过意不去,说:"太太,你不用忙,各种主菜我已基本上准备好了,再等一会儿就可以烧了。"

路太太说:"还早,等等再烧。"

李妈说:"那好,大过年的,大家凑在一起,好不容易吃个年夜饭,我要尽量给你们把菜饭做得好一点。可惜大少爷、大小姐两人都不在家,不然更热闹一些。"

路太太掀开几个碗看了看,问:"母鸡炖好了吗?"

李妈说:"早就炖好了,我今天还特地在汤里加了些好吃的蘑菇!"

路太太高兴地说:"那太好了!今天路春很可能要赶回来吃年夜饭。前些日子他让人带信回来,说他们部队马上要开赴另一处抗日前线,他争取动身前回家来看一下。"

李妈说:"那太好了!听说小日本鬼子所到之处,又烧又杀,真是可恨又可怕啊!"

路太太说:"中国很大,日本国那么一丁点儿大,它想把我们吞掉,没那么容易!你今天把年夜饭烧好以后,明天早上也回老家去住几天,过个年吧。"

李妈说:"谢谢太太。我走,你们行?"

路太太说:"行,你明天放心走,我和几个孩子把你做的菜热一热,凑合几天应该是可以的。"

路太太一边说,一边把洗好的盘子摆放在案板上。忽然路太太听到了院子里有声音,她跑到厨房门口一看,是大儿子路春回来了。

路春穿着整齐的军装,扎着腰带,手中提着一个很小的皮箱,快步走进了楼门。

路太太回身惊喜地对站在灶台边的李妈说:"我大儿子回来了!李妈,你可以烧饭了,我去楼里了。"说完,路太太擦擦手,转身离开厨房,快步走进楼的门厅。

路春刚与坐在椅子上的父亲打过招呼,回头一看母亲进了门厅,惊喜地说:"妈,我回来了!"

路太太走上前去拉住大儿子的手说:"回来好,回来好!你又有两三年未回家了,可把我们想死了!"

路老爷起身从大方桌上的茶壶中倒了一杯茶水放在茶几上说:"累了吧?喝口茶,坐下说!这次你回来能待几天?"

路春坐到茶几边的椅子上,喝了一口茶说:"前线吃紧,不久前广州、武汉也沦陷了,我们这个小县城很快也就危险了。这次上司特地关照我,让我回来过春节,在家歇两夜,我初二离开。我的部队马上就要开赴湖南抗日前线,进一步阻击日军南下。"

路老爷听了担忧地说:"这两年你在部队中干些什么工作?前线子弹不长眼啊,你可要当心了!"

路春说:"我现在还是团长,但是部队换了。现在我带的这个团是个加强团,战斗力很强,装备也比较好。这个团是为不久后即将进行的对日作战重新调配组建的。我回去以后,部队马上就要行动,开赴湖南抗日前线。"

几个人正说着,路春的大弟路夏和小妹路莲从楼上下来了。两人见到大哥回来了,忙快步跑到哥哥面前与他亲热。

路春看了看两位弟妹,立即发现少了两人,忙问父亲:"大妹呢?小弟呢?大妹她过年也不回来看看,她现在在哪里?"

路老爷说:"你大妹还在上海。她的工作很忙,也跟你一样,很少回来。你小弟路秋昨天去了外婆家,你外婆现在年纪大了,一个人在家生活,很孤单,我让你小弟给外婆送了些年货,并在那儿陪她老人家过年。"

路春听了父亲的话沉默了一会,神情忧虑地说:"上海现在除了几处租界,绝大部分地区已经沦陷,是敌占区了。大妹一个人在上海很危险!"

路老爷说:"你妹妹曾来信说她在上海有同学和同事陪伴,他们在一起,目前还安全。"

路春问清以后又转身问路莲:"小妹,你现在念几年级了?"

路莲说:"哥,我已念高中了,只是不知这书还能念多久。日本鬼子占领了中国许多地方,听说现在许多青年都往延安跑,我们班上前几天就有好几个同学在一块商量,大家准备一道动身到延安去呢。"

路春听了小妹的话,神情立即严肃起来,说:"你们是中学生,现在还小!千万不能乱跑!延安,那多远啊!而且那儿是共产党的地盘,你们千里迢迢地去,在路上生命都会有很大的危险。你们小孩子可不能胡思乱想,以后事情很难说的!"

路老爷在一边听了,严厉地对小女儿说:"你听到了吧? 你要听大哥的话,好好把高中读完!"

路莲不说话了,她站在大哥身边噘着嘴,不高兴。这时二哥路夏接上来说:"大哥,我现在也是国民党党员了,很想去前线打日本鬼子。我想到你的部队中去,哥,你帮帮忙,让我参加国民革命军,到前线去抗日!"

路春惊讶地问:"你不是正在上大学吗? 怎么也加入了国民党?"

路夏说:"我们校长迫于国民党的压力,与系主任联手,让我们系的许多同学集体填表加入了国民党,大家一下子忽然都变成了国民党党员,真是气人!我还是个学生,我可不想现在就做什么国民党党员,它的名声可不太好听!老百姓有目共睹,前些年国民党可杀害了不少共产党!"

路春追问:"你们全校同学都加入了国民党?"

路夏回答:"那倒没有。在我们系里有不少同学集体加入了国民党,大概是系主任捣的鬼!"

路春听了,没有说话。

路夏追问:"大哥,我说的话对吗?"

路春停了一会,不得不解释说:"你们年轻,不知道前些年的事。原先国共两党是在一起干革命的,我那时正好在黄埔读书,就和许多同学一道参加了北伐。那时,国共两党确实打了不少胜战。但是北伐以后,在北伐部队经过的城市中,许多工人、农民成立了工会,在农村他们成立了农会,要求分富人的财物及田地,所以蒋委员长才下令把共产党清除出去。"

路夏立即接着说:"哥,你说得不对!蒋委员长主要是害怕共产党获得人心,夺了他的政权、他的宝座,所以才大开杀戒,杀了许多共产党人。蒋委员长,他把国民党的名声搞臭了!现在我们系中许多同学都想退出国民党,有些人还想加入共产党,可就是不知道在哪儿能找到共产党!"

小妹路莲插嘴:"二哥,我知道在哪儿能找到共产党,到延安去。在那里,共产党肯定好找!我想,在延安大街上走的人绝大多数都是共产党。"

路夏说:"我感觉到我们系里有些同学很像是共产党。"

路莲助言:"二哥,那你去问问他们不就清楚了?"

路春在一旁听了笑了:"你们俩真是孩子!现在共产党藏得很深呢,哪能随便一问就问到?路夏,日本人刚刚占领了广州,你们学校现在还能正常上课吗?"

路夏说:"日本人进了广州后,许多同学为了安全都回家了,我也趁机回来过年了,也不知道学校什么时候才能正常上课,等等再说吧。"

路老爷说:"你们几个都不要在这儿胡说乱扯了。小莲,你去厨房看看李妈的菜烧好没有,快去给她帮帮忙吧。"

听了路老爷这么说,路太太忙站起来说:"我去!李妈早已经把菜配好了,现在应该烧好了。"说完,路太太向院内侧面的厨房走去。

不一会,路太太端着一盘菜向门厅走来,她一边走一边大声说:"吃年夜饭了,大家快准备一下。"

几个孩子忙起身,从母亲手中接下了菜盘,放到了大方桌上。大哥路春弯腰提起放在脚边的皮箱,转身上楼,去了自己的房间。

李妈也端了两盘菜进厅堂了,大方桌已被抬到了厅堂的正中间,四面已摆放好椅子、凳子。路莲也快步走进厨房帮忙端菜。

大哥路春放好箱子从楼上下来,路老爷忙招呼儿子坐下:"春儿,你快坐下,我们父子俩再聊聊。"

路老爷问路春:"这两年你在外,是否考虑成家了?你出门在外参加国民革命军有十多个年头了,现在已是个团长了,也该成个家了,我和你妈都想早点见到我们的孙儿呢!"

路春挨着父亲的座位坐下,说:"爸,这事你不必着急,我已有意中人了。我的一位黄埔老同学见我现在还单身,要把他的妹妹介绍给我。我看照片上那姑娘长得很漂亮,这同学又和我关系很好,我基本上同意了。"

路老爷一听大喜,忙问:"有这事?有那姑娘的照片吗?"

路春说:"有!照片就放在我的皮箱内。"

路老爷说:"赶快拿来我看看!"

路春一听,忙又起身,快步上楼,不一会手中就拿着一张照片下来了,路老爷、路夏还有路莲都一起聚上去观看。

照片中的女孩确实长得很漂亮:圆圆的脸,下巴颏稍尖,一排刘海下面是一对很大的眼睛。女孩五官端正清秀,穿了一件海蓝色碎花小褂,梳了两根长长的辫子。

路老爷把照片看了很久说,"嗯,这女孩不丑,难怪你中意了。"

路春也笑了:"不光是长得漂亮,她是我同学的妹妹,人比较可靠。这同学与我关系很好,所以我就答应了。"

父子俩与大家正在说笑,路太太又端了一盘菜进来,她听到了大家说的话,也忙凑过来看了一会照片,说:"这女孩不丑,漂亮!"

路父问儿子:"那你准备什么时候办婚事呢?"

路春说:"可能还要等一段时间。我这次回部队后马上就要去湖南,还不知道战况将会如何呢。大战在即,我要等战事稍微平稳一些,才能去考虑个人的这些事情。"

路太太听了儿子的话,也在儿子身边坐下说:"说得也是,你在前线,一定要注意啰!"

李妈端着最后一道菜进门了,那是一罐蘑菇炖鸡汤,路太太忙伸手接下来放在了大桌子中间。

路太太客气地说:"李妈,你也别忙了,上来和我们坐在一块吃吧!"

李妈说:"不,不!太太不必客气!厨房还有许多事,我还要等一会儿。"

路老爷见夫人说话,也忙热情地说:"李妈,今天过年,吃年夜饭,你就别客气了,我们在一块坐坐吧!"

李妈看出了两位主人的诚心,她见推托不掉了,忙解下系在腰部的围裙,说:"谢谢老爷!谢谢太太!"

李妈靠在路太太的身边坐下了,几位兄妹按长幼靠着路老爷坐下了。路老爷大声说:"来,今天过年,我开心!让我们共同祝愿我们全家明年万事如意、幸福美满!希望小日本早日滚出中国!"

说完,路老爷拿起桌上的酒杯,把酒杯高高地举起,然后仰头一口饮下。

几个孩子,还有他的太太、李妈,也同时大声地说:"祝我们全家明年万事如意、幸福平安!小日本早日滚出中国!"

路老爷家准备了很久的年夜饭开始了……

正当路润的家人在惦念她的时候,路润在上海与自己的好友林芬在一起过除夕。

除夕那天下午,路润的好友林芬提着一大袋食品来到她的小屋。

路润正在择菜,门外走道上的小灶上炖着肉。看见林芬来了,路润笑着说:"你怎么来我这儿!今天是除夕,你不陪你的那位过年?"

44

林芬把一袋年货随意地放在了桌面上,自己又从水瓶中倒了一杯水喝了两口,然后也蹲在地上说:"他回老家去了。他已打算与我结婚了,所以趁着过年回趟老家,把我们的事告诉他的父母,然后要点钱,办婚事!"

　　路润问:"你表哥的老家在哪儿?"

　　林芬说:"他的老家在苏州。家中有点房产,都是老房子。现在苏州也沦陷了,被日本人占领了,老百姓日子很不好过。"

　　路润听了说:"那你还让他回去干什么?路上很危险的!"

　　林芬说:"他自己说没有关系,他现在还是个警察。"

　　路润听了,立即警惕起来:"你表哥现在还在干警察?"

　　林芬说:"日本人占领上海后,又强迫原来干警察的人回去上班,为了生活,许多人只好又回去上班了。不过,大家都是在应付日本人。"

　　路润说:"林芬,话可不能这么说,他现在给日本人办事,会被老百姓骂为汉奸的!"

　　林芬低头不语。过了好一会,她站起来,拿来一个小木凳坐在路润的对面说:"路润,我表哥对我很好,就是因为他这层关系,咱俩才能够来上海。我到上海后,他想方设法托人把我弄进了银行,我才有了一份工作。这两年多,他一直对我很好,我看出他是真心实意的,所以就同意了。警察也是人,也是要成家结婚的!"

　　路润一边择菜一边劝林芬:"现在上海形势紧张得很,每天街头都有人被枪杀,死的也不知是些什么人!他们可能是共产党,也可能是国民党特工,还有一些可能就是被大家咒骂的汉奸!当然,其中也有无辜的老百姓,谁碰到谁倒霉,我们都要小心啰!"

林芬说:"谢谢你,我知道,我以后注意点就是了。"

路润抬起头盯着林芬又说:"林芬,这不是注意点就行了的小事,现在给日本人办事,以后会被骂为汉奸的!"

林芬被说得无话可答,只好沉默,低头择菜。

路润只好放缓语气又问:"婚事什么时候办?"

林芬抬起头,回答说:"我表哥回老家要钱去了,要到了钱,我们还要准备一下,大概在5月份。"

路润说:"那好,到时可要告诉我一声。"

听到这话,林芬高兴了:"那是当然！在上海,我现在也只有你一个好朋友了。结婚后,我准备去一趟苏州,到表哥家看看,我现在还不知是否去得了。"

路润:"到时你要见机行事,注意安全。"

菜择完了,路润站了起来,走到木桌边看了看林芬带来的年货说:"哎呀,林芬,你又给我送来了许多好吃的!"

林芬笑着说:"过年嘛,我俩在外乡也要过得好一点!"

路润:"我炖了一锅豆腐烧肉！菜不少,够了。"

说完,路润走到走廊上,把炖肉端了进来。

林芬帮着把桌子清理干净,又把自己带来的几样成品菜摆了出来,有盐水鸭、几个狮子头、两份小菜。

天快黑的时候,路润警惕地走到窗前,掀开窗帘向街上看了一下:沦陷了的上海,虽是除夕夜,街上也是十分冷清,没有见到什么行人,远处只有一户人家在门口燃放了鞭炮。

路润把菜炒好后,对林芬说:"都弄好了,我俩吃年夜饭吧!"

林芬说:"可惜没有酒!"

路润说:"我俩是女孩子,喝什么酒？就以水代酒。"说完,路润走到墙边的条桌上,取了茶杯,往内各倒入一些水。林芬开心地吃了一块肉,又吃了一块红烧豆腐,拿起了茶杯说:"我祝我的路润姐姐,新年万事如意！再祝我的路润姐姐,明年也能找到一个如意郎君！"

路润听了很开心地举起茶杯说:"林芬,我也祝你新年万事如意！我等着喝你的喜酒！"说完,路润把杯中的水一饮而尽。她夹了好几块红烧肉给林芬,说:"多吃点！今天过年,没有什么事,快乐一下,吃完饭你也别走了。现在晚上出门很危险！今晚你就住在我这儿吧。明天大年初一,我俩还可以在一起待一天。"

林芬听了很感动,说:"好！我今晚就不走了。明天我还在你这儿待一天吧,我好久没来你这了,我们姐妹俩好好地聊一聊。"

说完,林芬也热情地给路润夹了许多菜,两个人一边吃着年夜饭,一边高兴地聊天。

正月十五过后,路润仍回书店上班,她注意到张老板好几天都没来书店上班了,小唐也不见了,她心中十分担心。这天,路润下班后特地到一个联络点转了一下。联络点位于一个弄堂中的二楼小平台。路润故意缓慢地经过那个平台下面,她朝上面望去,忽然看见平台的竹竿上晾晒了一件黄色的上衣,上面还盖了一条红色的花纱巾。

"这是接头的暗号！"路润明白了,她的老领导通知她去。

路润见到这个信号通知后,便去了另外一个地方,她知道老领导李灿一定在那儿等她。

47

路润刚走出弄堂,上了一条大街,迎面就见到一小队日本鬼子巡逻兵持枪从街头走来,路上行人见了纷纷闪避到路边,给日本兵让开了道路。忽然前方有一个男人开始奔跑,日本巡逻兵见了,立即大声喊:"站住,站住!"接着,这队日本兵追了上去。不一会枪响了,路润伸头一看,那个奔跑的人已被日本兵开枪击倒,他躺在路中间。几个日本兵围了上去,那人并未被打死,他受了伤,两个日本兵上去把他架了起来,凶猛地向前拖走。

路润和身边的一些行人惊恐地经过事发地点,她看见那人是一个青年,三十多岁,他的腰部被子弹击中,正在流血,路面上留下了一大摊鲜红的血液。

路润默默地往前走,她在心中想:这位青年,他是什么人?是共产党人,还是国民党的一个特工?或者他就是一位爱国的普通民众?他为什么要跑呢?他大概是感觉到自己有什么问题被发现了?害怕了?这个青年,他太慌张了,路润有些不解……

在大街上走了一段路后,路润拐进了另一条小街,在这条小街上有一家做成衣的缝纫店。一位三十多岁、短发的女裁缝正在踩踏缝纫机,路润曾经因为执行任务到过这儿好几次,这是一处固定的很安全的联络点。

路润走进了缝纫店,踩机子的女缝纫工看见路润,便笑着对她说:"小姐,你来拿衣?你的棉罩衣已经做好了。"

说完,女工站了起来,从缝纫机上方的一根长杆上取下一件紫红色碎花棉罩褂递给了路润。路润伸手接下了这件上衣,并机警地回身望了一下店外的街面,此时,门外没有任何可疑的人。

女工低声对路润说:"老板在后面,你进去吧。"

路润拿了上衣,走进后店,自己的上级老领导李灿已坐在里面等她。

李灿今天穿了一件深蓝色厚布长衫,坐在桌前,他笑着说:"小路,来啦,我已经等你好几天了。"

路润不好意思地说:"这几天没去联络点查看,所以来晚了。"

李灿说:"不晚,来了就行。你的工作调动了,那个书店工作点已经被撤销了。原先在书店中指导你工作的那位张老板,最近被敌人盯上了,处境很危险,他已被调到别的地方工作去了。当时情况很紧急,张老板没有时间告诉你。以后,在这一片区由我直接与你联系了。明后天,你就可以去另外一个书店上班,这个书店是一位民主人士办的,能掩护你的身份。目前抗战形势很紧,大家都在等待时机,现在党中央在陕北已经站稳了脚跟,正在华北敌后农村开展全面的抵抗日军的斗争。你明天到那个书店上班后,仍然要注意隐蔽自己,千万不要暴露自己的身份。你最近可发现什么新情况了?"

路润说:"我刚才在路上正好碰到了几个日本兵抓一个奔跑的路人。那人被打伤了,血流一地,被拖走了,不知是不是我们的同志?"

李灿说:"可能不是,我们最近还算平稳。那人很有可能是国民党的特工,现在上海有许多潜伏的国民党特工,你也要小心避免被他们注意到。"

路润又说:"李大哥,我还有一个情况要向你汇报一下。我有一个很好的女朋友,她是我的同学,我们是一块来上海的,现在她在一家银行工作。不久她要与她的表哥结婚了,她想请我去参加她的婚礼,不知我能不能去?"

李灿说:"我以前曾经听你说起过她,她的男朋友是干什么工作的?"

路润说:"干的工作不太好,原先是干警察工作的,在日本人占领上海后,他还在干警察工作,他是在为日本人服务,所以我不太想去。"

李灿听路润说后,沉默了,他想了一会说:"你要注意与他们保持距离,千万别暴露了。这种关系也许以后会有用,可暂时保留,如有紧急需要,我们会通知你。在接到通知前,你可仍如以前一样,与他们保持一定距离,小心点就行了。"

说完,李灿从抽屉中取出一个本子,从里面抽出一张字条递给路润:"这是你的新工作地点,我们考虑,你是女孩子,又会写文章,书店这个岗位对你的身份比较合适。你到那儿目前仍是潜伏,最近我们没有什么特别重要的工作安排你做,如有紧急情况,我们会在你家对面的墙上贴一张寻人启事或者是广告,联系你。广告或寻人启事内容,以第一字为首,后面每隔三个字取一字,连在一起就是通知。你要记牢这个规律,这是我与你的约定。平时,你保护好自己,注意街对面墙上的通知就行了。"

路润忍不住又问:"李大哥,我想问问吴霞大姐,许久都未见到她了,她在哪儿?现在怎么样了?"

李灿没有说话,他盯着路润的脸看了好一会,大概是在想要不要告诉路润。路润被他看得有些不好意思,今天她才注意到李灿大哥的眼睛很深很黑,此时路润心中忽然闪过一个感觉:李灿长得很帅呢!他不像工人,不知他以前是干什么工作的?

过了一会,李灿低声说:"吴霞还在上海,她最近结婚了,已不在原来的工厂上班了。吴霞的爱人也是我们的人,现在她和她的丈夫被调到上海另外一个区工作,夫妇俩组建了一个新的联络站,做些更为秘密的工作。你就不必为她担心了,为了大家的安全,今后你即使突然在街上遇到她,也不要与她相认。"

李灿的话与以前张老板说的话一模一样,路润放心了,她说:"我知道了。"

李灿说:"现在我党的革命工作得到了很大的发展。在上海郊区、在苏南、在浙东、在皖南,都在发展我们的组织,革命形势过一段时间还会更加好一点。"

路润说:"那太好了!"

李灿说:"前一段时间,你的工作也做得很好。这两年,你已为党做了许多工作,今后你要继续注意保护好自己。明天你把那个老书店关掉吧,把门锁上就行了。书店内的物品,包括书籍,过一段时间会有人去处理。今后你在新的地方好好上班就行了。"

路润不好意思地说:"我没有做什么工作,谢谢你的关怀与鼓励!"

李灿说:"在过去的两年中你为组织传送了许多通知,还有一些重要的情报,这些都是很具体的革命工作!新地址记下了吗?要记住,纸条内容记下后,要及时销毁,养成安全的好习惯。"

路润听了又看了一眼纸条说:"好的。"说完,她把纸条撕碎,扔到了桌边的一个小垃圾桶中。

李灿说:"没事你就可以走了,我一会儿还要到别的地方办事。"

路润站了起来,说:"李大哥,那我走了。"

路润拿着那件紫红的碎花棉罩衫向门口走去,李灿站起来送至门口,目送路润向店堂走去。然后,他轻轻地插上了门。路润拿着那件棉罩衫经过缝纫机前,那位女工特地停住机器向她点点头,路润向店门口走去。

第四章　罗宾走了,黄杰走了,我也要走了

这是最后一场考试。

不久前,因怀疑这所大学中藏有抗日分子,日本鬼子进行了一次大规模的搜查,抓走了两名可疑人员。受到惊吓的师生们镇静下来后,老师们还是坚持给学生们安排了期末考试。这一场考完,学校就要放暑假了。教学秩序早就没有了,下学期路夏将要升入大四,他不知道后面的课程是否还能正常进行下去。

路夏交了试卷走出考场,看见好友刘扬穿着一套浅白色短袖学生装,手中拿着一个书夹,站在走廊上等他。

刘扬早在几年前就参加了共产党,目前在学校里做地下工作并偷偷地发展了一些党员。刘扬知道路夏的哥哥在国民党军队中任团长,为了以后能利用这层关系,他很想拉路夏加入共产党。

刘扬椭圆脸,梳着分头,戴着一副眼镜,与路夏同年级但不同系。刘扬接到了路夏后对他说:"考完了!走,我俩到饭堂里吃饭去。"

路夏说:"考是考完了,但是有什么用呢?现在到处都在打仗,下学期还不知能否正常开课。你的专业课都考完了?"

刘扬说:"我的专业课昨天就考结束了,所以今天才能来接你。"

路夏不高兴地说:"我的心中真烦!我不安心,今天也没有考好!"

刘扬说:"课是上一天算一天,大家都不安心,天天都有人走,离开课堂去上前线。你知道吗?罗宾走了,黄杰走了!我也要走了!"

路夏说:"难怪!我都没见到他俩来参加考试。他俩去了哪里?"

刘扬说:"罗宾参加了战地服务团,去了抗日前线,可能在湖南或者武汉附近,在正面战场。"

路夏又问:"那黄杰呢?"

刘扬回头望了一下四周,悄悄地说:"可能去了延安,也可能去了八路军的华北敌后战场。"

路夏惊讶地说:"哟!他俩真是厉害!你怎么知道得这么清楚?"

刘扬笑着说:"我也要走了,进饭堂,我慢慢告诉你。"

刘扬与路夏一起走到饭堂打饭窗口。临近期末,学校即将放假,再加上战事,在食堂中进餐的同学并不多。

刘扬与路夏各自打了一份饭菜,两人找了个角落坐了下来。

路夏开门见山地问刘扬:"你参加了共产党?"

刘扬犹豫了一下说:"你问我?我还想问你呢,我听说你参加了国民党。"

路夏说:"那是在大一,学校安排部分同学集体参加的。我真后悔,我原本是想参加共产党,却被迫参加了国民党。你跟我说实话,你是共产党吧?"

刘扬与路夏是多年好友,他低声说了一句:"是的!"

路夏说:"我也想参加,你介绍一下吧。"

刘扬说:"这几年,国共开始进行第二次合作。我们共产党也发展了不少人,你如想参加,我欢迎!但你必须要写一张退出国民党的声明,再写一张要求加入中国共产党的申请书交给我,我才能帮得了你。"

路夏沉闷地说:"我从未参加国民党的任何活动,是系里报的名,那算什么?我要退出来,加入共产党!"

刘扬又吃了几口饭,说:"那好,你把退出国民党的声明及加入中国共产党的申请书都交给我,我给你办,我还可以做你的入党介绍人。现在内地许多大学都已西迁重庆了,我们这所大学也不会办太久了。"

路夏问:"明天学校就放假了,你放假可离开广州?"

刘扬答:"我也要走了,但暂时还不会离开广州。我有许多事,近期我还要悄悄地安排一些同学去参加战地服务团,送他们去国共双方的抗日前线,为前线服务,你可愿意与我同去?"

路夏说:"我准备先回去看看。我家近,就在湛海县,我准备待一周就回来,到时我们再联系。我听说我大哥最近驻守在湖北宜昌附近的抗日前线,我如果实在找不到地方,就去他那儿,参加他的部队进行抗日。"

刘扬说:"你想去你哥哥那儿那也行。你晚上把加入共产党的申请书写好,抓紧时间交给我,我好安排。"

两人在饭厅一角商量好后,一同离开饭堂。

路夏准备回宿舍整理行装,他与刘扬告别说:"我走了,回宿舍马上写申请,另外明天我打算先回老家看一下。"

刘扬停住脚步,他挥挥手说:"行!申请书写好以后你送过来吧。我住的宿舍中现在只有我一人,你从老家回来后,你来找我。我手中还有许多事,办完才能走。我有可能整个暑假期间都要暂时住在学校中,这样可以省点钱,因为住在外面还要花钱。"

路夏说:"好的,我知道了。"

第二天下午,路夏到达了湛海县附近。

湛海县也已沦陷。日军把一些零星的抵抗镇压下去后,湛海县城表面上已显得比较平静,路夏小心地来到了湛海县的城门口。

湛海县虽小,但它有城门。路夏站在远处观看,他发现在表面的平静之下,家乡已经发生了很大的变化。

日军在城门入口处设置了岗哨,两侧各放置有一个用圆木制成的长方形木架,中间仅留有一个可容三人通行的狭窄路口。有两个日本兵及两个本地警察正在路口检查来往行人。靠近城门边缘还设置有一座日本兵岗亭,亭内有一个日本兵正在站岗。

路夏先稍微镇静了一下,然后向路口走去。

一个本地警察首先挡住了路夏问:"上哪儿去?从哪里来?"

路夏客气地说:"我是学生,放暑假回家,我家在城里面。"

说完,路夏弯腰打开了自己的箱子,他的箱子内仅仅装有几件夏衣,没有其他东西。

警察用手翻了一下箱子说:"举起手来!"

看样子还要搜身。路夏忍气吞声,他举起了双手,让那个警察在身上搜了一遍。

路夏身上什么也没有。

警察说:"好,你可以进去了。"路夏弯腰收拾好自己的箱子,快步向城内走去。

路夏刚踏进家中的院门,女佣李妈首先看到了他,迎上来说:"你怎么回来啦?"说完接下他的小箱子。

路夏紧张地问:"我爸、我妈在家吗?还好吧?"

李妈说:"老爷和太太都在家,都还好,就是不放心你!"说完,李妈提着箱子快步进楼门,朝楼上喊,"二少爷回来了。"

路老爷和路太太听到楼下的叫声,同时从楼上下来了。

路老爷见到儿子,立即问:"刚才进城还顺利吧?检查你了?"

路夏说:"还算顺利。我自己主动打开箱子让他们查,又让他们在我身上搜了一遍,发现没有武器,就让我过了。"

路太太说:"真险!这时候你跑回来干什么?很危险啰,每天街上都有人被抓走,有时还会有人被日本人开枪随意地打死!"

路夏说:"我知道危险。我不放心你们,正好又放假,就先回来看看你们,待几天就走。"

路老爷说:"你走也好!现在你们年轻人待在家中是很危险的,随时都有可能被怀疑是抗日分子而抓起来。听说前些日子蒋委员长提出,'中日已开战,全国之国土,地无分南北,人无分老幼,无论何人都有守土抗战之责任'!这种提法,我支持!"

路太太给儿子倒了一杯水,路夏接过水杯,在椅子上坐下,问:"小妹小弟呢?"路太太说:"你妹高中毕业了,也无书可念,天天吵着也要上前线去抗日,她是个女孩子,我们不放心她走。你小弟还未放学。"

路夏说:"我家兄妹五人,全都想去抗日,好!不知大姐在上海干什么?我大哥现在可是一位真正的抗日战士,听说他的部队曾在长沙附近打击日本鬼子,干得很好!"

路老爷说:"是的,你大哥是在真正抗日!你可不要在外面乱说,让小鬼子知道了,我们就没命了。"

路夏喝了一口水说:"我哥有来信吗?"

路老爷说:"现在的信常常不通。前些日子,他托人带了封信及几张照片偷偷地送回来了。"

路夏问:"信呢?照片呢?"

路老爷看了一眼太太,问:"你把信和照片放到哪儿了?"

路太太说:"我怕被日本鬼子知道了,那就不得了了,我把它们藏在厨房的灶洞门口。"

路夏说:"我们去看看。"

路太太望了一眼丈夫说:"夏儿,我带你去看看你哥哥的照片。"

路老爷说:"夏儿,你和你妈去吧!"

说完,路太太领着儿子走进院子东侧的厨房。在这间厨房靠近窗口的地方,建有一个很大的砖砌的灶台,灶台上方有烟道直通到厨房外的院子中。正好,李妈此时不在厨房内。路太太蹲在灶台门口,拿开灶门前的一个石凳,石凳下面有一些浅浅的稻草及一块旧盖布,掀开了它们,路太太取出一个小布包,从里面拿出了几张照片递给了路夏。

看到母亲的动作,路夏站在一旁惊奇地说:"妈,你怎么把哥哥的照片藏得这么深?你真是有本事!"

路太太说:"这些照片十分危险,让日本人知道了,全家人都会没命的。"

路夏接过大哥的照片,站在灶台边看。照片一共有四张,其中一张是路春站在一门大炮前照的,还有一张背景是倒塌的一段城墙。路夏见了又惊又喜,连声说:"这城墙是什么地方?听说长沙之战中国军队打得很英勇,这几张照片都是战场照片!我哥真是了不起,他是抗日英雄!"

路太太听了,忙制止:"小声点,小声点!看好了吗?看好了我还要藏起来,你可千万不能对外说啊!我听你爸说,你哥现在不在湖南,他在湖北宜昌附近。"

路太太一边与路夏交谈,一边迅速从儿子手中收起照片,她用黑布又包起来并弯腰放回灶前的石凳下面。

路夏与母亲回到厅堂,李妈送来一碗面条。

路夏一边吃面一边问:"小妹呢?"

路太太说:"小妹现在在家无书可念,很烦躁,经常出去找同学,扬言要与一些同学一块到延安去,也要去抗日!"

路夏笑了:"小妹要去延安?说说玩儿的吧。延安多远啊,要过长江、过黄河、过敌占区,太危险了,坚决不能让她去!如她实在想出去,可以设法去重庆看看。"

路太太说:"儿大不由娘,她也不听我的!今天刚吃过中饭,她就又跑出去找同学了。"

傍晚时,小妹路莲轻手轻脚地溜回家了。路夏远远地看到妹妹进院门,忙藏到楼梯边上,待妹妹走近,他猛然大喊一声:"小妹,你到哪里去了?老实交代!"

路莲被躲在暗处的哥哥吓了一跳,惊喜地喊:"二哥,你回来啦?"

路夏说:"放暑假了,下学期大概也难以再上课了,我准备出去。"

路莲听了高兴地说:"哥,我也高中毕业了,无书可念,我们几个同学在一块商量了,准备去延安,去抗日前线!"

路夏说:"延安太远,很危险。你不如与我一道去大哥那儿,去参军上前线。你可以去求求大哥,让他设法给你安排个军队的文职工作!"

路莲说:"不行!我们几个同学都已经联系好了,如找到了带路的人,我们就可以动身了。我不想和你一块去国民党抗日前线,我要去八路军的抗日前线!"

路老爷在旁边听见两个孩子的争论,笑了:"居然还知道什么国民党抗日前线和八路军抗日前线,你们还真是不简单呢!小莲,你是女孩子,可不能出去啊!"

"爸!我说说玩,我不跑!"说完,路莲神秘地笑了一下。

路太太连忙说:"你们在家中可以说说,在外面可一点都不能说啊!太危险了!"

路夏、路莲看见母亲担心,忙异口同声地说:"知道,妈,你放心!"说完,路夏转移话题,说:"妈,我上楼歇一会儿。"

一周后。

按照事先的约定,路夏到达广州后当天晚上,就去学校男生宿舍找刘扬。

夜晚,又是暑期,学校中静悄悄的。路夏进入男生宿舍,二楼楼道一片黑暗,路夏带着疑问向楼内刘扬的宿舍走去。他数着门,摸到二〇四室。室内没有一点动静,他试着敲了几下门。咚!咚!咚!

夜晚,在空寂黑暗的楼道中,这声音很响。

路夏听到了室内有脚步声,门被打开了,室内亮有一盏灯,刘扬竟然真的在里面。

刘扬一把拉住路夏的臂膀说:"快进来!我在等你。我还担心你今天不一定来得了!"

路夏快速地闪身进门说:"说定了的嘛,我肯定是要来的。还好,今天回学校一切都还顺利。"

刘扬说:"顺利就好!"

刘扬与路夏既是同学,也是同龄人。他参加革命早,入党有好几年,现在已是个基层的党组织负责人,他专门负责广州几所高校的党员发展及革命工作。上级党组织经过研究考察,已指示刘扬尽量想办法把路夏发展成为我党的一名成员,以便为以后革命斗争的进一步发展做些准备工作。天黑以后刘扬在房间中等着路夏,他准备与路夏深入地谈一次话后才让他履行入党手续,其后,就让他进入他哥哥的部队去工作,从而为我党的抗日及将来的革命斗争做些准备。

室内的窗户被厚窗帘遮住,从外面看不到一点光亮。

刘扬拉路夏在桌前坐定后,就开门见山地说:"小路,上次和你谈的事,我已经向我们的组织领导汇报了,我们准备吸收你加入我党。今天,我准备再一次和你说清楚,参加了共产党,就要有为革命献身的精神。现在这个工作很危险,日本鬼子从不手软,所以你要想清楚了,现在不同意参加也还行!"

路夏一听这话,忙神情严肃地说:"你怎么说这话?我很早就想参加中国共产党,并一直在寻找。我是个热血青年,为了保卫我们的国家,我绝不会后退的,请相信我!"

刘扬笑了,又追问一句:"你不怕危险?参加共产党,那可能会危及生命的呢!你家中的经济条件很好,这事你可要想清楚!"

路夏坚定地说:"老同学,请相信我,我不怕危险!"

刘扬听了这句话站了起来,路夏也站了起来,刘扬拉住路夏的手说:"那好,我相信你,我愿意做你的入党介绍人。一周后,我们党组织研究同意后,就会让你履行手续,现场还会有第二位同志给你做入党介绍人。今天,你把这张表填一下吧。"

说完,刘扬走到床边,从床里边靠着墙的缝隙中抽出一个纸袋,又从纸袋中拿出一张表格递给了路夏。

路夏接过表格看了一下,这是一张十分简单的中国共产党的入党申请表,只有几行几格。路夏拿出了身上的钢笔,坐在桌边,认真地填写起来。

填好后,路夏把申请表交给刘扬。

刘扬接过表格看了一下说:"填得很好!你等着吧,很快就会给你答复并给你履行正式手续。"

路夏听了很高兴,补了一句:"我曾参加过国民党,这没关系吧?"

刘扬说:"没关系。我党有少数党员也曾经因为工作需要加入了国民党,填了,党组织知道了就行了,也许以后还会有用呢。不过,你的共产党员身份不能告诉任何人。"

路夏说:"我知道!"

两个人又交谈了不少,刘扬还问了一些路夏大哥的情况,说:"你大哥现在还在湖南?"

路夏说:"这次回老家,听我父母说,我大哥的部队已调离湖南,目前在宜昌附近的抗日前线。"

刘扬说:"好!我知道了。谢谢你告诉我这些情况,再坐一会儿,你可以走了,注意身后,悄悄地走吧。这楼上还有几位未走的同学,你小心一点!"

路夏听了忙说:"那我不坐了,今天刚回校,还有许多事要办,我走了。"说完,路夏站了起来。

刘扬走到门口,关了电灯,然后把门开了一条小缝,仔细听了一下楼道里的动静,没有一点儿声音,他回身说:"走吧!小心点,等我通知。"

路夏听了,忙闪身从门缝中走出去,轻手轻脚地消失在漆黑的楼道中。

两周后,路夏接到了刘扬的通知。

这天晚上,刘扬领着路夏,两人拿着碗筷,假装去食堂找吃的。他们进入学校食堂储藏间的一间小房,一位在厨房中工作的工人师傅接待了他俩。刘扬对路夏说:"这位工人师傅姓张,路夏,你就叫他张师傅,他是我们学校这一片区的党小组长。"

张师傅向路夏伸出一双大手,他满脸笑容说:"欢迎你,路夏同学!"

张师傅从一只米袋后面的墙洞中掏出一面红旗。灯光下,路夏看到这面不大的红旗上有黄色的镰刀、斧头。

这是一面中国共产党的党旗!

张师傅在门后的一面墙上挂上了这面红旗。路夏看到,这面墙上钉有两颗铁钉,红旗挂上去后,正好。看样子,这儿早就是一处准备好了的宣誓场所。在此之前,不知有多少位同志曾经在此处宣誓过。路夏想到这里,顿时感到热血沸腾,他为自己今天终于成为一名共产党员而高兴。

张师傅、刘扬分别站在路夏的一侧,三个人共同举起右手开始宣誓:"我志愿加入中国共产党……永不叛党……"

"宣誓人:路夏!"

宣誓结束后,张师傅向路夏又一次伸出了大手,他紧紧地握住路夏的一只手说:"祝贺你!从此,我们是战友了,多保重!小心!"

刘扬也向路夏伸出了手,握住,说:"祝贺你!我们走吧!"

张师傅迅速地打开了储藏室的门,刘扬与路夏悄悄地溜出了食堂。

刘扬对路夏说:"图书室后面有一片小树林,我俩到那儿坐坐。"

夜晚,校园内静悄悄的,只有半轮月亮正高挂在天空,刘扬与路夏在树林中找了一块草地坐下。这一带因为幽静,路夏白天也曾到这儿看过书,他并不感到陌生。

坐定以后,刘扬问路夏:"下学期就升大四了,你不准备上课了?"

路夏说:"我听同学们说,下学期不一定能按时开课,我不想再这么干耗下去,我准备马上就到我哥哥的部队去抗日。"

刘扬说:"外面传说你哥哥所在的部队是支很好的抗日部队,很有名气。不过打仗,又在前线,还是很危险的,你要多加小心。"

路夏说:"我知道,我哥哥不一定会让我上前线,我可能会留在他身边工作。"

刘扬说:"你有这个方便,那很好!我前年寒假正好在武汉,年底时我在武汉大学礼堂听过一次周恩来的演讲,他指出目前抗战期间,中国青年努力的方向是到军队中去,到战地服务中去,到乡村中去,到被敌人占领了的地方去。我们要努力地去争取抗战的最后胜利。不过你准备上前线,你的父母同意你去?"

路夏说:"我父母基本上已同意。这次我来学校,他们还给了我一些钱做路费。"

刘扬又笑着问:"这几年读书,你可谈了女朋友?"

路夏说:"还没有。我们学校女生少,现在又是抗战期间,哪能找到女朋友?我现在还不想考虑这件事。"

刘扬说:"祝你早日找到心上人。"

路夏说:"谢谢!"接着,他又回问刘扬,"我也问你,你有女朋友了吗?"

刘扬咻咻地一笑:"我也没有女朋友,没有机会。"

路夏听了,也笑了。

两人在树下谈了许久。

刘扬站了起来,路夏也站了起来,夜深了,两人往回走。刘扬又关心地问:"你大概什么时候走?"

路夏说:"大约一周后动身。"

刘扬说:"你要认真地做好行前准备。长沙、宜昌附近都在打仗,中日双方军队争夺激烈,很不安全,你要小心。"

路夏说:"是的,我要仔细地做好准备才能动身。"

刘扬说:"到你哥哥的部队安顿好以后,把你的确切地址告诉我,以后会有人与你联系。有特殊需要时,我们才会给你安排新的工作,在你哥哥的部队中好好地干吧。你入党的事不要告诉你哥哥,并且要注意隐蔽自己,讲话做事都要多注意,以免给自己带来生命危险。"

路夏说:"我知道。"

刘扬说:"明天,我要到另外一所大学去办事,这几天都没有时间回来,你走时我就不能送你了。你来信时要注意我们的联络方式,我告诉你一下,你注意记住就行了。"

刘扬又向路夏靠近了一些,悄悄地把自己的联络地址、方式告诉了路夏,路夏念了两遍后牢记在心中。

两位老同学在宿舍楼下分手了。

两个月后。

路夏拿着自己的小皮箱乘火车先到了长沙附近,获知长沙附近的好几个县、市都有战斗,他只好绕到乡下。通过长沙战区后,他又几经辗转,才终于到达了位于宜昌西北方向的一个山区小镇。

路夏按照父亲给的地址,一边走一边问,寻找他大哥的团部。

"请问这儿有 K156 团的部队吗?"路夏问小镇上的一位居民。

路春的团部就设在这个离宜昌还有八十多里路的山区小镇上。这位镇民回答路夏说:"K156团就驻在我们这个镇子上。你往前走几步,前面那座大房子门前有两个站岗的士兵,那儿就是K156团的团部。"

路夏听了大喜,他提着皮箱,快走几步,靠近那两个卫兵时又问:"请问,这儿是K156团的团部吗?"

卫兵说:"是的!你找谁?"

路夏说:"我找团长路春,我是他的弟弟!"

卫兵一听团长的弟弟来了,忙给路夏敬了一个礼说:"你站一会,我进去报告!"

说完,卫兵转身跑进身后的大院子,他刚走近厅堂大门口就大声报告:"报告团长,你的弟弟来了。"

路春正在看厅堂大桌上的一份地图,听到卫兵的报告,他十分惊讶,抬起头向厅外问:"我的弟弟来了?"

厅外的卫兵肯定地说:"是的,团长!他在门口!"

路春听了,忙立起身快步走到院子大门口。路春看见弟弟确实来了,他提了个很小的皮箱,满脸疲惫,满身灰尘。路春又惊又喜,忙把路夏拉进了院子。

路夏见到了哥哥立即说:"哥哥,我是来参军打日本鬼子的!"

路春听了,笑了:"你真是个书呆子,幼稚!凭你这个样子,也能上前线打鬼子?"

路夏反驳:"我怎么就不行了?"

院门口的另一位卫兵见团长来了,连忙接下路夏手中的皮箱,兄弟俩一道走进院子后侧的一排农屋。

67

这排山区小镇的农屋,一分为三,正中间是屋的厅堂,做了团部的办公室,较小的一侧设置为团长的卧室、休息室,较大的另一侧则是团部的作战室,墙上挂有一张不小的地图。三个房间,中间用两排木制的可移动的大栅门进行了隔断,路春先让弟弟在中厅的椅子上坐下。

在这个大院的两侧还有几个小耳房,里面住有团部参谋等其他干部。这时,立即有两个人闻讯跑了进来,他们为团长高兴。

先进来一位年轻的参谋姓陈,三十岁,路春见了对他说:"这是我弟弟,千里迢迢地从广东老家找到我这儿来了,他要求抗日。以后就让他跟在你的后面吧,你带带他。他是大学生,学习一段时间就会跟上我们的。"

陈参谋听了笑着说:"团座,你弟弟是大学生,那他很快就会超过我们的!"

接着,又进来一位军官,也是三十多岁,国字脸。路春忙向弟弟介绍:"这是我的作战参谋,很会打仗,姓何。"

路夏忙笑着对何参谋说:"以后请多指教,向你学习。"

路春见弟弟与大家打过招呼,接着又进行安排:"这么远,你太累了,快歇歇吧,我让厨房给你先做点吃的。你暂时与陈参谋住在一起,以后再调整。"

陈参谋在一旁听了,忙对路夏说:"和我住在一起,好得很!你是大学生,以后我可以向你学文化,我去厨房给你拿点吃的!"说完,陈参谋向院子后面快步走去。

终于可以安顿下来了,想到了许多天的长途劳累及这次充满危险的旅行,路夏靠在椅子上松口气。

路夏说:"哥,找到了你,真好!"

路春高兴地说:"兄弟,现在周围炮火连天,沿途许多县、市都在打仗,危险得很,你是如何穿越了战争的烽火线?路夏,你真是了不起啊!"

路夏说:"哥,你忘了我是大学生,我会动脑子!我先把战场的大致情况打听清楚后,小心地避开了交战的前线阵地,一边前进一边问才找到你这里的。哥哥,你不知道啊,我在路上走了两个多月,还在一些乡村小店及农民家中住了不少天,一路上真是艰难啊。"

路春拉过来一把椅子,在弟弟身边坐下,继续向他介绍战场情况:"路夏,你可能不知道,前些日子,宜昌保卫战,我们打得很艰苦啊。我们的武器不如日本鬼子的厉害,大家拼命顶着,总算争取了一些时间,才把宜昌城内的一些重要工厂设备及物资抢运出去了。"

路夏说:"我从报纸上看到一些,但不详细。"

路春接着说:"宜昌是重庆大后方的门户,太重要了!宜昌失陷后,我们又集中兵力反击过一次,虽然没有成功,但给了日本军队一次重创,阻止了他们向重庆推进。现在,我们和一些友邻部队已经在宜昌西北方向构建了一条新的防御线,阻挡住了日军的进攻,把宜昌变成了一座孤城。现在宜昌城外围乡村都是由我们控制着的,双方军队处于对峙状态,他们想越过这条防线往西推进,做梦!日本鬼子待在宜昌城内很少出来,出城他们寸步难行!"

路夏说:"啊,我明白了,难怪我靠近这个镇子时,发现你们驻地附近炮火声很少,比较安静!"

路春说："路夏,你来得巧!现在这一带战事刚刚平息,战场向南转移了,鬼子在宜昌受阻后,改变了进攻方向,主要兵力已南下,企图从西陵峡口的重镇石牌突破,为进攻重庆重新打开长江水道。为了保卫石牌,许多部队又在渔洋关一线与日军进行了殊死战斗。路夏,你不知道啊,战斗都打得很惨啊,我们的许多士兵兄弟都死在战场上了。"

路夏说："哥,我知道你们在前线抵抗日军的战斗很苦,我看到了你带回家的几张照片,知道了一些你在前线的情况。"

路春听了,笑了,又问："你看到了我的抗日照片?"

路夏说："是的!我看到了。因为看到了那些照片,所以我才冒着生命危险来找你。"

路春听了,安慰弟弟说："目前我这儿反而比较安全,最近无什么战事,中日双方军队呈对峙状态。我们主要是观察他们的动态,防止他们越过这一片山区进一步西进。这儿全是大山,我的兵都藏在山里,鬼子也不出城,所以很少有战斗。你先住下来,好好休息几天。"

路夏说："谢谢哥哥!"说完,路夏坐在椅子上开始环视四周,察看哥哥的这间团部办公室。路春站了起来,他在室内一边思索一边慢慢地走动。

一会,陈参谋端着一大碗鸡蛋面快步从后院走来。路夏一边吃着面条一边继续与哥哥交谈,他向路春介绍了自己沿途的各种经历。

第五章　椅边,他拉住了她的手

路夏去了宜昌后,路莲加快了与几位同学的联系。终于,十一月份的时候,路莲和她的同学们找到了带她们去延安的引路人。

由于时局日趋紧张,再加上路老爷的五个孩子已经走了三个,他叮嘱夫人把小女儿盯紧,不准她出门乱跑。路莲高中毕业后已经在家待了好几个月,她无书可念,又在家中待不住,心中十分烦闷。这天上午,路莲起床后在卧室内看一本小说,读了一会就厌烦了,她夹了书在二楼的走廊上晃荡。忽然,路莲不经意间看见院外小街对面的墙根上站了一个人。路莲急忙推开二楼窗户,定睛一看,哎呀!对面街边墙脚站的那个人是自己的一位同学。路莲手中还拿着书就冲下了楼,到了大厅门口,母亲正坐在木椅上打毛衣,抬头问她:"上哪去?"

路莲忙笑着说:"妈,我同学来了,就在门外小街上,肯定有事,我去去就来。"

路太太盯着女儿认真地看,见她手中还拿着一本书,估计她不会走远,就松了口说:"同学来了嘛,可以出去说几句,或者让同学上来坐坐,都行,抓紧时间回来!"

路莲说:"是一位男同学,好像是我们班的班长来了,我出去看看,不方便让他进来,我马上就回来。"

路太太说:"好吧,你去,马上回来!"

路莲与母亲说好后,急忙出了门厅,拉开了院门,只见那男生已经站在院子门口。路莲一看确实是班长来了,她心中很高兴。

路莲的班长叫林广宇,小伙子仅比路莲大四个月。他中等身材,椭圆脸,梳着学生式的小分头,穿着一件深蓝色矮领学生装,西裤,显得文雅清秀。路莲心中早就有些喜欢这位小班长,忙问:"有什么急事?还跑到我家里来了?"

林广宇说:"确有急事!唉!刚才我在你家门前街边上站了半个多小时,我真是急死了!也没办法进去找你,我是来告诉你,我们去延安的事已经搞定了!"

路莲听了,惊喜地问:"搞定了?哪天走?"

林广宇说:"后天上午。我们先到城外叶丽家集中,在她家才能见到带我们动身的联系人周叔叔。我急忙来找你是让你早点知道,早点准备好。你要多带几件厚衣,现在北方天气已经很冷了,还要多带点钱,路很远,还不知道我们什么时候能到。"

路莲听了,沉默了片刻,又问:"我们同学有几个人?"

林广宇说:"有我、你,还有叶丽、方远东及隔壁班上的王华,共五个人。一道出发的还有另外三个人,一共是八个人。"

路莲听了说:"这么多人!王华怎么也去?"

林广宇说:"人多好,互相有个照应。王华是我们这次行动的联络人,我怀疑他很可能已经是共产党员了,我们这次出行的引路人也是他找的!"

路莲说:"他如果是共产党,那更好! 我们这次去延安不就是要找共产党嘛! 人多也好,路上安全一些。"

林广宇说:"你快回去准备吧!"

路莲说:"我妈最近盯得紧,我的行李不容易带出来。"

林广宇说:"走时东西不能多带! 路很远。路莲,如果你家不让你走,我们可不会等你,这次是许多人一道行动,说走就要走的!"

路莲想了一会说:"我想办法解决。我的小箱子已经准备好了,装了毛衣、围巾等冬天穿的。今晚五到六点钟,你在这附近等我,我趁我母亲进厨房安排做饭时,把箱子先送出来给你带走。"

林广宇说:"好的。"

路莲叮嘱:"你一定要按时来,在这门口等我,我一有机会就把小箱子送出来,其他的事就好办了。"

林广宇说:"那好,我走了,我还要去通知其他同学。"

路莲说:"你去吧,我马上整理出行的东西。"说完,路莲向自己的同学摆摆手,转身回到院子上楼。

路莲的箱子很小,是她妈为她念书准备的。前些日子,她已在箱内装了一些衣物。上楼后,她又加进了两件毛衣,偷偷地把它藏到楼梯下面的储物间里。

下午四点多钟,路莲拿了一本书从楼上下来了,她坐在厅中大方桌的一侧开始看书。她一边看书,一边盯着妈妈。路太太织了一下午的毛线衣,也累了。她看看天色,太阳快落山了,便走到院内收下了几件洗好的干净衣服递给女儿,让她送上楼。女儿路莲见了,不接衣服。她一扭身说:"妈,我要看书,你自己把衣服送上

73

去吧!"

路太太十分宠爱女儿,见小女儿不愿意,只好说:"懒丫头!"说完,路太太自己抱着几件收下的干净衣服慢慢地上楼了。

路莲见机会来了,她看钟,还不到下午五点,不知道林广宇来没来。她迅急地穿过小院,拉开院门一看,林广宇已经提前到达了,他正站在街对面朝这边的院门望着。

路莲急忙反身,跑到楼梯储藏室内拿了小箱,奔到了院门口。班长也十分机灵,立即从街对面赶了过来,拿了路莲递过去的小箱转身就走。

班长走了,路莲终于松了一口气,她十分欣喜,又坐在大方桌边。路太太收理好衣服,下了楼,看见女儿路莲坐在桌边面带微笑,忙问:"路莲,你在笑什么?"

路莲放松了,她的心中很快乐,笑着对妈妈说:"我刚才看了一段故事,真好玩,所以高兴!"

路太太对女儿说:"我要到厨房去了,你爸及小弟马上要回来了。"

路莲仍笑着对妈妈说:"你先去,我一会儿到厨房去帮你,李妈呢?今天怎么没有看到李妈?"

路太太说:"李妈刚才出去了,我让她出去买点东西,要一会才能回来。"

路莲说:"那好! 我把这一段看完就去厨房帮你。"

第三天上午,路太太正坐在厅堂的小木凳上帮助李妈择菜准备家中的中饭,忽然听到了楼梯上的脚步声。路太太回头一看,路莲穿着一件浅白色圆领衬衣、浅蓝色外罩衫,背着一个深蓝色的背包正在下楼。路太太警惕地问:"一会儿就要吃中饭了,你上哪儿去呀?"

路莲走到母亲面前笑嘻嘻地说:"妈,你看今天的天气这么好,我和几位同学已经约好了,今天要去县城外面的一位同学家中玩一下。"

路太太看了一眼女儿身上的背包,立即制止说:"你现在还出城?还带着背包?鬼子查得这么紧,你出城容易,进城难!你是一个女孩子,不许你出去,太危险了!"

路莲说:"我已和同学约好了,她们等着我呢,我们的那位同学家就在城外,目前暂无问题。"说完,路莲背着背包,快步向厅外的大院走去。

路太太见了,立即站起来制止:"不许你出去!"

但是,路莲手脚麻利,加快脚步,向院子的大门快速地跑去。到了院门口,路莲回身对妈妈说:"妈妈,再见!"

路太太急忙伸出手想抓住她并大声喊:"不许走!"

哪能!路莲一甩两根小辫,扭身迅速地跑远了。

路太太做梦都没有想到,就在这一刻,她和她的小女儿路莲就这样匆忙地长久地分离了。

傍晚的时候,路太太坐在家中心神不宁,她一直在等路莲回来,可是等到天黑也未见到路莲的身影。路太太只好让李妈端菜上桌,一家人边吃饭边等路莲。

路老爷吃饭吃了一半忽然说:"路莲这么晚还不回来,晚上街上是很危险的,你上楼去她的房间看看。"

路太太听了,放下碗,准备上楼。小儿子路秋突然说:"妈妈,今天早上我上学时,小姐姐突然对我说:'小弟,你要好好读书,以后在家好好照顾母亲,姐姐要出去找工作了。'我问:'姐姐,你今天走?'她说:'是的,你不要告诉妈妈。'"

路太太听了,急忙骂路秋:"你这孩子真糊涂!中午吃饭时怎么不把这事告诉我?"

路秋低声地说:"小姐姐不让我说,我答应了她。"

路太太急忙转身上楼,快步冲进小女儿的房间。路莲的房间内被子叠得整整齐齐。路太太拉开了小女儿房间内的衣柜,发现里面好几件衣服都不见了,还有一只路莲不常用的小皮箱也不见了。

路太太拉开了窗前小桌的抽屉,看见抽屉内有一封女儿的信,路太太抽出了信纸。

女儿在信上写了:"亲爱的爸爸、妈妈,如果不见了我,千万不要找我!放心!我有许多同学为伴。请你们原谅小女儿不辞而别。目前国家大片国土沦陷,我作为一个青年,要到最前线去抗日!去寻找我的前途!去寻找我的未来!小弟还小,让他在家继续读书、陪伴你们吧。我在外安顿好了以后,会设法给你们去信。请放心,女儿我不是一个人离开!女儿路莲敬上。1941年11月7日。

"附:妈妈,我在你们衣柜内的钱盒子里,拿了十块银圆路上用,请你们原谅。"

路太太看了女儿的留言,气急了。她急忙跑回自己的卧房,开柜一看,藏钱的小盒子内十块银圆不见了,她更加生气了,冲到楼下厅堂对路老爷大声喊:"这怎么办啊！路莲这死丫头跑出去了,也不知她去了哪里啊！"

说完,路太太把女儿的信递给了路老爷,说:"她还私自拿了盒子中的十块银圆。"

路老爷听了太太的话,没有心思再吃饭了,他接过信,沉默不语,半天才说:"不知这孩子去了哪里。现在国家大片国土沦陷,小莲,她是一个热血青年,怎么可能会在家中待着呢？这一点是我们大意了。没办法,已经走了,我们的四个孩子都走了,听天由命吧。"

说完,路老爷忧虑地推开了碗,向楼上走去。

半年后。

1942年5月16日。

这一天是个神奇的日子。

上午,李妈正在院子里的两棵荔枝树下洗衣服,她听见有人敲院子大门,便停了下来,向大门走去。时局紧张,大白天路家的大门也是紧闭的。李妈把耳朵贴在大门上听,又听到了几声敲门声。李妈拉开门闩,开了院门,面前站着一位四十多岁的中年妇女。她上身穿一件大襟圆领浅色衫,手提一个竹篮,篮内装有一些蔬菜。李妈问:"你找谁?"

女人站在门口说:"请问这儿是路华栋老爷的家吗?"

李妈说:"是呀！"

女人说:"路老爷有个女儿叫路莲吧?"

李妈紧张地说:"是的,路老爷有个女儿叫路莲。"

女人说:"有人托我送一封信给路老爷,麻烦你转交给他。"说着,这女人从竹篮内抽出一个黑色的小布袋递给了李妈,然后说,"我走了,路老爷的小女儿在外面很好!"

这女人朝李妈点头笑笑,转身欲走。

李妈很惊喜,忙拉住女人说:"请进来坐坐!"

女人说:"不了,我走了。"说完,女人又点头笑了一下,快步离开了。

李妈手握布袋,愣了一会,然后她快速地插上门,转身向院内跑去,边走边喊:"太太,太太!小姐来信了!"

路太太正在卧房内与路老爷谈心,她似乎听到了李妈的叫声,向门外走了几步问:"李妈,你说什么?"

李妈高兴地说:"太太!小姐来信了!"说完,李妈向路太太挥了挥手中的布袋。

路太太这下子听清楚了,她"啊"了一声,快步冲下楼梯,接住了李妈给她的小布袋。

布袋内有一封信。

信封上没有地址。路太太急忙抽出信纸,信的内容十分简单,只有几句话:

爸、妈:

你们好!

我是你们的小女儿路莲。去年秋末,我们五位同学(三男两女)经武汉到西安,最后辗转到达了延安,历时五个多月,沿途的困难及情况以后有机会面谈。现在我和我的几位同学都进了延安的一所大学学习。每天从全国各地到延安的青年有许多许多,我感到我们来对了。现在我和同学们都已安顿好了,目前我们正在读书、上课,请二老不要挂念。特此去信告知。

顺致春安

女儿路莲
1942年4月4日

这封信已在路上走了一个多月,路太太不知道这封珍贵的信是如何送到这儿的。她兴奋地向楼上奔去,冲进卧室,对他说:"路莲这个死丫头,她到延安去了!"

路老爷正靠在床上看一本书,听到太太的话,惊喜地说:"是小莲来信了?"

路太太说:"是。"说完,她把信递给了丈夫。

路老爷接过了信,迅速地看了一遍。他把信摊放在手上,接着,把信拿起来又仔细地看了一遍。

随后,路老爷神情凝重地说:"延安,很远很远,真不知道这几个孩子是如何到达那里的!听说共产党的主要力量不仅在延安站稳了脚跟,还发展得很好。他们的部队在西安事变后已被国民党改编成三个师,现在正在华北敌后抗日,目前已是北方抗击日本鬼子的主要力量!"

路老爷坐了起来,他趿上鞋,在房间中踱步,并对夫人说:"孩子在外,我们管不住,顺其自然吧。好在小莲她目前很平安。这件事你不要告诉任何人,很危险的!"

路太太听了,忙把信收起来,说:"我知道! 我不会说的!"

路老爷穿上了外衣,与夫人一道下楼。夫妇俩刚坐下,李妈忙给老爷泡了一杯茶,正把杯子放在大方桌上,忽然又听到了敲门声。

有人在门外大声喊:"棕榈里六号,有信!"

李妈对路老爷笑着说:"又有人敲门,我去看看!"

李妈拉开了大门,见是一个中年男人,他穿着一套深蓝色邮递员服装站在门口,问:"这儿是棕榈里六号吧？是路华栋的家吗？"

李妈惊奇地笑着说:"是的!"

中年人说:"有你们家一封信!"

"有信?"李妈惊讶地问。

坐在厅堂中的路老爷听到动静,站起来走到大门口。

路老爷听到了邮递员的话,快步走到院子门口并问:"通邮了?"

邮递员望了路老爷一眼说:"通邮了,棕榈里六号! 今天就有你们家的一封信!"

说完,邮递员低头,从身上斜挎的一个绿色背包中找出了一封信,信上的收信人正是路老爷的大名路华栋。

这封信的信封上也没有详细的地址,只有"上海"两个字。路老爷看了,立即知道了这是大女儿路润的来信。

路老爷对邮递员说:"谢谢你! 我就是路华栋,进来坐一下?"

邮递员说:"不了,今天刚通邮,有许多信,我还要一家一家地给送去呢。"

因为太高兴,路老爷忍不住给邮递员鞠了一躬。

李妈笑眯眯地关上了院门,路老爷也笑着向楼内走去。他边走边哈哈大笑说:"啊!今天真是个好日子,我的两个女儿都给我来信了!"

路太太已迎到厅堂门口,她急匆匆地从丈夫手中接过大女儿的来信,拆开急忙看起来。

大女儿路润的这封来信是两周前寄出的,信的内容也很简单,上面写着:

爸爸、妈妈:
　　二老好!
　　好久都未给你们来信,现在上海与广州已经通邮了,所以我给你们写一封信。我目前仍在上海,一切平安,仍在一个书店工作,有时给报纸写点小文,生活目前还可以。请你们二老放心,多多保重。
　　顺致夏安!

大女儿路润敬启
1942年5月4日

路太太看了后递给丈夫路老爷,路老爷把信看了一遍,夫妇俩高兴地同声说:"今天是个什么日子啊!这么神奇!我们的两个女儿都来信了,感谢上苍!"

说完,路老爷高兴地伸手把太太抱住,并在她的前额上亲了一口。接着,路老爷侧过身对站在身旁望着他俩嘻嘻笑的李妈说:"李妈,谢谢你啊!今晚你多炒两个菜,我要喝一杯,庆贺一下!"

李妈忙笑着说:"好啊!"

路太太在一旁听了,忙笑着纠正:"不要等晚上了,就中午,中午!李妈,你多炒两个菜让我们高兴一下吧!"

李妈高兴地应道:"好,好!太太,我现在就去准备!"

路润离家已经很久了,她冒险给家中寄出一封信,却未敢写出回信的地址。她很希望能收到家中的只言片语,可是时局,还有她的工作让她不敢冒险。这天路润休息,上午准备买点菜,出门时路润仍习惯地朝四周望了一眼。忽然,她看见大门斜对面的墙上出现了一张长方形的纸,她走了过去,是一份寻人启事。

路润立即想起上级的叮嘱:"你安心在书店上班,注意保护自己,我们尽量不给你安排特别的工作,只有在紧急时,才会在你家对面的墙上贴一张寻人启事。"路润认真地看了寻人启事上面的隐秘通知,然后,她掉转方向向一处老接头地点走去。

那是一处位于一条弄堂上方的二楼小平台,平台靠街的一侧有一个竹竿正晾晒着一件黄色上衣,黄衣上面覆盖了一条红色的花纱巾。

"这是接头的通知。"路润清楚地看到了,她缓缓地从平台下面通过。路润已有不少时间都没有接到上级安排的较大任务,她心中既高兴又有点紧张,转身快步向另一条街道走去。

路润接近了那个缝纫小店,正巧又看到一队日本鬼子巡逻兵从店门口经过。路润紧张地远远地望着,还好,店门口没有异常的事情发生。

日本兵走过去了,路润慢慢地走进了缝纫小店。那位熟悉的缝纫女工认出了她,立即站了起来说:"小姐,你的衣服做好了!"

说完,缝纫女工从机子上方的铁丝上取下一件挂着的旗袍,递给了路润说:"你试试这件衣服是否合身!"

说完,缝纫工把路润引到了店的后面,在那扇小门附近,她向路润指了一下,点了一下头,示意路润进去。

路润拿了那件旗袍推门进去,果然,她看见李灿大哥正坐在桌前拨打算盘。

李灿看见路润进来,忙起身,亲热地说:"来啦!"说完,他给路润倒了一杯水。

路润在桌边的一个木凳上坐下,说:"李大哥,好久不见,你找我?"

李灿也在桌边坐下,按照职业的习惯,他盯着路润的脸看了一会。路润今天面部表情平静,无任何异常。

路润被自己看得有些不好意思。她今天休假,穿得比较好,在紫色带点碎花的布衣旗袍外,又套上了一件浅蓝色的毛质短外套,她剪着短发,显得文雅时尚。此时,路润红着脸望着李灿,等待领导的安排。

李灿说:"有一件非常紧急的事,也是不得已,才考虑让你去帮助解决,你不忙吧?"

路润说:"行,不忙。"

李灿说:"我们有一位同志,出来买药,带了一瓶碘酒上船被扣下来了,目前正关在徐家汇拘留所里。这位同志有一位助手,当时带了些重要的东西跟在他后面,两人相隔十几步,所幸未被发现。我们已经打听到,你有一位同乡好友,她的丈夫正好在徐家汇拘留所附近的警察署工作,希望你能去找找那位同乡好友,想想办法,把这位同志弄出来。这位同志目前身份尚未暴露,他只承认自己是青浦的乡村医生,出来买点药,他的随身物品中,只有一瓶碘酒是禁止携带的。"

路润听了李灿的详细介绍,说:"我知道了,你是想让我去找我的同乡好友林芬,她的丈夫确实是在徐家汇警署工作。"

李灿说:"你这位好友的丈夫最近升职了,他已经是副队长了。"

路润笑着说:"李大哥,你们的消息真灵通,比我知道得还快!"

李灿也笑了:"那是当然,我们是专门做这方面工作的,不搞清楚,我们还能进行工作?"

李灿说完,低头拉开桌前的抽屉,取十块银圆放在路润面前说:"经费很紧张,只有这十块银圆,你给你的那位女友买点礼品,做做工作,让她的丈夫设法放了我们的这位同志。"

说完,李灿又从抽屉中取了一张字条递给路润:"这是这位同志现在的姓名和被关押的地址。他目前仅仅是拘留,案子不大,应该能够被放出来。"

路润说:"我同学与我关系很好。她结婚时,我还去参加了她的婚礼,她的丈夫应该能够答应。"

李灿说:"你不要把问题想得太简单,要尽量想好办法,稳妥地把这个同志弄出来。"

路润说:"好的,我来想办法!"

李灿说:"一周后的傍晚,我在广慈医院后门口等你,那里有一片小树林。"

路润说:"好的!"

李灿叮嘱:"这位同志的姓名、关押的地址、相貌特征等都记住了吗?"

路润笑着说:"记住了,放心!"

路润站了起来,李灿把十块银圆推到了路润面前,说:"拿着,经费很困难,只有这点!"

路润红着脸说:"经费困难,我就不拿了吧。"

李灿听了,一只手拿起了钱,另一只手抓住路润的手,把钱放到了她的手心。

这一瞬间两个人都不自在起来,脸都红了。

路润接过了银圆,把它们放进了手提包中,转身朝门口走去。在门口时,她回望了一下,看见李灿站在桌旁挥手,并叮嘱她:"记住,一周后,我在小树林边等你。"

路润拉开了小门,向外走去。

路润经过那台缝纫机前,那位女工抬头又向她点了一下头。

路润也点了一下头,手中提了那件旗袍向店门口快步走去。

第二天下午,路润向书店老板告假一小时,她提前下班了。

路润去了一家专卖毛衣的好店,为林芬挑了一件漂亮的毛衣,然后她穿上了那位缝纫女工送给她的旗袍。这件旗袍,路润觉得做得很好看。她决定用这件旗袍再配上新买的毛衣,把它作为礼品送给林芬。

在店中的镜子前,路润穿上了新旗袍,套上新毛衣,一试,这套衣服十分合身,也挺漂亮。路润知道林芬与自己的身材差不多。

试好后,路润请店员把两件衣服都包装好。

路润很高兴,买毛衣只花了一块银圆。她又去一家糕点店买了一盒蛋糕、一盒点心,买好以后,她向好友林芬家走去。

林芬家住在一栋单独的小二楼中,其内有好几户人家挤在一起,林芬家位于二楼的西边,有两大间,室内挺宽敞的。

林芬已经下班,正在门口走廊上做饭,路润提了礼品向林芬家门口走去。

林芬听见脚步声,回头一看是好友来了,忙放下手中的活迎上来高兴地说:"路润,你怎么来啦?"

路润说:"我来看看你嘛!"

"快请进!"林芬把好友路润迎进门。

林芬虽结婚一年多了,至今却仍然没有孩子,两间房收拾得如新房一样。外面的大房间中靠窗摆放有两只沙发,还有茶几,进门处是一个圆桌,在铺有白色线织纱巾的桌上放了一瓶花。林芬引路润到窗前茶几旁坐下,说:"好想你,今天来了就不要急着走了,晚上在我这吃饭!"

路润在沙发上坐下,她随手把礼品放在茶几上说:"我给你带来一套衣服,我已试过,很漂亮的。这套衣服送给你做生日礼物,我记得还有几天就是你的生日了。"

林芬把手一拍说:"哎呀!是的,谢谢你还记得我的生日!我俩是好朋友,你来了就不必带东西了。"

路润说:"我俩是什么关系?别见外!"

路润扫了一眼里面的卧室问:"你家先生呢?"

林芬说:"他还没有下班,快了!"

路润说:"那好,我就等他一下,我还有件事想求他帮帮忙呢!"

林芬立即睁大了眼睛问:"你找他什么事?"

路润喝了一口茶说:"等你先生回来再说。"说完,路润与林芬聊起了家常。路润拍了一下林芬的肩膀说:"等会你可要给我帮忙,帮我说啊!"

林芬说:"好啊,你现在怎么不告诉我呢?"

路润说:"等他回来一道说。"

两位好朋友正在交谈,走廊上传来了脚步声,路润抬头一看,只见林芬的丈夫穿着一身深蓝色警服,扎着腰带,戴着大盖帽,径直推门进来了。

路润站了起来,迎上去说:"林芬的大表哥,听说你升官了,我祝贺你!"

林芬的先生听了,立即举起手放在嘴边制止说:"小声点!可不要乱说,你是怎么知道的?要是让楼上的这些邻居都知道了,他们会把我当成汉奸的,传出去,我的小命可就危险了!"

林芬忙在旁边帮腔说:"我也不想他升官,不过是混碗饭吃,我天天都叮嘱我家先生注意,不要做过头的事!小心谨慎!"

路润说:"人言可畏,别人的看法不一定如你所愿。你家先生升官了,你们最好还是另外找个地方搬出去,这地方人多眼杂,难保安全!"

林芬说:"是的,你说得对,我们也准备再找房子搬出去。"

林芬的老公张力走进卧室换身衣服,出来后对路润说:"你今天怎么来啦?"

路润笑着说:"还有三天就是林芬的生日了,我来看看她,另外

87

我还有点事找你。"

林芬听了,连忙接话说:"张力,你看路润今天给我送来了许多礼品,她还给我买了一套衣服。"说完,林芬打开礼品盒子让老公看。

张力客气地说:"来就来了嘛,还买什么礼品!"

路润接着说:"张力大哥,我还有件事想求你呢。"

路润说:"我书店老板的小舅子,在青浦乡下当医生。前几天,他糊涂得很,竟然带了一瓶碘酒准备上船,在十六铺码头被扣下了,现在正关押在徐家汇拘留所。我老板托我找你帮忙,把他放了。这个人是个书呆子,乡村医生,是个很老实的老百姓,他太糊涂了,给自己惹了麻烦。这是这个人的姓名和关押的地方。"说完,路润把一张条子递给了张力。

张力听了,笑了:"原来你还有事找我,这个人不会是共产党吧?"

路润笑着说:"这种书呆子医生,怎么会是共产党!"

张力说:"听说青浦外围经常有共产党新四军活动,这事我还不太清楚,我明天设法帮你去问问。"

路润说:"这人目前是临时关押,你帮忙应该就能放出来!谢谢你,张大哥,请你一定帮忙!"

说完,路润低头又从提包中拿出十块银圆放在茶几上。

路润说:"张大哥,帮帮忙,余情后感!"

张力扫了一眼茶几上的十块银圆说:"我们是好朋友,这银圆,我可不能收。明天帮你问问,如仅仅是暂时关押,不是共产党,想想办法,应该能办成。"

路润连忙感谢说:"谢谢,谢谢!改日我请张大哥喝酒!"

张力笑了:"好!你等消息吧,我会尽量帮忙的!"

林芬听了,也在一旁帮忙说:"路润同我来上海好几年了,可从来都未找过你,这次你一定要帮忙啊!"

张力见自己的夫人也开口说情,忙说:"好,好!我知道了。"

路润见事情办得差不多了,立即站起身来,准备离开。林芬忙挽留说:"路润,留下来吃饭吧,我已烧好了。"

路润说:"你家先生刚回来,你们小两口慢慢吃吧,我今天还有事,我先走了。"

路润说完往门口走去,林芬见了,忙把桌上的银圆拿了追上去,准备还给路润。

路润说:"我俩好朋友,别嫌少就行了,我等你先生的消息!"

张力听了在后面补充说:"一般性的关押,不会超过两周。如无大的问题,不是共产党,我找找人,争取一周内给你解决,你回去等消息吧!"

路润笑了,说:"感谢张大哥,我走了。"

说完,路润离开了林芬的家。

一周后。

路润与李灿约定的见面时间到了,她在下班后又去接头地点去看那件黄上衣。她缓缓地从那凉台上的竹竿下穿过时,清楚地看见了那件黄上衣及彩色围巾又挂在那儿了。

信号未变,说明接头地点及时间未变。

路润朝上望了一眼,快速从竹竿下穿过,向约定的小树林边走去。

这儿比较偏僻,行人很少,在林边还有一摊水,不深,水边还安放有两个长木椅。白天,常有游玩的人在椅子上休息。

路润向林边椅子走去,她看见已有一个人在那儿坐着,定睛一看是李灿,他已经先到了。

李灿见她到了,拍拍木椅,请路润在身边坐下,两人靠得很近,装成一对恋人。

路润说:"李大哥,我已按照你的安排,找了我的那位同学,事情大概正在办!"

李灿低声说:"我代表组织谢谢你!你这次任务完成得很好,我们那位同志已在前天被放出来了,现在应该回到青浦以外的新四军根据地了。"

路润惊讶地说:"这位同志这么快就被放出来了?"

李灿说:"放出来了,并且已经离开上海了。这次你这位同学的丈夫起了作用,再加上我们这位同志身份未暴露,所以很快就放出来了。"

路润说:"那真好!"

天已经黑下来了,两人正在说话,远处有一队巡逻的日本兵打着手电筒往他们坐的椅子这边走过来。李灿看到了手电筒的光亮,立即伸出手搂住了路润。路润的心立即怦怦地快速跳动起来了。

这队日本巡逻兵有四人。为首的一个日本兵把电筒光往他俩身上来回地扫了几下,看是年轻人在谈情说爱,直接向他们走过来。路润吓得紧紧靠在李灿的胸前,李灿也低下了头,把脸贴近路润的耳边,呼出的热气让路润的心脏猛烈地跳动起来。

日本兵紧贴着椅背走过去了,路润惊出一身冷汗,李灿仍拉着路润的手安慰说:"吓坏了吧?"

路润不好意思地坐正了身子说:"刚才真危险!你真了不起!一点都不慌,还把我……"路润很不好意思地停住了话,此刻,她的心又怦怦地跳动起来,脸一下子热起来。

李灿叹了一口气,说:"现在我们共产党人干革命,确实很危险,类似这种紧张情况,这些年我也不知遇过多少次,每一次都是靠着沉着镇静去应对。前些年,我们牺牲了许多好同志、好战友。"

路润低声说:"李大哥,你干革命工作许多年了吧?你原来是干什么工作的?你不像是工人,也不像账房先生。"

李灿笑了,他靠在路润身边低声说:"我参加革命有十几年了,我原来在复旦大学读书,在大学二年级时就加入了中国共产党。毕业后党组织安排我进了工厂,在工人中做党的工作,后来调到这一片区,负责这一片区的组织工作。你觉得我不像账房先生?"

路润笑了,说:"你不像账房先生,装得有点不太像!我家开有一个茶叶店,我父亲有时要管理账目,他的算盘打得很快、很好!你的算盘拨得很慢、很迟钝,内行人一眼就能看出来。"

李灿听了,哈哈一笑,说:"我打算盘是糊弄外人的,你说得对,我的算盘拨得很慢,以后还真要在这方面下点功夫。工作很忙,每天都有许多任务要完成,没有时间练习。"

说到这,李灿松下了手说:"我们回去吧,你回去继续注意安全,不做其他的工作。你店中的老板是党的外围同志,人还比较可靠,我们仍按原定的方法定时联系。"

路润听了,说:"谢谢!"她松了一下刚才被握的手,心中一阵温暖,她不好意思地又望了望李灿的脸。

　　说完,李灿与路润从椅子上站起来,两人并排离开了小树林,在人行道上,李灿又拉住了路润的手,这让路润感到十分惊讶与高兴。路润来上海已多年,由于工作所限,她与其他男性很少有机会近距离接触,她还从未谈过男朋友呢。

　　路润靠近李灿低声地问:"李大哥,你的工作这么危险,你成家了吗?你有女朋友了吗?"

　　李灿听了,他停住了脚步,仍拉住路润的手笑着说:"还没有!我没有成家,也没有女朋友!路润,你来上海不少年了,你有男朋友了吗?"

　　路润不好意思地低头回答:"我也还没有男朋友。"

　　李灿听了,笑了:"我们的工作很危险,一点都不能大意,所以我们有很严格的纪律,也就没有什么机会。哈!今天我知道了我俩都没有……"李灿笑出了声,他拉着路润的手,没有把话说完。

　　到了岔道,李灿松了手,他轻轻地说:"前面离你的住处不远了,你小心点,先走吧。"

　　路润回头望了李灿一眼,她不好意思地转身快速离去,走了十几步,忍不住回头又望了一下。在夜色中,她看见李灿高高的身影仍站立在那里。他仍在远远地望着她,在送她。

　　顿时,路润心中一热,心脏又是一阵悸动,她感到十分温暖!

第六章　夕阳下的宝塔山真美

路莲到达延安安顿下来后,在上级组织的帮助下,曾冒险给家中写了一封简单的信,好让父母放心。路老爷夫妇收到小女儿路莲的来信后,确实安心了很长一段时间。其后,路老爷夫妇又开始期盼小女儿路莲能再来一封信,说说她在延安的具体情况,却再也没有得到路莲的任何信息。为什么呢?因为家乡是沦陷区,因为路途太遥远,战争仍在进行,这些因素都让路莲不敢,也无法再给家中去信。路莲害怕通信会给父母家人带去生命危险。其实,路莲也十分想把自己在中国女子大学的快乐、充实的学习生活告诉父母。

这天上午,老师刚刚给大家上了一堂军事射击课,中午吃饭时,队长宋辉端着一碗饭一边吃一边通知大家说:"射击课要趁热打铁,上午讲了理论,下午就要进行实战训练。吃完饭休息半个小时,我们就去射击场进行举枪练习。"

路莲听到又要练习打枪了,非常高兴。上一堂课,她们学习了手枪射击,今天下午学员们主要是进行步枪射击训练。

射击场在延河附近的一处黄土高坡下,是前几届学员们在学习射击时劈山修建出来的。这儿离城市较远,比较僻静。下午二时,宋辉带领三个班的女学员来到了射击训练场,先到的两个男教练已在进行准备,场地上摆放了许多条步枪。宋辉见学员们都到齐了,大喊一声:"立正!站好!"二十多名学员立即整齐列队排好。宋辉说:"我把上午课堂上讲的射击要点给大家再说一遍,接着,你们就要自己练习。我现在先示范操作一次给你们看看:把枪平行举起,托稳,注意寻找靶心进行瞄准,并将三点连成一线,你们认真看好!"说完,宋队长拿起一支步枪,仔细示范了一遍。

宋队长示范操作结束后,命令学员说:"解散!你们每两人一组进行训练,不懂的地方可以询问两位教练。"

宋队长安排好以后,路莲和黄珠珠一组开始练习。路莲把步枪托举了一会后,就感觉到手臂力量不够,枪头立即垂下来了。

宋队长和两名男教练在几排学员中来回巡视,发现路莲的枪头下垂后,宋队长走上去扶了一把说:"把枪托抵紧肩部,枪头一定要指向靶心,不能斜!不能下垂!不能移动!坚持住!这样射出的子弹才能击准靶心。"

路莲和黄珠珠练习很长一段时间后,终于掌握了要点。枪身被端正了,她感觉手臂上的压力反而减轻了。巡视了一圈后,宋队长说:"大家歇一会吧,休息二十分钟,休息后,再进行卧式射击练习。"

宋队长说完后大声喊:"解散!休息二十分钟!"

路莲听了,拉黄珠珠找了一处有草的地方坐下,黄珠珠刚坐好,就从口袋中掏出了一封信抓紧看起来,路莲见了,忙关心地问:"你家来信了?"

黄珠珠说:"哪里!不是我家来信,我家不会有信来。我有两个小老乡,她们比我小两三岁,去了七分校,今天上午收到了她俩写来的一封信。"

路莲说:"我知道抗大有许多分校,但我不知道七分校在哪里。你的老乡怎么没和你分在一起?"

黄珠珠未回答,继续看信,突然她哈哈地笑了起来。路莲见了,十分羡慕,继续追问:"你有小老乡来信,男的女的?"

黄珠珠又看了一会信,笑着回答:"是女的!她俩还是孩子呢,真把我笑死了!她们有一次夜间出来上厕所,回去时跑错了窑洞,夜间看不清,竟然还上了男兵们的炕,正准备挤着身子睡下去,被一个男兵发现了,点亮了油灯,这才把大家吓了一跳!你说可笑不可笑!路莲,真是笑死我了。"

路莲听了,一把抓住黄珠珠的臂膀问:"你有这么可爱的小老乡,怎么回事?赶快告诉我!"

黄珠珠来自山西,她比路莲早到延安一段时间,也是高中生。路莲到达延安后,因为要老带新,黄珠珠被调到这一个班级,两人还成了好朋友。

黄珠珠把信折了起来,叹了一口气说:"路莲,虽然我俩很友好,我却一直没有时间把我的一些情况告诉你,说来令人伤心。我家在镇上开了一个小烟酒店谋生,当时我正在高二读书,有一天周末回家,我在店中帮我父亲卖烟酒时被镇上的一位少爷看中了。我们山西地下的煤很多,这位少爷家开了一个不小的煤矿,很有些钱,他看上我以后,就让他爸用钱买通了我的父亲。我的父亲贪财,收了人家的钱,逼我嫁给这位少爷,我左推右推都无法推掉,最后，我只有逃出去这一条路了。"

路莲听到这儿，忙开玩笑插话说："你们山西那儿地下的煤真多！矿主的儿子，又有钱，不是也挺好的嘛！"

黄珠珠听了，叹了一口气："那个少爷，废物一个！肥头胖脑，长得像个猪八戒，看了都令人恶心！我知道我家镇子周围经常有八路军活动，我们班上有一个男同学认识八路军的人，我就去找了这位同学，让他给我帮忙。当时正好有一位八路军干部在我们那一带执行任务，他要送一批青年到延安学习深造，我和这位八路军干部认识后就求他把我也带上。我告诉他我想去延安参加革命，他同意了并愿意带我来延安。高中同学知道我要去延安后，要求我把他的两位妹妹也一道带上。他帮了我，我也就同意带上他的两个妹妹。这同学的两个妹妹年龄小，需要在抗大学习培养很多年。这位送我们到延安的八路军干部后来被安排去了抗大七分校，成了七分校的一位领导，我就把我的这两位小老乡交给他带到了七分校。和我一道来延安的那批人较多，我因为是高中生，不会在女大读很长时间的书，就留在了延安。"

路莲听了黄珠珠的叙述，深表同情，就说："原来如此，你是因为逃婚才来到延安的。也好，坏事一下子变成了好事，不然，你现在还不会是一位革命战士。"

黄珠珠听了，笑了。

路莲继续追问："珠珠，你还未告诉我抗大七分校在什么地方。"

黄珠珠说："七分校在甘肃陇东。他们现在干得可好呢，听说全校学员最多的时候有五千多人。第一批学员到达时有点苦，需要自己动手挖洞建房、开荒种地、纺羊毛织布、养鸡养猪。我的两位小老乡来信说,她们那儿现在什么都有了,大家干得热火朝天,基本上都能自给自足了,还经常有肉吃。毛主席和中央其他干部经常去给他们讲课。我的这两个小老乡,原来初中还未毕业,现在信已经写得很好了。她俩在学校中不仅学习各种文化知识,还学习一些基本生活技能,现在已能用羊毛纺线、织布织衣,她俩进步真快!"

路莲羡慕地说:"七分校干得这么好,以后有机会,我们也去看看。"

黄珠珠说:"七分校还是比较远的,我们不容易有机会去。路莲,我从未见到你有来信,你为什么不给家中去信?"

路莲低声说:"我的情况和你很不一样,我不行!我家在沦陷区,见不到一个八路军,找不到一个共产党,天天见到的都是日本兵。我害怕给家中去信,让日本兵发现了,会给父母带来杀身之祸。我只能忍耐着不与家中联系,你能与家中通信,真好!"

黄珠珠说:"我也不与家中通信。我是偷着跑出来的,我的父亲收了那个少爷的彩礼钱,这钱后来肯定被要回去了,我爸肯定恨死我了,所以我也不给家中写信。"

路莲与黄珠珠坐在土坡草地上聊天,她往后一仰,偏头时忽然感到有一抹强光射到了眼睛上,她很奇怪,站了起来并往前走了好几步进行观察。路莲绕过一丛矮树后,发现原来太阳已经偏西了,有一抹阳光正好斜射在远处的宝塔顶上,大概是塔顶上有琉璃瓦,阳光被折射出一片耀眼的金光。

路莲连忙喊:"黄珠珠,你快来看,宝塔顶上有一缕金光射过来,这么亮,你说,这宝塔顶上是否有黄金啊?"

黄珠珠听了,立即跑过去观看,也赞叹说:"景色真是美啊!我真高兴,庆幸来了延安!"黄珠珠说完,双手一拍,在地上蹦了起来。黄珠珠梳了两根小辫、瓜子脸、白白的皮肤,此刻,戴了军帽的黄珠珠更加漂亮。

路莲继续和黄珠珠聊天:"你家在山西,到延安方便,我来延安可难啰,我和我的同学在路上走了半年。"

黄珠珠附和说:"我们山西离延安近,来延安的人很多,河北来的人也不少。许多青年都往延安跑,他们怀着希望,向往着延安,听说现在延安每天都要接待大批外来的抗日青年。"

忽然,哨声响起,宋队长吹着口哨走到路莲、黄珠珠面前说:"不早了,太阳都偏西了,大家再抓紧练习一下吧,快去集合,那儿有男教员教你们进行卧式步枪射击。"

路莲、黄珠珠回到集合点,宋队长见人到齐,大声说:"大家再往前走几步,到那条白色横线边趴下,继续瞄准练习。今天你们练习以后,下周还会再练习一次,现在子弹很宝贵,我们争取在下次练习时让大家用实弹打一次。子弹是用来打日本鬼子的,可不能浪费啊!希望大家下次实弹射击时,能打出好成绩。"

说完,宋队长大声命令:"全体队员立正!齐步走!到横线趴下!"

路莲和黄珠珠并排站在一起,她俩走到了标志横线边站住了,地上已有步枪摆好,宋队长见大家已经到位,再次大声喊:"立定!趴下!"

前方的五十米处是一座黄土坡,被削平的坡墙下面竖有四面射击用的木靶。路莲与黄珠珠趴在一起,她俩瞄准前方的靶心,认真地练习。

　　这天是星期天,学校放假让大家休息。许多学员都早早地进延安城内玩去了。路莲不想进城,她喜欢延水河,想去河边看看。忽然她想起前几天趴在地上练习射击时弄脏的军衣换下来还未洗,正好可以带到河边洗好。想定以后,路莲从墙上拿了背包,把几件脏衣全装了进去,接着,她去隔壁的窑洞中找黄珠珠。

　　延安的砖房少,在郊外的大部分窑洞房都是依着山势挖洞,砌上少量砖石构成的。路莲看见黄珠珠斜靠在炕边的泥墙上,就站在门口大声喊:"黄珠珠,你在干吗?"

　　黄珠珠听见喊声,忙下炕从室内跑出来。她看见路莲背了一个鼓鼓的背包,就问:"哟!你背了什么?准备去哪儿?"

　　路莲笑着说:"珠珠,今天休息,许多同学都到延安城内玩去了。我前些日子刚去过,今天就不想再去了,我想到延河边看看。"

　　黄珠珠听了,笑着说:"你想去河边?那要走不少路呢,我们马上要考试了,我正在看书呢。"

　　路莲说:"我知道马上要考试了,听说考完以后,我们这批学员中有一大批人将要分配工作。你在看什么书?"

　　黄珠珠说:"我正在看毛主席的《论持久战》,还有军事课中的游击战术,那天老师上课,我记了不少笔记,今天再看一下。"

　　路莲劝:"珠珠,你说的这两部分内容,我已看了两遍。现在的抗战形势已经验证了《论持久战》的判断是正确的,所以我也觉得这些内容要考。珠珠,今天难得休息,你也歇一天吧,不看书了,

99

走！我俩去河边玩玩。"说完，路莲就上来拉黄珠珠。

　　黄珠珠被路莲说动了，她合起手中的书本说："好吧，听你的，今天我也歇一天。你的背包中装了些什么东西？"

　　路莲说："前几天射击时趴在地上弄脏的军衣未洗，顺便带到河边上洗一下。"

　　黄珠珠听了，也拿了背包装了几件衣服就与路莲一块出发了。

　　学校距离延河边有不少路，两个女孩沿着一条小路来到了河水边。已是初夏时节，不久前又下了一场雨，从远处黄土高坡上流下来的雨水让河面增宽了不少。路莲与黄珠珠在河沿上走了好长的一段路，才找到一块石板，路莲把石板搬起来，移动了一下，斜放在河沿上，把两件脏军衣按进河水中洗了起来。

　　黄珠珠看见路莲洗衣了，说："我也找块石头，我俩同时洗。"

　　路莲笑了："你不必找了，这黄土高原上尽是黄土，哪有石头！石头很是金贵的呢，这块石头还不知是哪位洗衣者安放的呢。你不必去找石头了，我洗好了你接着洗就行了。"说完，路莲把军衣从水中拿出，放在石板上用力地搓，再放入河水中用力地摆，洗好以后，她站了起来，把石块让给了黄珠珠。

　　路莲走到河边的一丛灌木，晾起了自己的军衣。她一边和黄珠珠说着笑着，一边向远处眺望，忽然黄珠珠在路莲背后大声说："路莲，你看，河边上又来了几个人，好像也是穿了军装的，很可能是我们抗大的！"

　　路莲听了，连忙转身，她望着前方，却没有注意身后。路莲这时也看见有几个军人正顺着河沿走过来了，路莲站在树丛边仔细地看，突然她在这几个人中间发现了自己的老同学林广宇！

林广宇与路莲结伴同来延安。到达延安后,路莲、叶丽被安排进了女子大学,而林广宇、方远东、王华则被安排进了抗大。路莲与林广宇两人很少有机会见面。

路莲高兴地向前跑了几步,迎上去亲热地问:"林广宇,你们怎么也来河边啦?"

林广宇和他的两个同学停下了脚步,林广宇笑着说:"我们怎么就不能来河边?我们学校今天休息,大家都出去玩,我们就来河边了。我刚才还想过去你的学校找你,没想到在这儿碰到你,真是巧!"

路莲说:"我和同学黄珠珠来河边玩,洗衣服。"

黄珠珠一边洗衣一边回头观看。路莲望着林广宇,发现林广宇到达延安后,竟然还长高了不少:他今天穿了套灰蓝色的新军装,洗得干干净净,戴着军帽,扎着腰带,显得更加帅气。

路莲称赞说:"林广宇,你长高了不少!"

站在林广宇身边的两位战友,见路莲与林广宇聊起了天,就自觉地往河沿走了几步,他俩站在黄珠珠身边,看她洗衣,并和她聊起考试的事。

林广宇见自己的战友去了河沿,忙抓紧时间与路莲说话:"在这北方,虽无大米可吃,但这黄土高原上的粮食也很养人呢,我也发现我长高了一些。"

路莲说:"我们学校马上就要考试了,听说考完后一部分同学就要提前安排工作了,你们呢,你们还有时间出来玩?"

林广宇说:"我是偶尔放松一下,你俩不也是出来了吗?我刚才还很想去你们学校找你呢,我有话要对你说。路莲,你知道吧,

101

抗战已经到了最后的关键时刻了,听说前线各地都很需要人,我们这批学员考完后有许多人要分配了。我很想到抗日前线去,抗战可能很快就要结束了,再不抓紧去前线,就难有机会去打日本鬼子了。"

路莲笑着说:"这事我也听说了,我们这批学员中有不少高中生,年龄比较大,我们在女大又学习了许多军事课、政治课,很快就会让我们毕业了。我的射击成绩也很好,我也很想上前线,不知老师如何安排。"

林广宇这时向周围望了一下,他从上衣口袋中掏出一个纸条递给路莲,并说:"我原以为没有机会见到你,所以给你写了个条子。路莲,我想邀你一块走,我俩一块上前线。"说完,林广宇的脸忽然红了。

路莲看见林广宇脸红了,很是奇怪,她打开了林广宇写的小纸片,纸片上写了:"路莲,我对你很有好感,希望你能做我的女朋友。我准备申请上前线,很想你能有机会与我同行。"

路莲看了字条,立即大笑起来,说:"林广宇,你好大胆子!给我写这种小字条,你还想与我相约再进行一次私奔?真是自由主义!你不怕你们老师知道了要处理你?"

林广宇被路莲说得很不好意思,他低下了头,低声说:"路莲,我们五个同学一块千辛万苦来到延安参加革命,我申请去前线,邀你同行,这有什么不好?就是老师知道了,也不会怪我的。"

路莲听了,又大声笑了起来:"林广宇,你还狡辩!难道你不知道,学校规定任何女学员都不允许谈恋爱和私自行动吗?我哪里有可能自己做主与你一块走!你们抗大的男学员,也是不允许随便谈恋爱的,你难道不知道?"

林广宇抬起了头,他争辩说:"我知道,我来延安这么久了,还不知道这点秘密?"

路莲听了,开心地笑弯了腰,说:"林广宇,你知道这规定,还敢给我写这条子,你胆子贼大!哈哈!你不怕我报告给你们的老师?"

林广宇委屈地说:"路莲,我的条子上也没有说什么,你不要大惊小怪了。我是因为已决定要求上前线,如不把这话现在告诉你,我担心延安这里男的很多女兵很少,你可能会被别人吸引,跟他人跑了!"

路莲站在树丛边,用手扯下一片树叶,咯咯地直笑。

林广宇继续说:"路莲,你别忘了,我们来延安的时候,那一路多危险啊。你可记得有一天晚上我们偷着翻过一个山头,你不小心从山坡上滑了下去,是我和方远东把你从坡脚拉上来的。你的衣服撕破了,腿也破了皮,我扶着你走了很长的一段路,我给了你那么多照顾,你可不能没有良心,去报告我的老师!"说完,林广宇抬头望着路莲。

路莲见林广宇有点误会了,只好笑眯眯地说:"好的,林同学。我知道了,我不报告你的老师,行了吧!"说完,路莲转身要走。

林广宇见路莲要走,忙补了一句:"我会努力地让自己达到那两个条件,我会耐心地等着你。"

路莲不理会林广宇在身后说的话,她向河沿走去,正好黄珠珠洗好了自己的军衣,她和另外两个男学员正在晒衣。林广宇也走了过去,对大家说:"你们看,从这儿看那宝塔山上的宝塔,下面是延河水,这景色多美啊!"

林广宇说完,五个学员一齐转身向远处的宝塔山看去:阳光下的那山,那水,那塔,真是美!

林广宇接着又感叹说:"就要上前线了,走了,不知何时才能有机会再来欣赏这油画一般的山河美景!"

黄珠珠看见林广宇站在面前,笑着说:"我也很想上前线,不知可有这运气。"

另一位男学员立即接话说:"你们女兵肯定不行,我们男学员都在申请上前线,还不知老师如何安排呢。"

路莲听了同意说:"都上前线,不太可能!延安及许多根据地都需要人,我们听老师的安排吧。"说完,路莲收下晾晒在树丛上的军衣,装进了背包。黄珠珠也装起衣服,几个学员一路说着向学校走去。

一个月后。

考试结束了,路莲获知自己的几门主课均考得很好,她很欣喜,她在最后一次的射击测试中还打了个九环,很是了不起。就要分配工作了,老师及队长分别找一些学员谈话并进行安排。路莲知道她们这批女学员一部分会留在延安,一部分将至前线的各个根据地。

这天上午路莲和一些女同学等在教室中。这个简陋的教室是由一间较大的民房厅堂改建的,中间放了一些长条木桌、木凳,在厅堂两侧还有几间小厢房,是老师们教学及办公的地方。就要离开学校了,路莲有些舍不得,她坐在一个长条凳上整理自己的背包,看着老师办公室的门,黄珠珠从里面出来了,她走到路莲的面前对她说:"老师叫你进去。"

路莲听了,急忙问:"你分了?"

黄珠珠说:"分了!"她面露喜色。

路莲追问:"你分到哪里了?"

黄珠珠笑着说:"你快进去吧!等会说,老师在等你!"

路莲立即把背包递给黄珠珠,她拉直了自己的军衣,又把军帽重新戴了一下,向老师办公室走去。

走进办公室,路莲看见大队教导员及宋队长坐在一张长条桌后面。看见路莲进来了,教导员客气地打招呼:"路莲同学,你好,请坐下!"

路莲说:"谢谢教导员!"

教导员说:"路莲同学,今天就要给你们这批学员分配了。你们虽然学习时间不太长,成绩却非常好,现在延安及前线各地都急需人才。路莲同学,你是高中毕业生,学习基础好,又在女大学习了许多与目前革命形势相关联的政治、军事知识。目前延安保育院很缺人,准备把你派往那儿工作。"

路莲听了很高兴,她站起来说:"谢谢教导员!我坚决服从组织上的安排,我愿意去延安保育院工作。"

教导员、宋队长见路莲爽快地表态,笑了。教导员说:"路莲同学,你坐下。延安保育院是个很重要的单位,那儿有许多八路军干部的孩子,还有一些烈士的遗孤。为了让革命后继有人,让前线的将士后顾无忧,我们要把这些孩子照顾好。你报到以后,先在医务科学习一些医学方面的护理技能,先学习,熟悉环境以后可以参与一些管理工作,你有文化,以后还可以担任一些大孩子的文化教学工作。"

路莲听了教导员的细致指导,连连点头,说:"谢谢教导员的安排。"

教导员对身边的宋辉队长说:"把派遣证发给路莲同学吧。"

宋队长从桌上的一个本子中抽出一张纸条,递给了教导员。教导员和宋辉两人都站起来了,教导员伸出双手,把派遣证递给了路莲。

路莲伸出双手接住说:"谢谢教导员!谢谢队长!"说完,路莲双足并立,向老师及队长敬了一个军礼。

教导员、队长站在桌边也举手回礼。

路莲高兴地说:"教导员,我走了!"

教导员叮嘱说:"路莲同学,好好干!我们的抗战很快就要胜利了。"

路莲再次大声说:"教导员,我会努力工作的!"路莲转身准备离开。

教导员说:"路莲同学,请叫张云彩同学进来。"

张云彩正好坐在黄珠珠身边,路莲走过去说:"云彩,老师叫你进去。"张云彩听了,欢喜地向老师办公室走去。

路莲在黄珠珠身边坐下,问:"珠珠,你分到哪儿啦?"

黄珠珠说:"我分到了延安保育院,你呢?"

路莲说:"我们分到了一起,老师告诉我,保育院有许多干部及烈士们的孩子。"

两个女孩在一块悄悄地说了一会话,路莲说:"我们走吧,我有几位同乡在抗大读书,大概也正在接受派遣任务,我很想去见见他们。"

黄珠珠站起来了,她与路莲一道向其他仍在等候的同学摆摆手,转身轻轻地离开。

路莲估计的没错,就在她进行分配的同时,林广宇、方远东等一批抗大男学员也在进行分配。男学员们的分配比较简单,老师没有找他们一一谈话。在抗大的一间民房教室中,朱旭光教导员把林广宇、方远东等十四名已经定好去向的学员召集在一起,进行训话。

大家都挤坐在几条长凳上,在前方的一张长桌前,李志强队长对大家说:"请朱教导员给大家讲话!大家欢迎!"

朱旭光教导员从桌后站起来说:"学员们,今天就要对你们进行分配了。现在,我们的抗战已经进入后期,日本鬼子已经不会长久了,他们的战线长,人员伤亡很大,兵力已经明显地不足,被迫收缩在一些大中城市中。他们原先的占领区现在空出了许多力量薄弱的区域,这些地方就是我们进行发展的好地区。你们这批学员共计十四人,就是十四只猛虎!两天后,我将亲自送你们到抗日前线,去占领那些薄弱区域,并进一步消灭他们。大家可以做些准备,轻装上阵,后天上午八时,我们出发!"

一位学员大着胆子举手问:"报告教导员,我想问问,我们将去哪里?这样我们也方便与同学们打一声招呼。"

朱教导员笑着说:"学员们,很遗憾!目前仍是战争时期,为了你们的安全,你们的去向需要保密,请大家不要随便告诉他人。"

"大家还有什么问题?"教导员又笑着补充了一句。

学员们听教导员如此说,都说:"没有了,知道了!"

李志强队长说:"大家解散!回去做准备!整理好自己的行李,每人都要准备好一套便衣,以备紧急时可以换衣前行,东西要尽量简单,便于行动。"

"好,解散!我预祝大家在新的战斗岗位取得更大成绩!"朱教导员站了起来,向大家挥手。

第二天上午,林广宇整理好自己出发的行李后,决定去看看路莲。他知道路莲这几天肯定也已经分配了,他要去了解一下路莲的去向并向她介绍自己的大致去向。

女子大学也是由一些窑洞房组成。当林广宇靠近路莲的窑洞时,院子里的好几位女兵都十分惊讶。林广宇看见一张熟悉的面孔——黄珠珠。黄珠珠也认出了林广宇,他们曾在延河边见过一面。林广宇不好意思地说:"请问路莲同志住在哪里?"

黄珠珠抿嘴一笑,好几个女兵一齐回头看,也抿嘴笑。黄珠珠用手指了一下:"路莲住在那一间,我去给你喊一声。"

说完,黄珠珠向一间窑洞走去。

路莲一脸笑意地向林广宇走来。两人转身向院子边缘走去,前方正好有一棵大枣树,路莲让林广宇在树下站住。

路莲先问:"你来有什么事吧?你们分了吧?"

林广宇看了一眼路莲说:"我已经分配了,明天上午就要出发,上抗日前线,所以今天特地来向你告别一下。"

路莲连忙问:"你们分到了哪里?"

林广宇说:"确切地点现在保密!大概是去山西或者是冀东抗

日根据地,我们的教导员将亲自带队送我们过去。你呢,你分到了哪里?"

路莲说:"我留在延安了,分到了延安保育院医务科,到岗后还要在工作岗位上学习一段时间。"

林广宇立即说:"你留在延安好!今天知道了你的确切地点,以后联系就方便了,我可以写信或者托战友带信给你。"

路莲笑着说:"如果去冀东根据地,那很远!你们要过敌占区,过封锁线,路上要小心。方远东和王华呢,他俩分哪儿啦?"

林广宇说:"方远东、王华目前与我在一起,我们这批走的学员一共有十四人,不拆散。老师说,虽然路很远,但有一条路线连接了沿途的几个根据地,我们可以从根据地内部走,还是比较安全的。"

路莲又说了一句:"路上要小心!"

林广宇又问:"叶丽分哪儿了?"

路莲说:"听说她分到一座小学了,大概是延安育红小学。她今天早上就出去了,我估计她是去找方远东了。他俩高中时在一班,方远东来我们学校找过她一次。我估计,她也是去与方远东告别一下,以便留下联系地址,以后好联系。"

窑洞附近,院子门口,有许多女兵进进出出,大家都要奔赴新的工作岗位了。林广宇有些不舍,说:"路莲,我明天早上就要走了,今天就算是与你告别了,祝你以后工作顺利!"

路莲也说:"好!你今天来,让我知道了你的去向。你在前线一定要注意安全,有空给我来信,我们常联系。"

林广宇笑着说:"好的!"

路莲说:"我明天上午就要离校去保育院报到了,也不方便去送你。你过敌占区时一定要小心！注意安全！再见！"

林广宇红了脸，他伸出手，说："握一下手，好吗？"

路莲向周围望了一下，也伸出了手，林广宇用力地握了一下。

两位老同学互相盯着看了一会，又相互点点头，林广宇摆了一下手，转身走了。

第二天路莲、黄珠珠背了自己的行李去延安保育院报到。保育院也是由几排窑洞及两间瓦房组成。听说分来了两位女大学员，许多同志都跑出窑洞观看。路莲看见几位年龄稍大的阿姨手中都牵了小孩，她十分高兴，对身边的黄珠珠说："你看，这么多孩子！珠珠，我特别喜欢小孩，真好！"

黄珠珠一脸紧张，低声说："这些孩子，有些还这么小，不好照顾的，你别快活得太早！"

路莲说："不怕！和阿姨学一段时间就会了。"

一位穿白大衣的女兵从一间窑洞中跑出来了，接下了路莲及黄珠珠的行李，并把她俩引进了室内。

保育院的一位领导，也是女同志，她向路莲、黄珠珠两人伸出了手，高兴地说："接到通知，有两位女大学生分到我们保育院，这太好了！欢迎你们！"

路莲握住这位领导的手说："我们刚毕业，请领导多指导！"

黄珠珠也接着说："我们没有什么工作经验，请领导多指导！"

领导说："你们来我们保育院工作，为我们增加了新鲜血液，好得很！我们这个保育院孩子不少，这些孩子的父母都在前线作战，有些已经牺牲，我们要尽一切努力把这些孩子照顾好，让他们的父母在前线放心。"

路莲说:"领导放心,我们会努力的,我很喜欢小孩!"

领导说:"昨天,我们已经把一间窑洞收拾好了,窑洞不大,你俩住进去正好。你俩今天先安顿下来,休息一天,明天来上班。"

路莲说:"谢谢领导,好的!"

领导又说:"经研究决定,先安排你俩进医务科工作。我们保育院很缺护理人员,因为护理人员首先要支援保障前线。你们到医务科后可以先熟悉一下保育院情况,以后可以进一步学习一些基础的医学护理知识及技能,如给孩子打针、换药,学习一些简单的小治疗。医务科还有一位老医生及一位护士,他们可以指导你们的初步工作。时间久了以后,你们还可以参与保育院的一些管理工作,你俩都有很高的文化,今后还可以再承担一些大孩子们的初级知识的教学工作。"

路莲听到领导如此详细介绍,很感动,连忙说:"谢谢! 我愿意首先学习护理,以缓解目前护理人员紧缺的情况。"

领导听了,满脸含笑,向门外喊:"小郑!"

刚才那位女兵立即跑了进来,领导说:"你带这两位同志去她们的住地吧,让她们先休息一天。"

小郑说:"好的!"说完,她拿起两人的行李,三个人一同向室外走去。

这个保育院条件很不错,内有食堂,吃饭、用水都十分方便。路莲与黄珠珠进了窑洞后,发现室内已被打扫得很干净。靠窗的地方有一个火炕,已铺好炕席,把被子铺下后,大小正好。炕边还有一个炉灶,大概是冬天为烧炕取暖备用的。

第二天,路莲和黄珠珠吃过早饭后,就去上班。沿途可见好几个窑洞门前的空场上都有一些保育员阿姨正带着或抱着一些较小的孩子在玩耍,路莲一边观察,一边向领导办公室走去。

领导领路莲、黄珠珠来到医务科,科内一位男医生及一位护士见到她俩,立即伸出了手说:"欢迎你们!"

领导向她们介绍:"这位是我们保育院的医生,姓严,主要从事儿科医疗及护理。严医生工作多年,有丰富的医疗经验,你俩以后可以多向他学习。"

路莲忙说:"严医生,请以后多指教!"

那位护士站在旁边,自我介绍:"我姓钱,以后就叫我小钱。你俩想学习护理,不难!明天我就可以开始慢慢地教你们如何打针、如何配药。"

几个人听了,都笑了,领导见她们已经在交谈,说:"好!工作才刚刚开始,不急!你俩来了,我们保育院的力量更大了!"领导把工作安排好以后,就告辞离开了。

领导走后,严医生对路莲介绍说:"我们医务科里面还有一间窑洞,就有一个大炕,孩子有些小毛病,就在里面一间治疗。走,我带你俩进去看看。"

严医生引领路莲、黄珠珠进了内室。

这间内室宛如一个很小的医院,沿壁排有两个木柜,内有一些药品、输液器,台板上还放有一些针盒、托盘及消毒用的药剂。路莲暗暗地对自己说:"这些知识及技术很不简单,我要认真地学习,把工作做好。"

路莲看过以后对严医生说:"你们这儿就是个小医院,很不简单!以后你和小钱要多教教我们!"

严医生笑着说:"我和小钱会慢慢教你们的,你俩学历高,许多工作很快都会学会的。"

黄珠珠听了说:"好,谢谢严老师!"

几个人正说着,门外进来一位保育员阿姨。这位阿姨三十多岁,也穿了一身灰蓝色的旧军装,手中抱了一个小女孩,两岁左右。她进门朝大家望了一眼说:"这两位是刚分来的新同志吧?"接着她又问严医生:"我们的小园园,今日咳嗽好多了,也不发热了,她还剩了一针没有打。严医生,我来问问小园园的这一针还要不要打?"

严医生走到孩子面前,他摸摸孩子的手,又看看孩子的脸。这女孩梳了个娃娃发型,养得很好,圆圆的脸很白,前额一排刘海下面有一对大眼睛,这女孩见了许多生面孔一点都不怕。严医生仔细查看了孩子后对小钱说:"这孩子好多了,她还有一针,给她打完吧。你带小路、小黄到里面去,操作慢一点,让她俩每一步都能看清楚,并讲解一下,让她俩有个初步认识。"

严医生说完以后,小钱让阿姨把小园园抱进了里面的那间窑洞,路莲与黄珠珠也跟进去观看。阿姨在一个条凳上坐下,她让女孩坐在自己的双腿上,然后从侧面轻轻地把孩子裤子拉了下来。那女孩天真乖巧,她望着几个阿姨笑。小钱拿来了一个托盘,里面放有碘酒、酒精、棉球。小钱把配好的药抽入针管,仔细地操作给路莲、黄珠珠看。小钱仔细讲解:"定好注射的局部肌肉部位,先用碘酒消毒一次,再用酒精棉球轻轻地抹一下,右手轻轻地把针推进去。"那个可爱的小女孩,这时大概感觉到自己的小屁股有点疼痛了,她"哇"的一声哭起来了。

小钱、路莲、黄珠珠三个人都笑了:"这个女孩真可爱!打针应该是很痛的,她才哭,真是一个好孩子!"

抱孩子的阿姨连忙哄女孩,并说:"这孩子真好带!听说她的爸爸是个师长呢,正在前线打鬼子。她前几天夜间蹬掉了被子,咳了几天,还发热,现在全好了。"

女孩哭了几声后就停止了,路莲忍不住用手逗她玩,女孩见了立即笑了起来。

这天下午,医务科又来了一位小男孩,是另一位保育员抱来的,也是咳,也在男孩的小屁股上打了一针。这个小男孩真是坚强,他竟然一声都没有哭!

小钱告诉路莲:"这个小男孩爸爸听说是个团长,打仗很勇敢,他的儿子挺像他,很勇敢,打针时一声都不哭!"

路莲一边帮小钱收拾托盘,一边笑。

路莲、黄珠珠工作上班的第一天,就这样很快地过去了。

第七章　山洞是座军火库

就在路莲开始工作的同时，林广宇、方远东与十二位战友也踏上奔赴抗日前线的征途。在朱旭光教导员带领下，他们先坐了一辆大卡车，后进入一些小型的根据地，在根据地同志的引导及护送下，七天后林广宇、方远东一行人到达了冀东抗日根据地。

进入冀东抗日根据地后，朱旭光很快与根据地领导取得了联系，军区派来了一位潘参谋迎接大家。

根据地第二军区司令部隐匿在一个小村庄中，进庄的路口有两名八路军战士站岗，潘参谋、朱教导员领着十四名学员向一座民房走去。

这座北方农村民居带有一个闭合式方形小院，进了院子，朱教导员让大家在院中站住，自己与潘参谋进了屋。司令员正坐在大方桌边看地图，朱旭光教导员曾在冀东根据地工作过，司令员一抬头，他看见老部下朱旭光来了，立即说："你们来啦，这么快！"说完，司令员站了起来，并伸出了手。

潘参谋、朱旭光立即立正向司令员敬礼，朱旭光说："报告司令员，抗大十四名学员前来报到。"

司令员立即举手还礼说:"已经接到通知了,知道上级给我们派来了一批新生力量。你们来了,真好!"说完,司令员紧紧地握住了朱旭光的手问,"你带来的学生呢?"

朱旭光说:"他们都在院子里。"

司令员说:"快让大家进来休息一下吧,都累坏了。"

司令部的长桌边有几条长凳,朱旭光招呼同学们进屋在长凳上坐下,室内的两位八路军战士立即送上了开水,大家刚坐定,接到通知的军区政委、参谋长也赶来了。司令员向大家介绍了军区政委、参谋长,说:"先请政委给大家介绍一下我们这儿的抗日形势,大家欢迎!"

室内响起一片掌声,政委客气地摆摆手说:"同志们,热烈欢迎抗大学员到我们这儿来工作。我们冀东抗日根据地是1938年2月根据毛主席的指示,从八路军总部、晋察冀、晋西北几个根据地抽调兵力组成的八路军第四纵队向东挺进时开创出来的。我们根据地的抗日形势已有很大的变化,目前在我们根据地周围的日本兵力已经明显地收缩,他们退守到一些较大的城市、县城及铁路沿线,给我们留下了大片的地区,这些地方原有的国民党军在抗战初期时就撤离了。因此,我们必须立即组织力量去占领这些地方,去建立新的根据地,从而进一步扩大我们的根据地。上级领导知道了我们这儿的抗日形势,及时给我们军区派来了你们这批生力军。这太好了!同志们,欢迎你们!下面请司令员、参谋长给大家介绍具体安排。"

司令员站起来接着说:"同志们,刚才政委已经向大家介绍了我们根据地的大好形势。前几天我们接到上级通知,已经做好你们到来后的工作安排。你们十四位同志,留下两人在司令部工作,其余同志分成六组,每组两名学员。等一会吃饭以后,我们军区还有十二位同志赶到,也将分成六组,这样你们四个人一组,组成一个战斗队,深入敌人空出来的各个村庄挨家挨户去做工作,武装他们,提高他们,从而建立起新的战斗部队,并把一些尚未撤离的日军小据点、小炮楼予以拔除,让四周的乡、镇全部连成一片,建立起我们的根据地。在你们进行具体的战斗行动时,我们军区将会派遣大部队予以配合支持。具体怎么安排,去什么地方,吃过午饭后,由参谋长与大家细谈。"

政委这时插话:"同志们,中午军区请大家吃一餐,招待大家!欢迎你们的到来!"

朱旭光教导员听了,带头鼓掌,室内响起了一片掌声。

食堂就在村庄的另一处民房中,也是个小院子,军区几位首长陪着大家饱食一顿。饭后,朱旭光领大家来到参谋长室,刚坐下不久,接到命令前来协同执行任务的十二名八路军同志就赶到了。潘参谋见了,也赶快带他们去食堂吃饭,林广宇一行人则在参谋长办公室坐下了。

参谋长正在仔细观察墙上的一张大地图,并用红笔进行标记。这份地图很详细,上面写满了许多细小的村庄名称。参谋长用笔定好位置后,他坐到了林广宇的身边。人都到齐了,满满的一屋子军人,林广宇见了,心中十分地激动。

参谋长对大家的工作进行了细化安排,他说:"我们根据地内多数区域都是些平原及小山丘,大山少。这一带最大的山是龙山,它在清林县城北侧,在龙山山脚下有一些小村庄,如石塘村、石井村、花木村。根据当地群众介绍及我们侦察员侦察所知,在龙山山脉中部有一个大山洞,它很久以前就存在。日军一次进山扫荡时发现了这个大山洞,很高兴,就把这个山洞改成了军火库。那时,这一带日军驻兵很多。最近日军收缩兵力,撤离了大部分驻兵,军火库还未来得及完全搬离,仍有汽车上山来运军火。在山脚下有两个日军炮楼据点,里面还驻有一些日伪军看守这个军火库。我们军区已计划在近期拔除日军这两个据点,把洞内军火夺过来。今天,你们分组以后将安排有一两个小组在龙山一带活动,去做调查研究,寻找动手的机会,确定好执行任务的具体时间及地点。我们拔除这处日军据点后,清林县城就孤立了,这样,我军以后攻打这座县城就更加方便了。"

参谋长说到此处,故意停顿了一下,他大声地又说:"同志们,我们把龙山一带的小鬼子清扫掉,为我们的根据地再增添一小块红色土地,好不好?"

室内的所有同志都齐声大喊:"好!"

朱旭光教导员这时站起来说:"下面请参谋长宣布分组名单!"

室内立即安静下来了,林广宇听到了自己的名字,他与同学乔达顺和军区的王辉、高亭组成了一个战斗小组,王辉任组长,林广宇任副组长。王华留在军区司令部,而方远东、詹乐意则与军区的黄光明、陆林组成了另外一个战斗小组。这两个战斗小组被安排在龙山山脉东西两侧区域活动,其他的四个组则去了清林县城南边的村庄。

参谋长最后说:"同志们,希望你们深入乡村联系农民、动员农民、多圈地、多打眼,逐渐发展壮大,拉出部队。希望你们六个战斗小组在不久的将来就变成六个连！六个营！甚至是六个团！在行动中,你们可以互相联系,互相支援。在你们活动的区域附近,我们军区安排有一个独立团机动配合,他们随时可以参加你们的军事行动。"

参谋长说完了,林广宇与方远东相视一笑,他俩都很高兴,碰巧他们两个战斗组相隔不太远,以后联系将会很方便。

要散会了,参谋长又笑着说:"抗大来的同志们,你们下来时都未带枪吧,我们军区已经给大家准备了一批好手枪。发给你们每人一把枪,二十发子弹！大家仔细使用,子弹打完了,你们就得靠自己去日本兵那儿去夺取了。潘参谋,请把手枪抬出来,发给大家！"

听到这里,屋内的人一阵骚动,大家十分惊喜。林广宇和他的同学们出发时,只有领队的朱教导员带了一把手枪,林广宇高兴地说:"有枪？太好了！"

潘参谋与另一名战士从一间侧室内抬出一个大竹筐,满满的一筐,竟然是二十四把盒子枪！军区临时抽调上来的十二名同志也每人获得一把好手枪,他们太高兴了。

朱旭光教导员见了,深感军区领导真是舍得下本钱,他们对这一批新到的同志寄予了厚望。

每个队员都领到了枪和子弹后,大家就准备分手了。王辉招手把林广宇、乔达顺、高亭召集在一起,并立即进行了下一步的安排。

许多学员、同志都站到了院子中间,大家互相用力地握手拥抱。朱旭光教导员见大家就要走了,走到林广宇面前告别说:"我

119

还要在军区再待两三天,协调你们的工作,等大家全部到位后,我就要返回延安了。我回到延安后,还要再护送第二批、第三批的学员到其他的军区去工作。"

林广宇笑着说:"谢谢你!朱教导员,后会有期!"

朱教导员接着又追问一句:"你们组现在去哪里?"

林广宇说:"我们小组的组长王辉是龙山山脚下石井村的人,他以前曾在那一带干过武工队,对当地情况很熟悉。他刚才已经安排好,今天就带我们去石井村,晚上就住在那儿,到村子住下后,我们再仔细商量下一步的办法。"

朱教导员听了,说:"这说明军区领导已做了详细的研究安排,祝你们成功,早报喜讯!"

林广宇双腿一并,向朱教导员敬了一个礼,说:"老师再见!我们走了。"

朱教导员十分不舍,举手回礼说:"好好干!有好消息写信告诉我!"

又过来好几位学员与朱教导员分手告别,林广宇转身离去。

当天晚上,王辉领林广宇一行人赶到了龙山山脚下东侧的石井村。这一带村庄除少数地方外,大部分日军已退缩干净,一路上还比较安全。夜晚,整个石井村及周围都显得十分安静,在一片黑暗中王辉领大家到了村外,他让林广宇等人在一处树林中暂候,自己独自进村去找自己的堂弟王亮。

王辉轻轻地敲门,过了一会,他听到屋内有声音,油灯点亮了。贫穷的乡村,为了省油,堂弟一家人吃了晚饭后都上床了。王亮穿衣起床，开门见是堂哥来了，十分惊喜。王辉闪身进门，掩上门后悄悄地问："村子里怎么样了？还驻有鬼子吗？"

王亮低声说："村子里目前还好，鬼子很久都未进村了，连伪军都很少来了，你怎么回来了？"

王辉说："村里没事就好！我要回来住一些日子，我带了些同志，你赶快给我们弄点吃的送到我家吧。"说完，王辉转身离开。

王辉参加革命已有好几年。前几年，他不放心家中父母，部队走到家乡附近时，他就在夜间潜回家中悄悄地看一眼。去年，他的父母相继去世，王辉也就很少回来了。

开了自家的房门后，王辉忙着点亮了油灯，并把炕上的灰尘清扫干净，大家放下行李安顿好后，王辉说："等一会，我的堂弟王亮会给我们送些吃的东西，同时把村子里的情况向大家介绍一下。"

乔顺达不放心地问："你的堂弟可靠吗？"

王辉说："我的堂弟可靠！他早就知道我参加了八路军，当年我在武工队时，他就很想跟着我干，他的父母不放他走，没有办成。"

大家正在说，王辉听到了敲门声，忙跑过去开门，一个青年闪身进门。昏暗的油灯下林广宇看见这青年二十多岁，乌黑的头发，长圆脸，穿了件咖啡色对襟褂，他的怀中抱了一个布袋及一个瓦罐。

王辉接下布袋及瓦罐向大家介绍："这是我的堂弟，叫王亮，他是我叔父的儿子。"

王亮立即说："刚才我让我妈给你们煮了些玉米及山芋，你们赶快趁热吃了吧，大家都饿坏了吧。"

121

王辉立即把布袋及瓦罐打开,拿出热气腾腾的玉米、山芋分给大家。

王辉一边吃,一边说:"今天我们走了不少路,还真有点饿了。王亮,鬼子快要完蛋了,你们知道吧?"

王亮说:"村子里的人也都知道鬼子可能不行了。最近一段时间,鬼子及伪军很少进村收粮了,我们已有不少时间都未见到他们了。听说现在龙山这一带只有西侧的石塘村、花木村还常有鬼子的摩托车进出,其他村庄很难见到鬼子了。"

王辉说:"好!兄弟,谢谢你告诉我这些情况。这次我回来要在村中住下来,我们有任务,准备在这一带拉起一支队伍。上次你曾告诉我,你想参加八路军,这次有机会了。"

王亮听了,立即高兴地说:"那太好了,另外村里的蔡小坡、李三、王力、四海几个青年常向我问起你,他们早就想拉我一道去八路军中找你,都十分想参加八路军。"

林广宇一边吃山芋,一边听,这时立即插嘴高兴地说:"那太好了,我们这次就是来招兵买马的!我们要马上建立起一支新的队伍!你们几个人的愿望这次都可以实现了。"

王亮看了一眼林广宇问:"你们有枪吗?"

林广宇说:"放心,我们有枪!"

王亮说:"你们有枪,那就能办成事!"

王辉笑着说:"王亮,现在你的爸妈肯定会放你走了,把你知道的关于龙山中那个山洞的情况再向大家介绍一下。"

王亮向油灯靠近了一点,说:"龙山上的那个山洞,有许多年了,洞不小。有一次鬼子在这一带搜山找八路军,发现了这个洞,就把这个洞建成了军火库。他们从山脚向山腰修了一条汽车道,开车可以直达洞口。从目前看,这个山洞内仍有不少军火,仍可以看到有鬼子卡车上山,大概是来装军火的。现在山脚下仍然还有两个鬼子岗亭,两个炮楼,里面大概驻有一个小队的鬼子。"

王辉听了说:"这个山洞,我还真未去过。我们这几天想去山洞附近看看,你给我们想想办法。"

王亮说:"这事不难办。龙山不大,山也不太高,重叠的大山梁只有两层。这个山洞在龙山正面看不到,必须翻过龙山的第一层山梁,再下去,在第二层山梁下面就可以发现它。原先洞口附近有一些树木遮挡,山外的人不注意,站在洞口也不容易发现它,鬼子占了山洞后把周围的树全砍了,还修了门,土公路一直修到洞口,洞内及洞门口有少量驻兵。"

林广宇追问:"现在洞内大概有多少鬼子兵?"

王辉也问:"你是否去过?能不能带我们过去看看?"

王亮说:"我有一次上山砍柴,与蔡小坡去过一次,那次我们是沿着第一道山梁的崖脚进山的。那崖脚有一条走山水的乱石沟,大雨之后,山上的山水都从乱石沟中淌下来,最近多日未下雨,乱石沟肯定无水,我们可以沿这条石沟绕到山后。另外一个办法就是直接往上爬,从山顶上翻过去,或者伏在山顶上观看,但太远,看不清楚。第二种办法白天肯定是不行的,因为人从山梁上下来,对面的鬼子哨兵很容易发现,可以开枪射击,人很危险。"

王辉听了,抬头问大家:"你们考虑一下,怎么办好?"

乔达顺说:"我建议趁天未亮时从乱石沟上山,沿山脚崖壁转到山的背后,找一处山草多、林木多的地方隐蔽观察,看清以后原路返回较为安全。"

高亭说:"我同意乔达顺的意见。"

王辉听了说:"那就这样办吧。王亮,明天我们在这房内休息一天,你给我们准备一些吃的。明天晚上我与你一道去见见小坡、李三、王力、四海几个人。后天凌晨,我们一道出发去山洞附近看一下。"

王亮听了,笑了:"好的!这些我都可以给你们安排好,我要是也能有一把枪就更好了。"

林广宇听了,说:"枪会有的!这一仗打下来,你们几个人全部都会有枪了,我们的队伍肯定也会壮大不少。"

安排好以后,王辉说:"王亮,你可以走了,回去认真准备一下。你可以先与小坡、李三、四海等人碰面商量一下,注意保密,不要让大家都知道我回来了。"

第二天,王辉、林广宇等人在屋内休息了一天。天黑以后,王辉悄悄地出门了。战争年代,贫穷的乡村,村中的农家吃完饭后基本上都上床休息了。两个小时后,王辉回来了,王亮又带来了一个青年,叫王力,三个人给大家带来了不少吃的东西,一些刚煮好的红薯和玉米饼。王力也是王亮家一个亲戚的孩子,与王亮一样大,他提供了一个重要情况。王力说:"我在石塘村有一个熟人,叫石来福,参加了伪军,此人很可能就驻在进山道口的炮楼中。这个石来福家中很穷,鬼子进村抓壮丁时他未能及时跑脱,就参加了伪军,成了'保安队员'。我们可以试试从这个人身上下手,石来福知道山上军火库的防卫情况。"

林广宇对王力说:"你提供的这个情报很重要,我们可以从这个人身上寻找突破口。"

按照原定安排,第二天凌晨,王亮、王力来到王辉家中,一行人全部换上便衣,带着手枪出发了。天亮前,他们六人来到龙山脚下那个乱石沟中,许多天未下雨,这条原来走山水的乱石沟内此时没有水,大家沿石沟顺崖壁慢慢地绕了过去,转过了第一道山梁后,只见一道更为巨大的山峰横卧在面前。此时天已大亮,可见龙山的两道巨大山梁呈东西走向,平行排列,在其两侧可以见到还有几座小山峰,它们共同构成了整个龙山山脉。王辉、林广宇等人伏在几块大石头后面仔细观看:只见一条很狭窄的小土石公路斜向通往山腰。在土公路的起始段竖有两个鬼子炮楼,楼前各有一个伪军在站岗,而在山腰上远远地可以见到一个铁门前也有一个鬼子兵在站岗。王辉立即对伏在身边的林广宇说:"铁门后面肯定就是山洞,就是军火库。"

王力也伏在石头上看了很久,他对王辉说:"太远,实在看不清楚。今天大家来看了地形,知道了大概情况,我傍晚可以去石塘村找石来福的父亲一问就清楚了。"

王辉、林广宇表示同意。林广宇说:"这事不能着急,我们要把全部情况搞清楚后才能动手。傍晚我们与你一同去石塘村看看。"

王辉一行人仍依原路悄悄返回。他们回程时一个人也没有遇到,大家悄悄地又回到了石井村。

第四天下午,王亮带着王力来到王辉家中,由王力介绍他打听到的情况,王力说:"真巧,我派人去石塘村打听,石来福的父亲这几天病了,石来福正好回家了,今天晚上估计他还在家中,我们要抓紧这个机会去找他问问山上鬼子的具体情况。"

林广宇一听,对王辉说:"那我们得抓紧,马上动身!"

龙山山脉不太大,东西方向连绵总长也不过才三十多里路,从石井村到石塘村不到二十里路。几个人商定后,立即出了门,傍晚时王辉、林广宇、王力三人赶到了石塘村附近。王力让他俩等在村外树林中,商量后决定,如石来福走了,王力就直接问石来福的父亲。

几个人分析得十分准确,石来福果然未走。王辉、林广宇在林中等了一个小时左右,就见王力领着一个穿黄色军装的人进了林子。石来福仍身穿一套黄皮伪军装,刚才在石来福家,王力对他说:"有两个人想见见你,对你有好处,你见见不坏。"石来福听了,就随着王力出了村,进了林子。石来福见两个年轻的便衣人站在那儿,觉得不妙,心虚就转身想跑,王力一把拉住他的臂膀说:"来福兄弟,别跑,听听这两人说些什么话再走。"

石来福被王力拉住了,他停下了脚步,王辉、林广宇已站在了面前。

王辉说:"来福兄弟,我家在石井村,也是龙山山脉这儿的人。我们知道你是被抓壮丁,没办法才做了'保安队员',现在日本人已经不行了,他们撑不久了,我们向你打听一些情况,希望你积极配合。"

石来福一听这话语气,愣住了,他问王力:"这位先生是……?"

王力直接告诉他:"这两位先生是八路军,你要积极配合,不然日本人走了,你家就麻烦了。"

石来福一听"八路军"三个字,立即吓得两腿直抖,林广宇见了,拍了一下他的肩膀,安慰说:"别怕,只要你说实话,我们不会为难你及你的家人。"

石来福一听,连忙弯腰说:"你们想知道什么,我知道的都告诉你们。"

王辉说:"你把龙山山洞里及山脚下的两个炮楼情况向我们介绍一下。"

石来福一听,立即明白了,知道这两个炮楼危险了,为了保全自己,他把情况都交代了,说:"这龙山山洞是个军火库,原先储有许多军火,这两年打仗用掉不少,现在里面还有不少枪支弹药。最近几个月,日本人见形势不好,都缩到县城里了,仗也打得少了,到库中取军火的次数不多,一般每月只开车来拉一次,守库及守炮楼的鬼子也都明显地减少了。"

王辉立即追问:"山上及炮楼内共有多少鬼子?"

石来福说:"有鬼子一个小队,最多为十个人。山洞中驻有六人,每个炮楼楼上各驻有两名日本兵,下面一层各驻有'保安队员'四人,战斗力不强。现在他们每月一号往山上运送粮食及蔬菜一次,下山时顺带运走一些军火,一般押车的日本兵为三个人,卡车到达后,主要是我们帮助搬运。"

林广宇追问:"你说的话确实吗?"

石来福说:"确实!现在已经是月底了,大概过几天又会有汽车上山了。"

石来福停顿了一会,又补了一句:"八路军大人,我说的都是实话。"

王辉听了石来福的话,笑了。他注视着石来福的眼睛,安慰他说:"告诉你实话,日本鬼子不行了,我们准备拔掉这两个鬼子据点,战斗打响以后,你可以动员你的几个伙伴不要开枪回击,可以举枪投降,也可以反击干掉炮楼上层的鬼子。这样,战斗结束后,我们可以不计较你参加日伪军的事情,可以放你回家,你说的时间准确吗?"

石来福听了王辉的话,心中安定了一些,说:"时间基本上不会随便改动,因为我们的粮食只能吃到月底,再不来车就断炊了,山上的小鬼子是会生气的。如有特殊情况,城里会有电话提前通知的。"

王辉说:"那好,我们怎么与你联系呢?"

石来福想了一会说:"这样吧,如情况有大变化,我将在我所在的东侧那栋炮楼门口用竹竿晾晒一套黄色军衣,平行晾晒,一褂一裤,那你们就不必行动了,没有衣服晾晒就表示有正常来车。"

王辉听了,说:"来福兄弟,就按你说的办,事情办成以后,算你立功!"

石来福听了,他放心了,咧开嘴笑了:"我不要立功,我想参加到你们的队伍中。"

林广宇说:"你努力把事情办好,就有可能心想事成。"

谈好以后,王辉、林广宇、王力三人告别往回走。

回到了石井村,一算时间,距离下个月1号还有一周时间。王辉召集全组同志仔细分析并做安排。林广宇说:"我们四个人只有四把手枪,距离太远,手枪杀伤力不强,因此这次行动必须请军区独立团协助才可完成。独立团派两三个排的兵力就行了,炮楼内的鬼子力量不强,主要是山洞里的鬼子不好对付,如配合不好,他们狗急跳墙时会把军火库炸了,那损失就大了。"

乔达顺说："攻击应以山上为主,如能顺利地夺下库中的军火就是个很大的胜利!"

林广宇说："一个排可以安排在山脚下土公路的起始处,那时车速慢,刚上山,便于动手,夺下车后,再开车上山运军火。另一个排可以埋伏在炮楼周围树林中,如果炮楼中的伪军不抵抗,几个日本鬼子很容易解决,就怕洞口的鬼子封锁住上山的土公路,炸掉军火库就麻烦了。"

王辉说："林组长分析得很详细,真不愧是抗大培养出来的!我也是这么想的,我同意你们的分析和安排。我们这次如能把这个军火库和两个炮楼扫荡干净,那以后攻打清林县城就方便多了,到那时,这一大片地区都是我们的了。"

林广宇得到赞扬,很高兴,说:"那得请王队长去军区向领导汇报,让领导给我们派兵协助,顺利打胜这一仗,我们小组也就立了一大功。战斗结束后,我们还可以顺势把石井村的几个弟兄都吸收到八路军中。"

王辉听了,也大喜,说："我马上回军区去请他们帮忙。这几天,你们在王亮带领下,可以悄悄先去一些农家访问调查,争取再拉一些合适的年轻人入伍,迅速地把我们的队伍壮大起来。"

高亭、乔达顺也支持说："这样安排好,双管齐下。"

一周以后,这天正好是一号。

事情进展得很顺利,军区独立团同志听说有一个很好的作战机会,非常高兴。开会商量后决定一定要保证这次战斗完美胜利,为了防止军火库在最后时刻被日本兵炸毁,独立团派了一个关姓连长率领三个排的兵力来解决这个军火库的日本兵。关连长把兵力一分为二,山上放了两个排,山下安置了一个排,上下配合共同进行这次战斗。

天刚亮,王辉、林广宇、王力三人又依那条乱石溪道绕到龙山第一道峰的背后,三个人尽力靠近了那两座炮楼,仔细寻找,都没有发现任何晾晒的军衣,知道时间未变,便迅速返回。到达地点后,兵分两路,林广宇让王辉带领乔达顺上山配合独立团同志对付山洞及炮楼内的鬼子和伪军,林广宇与高亭则留在了公路路口的山林中。这儿已潜伏有独立团一个排的战士,他们在此等候卡车的到来。

山草中潜伏着的这排八路军战士的排长正好姓龙,林广宇与高亭伏在龙排长的两侧,一直等到上午十点多钟,才见一辆深绿色带蓬的军用卡车到了。这条沙石土公路是日本人为了保护这个军火库而专门修建的,它劈开了山脚的一部分,依山而建。工程做得很简陋,道路十分狭窄,卡车到了这儿车速明显地减慢了,卡车缓慢转弯,慢慢地上了土公路。被劈开的山崖上杂草丛生,里面躲了许多八路军战士。林广宇一眼就看见副驾驶的位置上坐了一个日本兵,他连忙叮嘱龙排长说:"小心,驾驶员不能被打死!否则卡车无法开上山。"龙排长听了提醒,心中一惊,立即传令下去叮嘱大家注意。

卡车开始缓慢地爬坡,车速很慢,林广宇对龙排长说:"可以动手了!"

龙排长一声令下:"打!"说完,龙排长端着枪跃出,冲下崖坡,战士们一齐开枪,从草丛中冲出,林广宇则拿着手枪直奔卡车的驾驶室冲去。

许多子弹向那个副驾驶座位上的日本兵射去,他立即被打死了。驾驶员是个伪军,他吓得弯腰伏在汽车的座位上。一个排的八路军战士从四周围住了这辆卡车,车上两个押车的日本兵、两个伪军无还手时间,立即被击毙了。

山下的战斗,因为精密算计安排,大获全胜。战斗结束后,林广宇坐到了副驾驶的位置上,他用枪押着那位司机把车向山上开去,龙排长则率领全排战士快速地向山腰的洞口奔去。

这辆卡车及这个司机非常重要,大家已经商量好了,战斗结束后,要用这辆卡车装军火运回根据地。

王辉是个老八路,作战经验非常丰富,他和关连长等人埋伏在山洞四周的山草中,听到山下的枪声响成一片,王辉对关连长说:"山下的战斗开始了。"

关连长立即大声喊:"打!"

埋伏在炮楼四周及山洞下面的战士们听到命令一跃而起向炮楼冲去。大概是这几天石来福已在伪军中做了工作,两个炮楼中的八个伪军未做任何抵抗,见到八路军冲到了炮楼门口,就直接举起手投降了。

冲进了炮楼的八路军,看见连接二楼的楼梯已被拆除,只好向楼上扔了几个手榴弹,几阵爆炸声后,两个炮楼的战斗也就很快结束了,四个日本鬼子兵全部被炸死了。

难攻的是山洞里的鬼子兵。下面的枪声响起后,六个鬼子兵从山洞内拖出三挺机关枪,几箱子弹,两人一组封锁了进洞的山道。许多战士立即被机枪压在山道两侧的山崖壁边,有两名八路军战士被打伤了。王辉与关连长商量后说:"我们在崖壁上设法再往前靠近一点,必须安排重火力封锁住洞口,以防止洞外的鬼子顶不住时退回到山洞中,那时他们很可能会炸毁山洞中的全部军火,那我们这次行动的损失就大了。"

关连长说:"王辉,你说得很对!你提醒了我,我马上安排!"

新的命令下达后,一部分火力立即封锁住山洞的洞口,其他的同志则猛攻那几挺机枪。

有几位勇敢的战士贴着崖壁在地上爬了过去,他们又向前靠近了不少,终于接近到那几挺机枪的上方。好几捆手榴弹被士兵奋力地扔了过去,一阵爆炸声后,有一挺机枪不响了,伏在另外两挺机枪上的几个鬼子兵见情况不好,爬起来掉头想往山洞中跑。关连长、王辉立即跃出,率领大家沿山道正面快步奔了上去,开枪一阵密集地乱射,几个日本兵机枪手倒在了山洞门口。

山洞下方山道两侧的战斗也很快结束了。许多战士提着枪快速沿公路上山来到了山洞口,大家一同冲进了这个大山洞。洞口散乱地躺着几个被击毙的日本兵,洞内侧靠近洞门的地方有两个用木板围成的小房,大概是几个鬼子兵居住的地方。再往里走,沿洞壁可见堆有许多武器弹药,还有许多挺机枪、步枪。八路军战士们见了,高兴得合不拢嘴,这么多的武器!许多人拥抱在一起庆贺。不一会,林广宇、高亭押着那位伪军司机开着卡车也上了山,卡车停到了山洞门前的空地上。

这场战斗打得十分顺手,八路军仅有两名战士负伤,共击毙日本鬼子兵十三人,缴获了大量的军火。几位八路军连长、排长再次与王辉、林广宇、乔达顺、高亭等人握手,表达了他们的喜悦之情。

大家正在一起商量下一步行动办法,这时一位八路军战士靠近大家问:"哪一位是林广宇?有人找!"

林广宇一抬头,看见这位战士后面还站了四五个人,他发现是自己抗大的学友方远东、詹乐意、黄光明、陆林的战斗小组来了。林广宇十分惊讶,连忙问:"你们怎么来了?"

方远东说:"我们来晚了一步,未能参加战斗,真可惜!"

林广宇说:"怎么回事?"

军区的黄光明组长说:"我们也正在策划攻打这个军火库及山下的炮楼,这几天正在观察地形,调查鬼子的兵力。没想到你们这个战斗组动作更快,我们白忙活了。"

林广宇忙说:"别这么说!我们都是一个军区的,我们的胜利也就是你们的胜利!我把你们介绍给参加战斗的关连长认识一下吧。"

方远东连忙说:"那好!你们缴获了这么多军火,最好也分点给我们,我们很缺武器!"

林广宇说:"这个问题应该不难解决!"

说完,林广宇领着黄光明、方远东等人向洞口走去。林广宇请关连长走了过来,在洞前空地的崖边,林广宇对关连长介绍说:"这是我们军区在龙山西侧活动的另外一个战斗组,他们中间有两位是我抗大的同学,另两位是军区派过来的八路军同志,他们也正在策划攻打这个军火库,迟了一点,刚刚赶到。"

关连长一听立即明白了,他很快伸出了手,说:"我们都是一家人,你们来迟了一点,没关系!我们的胜利就是你们的胜利!"

黄光明握住了关连长的手说:"你们这一仗打得太好了,真为你们高兴!"

关连长接着与另外几位同志也一一握手认识,然后对大家说:"我们马上就要安排下一步行动,你们在此稍等。"

关连长、林广宇回到了山洞门口,大家在一块商议后迅速做出了安排。关连长对大家宣布说:"经研究决定,给两个龙山战斗组各留十条好步枪及一些子弹,这两个战斗组将在天黑前离开,返回他们各自的驻地。其他的大量军火立即装车运送,运不完的军火明天让卡车再跑一两次。晚上需要留一个班的兵力看守山洞,这个班的同志在明天弹药全部运完以后才能撤离,撤离山洞之前要把这两个鬼子炮楼炸掉。"

龙排长说:"我留下来守这个山洞!今晚县城里的鬼子不会来报复我们吧?"

关连长说:"不会!鬼子现在已经没有胆量出城向我们发动进攻!他们也不会为了这几个小鬼子派大部队出城的。"

接着,关连长又问王辉:"那八个伪军俘虏怎么办呢?你们可有什么安排?"

王辉说:"有一个伪军俘虏给我们提供了帮助,我们要找他谈一下。"

关连长说:"那你们赶快去吧,如无特殊安排,八个俘虏将在明天炮楼炸掉以后释放回家。这八个俘虏都投降了,没有进行任何抵抗,不过,释放时要警告他们,以后不可再给日本人服务。"

王辉对林广宇说:"我俩赶快去见见石来福吧。"接着王辉又对其他几位队员说:"你们就留在这里,等着关连长把安排给我们的枪支发给我们。"

王辉又叮嘱方远东一行人说:"你们组也别动,等着接收你们的十支枪。"说完,王辉、林广宇沿山道下山,向山洞下方的两座炮楼走去。

　　关连长对山洞周围的八路军大声喊:"同志们,我们打扫战场,凡是有价值的东西全部带走,然后开始装车,准备撤离。"

　　王辉和林广宇来到炮楼,在东边的那座炮楼中找到石来福。石来福正焦急地与其他七名俘虏站在一起。

　　王辉把石来福叫了出来说:"来福,这次我们战斗胜利,你是立了功的。明天库中军火运完以后,两座炮楼将被炸毁,我们今天傍晚就将撤离,我来问问你,你可愿意跟我们走,参加我们八路军,去打日本鬼子?"

　　石来福一听,面露喜色说:"王辉兄弟,你是知道我的,我家中很穷,当年为了保全父母性命才参加了保安队。我参加保安队后,一直未遇到战斗,也没有遇到过任何八路军,我从未向你们开过一枪,我很愿意参加八路军,到了八路军我会好好干。"

　　王辉听了,望了一下林广宇,表示同意说:"你愿意弃暗投明,我们也可以不计前嫌,这次你给我们帮了忙,算你立了一功!我们欢迎你参加到我们的队伍中。"

　　王辉接着又问:"你的那七个同伙呢?他们出身怎么样?平时为人怎么样?"

　　石来福说:"这七个人中间有五个人出身都苦,他们是农民,被抓壮丁进来的。另外有两个人是村中闲人,他们参加伪军是来混饭吃的。我们八个人一直驻守在这两座炮楼中,以前这儿兵力最多时有两个班驻守,周围这一带一直未发生过较大的战事,我们八个人都未曾向八路军开过枪。"

王辉说:"既然这样,你进去问问他们,可有人愿意痛改前非,参加八路军。"

石来福一听,立即说:"有两个弟兄与我相处很好,出身也苦,我进去问问,他们可能会同意。"

石来福进了炮楼,十几分钟后,领着两个伪军出来了,向王辉、林广宇介绍说:"我的这两个弟兄,一个叫李成,一个叫张来弟,他俩也是龙山脚下附近村庄的本地人,他们出身穷苦,很想参加八路军。其他五个兄弟,因为放心不下家,想回家。"

王辉听了,立即说:"这两位兄弟想参加八路军,我们很欢迎。不过,我们八路军是人民的部队,是要打日本鬼子的,你们参加了我们的队伍,就要遵守我们的纪律,还要有不怕牺牲的精神,以前在伪军中的那些旧习惯也要改掉才行。"

林广宇站在旁边也补了一句:"如你们想参加八路军,就要下决心痛改前非,重新做人,遵守我们的纪律,勇敢杀敌。这些,你们能否做到? 如不能做到,就不必勉强参加,我们明天放你们回家。"

李成与张来弟立即表态:"请相信我俩,我们将重新做人,做一位革命者,决不后退!"

王辉说:"好! 你俩先回去,今天傍晚你俩随我们一道行动,天黑之前,我们将撤离这个地方。"

战场打扫干净了。第一车的弹药武器已经装车整齐摆好,分给两个战斗组的二十条步枪及一批子弹也已堆放在另一处,一位排长坐进了副驾驶的位置上,车开动了。装满了军火的大卡车仍由那位伪军司机驾驶,在押送下缓缓地沿着山道下山,向根据地军分区驻地驶去。

关连长吹起了集合的哨声,剩下的八路军战士迅速地站成两大排,他们中间的许多人身上都增加了一条枪、一些子弹。关连长为了让军火武器运输得更快一些,他让士兵们也扛了一些武器步行返回。王辉、林广宇、乔达顺等两个战斗组的同志站在关连长的队伍旁边热情地相送,大家再一次握手,挥手,关连长大喊一声:"出发!"

参战的八路军战士们快速地步行下山返回了。

龙排长随即也集合了剩下的一个班的兵力。这一个班的战士将驻守到第二天下午炸毁炮楼、释放俘虏后才能最后撤离。

黄昏时,王辉、林广宇、黄光明、方远东等人的部队也出发了。这两个战斗小组的每一个人身上都多了一支步枪,有的同志还背了两支枪、三支枪,大家都欢喜得合不拢嘴。王辉、林广宇小组由出发时的六个人已增加到现在的九个人,而在他们的驻地石井村,还有蔡小坡、李三、四海三个青年正等着他们呢!

就要离开了,王辉、林广宇、黄光明有些不放心,他们一行人与留守的龙排长紧紧地握手告别并叮嘱:"今晚,你们可要小心一点!"

龙排长笑着说:"你们放心!"

"再见,我们走了。"

"再见!保重!后会有期!"两支战斗小分队各自飞奔下山,消失在苍茫的暮色之中。

第八章　李灿说,你一定要等着我

这天路润上早班,中午下班时,她仍习惯地在临近家门时向对街望去,她心中猛然一惊,又看到了上级紧急约见通知。

路润故意往前又走了一小截路,然后在前面的一户人家门口跨过了街道,走到了街的对面,然后她返回,顺着街道来到那个寻人启事下面细看,明白了她的上级李灿约她到二号接头地点,下午四时见面。

二号接头地点,在路润家不远处。那儿有一个小小的很荒凉的街心花园。花园内有一个破烂的八角小亭,一个排水沟,几株柳树,还有几条长椅。路润准时走进这个小公园,看见公园内只有三四个人,李灿已到,他一个人占据了一条长椅。看见路润到了,李灿忙示意她坐下,两人依偎在一起。

刚坐定,李灿就悄悄地告诉路润说:"任务非常紧急,只好临时约见你。今天上午许多警察突然封锁了一段很长的黄浦江面,许多船只都被拦下了。我们有一只木船,上面装了许多药品,也被拦下了,这船一旦被发现,后果很严重。现在我们的根据地非常缺乏药品,花了好多钱才买了一些药,不巧被突然地截住了。"

路润惊讶地问："你这事找我,我哪有什么办法呀?"

李灿听了急得一把握住了路润的手,路润感到心中一惊,李灿贴近路润的耳边说："事情紧急,我们一时也确实找不到什么好办法,我和其他同志商量后,决定还是找你。等一会,你要赶快去找你的那位同乡的丈夫,他是徐汇区警察队的副队长,明天他肯定会在那一带执行任务,请他务必注意,把我们的船只设法放了。"

路润听了,低声说："再去找他,我肯定就暴露了。再说,我那朋友的丈夫目前在为日本人工作,以后很可能会被老百姓定为汉奸,我与他搅在一起,以后我怎么办呢?"

李灿用双手把她的手握住并放在膝盖上安慰说："你接近他是在为党工作,党知道你,我知道你。此外,还有另外的一个同志,我们区委的丁书记也知道你,他知道并参与安排这次营救行动,你不必担心。"

路润说："我的这个同学虽然与我很好,但她丈夫与我打交道不多,我们只见过几次面,他不一定能听我的。而且,这种能当上警察副队长的人,一定是个凶猛无情之人,不然,他也当不上副队长。"

李灿握着路润的手,紧挨着她,继续做路润的思想工作并安慰她："是的,路润,你说的有道理,但你也有优势。这队长的老婆是你的好朋友,你可以多从你的这位女朋友身上做工作。这批药品非常宝贵,现在日本鬼子对根据地封锁得很紧,许多同志冒着生命的危险,分别从上海的几个地方偷偷购买才弄到了这些药,前线急需这些药品给伤员救命,希望你克服困难去完成。"

路润想了一会,低声说："好的,我尽量努力!"

李灿立即纠正："路润,这次任务一定要完成!明天上午可能就在黄浦江上进行大检查,时间非常紧,我们临时找不到更好的关系。"

路润说："知道了,我设法一定完成。"

李灿说："装药的船,靠在被扣的船只第二排,有许多船只都被扣在一起,该船船尾晒有三件深蓝色的上衣,竹竿末端还挂有一个油灯,盖舱的油布是暗绿色的。"李灿一边说,一边从口袋中摸出一个小纸包,说:"这是组织上给的两根金条,你把这两根金条送给那个副队长,就说是受一位做药品生意的老朋友所托。"

路润说："知道了,我设法。我的这位女同学已经有了小孩,我给她的孩子再买些东西。"

李灿仍把路润的手握着说："你还可以从侧面对那位副队长说,抗战已经进入后期了,日本鬼子撑不了多久了,让他也要注意为自己留一条后路。"

路润说："是的,我要提醒他!"

公园内人很少,因为事情紧急,李灿不得已在白天紧急约见了路润。两人谈定后,站了起来,又挽上了手,一同走出这个小公园。

出了小公园,李灿松了手,要分手了,李灿又握了一下路润的手深情地说："快去办吧,只有一个晚上的时间。这批船明天上午肯定是要被检查的,查到了,一船的药就完了,而且船上的人也很危险。小心!我等你的好消息。"

李灿说完,忧郁地望了一眼路润,转身大踏步地走了。

路润望着李灿走远,低头一看表,已经快五点了。她赶快走到街对面,寻找婴幼儿的服装商店。林芬已经有了一个小男孩,一岁多了,路润准备给这个小男孩买一套童装。

　　林芬已经搬家了。她的新住房在一个小院子里,里面只有两户人家,是套老旧的小别墅,林芬和她的丈夫住在这里相对比较安全。路润知道,她的这位老同学的丈夫,这两年靠着警察队副队长的职务,肯定是捞了不少钱,不然他们怎么能够住上如此好的房子。

　　这栋小别墅为两层,隔壁一户,路润估计户主也肯定不是干普通工作的人。林芬自从生下儿子后,就停止了在银行的工作,她成了一个专职太太,在家专门带孩子。路润准备敲门,一推门,门正开着,从一个小走道进去就是大厅,林芬看见了路润,忙惊喜地说:"路润,你怎么来了?"

　　路润走进了大厅,看见沙发边上有一个小男孩正在玩玩具,忙走了过去,把孩子抱起来高兴地说:"哟,林芬,你的儿子这么大了,真好玩!"

　　林芬说:"唉,这孩子淘气得很,我现在也没有上班了,成天带着他,一个人都忙不过来!"

　　路润笑着说:"你在家不用上班,有孩子带,多好。你看,我到现在还是一个人!"

　　林芬说:"你眼光高,所以到现在还是一个人。听说你常在报刊上发表文章,已经是个作家了,怎么会找不到对象?你不像我,只是个全职太太!"

　　路润说:"我写点文章,可以增加一些收入,我不及你,我要养活我自己呀!"

　　林芬反驳说:"你有工作,哪会养不起自己!"

路润在沙发上坐下,林芬给好友倒了一杯茶水,又拿了些上海细点放在路润的身边。路润忙把手边的纸盒递给林芬说:"这是我给你的宝贝儿子买的童装,今年上海最流行的一种式样,你看看,你的孩子穿了这套童装肯定帅极了!"

林芬打开了衣盒,这是一套由浅蓝色方格子上衣及深蓝色背带裤组成的小童装,十分亮眼,林芬见了十分高兴地说:"谢谢你!还是老同学关心我,你真会买。晚上在我这里吃饭!"

路润说:"我哪有时间在你这儿吃饭,我有件事想找张力大哥帮忙。我有一个朋友,他做药品生意,今天有一船货被挡在十六铺码头,麻烦你和张力大哥说一声,明天帮忙放了这条船。"

林芬听了,脸上的笑容立即不见了,说:"你又有事找张力?他最近公务繁忙,脾气比以前坏多了,不知可行呢?"

路润笑着说:"你别骗我了,你家先生是你表哥,从小一块长大,他脾气再不好,也不会对你生气的呀!再说,你现在给他生了个儿子,他不敢得罪你的!"

林芬听了,脸上又有了笑容,说:"那我试试!"

路润说:"不是试试,是麻烦张力大哥一定帮忙,我的那位朋友给了一点礼物酬谢,请一定收下。"说完,路润从手提包中把两根金条掏出来,放在了茶几上。

两根金条不小,黄灿灿的,是个很大的诱惑,林芬松了口说:"你赶快走,他马上就要回来了,我尽量让他帮忙。"

路润说:"十六铺码头西侧一百五十米处,第二排,船尾晾有三件深蓝色中式上衣,并挂有一个马灯,切记!"

林芬催促说:"快走吧,我知道了。"

路润刚离开林芬家不久,张力就进门了。张力进门取下帽子解下皮带后,把外衣脱了挂到了衣架上,刚在沙发上坐下,就看见茶几上的两根大金条,立即惊讶地问:"有谁来过?"

林芬装作无所谓地说:"我现在不上班了,也不与他人来往了,还有谁?只有我的路润还会来看我。"

张力又说:"她来看你,还送金条?"

林芬说:"她来找你给她帮个忙。"

张力问:"什么忙?"

林芬说:"路润的一位朋友,做药品生意,有一点货被扣在十六铺码头,她麻烦你明天把船放了。"

张力瞪大眼睛说:"你这个同学不简单,她真是消息灵通!今天我们封锁了十六铺码头上的一些船,准备明天上午大检查,看看有没有走私的东西及运往新四军地区的货物。"

林芬生气地说:"你在外执行公务,我不管!请你回到家中不要再说什么共产党、新四军。我不想听!让人心烦!"

张力让步说:"我以后在家中不说这两个名词。你说得也对,回到家中,再说公务,确实烦!"

林芬进一步说:"这两根金条,我给你一根做私房钱,你帮路润把这事办了吧。现在中日开战这么久了,日本也没有把中国全占了,我们也要为自己留条后路,我想,日本人最终还是要滚出中国的。"

张力听了不说话了,他低着头沉默了一阵说:"好吧,我明天见机行事,路润说的船在什么位置?"

林芬说:"路润朋友的船在码头西一百五十米处,第二排,船尾

143

晾晒有三件深蓝色的中式上衣,挂有一个马灯,盖舱的布是深绿色的。"

张力说:"知道了。明天上午我们上船检查,一边查一边放船,我尽量帮忙。"说完,张力沉思不语。林芬的一句要留后路的话语击中了张力,他从茶几上拿了一根金条,站起来去了卧室。

第二天上午,十六铺码头上聚集了许多穿黑色警服的警察、便衣及日本宪兵。宪兵们在码头两侧架起了机枪。警察队长黄磊带领两位副队长及一批警员站在一位日本宪兵队长面前进行任务安排。由于得到了密探的情报,他们已知道在这一大批船只中,有只船装有重要的物资要开往新四军的根据地,因此江岸码头两侧的所有大小船只都被紧急扣下了。

黄队长已经给另一位副队长安排了东边的一片检查地段,张力见了立即就势说:"江队长查那一片,我就查十六铺的西边吧。"

黄队长说:"也好!你们两位副队长各查一侧,我就带人盯着岸上,你们多带一些人,一船一船地查,查清一船放走一船。切记不要把共产党的船放走了,这一次我们的消息来源很可靠。"说完,黄队长一挥手:"大家赶快行动吧!"

张力听了黄队长的安排,心中一块石头落地了。他昨天晚上仔细地分析后,已经估计到路润是共产党,张力决定听取妻子的建议,为自己留条后路。想到这里,张力一挥手,带领自己手下的警察往码头西边走去。

张力向码头西边走去,他远远地就看见停靠在岸边的许多船只中,有一只船的船尾挂晒有三件深蓝色的男式上衣。张力率先跳到外侧的一艘船上,这条船上装了一些黄沙、钢条。张力沿着这船的船舱向前走了几步,一边查看,一边对跟在身边的一大群警察说:"你们三个人一组,先从最外层的船只查起,查清一条船,给一个通行证,放一条走。"张力一边说,一边自己跳到内侧的晒了三件衣服的那条船上,他对手下人说:"你们快散开,快去查吧,这么多船扣在这儿,今天一上午还不知能不能查得清!"说完,张力向手下的警察挥挥手,让大家散开,只留下了身边的一位警察。

晒了衣服的这条船上共有三名船员,看见张力带着一名警察留下来,为首的船老大忙笑着迎上来,还递上了烟。张力把手一推,严厉地问最前面的一位船员说:"你这船上装了些什么货?"

船老大四十多岁,黑黑的脸,头戴一毡帽,满脸堆笑地说:"都是些日用百货!"

张力命令说:"掀开看看!"

船老大忙弯下腰,掀开那船舱上面的一层暗绿色遮雨布,雨布下面是几个纸盒。张力打开了最上面的一个纸盒,里面是一些袜子及小孩的童装,张力翻看了一下,对身边的随行警察说:"你到前面的舱房也去看看!"

那位警察听了,立即转身进了前面的船舱。船老大见状,立即从腰中掏出一卷钞票递给张力说:"警官先生,你们辛苦了,这点小钱给你们弟兄买点茶水喝喝。"张力没有拒绝,船老大见了立即往张力的口袋中用力地一塞。张力又在纸盒中翻了一下,然后直起了腰,走到了晒衣杆面前说:"你这灯怎么挂到这儿了,拿下来!"

船老大忙说:"是,是!"

张力对船老大低声说:"准备放你走了,前面还有关卡,过船时

145

要小心。"

说完,张力向前面船舱中的那位警察喊:"小罗,快来!给这条船发放一张通行证,让它走吧。我们还要抓紧着去检查下一条船!"

警察小罗立即跑了过来,他从身上摸出一个小本,扯下一张通行证,递给了船老大。张力挥挥手说:"快走吧!"说完,张力带着警察小罗又跳到邻近的船上。

船老大听了,连忙招呼两个船工,把船移开,迅速地向前驶去。

就在张力检查船只的时候,李灿来到十六铺码头附近的一个小饭店二楼等待码头上的消息。不幸的是,这个饭店早就被侦缉队注意到,已经被监视了。一名侦缉队员发现监视多日的重要目标李灿又一次进了小店,立即对身边的另一名队员说:"快!快去通知队长,一个重要目标进店了,他可能是条大鱼!"

接到通知的侦缉队员们立即从周围靠了过来。李灿刚进屋上了二楼没坐多久,一大群侦缉队便衣就把小店围住了。侦缉队长戴着呢帽,率领四五个队员,举着手枪,直接冲进了店中:"不许动!"侦缉队长大声地命令。

柜台上的两个店员没有动,饭店中几位客人吓得躲在桌下。这时一位刚从后厨端菜进入店堂的店员见状立即放下菜碗,从后腰拔出手枪开始射击,一名侦缉队员应声倒下,站在柜台上的两名店员这时见了也立即从柜台内拿出手枪开始还击。门外又有几名侦缉队员听见枪响冲进了小店。李灿在楼上听见枪声,立即拔枪冲到楼梯口向几名刚进店的侦缉队员开了火。双方互相激烈地对射,在柜台及门的掩护下,又有一名侦缉队员被打倒了。李灿率领店员们抵抗了一阵后大声喊:"快撤!"

柜台上的两名店员向后厨方向撤退,有一名店员被枪弹击中了,倒在了厨房门口。李灿见状立即从二楼窗口翻身跳到厨房的屋顶上,后厨已预先开有后门,李灿跳下屋瓦后,藏在一棵树下,向后厨小门猛烈地开火,以掩护另外两名店员撤离。在激烈的对射中,一位店员迅速地冲到倒地的那位同志身边,企图营救他。只见这位店员左胸被枪弹击中,胸前一片鲜红,他躺在血泊中已经没有了呼吸。又有好几位侦缉队员一边射击一边迅速地围上来了,李灿和另外两名店员连射几枪后,被迫离开了小店。

在小巷的屋角,李灿对两名逃出来的店员说:"赶快到茶叶店,去找老丁,把情况告诉他,让他派人打听一下刚才被枪弹击中的那位同志的情况,是否还有生的希望,如果是受伤,注意打听他被送到了哪里。"

两位同志接到任务后迅速离开了小巷。李灿藏好了枪,他想起今天傍晚需要与路润见一次面,了解一下她的安危及运输药品的船只情况。李灿转到了路润家的对街,慢吞吞地沿着墙脚走,见左右无人,从口袋中抽出一张备好的纸片,贴到了墙上。

这些都安排好以后,李灿向江岸边的另一处联络点迅速走去,他要在那儿等候另一位布控在江岸上的侦察员送来的消息。

这天下午,路润有些心神不宁,她担心领导交给自己的任务能不能顺利完成。这些年来,路润曾顺利地完成过许多次任务,这些危险的工作也让她变得比以前成熟了许多。每一次,在未得到确切的消息前,路润都很记挂。这天下午,书店中已经没有什么客人了。路润对店老板说:"老板,我今天肚子不舒服,我想早一点回去,上街去买点药吃。"

店主看了她一眼说:"你不舒服,就早一点回去吧,店中没有什么客人了,我一个人行!"

路润说:"那谢谢老板!我走了。"说完,路润收拾了自己的上班物品,离开了书店。

路润一路走,一路沉思。快到家门口了,她习惯性地往左侧的街对面望了一眼,忽然,她心中一惊,街对面的墙上又多出了一张广告。路润又往前沿街继续行走,走了约五十米后,她越过街道来到街对面,再折返回到那面墙下,广告上通知她到一号接头地点见面。

当天晚上七点,路润准时来到一号接头地点。那是一处湖边的小树林,它靠近徐家汇,林下有好几条长椅,是一处可供恋人们谈情说爱的好地方。

天已经完全黑下来了,有半轮月亮升起,这是一个晴朗的月夜。路润刚在一条长椅上坐下,就见树林深处走过来一个人影,李灿来了。路润已经很熟悉这位上司并已在心中深深地依恋上他。白天,阳光下的李灿是位很帅的青年,他留着分头,戴着眼镜,穿着长衫,虽然他有时故意穿得很土气,路润却觉得这位复旦大学的毕业生十分帅气。

李灿走近后,迅速在路润身边坐下说:"告诉你一个好消息,我们安排在江岸上侦察的同志,已经确定了被扣的那船药物已平安地离开了十六铺码头,并且这船凭借通行证已顺利地离开了江岸边的封锁区。"

路润听了,惊喜地问:"是吗,船被放了?"

李灿抓住路润的手说:"确实,已肯定,船被放了,并且已经平安地离开了江岸边的封锁区。我代表组织感谢你。"

路润说:"那,林芬的丈夫也算是帮了我们一次忙。"

李灿说:"是的,他这次又帮了我们一次忙。他每天在日本人手下当汉奸,这次他也是在为自己积了一点德,赎了一点罪!再说,我们给了他两根金条,也是个不小的数目。船老大又另外塞了些钱给他,所以才这样顺利。"

路润问:"你约我来有什么事吧?"

李灿听了路润的话,另一只手也握在路润的手上说:"我约你来,原本是要告诉你这次任务完成的结果,现在还有更重要的事要通知你。我们的一处重要的联络站今天意外地被敌人的侦缉队袭击了,有一位同志很可能已经牺牲或者是因伤被捕了。我已经暴露,并被敌人盯上了,上级组织临时安排我撤离这一片地区,让我护送这批重要药品去苏北。我今晚与你见面交代好工作后,马上就要动身,我的同志们,他们正在前面的小树林中等我。"

路润听了,大惊,立即回过身来问:"你说,你今晚就要走?"说完,路润忽然鼻子一酸,声音哽咽地问,"你不走不行吗?"

李灿听出了路润的难过,他不舍地一把把路润的右臂抱住:"路润,你知道吗,你跟在我身后工作这么久了,我也舍不得离开你啊!"

说完,李灿把路润紧紧地搂在了怀里。这一对年轻人以上下级关系、以恋人的形式在一块工作许久了,内心早就互相被对方所吸引。路润会写许多文章,常在报上刊出,李灿知道她是个很不一般的才女。而李灿是复旦大学的毕业生,又高又帅,路润知道他很早就加入了共产党,心中很是敬佩他。

不舍的泪水从路润眼中流出,她轻轻地抽泣,李灿安慰说:"路润,我们的革命任务还远未完成。这次我护送药品船只去苏北,任务很艰巨,沿途还有许多关卡要通过,领导安排我到达后就暂时留在苏北根据地工作。我本想带你一块过去,组织上未同意,这一片区的工作还很需要你,你暂时还不能走,目前你还是安全的,此时如你主动离开很是可惜。近期我们还难以找到合适的人接替你,希望你还能再坚持一段时间,我等情况稳定了,有机会一定设法把你接到苏北根据地去。那时,我们就可以在一起工作了,那多好啊!"

路润停止了哭泣,抬头问:"你走后,谁与我联系?"

李灿回答:"一切联系方式均未改变,仅仅是与你接头的人改变了,以后是老丁直接与你联系,老丁真名叫丁强。他四十多岁,工人出身,是徐汇区的区委副书记,他以前化名为张老板,曾在你以前工作的那个书店联络点里隐藏过,后来他被紧急调走了。我走后,他回来接替我的工作,你以后直接受他领导,他一般情况下也不会安排你任务,如找你,定是急事。"

路润说:"你是我的第二位领导人,老丁是我的第三位领导人了。"路润声音哽咽,她心中很难过。

李灿说:"别难过,革命斗争是艰苦的,危险的,你一定要习惯这一切,才能很好地坚持下来。你一定要注意保护自己。我走后,你马上搬家,暂时也不要再与林芬联系了,林芬她不知道你的工作地点吧？"

路润说："林芬只知道我在书店中工作,她不知道具体是哪个书店。"

李灿站了起来。路润说："你有照片送我一张吗？"

李灿说："没有,我们的工作也不允许照相。我送一支钢笔给你做纪念,好吗？希望以后我们凭着这支钢笔在苏北相见!"说完,李灿从衣口袋中摸出了随身的钢笔递给了路润。

路润忍不住又流泪了,她收了钢笔说："我也没有什么东西可以赠予你,我今天也未做任何准备,你走得这么急,我把我从小就佩戴的一个玉佩送给你做纪念吧。"说完,路润从颈部掏出一根红绳,在那红绳的尾部有一块环形的玉佩,路润取了下来,递给了李灿。李灿十分地不舍,他接过了玉佩,一把抱住了路润,在她的脸上亲吻了起来。

分别的时刻到了,两个年轻人紧紧地抱在一起,又过了几分钟,李灿终于把路润推开,说："还有两位同志就在前面的小树林中,我冒着危险来见你,待得太久了,大家都很危险,我该走了。"

路润忍不住哭了："你走吧！我会等你的!"

李灿十分不舍,忍不住又抱住了路润说："等着我！很久以来,因为我们有严格的纪律,不允许我向你表白、向你说出我对你的感情。我很爱你。我这次离开上海安顿好后,会抓紧时间与你联系的,我们会很快再见面的!"

路润含泪再次说："我会等你的！我也爱你!"

说完,路润双眼忍不住流下眼泪。这位善良美丽的姑娘,离开家乡闯荡已经好多年了,至今从未恋爱过,她十分珍惜这份情愫。

151

她的心中刚刚感觉到有一份幸福,却立即又面临分离。她真是舍不得,又有眼泪止不住地流了出来。

李灿放开了路润,又说了一遍:"我很爱你。今天我才向你讲出来,你一定要等着我!我们会很快见面的!"说完,李灿转身大踏步地向小树林深处走去。

月光中,路润眼巴巴地望着他走向树林。很快,夜色完全吞没了李灿高大的身影。

第九章　轰炸机来了

日军占领宜昌后,中日双方在宜昌周围反复拉锯战斗了很长一段时间,迫使日军把主要兵力转向西南,从其他方向另寻进攻重庆的新通道。而国民革命军也被迫退守到宜昌外围西北一线,在宜昌周围依山修建了一条坚固的立体防线,路春的部队就驻守在这重重的大山之中。

路春把团部设在镇中一处民房的大院中,他的营部则分散在小镇周围的山中小村中。为了团部安全,路春在镇周围的山林中还隐藏了几门大炮,组成一个火力网,以防日军飞机的轰炸。

路春让陈参谋带了路夏一段时间后,他把路夏提拔为机要秘书放在自己身边。他这样做一方面是为了信息安全,另一方面也是为了表示自己对亲兄弟的关照。

这天,路夏正在团部大院的一间侧室中整理文件,突然,他听到了一阵飞机的嗡嗡声,忙紧张地跑出屋站在院中观看。住在院子对面的何参谋也立即跑出来站在院子中仔细观察。不一会,路夏看见一架飞机缓缓地从小镇上空飞过。

何参谋观察了一会说:"这是一架侦察机!轰炸机的声音低

沉,一般不会单机出行的!"

路夏站在何参谋身边说:"啊!你认得飞机,谢谢你告诉我这些。"

何参谋说:"我做这项工作,必须学习认识飞机!前些日子,我们这个镇子周围的几个山区曾被日军飞机轰炸过几次,估计是他们发现了什么目标。日本人经常用飞机来轰炸我们,有时还有成群的飞机,飞得更远,飞到重庆去轰炸。"

路夏听了说:"这个侦察机来我们这儿干什么?是发现了什么目标?"

何参谋说:"侦察机来了,不是好事。现在宜昌城内住有许多日本间谍,他们常装成中国老百姓,溜出城,前些日子,我们还抓了好几个。日本人长得与我们中国人一模一样,不说话,很难识别。还有一些日本老间谍,是中国通,能说与我们差不多的中国话,山里的老百姓不易识破他们。这些间谍都是来侦察我们藏在山林中的军事目标的,确定了位置就会派飞机来轰炸。日本下一个进攻的目标仍然是重庆,他们妄想以此逼迫中国投降。"

路夏与何参谋站在院内说了一会,他又走进室内,继续抄写、整理会议文件。抄着抄着,路夏又听到了一阵嗡嗡的声音,好像又是飞机声,路夏又跑出房间观察,他正在天上寻找,忽然听见何参谋说:"飞机又来了!不好,这次可能是轰炸机!"

说完,何参谋连忙冲进院中的大屋,去找团长路春。

路团长正坐在桌边,何参谋对路春说:"团座,我们快走,又有飞机来了,听声音好像是轰炸机!"

路春立即站起来说:"你赶快去收拾一下,我给炮兵打个电话!"

说完,路春抓起桌上的电话机,迅速拨通了炮兵阵地的电话,并进行了安排。

何参谋匆忙夹了几张地图站在门口说:"快走,我们到屋后的小树林躲一下。"

四架飞机排成了十字形,向小镇飞来。

镇子的前方传来了炸弹的爆炸声,藏在小镇周围山林中的几门高射炮这时已开始向飞机开炮。

密集的炮火声、飞机扔下炸弹的爆炸声在小镇周围响起,镇子的周围弥漫着浓烟……

路夏夹着一些重要文件从室内冲出来,何参谋忙对路夏说:"赶快!从院子边门出去,向后面树林中跑,快!我去通知门口的哨兵及其他的人员。"

何参谋一边说,一边迅速地向院内几个房间及院子大门跑去,他边跑边大声喊:"轰炸机来了,快,快!大家赶快找地方躲一下!"

在这个大院中,在正中大屋与边上几间侧屋之间开有一扇小门,它通向院后镇外的一个小山,山上林木茂盛。

第一批人已经出了小门,路夏也正在向小门奔去,却已经迟了。一个重磅炸弹正好落在院子里,在路夏的身后爆炸了,爆炸掀起的气浪把路夏托起很高,然后又把他重重地摔在地上。有两块弹片深深地嵌进了他的大腿及腹部。

镇上有好几间民宅都被炸塌了,人们乱成一团,日本飞机扔下炸弹后,在密集的炮火声中匆忙逃走。路春在林中看到机群离开小镇后,忙指挥大家返回小镇抢救受伤的军人及居民。

何参谋首先从院子的后门冲进了团部大院,一眼就看见院子的中央被飞机扔下的炸弹炸了个巨大的坑,院子周围几间房的门框都被震塌了。何参谋忽然发现靠近院门的泥土下还躺着一个人,忙赶过去一看,是机要秘书路夏。

何参谋急忙蹲下来,他把路夏头部从地上的灰土中托起,由于流血太多,路夏意识已不太清楚,在他的腹部、大腿边的地面上有一大摊鲜红的血液,何参谋急得大声喊:"快来人啊!快来人啊!路秘书受伤啦!"许多人围过来了,陈参谋忙冲进残破的办公室,拿出药箱,取出两卷纱布蹲在地上给路夏包扎伤口。路春也随后赶到了院子,他看到路夏身边有一大摊鲜红的血液,知道路夏伤势很重,忙命令何参谋:"赶快通知司机,用吉普车把路夏送到战地医院,路秘书流血不少,留在镇上,生命会有危险。何参谋,快!你赶快让陈参谋把路夏送到战地医院吧,安排两位战士陪他们赶快走。我到镇子上去看看,估计受伤的老百姓也不少。"

何参谋一边协助陈参谋给路夏打绷带止血,一边说:"好的!我马上安排,包扎好了,马上送路秘书走。"

路春急着要去镇内看看其他的情况,走之前,他蹲在路夏面前说:"兄弟,安心到医院去治疗,我过一两天就去看你!要坚强!"

路夏已不能说话,他对哥哥点了一下头。

路春放下了弟弟,忙带了两个警卫员去镇上查看。这个山区小镇不大,细而长,前后连在一起不到二百米。镇子两侧都是山林,路春的主力部队都隐藏在周围一些分散的民房中,只有团部机关设在镇中。

路春对一位警卫说:"看样子,日本鬼子已经发现我们这个镇子内有驻军了,所以来轰炸了。"

另一位警卫员说:"是的,看样子,我们的团部需要转移了。"

小镇小街两侧的好几间民宅都被炸弹炸塌了,一些老百姓正在忙乱地从废墟中往外救人及抢救物品。镇头有一位老中医的诊所,路春看见有好几群人抬着伤员往那诊所跑去。

一辆中吉普到了,路夏在团部大院被简单包扎止血后,腹部及大腿上的伤口出血情况有所好转。陈参谋与一名战士用力地把路夏抬上了中吉普,为了让路夏躺得舒服一点,这位善良的士兵让路夏枕在自己的大腿上。车子不大,很拥挤,一路颠簸着向隐藏在山林中的陆军医院驶去。

在宜昌的西北,一个不大的陆军伤兵医院早就悄悄地搬到这儿的一处山坳中。吉普车开了二十多里,终于在傍晚时到达了医院。

有两位战士及两位护士赶来接车,大家把路夏移到担架上迅速地抬进了医院。

这座藏在大山山坳之中的陆军医院是用几间民房改建而成。陈参谋急促地护着担架与大家一同走进一个小院子,一位穿白大褂的男军医快步迎了上来,他让担架停在地上并蹲在担架边给路夏进行了检查。由于出血过多,路夏的反应已经很迟钝,他已不能回答医生的问话,医生给他听了心率,看了瞳孔,量了血压后说:"这位伤员的血压已经很低,心率很快,大概是出血很多所造成的。"陈参谋在旁边听了马上说:"是的,医生,他不幸被一颗航空炸弹击中,流血很多,在我们镇上治疗不了,所以我们抓紧把他送到你们这儿来了。"

医生说:"这个伤员伤势很重,必须马上进行手术,取出体内的弹片,伤口才能愈合!"

陈参谋说:"谢谢医生,谢谢医生!"

接着,军医站了起来说:"你们把他抬进手术室吧,我们马上给他进行手术。"

军医转身又对身边的两位护士说:"你俩赶快准备,让他们抬伤员进来吧。"

陈参谋和随行的战士听了,立即接下了担架,在护士指引下,把路夏抬进了手术室。

军医站在手术室门口说:"伤员抬进来就行了,你们请出去,在门外等候,手术马上进行。"

陈参谋与士兵听了,立即退了出来,陈参谋再次感谢医生说:"谢谢医生,谢谢医生!这位伤员是我们团长的秘书,我们团长正在安排抢救其他的老百姓,很忙,过一两天才能来。今天日本鬼子的轰炸很厉害,好几间民房都炸塌了,肯定有不少老百姓也受伤了。"

军医说:"不用谢!我们会尽力的!你们几个人是什么血型,这位伤员手术时很可能要输点血,你们可以做点准备。"

陈参谋说:"我是 B 型血。"接着他转身问身边同行的那两位士兵说:"你们是什么血型的?"

一位士兵说:"我们未查过血型,不知道!"

陈参谋说:"你俩不要走远,就在门口等,我也不知路秘书是什么血型,如配得上,我们就输点血给他,帮他渡过这个难关!"

"好!"两士兵回答。

手术很快就在里面进行了,不一会一位护士手中拿了注射器出来对陈参谋说:"伤员是 O 型血,你的血型配不上,让这位士兵试试。"说完,护士就给同来的士兵小黄抽了血。

路夏的伤势很重,大腿根部的一块肌肉被一块大弹片一切两截,缝了好多针,而腹部的伤口更大,连肠子都暴露出来了,手术中军医一边手术,一边担心地问:"血压怎么样了?"

一位护士说:"血压 50/30 毫米汞柱。"

军医说:"血压太低了,这个伤员需要立即输血,才能渡过这个难关,刚才那位士兵的血型配上没有?"

抽血的护士说:"这位战士是 A 型血。不过,还有另外一位士兵也可以试配一下。"

军医说:"这要耽误不少时间,还不知能否配得上!"

手术室内没有人接话,忽然,这位抽血的护士说:"杨医生,我是 O 型血,我愿意输血给这位伤员,他是一位抗日的国民党军战士,是为国为民而负伤的。"

杨医生听了,立即说:"这位伤员的血压太低了,你身体吃得消?"

护士说:"我身体还好,没有什么关系的。"

杨军医立即说:"那,你赶快去采血吧。"

听到了这句话,说话的护士立即说:"好的! 我马上去采血。"

这位护士姓欧阳,叫欧阳芳草,她无私地捐献了两百毫升新鲜血液。

路夏的手术终于顺利地完成了。

陈参谋及两位士兵在术后听到了这个故事,被深深地感动了。路夏被推到了病房,陈参谋及两位士兵在病房门口等候那个护士经过。

士兵小黄眼尖,在昏暗的走廊灯光下,他远远地认出那位护士。护士来了,她大概要回宿舍去,陈参谋挡住了她,并急忙喊了士兵小黄,两个人并排站在一起,给这位救人性命的护士深深地鞠了一躬。

第三天上午,路春开着吉普车来到了医院看望弟弟。

在这座比较简陋的战地医院中已住有不少伤员,他们都是从附近的多个前线战场悄悄送来的。路春刚走到路夏住的病房门口,看见陈参谋正站在院子中。陈参谋看见团长到了,立即立正敬了军礼并向路春汇报了路夏的伤情,陈参谋说:"这次路秘书伤得很重,出血很多,我和士兵小黄的血型都配不上,得亏医院中的一位好心护士自愿捐了两百毫升血液,才让手术顺利进行,我们真该谢谢她!"

路春听了说:"有这回事?那这位护士真是了不起,我要见见她,当面谢谢她!路夏他知道吗?"

陈参谋说:"路秘书做完手术才一天多,需要休息,我们还未把这个消息告诉他。"

路春立即说:"这种事情要告诉他,救命之恩要永远不忘!"

路春一边与陈参谋说话,一边走进病室,路夏术后已完全清醒,正躺在床上输液。路春刚坐定,护士欧阳进来给路夏换液,陈参谋看见了欧阳立即介绍说:"团长,就是这位护士主动给路秘书输了两百毫升血液,帮了大忙!"

路春与路夏听到了陈参谋的介绍,都向欧阳望去:这是一位很年轻的护士,大约二十岁,短发,长圆脸,大眼睛。她的暗绿色军装外面罩了一件白大褂,显得十分英气漂亮!

　　是她给我输了两百毫升血液!

　　是她在危急的关头帮了我!

　　路夏想着心头一暖,两眼流出泪花,他咬了一下嘴唇,骂自己:"男子汉还流泪,不允许的!"

　　路春向欧阳护士伸出了手,想谢谢她,欧阳不好意思地把手藏到了身后说:"不用谢! 应该的!"

　　"那怎么办呢,我只能给你敬礼了!"路春说。他站了起来,腿一并,给欧阳敬了个军礼。

　　欧阳不好意思地说:"你是团长,还给我敬礼,真是不敢接受!"

　　说完,姑娘端起打针的托盘,向路夏、路春两人点了一下头离开了。

　　欧阳护士走了,路夏躺在床上静静地输液,路春把一个木凳端到路夏的床边坐下,说:"兄弟,可好些了?"

　　路夏说:"好多了,你这么忙,还来看我?"

　　路春说:"确实很忙,本想昨天来看你,来不了。中日之战已经到了关键时刻,小日本现在是垂死挣扎,经常派飞机到我方各处阵地上进行轰炸,现在,重庆也遭遇了多次轰炸。我明天要陪师长一道去重庆开会学习,听说这次要在重庆待几天。"

　　站在床旁的陈参谋问:"团座,你要去重庆开会?"

　　路春说:"是的,我是陪师长去重庆,同行的不止我一人。我准备带何参谋同去,安排你返回团部,协助洪副团长担任我们防区的警戒工作。你一会儿和小金随我坐车回去,让小黄留下来继续照顾路秘书。"

陈参谋说:"好的。"

路夏赶紧说:"前线吃紧,让小黄也走吧,这儿有护士照顾,我一个人行!"

路春说:"你手术前后才三天,伤得这么重,可能要住一段时间,就让小黄留下来吧。"

路春接着说:"这次我去重庆还有些其他的事,可能要多待几天。"路春望了一眼陈参谋说:"你先去上车吧,我和我弟弟再说几句。"

陈参谋立即明白了,他马上说:"好的!"转身离开了病房。

路春等陈参谋走后,又对路夏说:"兄弟,我还要告诉你一点私事,这次我去重庆,很可能要结婚。几年前,我的一位相处得很好的黄埔老同学把他的妹妹介绍给我了。因为相隔很远,婚事一直拖着无进展,现在他的妹妹已经不小了。最近我这位同学调到了重庆工作,并让他妹妹帮助照顾他的孩子,所以他想利用这次我去重庆开会的机会,让我与他妹妹团聚完婚。"

路夏听到这话,很惊讶地说:"我快有嫂嫂了,有照片吗?"

路春笑着说:"有照片!我们曾见过一面。她识字不多,但能写信,我们有时还通信。"

路夏说:"哥,那让我看看照片,爸妈知道吗?"

路春听了,从上衣口袋中掏出一个皮夹,抽出一张照片,递给路夏笑着说:"你未来的嫂嫂还漂亮吧?我曾给爸妈看过她的照片。"

照片中的姑娘很漂亮,虽是村姑打扮,却显得十分纯朴亮眼!

路夏笑着称赞:"这姑娘真漂亮!上次你回家过年,我见过她的照片。"

路春说:"那已是几年前的事了。"

路春收起了照片,站起来咻咻地笑着说:"我走了,愿你早日康复。顺便告诉你,我们的团部已经暴露了,现已搬离了原来的小镇,转移到镇边上山沟中一个更小的村庄里,你回去就知道了。"

说完,路春大步向门外走去。陈参谋拉着车门正等着他,路春钻进了车。

车开动了。

哥哥走后,路夏陷入了深深的沉思。

吊瓶中的输液正一滴一滴地往下坠落,坐在床边的士兵小黄看见水快滴完了,忙说:"液输完了。"

路夏一惊,忙说:"快去喊护士!"

护士欧阳来了,她拿着一个白瓷月牙形小托盘,在床边弯下了腰。欧阳拿住路夏的一只手,轻轻地剥离胶布,在这一瞬间,路夏身上突然有了一阵电击样的触动。姑娘温暖细腻的手指让路夏心中升起一种异样的温暖,他想起这个姑娘曾给自己输过血,抢救过自己,不平常的感觉在路夏心中涌动。他侧着身子仔细盯着姑娘的操作,她的动作是那么细致、轻柔,此时他有了一种幸福的美妙感觉。

欧阳拔了针,用棉球压住了针眼,抬头望着路夏温和地问:"好些了吗?"

路夏望着欧阳,他发现这姑娘的眼睛明亮,她很漂亮!想到这儿,路夏立即不好意思地脸红了。

忽然,路夏发现欧阳姑娘的脸也红了。她也有些不好意思,笑了一下,嘴角还有两个小酒窝露了出来,欧阳有些不自然地说:"好好休息!"说完,她端着小托盘,拿上玻璃吊瓶、输液导管转身走了。

大概是血液,这个神奇的液态物质连接了路夏与欧阳两人的情感,几天后,事情发展得非常迅速。欧阳常常来到路夏的床边问这问那,路夏也非常喜欢与欧阳交谈。他告诉欧阳,自己已经读到了大四,为了抗日,才中断学业来宜昌前线打击日本鬼子。欧阳听了说:"你做得对!我的父亲是一名教师,我也是为了抗击日本鬼子,才没有按照父亲的安排去做教师,而是来到了抗日前线,做了一名护士。"

路夏看着欧阳的脸说:"你有照片吗?送一张给我。"

欧阳说:"有,明天带给你!"

第二天,路夏躺在床上输液,他看见欧阳端着托盘在病房门前来回走过好几次。看到士兵小黄不在床边,欧阳就走进来了,她从口袋中掏出一个小纸袋递给了路夏,说:"你要的,给你!"说完,欧阳脸一红,转身离开了。

路夏用一只手把纸袋打开,里面是欧阳的照片。

顿时,幸福灌满了路夏的心房。

爱,迅速地在这两个年轻人心中燃烧。

这天,欧阳进来查看路夏输液,一瓶水已经快输完了,欧阳笑着伸出手去检查路夏手背上的针眼,病房中没有其他的人,门口也没有其他的人。路夏靠在床上,他看见欧阳那白白的手,正在检查自己手上的针眼,心中立即有一种冲动,他说:"欧阳,你知道吗,我的心此刻正在猛烈地跳动!"说完,他一把抓住欧阳的手,把它放在自己的左胸前,欧阳红着脸说:"不要这样!"

接着,路夏控制不住自己,他迅速地把欧阳的手放在唇边吻了一下。

欧阳立即羞红了脸,她把手抽出来,跑掉了。兴奋让路夏的脸上不自觉地露出了笑容,士兵小黄正巧走进了病房,他看见路夏靠在床上,一个人红着脸微笑,很惊讶,忙问:"路秘书,你笑什么?有谁来过?"

路夏说:"我的伤快要好了,我高兴。"

时间过得很快,路夏的伤已完全好了,他该出院了。

军医来安排路夏出院,说:"小伙子,恭喜你,你的伤都已经完全好了,准备安排你出院了。"

路夏心中不舍,但他知道这儿是战地医院,不是久住之地。他只好答应说:"好的!谢谢你,医生,我什么时候走?"

军医说:"明天上午,可以通知你们单位来车接你。"

路夏说:"既然好了,我就一个人走吧,我还有一个士兵陪着我,况且部队离这儿只有二十里地。"

军医说:"你刚好,不能太累,还是坐车走吧。我已经给你们的团部打了电话,你今天做做准备吧!"

听说要出院,士兵小黄高兴地出门溜达去了,路夏也抓紧时间做些自己的准备。首先他想到要给欧阳写个条子或者是信,他去病房护士站要了一张纸和一支笔。路夏坐在床沿上思索着,该写些什么呢,他和欧阳两人都是军人,军队是有纪律约束的,所以路夏想,两人的关系目前还是不宜让他人知道为好。想了半天,路夏在纸上写了几行字：

> 欧阳：谢谢你救了我，谢谢你帮助了我！
> 欧阳：我爱你！希望你等着我！
> 我回去后，会设法与你联系并来看你。
> 握手，保重！
> 路夏即日。

　　小条子写好了，路夏把它装在口袋中，然后，他一直望着病房门口。士兵小黄正好出去玩了，房间中只有路夏一个人，他多么希望欧阳此时能够进来或者能从门口走过，等了很久，简直是望眼欲穿！傍晚时路夏终于忍不住了，他去护士办公室询问："请问欧阳护士呢？她在吗？"

　　一位护士大姐回答："欧阳昨天上夜班，早上一下班她就走了！"

　　第二天清晨，接到军医电话的团部很早就派出了一辆吉普车。车到了，路夏仍没有看见欧阳，他慢吞吞地向吉普车走去。忽然，他看见欧阳朝向他快步地走了出来。原来欧阳也知道有车来接路夏了，急忙赶过来送他。路夏在医院的大门口停住了脚步，欧阳靠近了，路夏回身掏出了纸条递给了欧阳说："等着我！"

　　匆忙中，欧阳红着脸接过条子装进口袋里，并说："好的，我等着你！"

　　说完，路夏快步向吉普车走去。

　　车开动了，向山坳中的团部新驻地驶去。

团部的这个新驻地,隐藏在一个山坳中,几间小房隐藏在树的浓荫之中,车靠得很近了,才能看得见这几间小屋。刚停车,路夏就见哥哥路春及几位参谋从屋中迎出来。

路夏开门下车,看见哥哥惊喜地说:"大哥,你什么时候从重庆回来的?"

路春高兴地说:"我早就回来了,我仅在重庆待了一周,你全好啦?"

路夏说:"我全好啦!"说完,双脚在地上跺了几下。

路春站在弟弟面前哈哈地笑起来。

几位参谋同时对路夏说:"路秘书,告诉你一个好消息,你大哥结婚啦!快向他要喜糖吃!"

路夏高兴地说:"哥,你结婚啦?嫂子呢?"

路春咪咪地笑着转身说:"进屋来说吧!"说完,挥手让司机把车开走。

这处团部新驻地的屋子不大,只有两间房。内室做了团长路春的卧房,外间就是团部办公室,墙上已挂有一些地图,一张破旧的大方桌依壁而放,几位参谋也跟着进屋了。路春把大方桌上的一个铁盒子往桌上一倒说:"兄弟,你吃喜糖!"

路春抓了些糖果分给几位参谋,兄弟俩就依着方桌对坐,几位参谋见势忙离开了。

为了防止日军飞机再次来轰炸,参谋们就近住在附近的几间农屋中。

路春对路夏说:"新团部挤得很,你还是和陈参谋住在一起吧,出门走几步就到了,很方便。"

路夏追问大哥:"嫂子呢?怎么不见大嫂?"

路春收敛了笑容说:"你真是个文人,不懂得部队及战争!现在正在打仗,我在前线,怎能把你嫂子带来?部队纪律也是不允许的。我是一个小小的团长,就是以后当了师长,也是不允许带家属的!"

路夏听了说:"啊!我不知道!那嫂子呢?"

路春说:"她在重庆。前些日子,我去重庆开会办事,承蒙我老同学的好意,让我与他的妹妹结婚了。师长给了我三天假,同学给我在重庆租了两间房,我们就在租的房子中结婚了。不过,还好,也来了不少黄埔的老同学,我们师长也去了,喜事办得也还热闹。"

路夏听哥哥如此说,忙凑言说:"嫂嫂漂亮,我见过照片,恭喜大哥!"

路春进内室拿出几张照片说:"你看,这是结婚时一位老同学给拍的照片。"

路夏接过照片,照片上路春一身戎装,十分精神。他的夫人穿着一件碎花旗袍,外面罩有一件线织短褂,她剪了时新的短发,大眼睛,面孔清纯靓丽,靠在路春的身旁。

路夏称赞说:"大哥,你俩真是男才女貌的一对!"

另外三张照片都是酒席桌上的照片,照片中都是些身穿军装的军人。

路春一旁补充说:"这些军人,其中有好几位都是我黄埔的老同学,他们当时也都在重庆开会,就来参加我的婚礼了。"

路夏剥了一颗糖放进口中说:"大嫂在重庆,大哥,你放心?听说现在也经常有日本飞机去重庆轰炸。"

路春说:"是的！重庆现在也很不安全了。你大嫂主要还是依靠她的哥哥在照顾,我以后也只能是尽量多找些机会去重庆看看她。"

和弟弟谈了一会后,路春对路夏说:"你身体刚恢复好,目前没有特别大的战事,还是多休息几天吧,陈参谋已把你的床安排好了,你去找他吧!"

路夏站了起来,他又抓了一把糖果放入口袋中说:"那好,我走了。"

第十章　山腰上有四顶军用帐篷

这天下午,路夏在作战室值班,突然电话铃声响了。电话是师部打来的,找路春团长。

路夏忙进内室报告:"团长,师部电话!"

路春出来接电话,电话中传来宋师长的声音:"喂!是路春团长吗?"

路春立即说:"是!师座,有何指示?"

宋师长说:"昨天,我们师部的侦察员突然在你团驻地防区西北角小石庄附近的一个隐秘的山腰上发现了四顶军用帐篷,帐篷附近架有天线,初步确定是一小股日本兵的临时指挥所。在其山脚树林中侦察员还看到了一些鬼子步兵在活动。我们分析认为,有一股鬼子的小部队或者是特种部队已经突破了我军的防线,很可能在后面还会有进一步行动,这批小鬼子有可能是来执行某项特殊任务的。因此,为了我军的安全,师部研究后决定立即干掉这批小鬼子,以除后患。"

路春说:"师座,他们是想来偷袭你们师部的吧?"

宋师长在电话中说:"不知道,他们有这个胆量来偷袭我们师部？这批鬼子昨天刚到,前天还没有发现。现在不管他们是来干什么的,必须马上把他们干掉!"

接着,宋师长在电话中命令:"现在我命令你团立即派一个突击队去干掉这处日军指挥所。这处日军指挥所目前隐藏在你团的防区内,距离你们团部大约四十里。山脚的鬼子由其他部队去解决,你们得手以后发两颗信号弹通知他们。"

路春手中提着电话来到墙上的大地图边,他很快就在地图上找到了小石庄。

路春听完了师长的安排,立即立正说:"好!师座,我马上执行!立即安排一个突击连去完成这次任务。我们连夜动身,争取战斗在明天上午打响。"

宋师长说:"那好,其他部队负责解决山脚下的鬼子,他们也将在明天天亮前到达指定的埋伏地点。"

路春听了,再次并足立正说:"师座放心!我亲自带人去执行这次任务!"

宋师长听了,说:"好,祝你们成功!"

路春听完了电话,立即通知部队紧急集合。他安排何参谋同行,洪副团长、陈参谋等留守在团部。

为了保证这次特殊任务顺利完成,路春决定亲自上阵。他挑选了一位得力的营长及一位连长共同执行任务。下午四时许,一支由一百五十余人组成的加强连在团部悄悄地集结完毕。

路春亲自检查了这支部队的装备,赵营长还特地带来了六门小钢炮、四挺轻机枪,炮弹、子弹都带了不少。

小石庄离团部仅四十里地,路春对那一带山区也比较熟悉,部队连夜出发,天亮前部队到达了潜伏地点。

天亮了,路春带领赵营长等一行人藏在一块大山石后面的树丛中。路春用望远镜在山腰上仔细搜索,终于在浓密的树丛中找到了那几顶隐藏得很好的深绿色军用帐篷,它们呈菱形排列,路春在镜头中还清楚地看到了一座帐篷门口还站有一位日本士兵。

路春仔细看了一会,又想了一会,对赵营长说:"我真想不明白,这一小股鬼子偷偷地来到我们防区的目的是什么,他们想在我们这儿找条路,穿插过去?赵营长,我们这次行动很要紧,必须成功,这样才能保证山脚下其他部队的进攻顺利进行。你先带领战士们尽量靠近那几顶帐篷,等我们这儿的炮响后,立即冲进去干掉里面的鬼子。我估计鬼子指挥部内部的人不会太多。"

赵营长说:"是!我知道了,保证完成任务!"

路春又对身边的黄连长说:"你带几名炮手就隐藏在这儿,六门炮可一列排开,全部瞄准山腰上的那几顶帐篷,到时排炮齐发,一定要一次性摧毁掉那个鬼子指挥部!"

说完,路春低头看表说:"现在七点整,八点整我们准时开炮,发动攻击。现在你们可以行动了,我和何参谋随你们炮队行动。"

说完,路春对黄连长挥手:"赶快行动吧,还有一个小时的时间准备!"

接到命令后,黄连长立即带领几个炮手,在附近找了一个既隐蔽又方便的地方,架起了小钢炮。赵营长率领其他战士迅速地消失在周围的林木中。

路春带领何参谋潜伏在六门钢炮后方,他用望远镜仔细地观察。清晨,隐藏在林木中的帐篷周围没有什么异象。路春不停地看表,时针指向了八点,他向那排小钢炮走去,举起了手大声地发布命令:"时间到,开炮!"

早已瞄准好目标的炮手们立即向钢炮中填进了炮弹,很快,第一批炮弹猛烈地飞向了对侧的山腰。路春用望远镜观察战况,他清楚地看见有两个帐篷被炮弹击中了,有几个鬼子兵从帐篷中逃出来了。

顿时,周围山林中响起了冲锋的呐喊声。这是潜伏在帐篷附近的赵营长的部队发动进攻了。路春立即拔出手枪对黄连长大声喊:"你和炮手们留下来看守这几门炮,其他的人与我一道上山。"

说完,路春又一次大声喊:"剩下的弟兄们,与我一道,冲啊!"

路春身边的二十多名战士听到号令,从隐藏地一跃而出,他们跟着路春向山腰上的日本鬼子帐篷飞奔而去。

双方士兵已经在进行近距离激烈搏斗,路春一边大踏步地向前跃进一边向鬼子开火。他远远地看见赵营长一行人已经突进敌人的帐篷内,他也率领何参谋一行人一边射击一边向另一个帐篷冲去。在这顶帐篷外,路春看见两位士兵正与两名端了刺刀的日本步兵纠缠在一起,他们在进行近距离的搏斗。路春和几名战士一个箭步,冲到日军士兵面前,大家一梭子子弹就击毙了这两名日军士兵。

路春随即率领几位士兵冲进了这顶帐篷。

这是一座被炮弹击中了的帐篷,里面被破坏得很厉害。一张小桌边趴了一个已经被炸死的日本兵,桌上有一部电台、一个电话机。路春和何参谋进了帐篷正在查看,赵营长快步跑了进来,看见路春立即报告说:"报告团长,山腰上的战斗基本上已经结束了。

后面的帐篷内有一个日本中佐及一个少佐,都被我们的炮弹炸死了,还有七八个日本士兵也被我军士兵击毙,四个帐篷中都已经没有日本士兵在进行抵抗了。"

路春听了,大笑说:"很好!这次偷袭,我们进行得很顺利。赵营长,你赶快向山下发信号弹!然后带领战士们打扫战场、迅速撤离,我估计附近很可能还有日本人的接应部队。"

赵营长说:"这电台怎么办?"赵营长说完拔出信号枪向高空放枪,两颗红色的信号弹立即升上了天空。

路春继续安排:"重要的东西带走!电台带走!文件地图带走!再仔细找一找,然后迅速撤离。不知山下的情况如何了?"

路春与赵营长正在商议,忽然他俩都隐约地听到远处突然传来密集的枪炮声、呐喊声。路春侧耳仔细听了一会对赵营长说:"山下的战斗也打响了,我们的任务完成了。"

路春说:"我们的士兵可有伤亡?"

赵营长说:"我们的部队有两名士兵受了伤,无一人阵亡,几顶帐篷中的鬼子兵都不多,这是个指挥所。我军第一批炮弹就击中了两顶帐篷,剩下的日本兵被我军战士全部消灭了。"

路春说:"你仔细清点一下被消灭的鬼子兵人数!检查一下可有俘虏或活着的鬼子兵,以便弄清日本鬼子这次行动的目的。"

赵营长说:"全部都被打死了,他们都进行了顽强的抵抗,没有捉到一个俘虏。"

路春说:"都被打死了?可惜了,那就难以弄清这批小鬼子的目的了。"

何参谋此时插话说:"团座,我曾听到镇上的一些山民说过,在小石庄附近有一条药农常走的隐秘的峡谷小道,可以穿过这一带的大山区。小鬼子的密探们很可能也已获知这一消息,我估计,这次他们派小股部队进山,就是为了在此附近寻找这条小路,从而让大部队突破我们的防线。"

路春听了沉默了一会,说:"你说得很有道理,这种情况我们可不能大意!"

接着,路春又问:"这次行动,我们共歼敌多少?"

赵营长说:"初步清点了一下,共击毙日本鬼子二十三人,其中包括一名中佐、一名少佐。"

路春听了大声笑问:"哈哈!只有二十三人?太少了!不过这一战我们打得痛快,还毙了一名中佐、一名少佐,战果也不小!"

路春接着安排说:"赵营长,你赶快带人清扫战场吧!注意再次核实一下被击毙的鬼子人数。"

赵营长领了一些士兵再次进入帐篷仔细清点一遍,帐篷内外及林边被击毙的敌人总共有二十三个。清查结束后,赵营长上前扯下中佐及少佐的领章,抽出他们腰间的手枪,其他战士迅速地拆搬了电台,拿了桌上的军用地图。再次清点结束后,赵营长挥手指挥战士们说:"走,我们赶快下山!"大家迅速地向山下撤去。

打了个不小的胜仗,路春领着赵营长、黄连长及战士们高兴地返回驻地,接近团部门口,远远地看到已得到消息的许多官兵已站在团部门口欢迎他们。看见他们靠近后,大家一拥而上,接下了伤员以及电台、枪支等,大家互相握手、拥抱、欢呼庆祝。

这次战斗,路春和他的战友们把孤军深入国民党军防区内的一个鬼子中队包围分割成了两个部分,一部分消灭在山腰上,一部分消灭在山脚下,路春和他的友军共同打了一个不小的胜仗。

很快,战区司令部的嘉奖令就到了。这次路春被提拔了,官升一级,成了一位旅长。

其实,路春早就该被提拔了。他从黄埔军校毕业后,已从军很多年,还参加过北伐,在对日作战中曾多次立功。蒋委员长在听战区战况汇报时,偶然知道了他的一位学生的团部成功端掉了一个鬼子中队的指挥部,还击毙了一名中佐和一名少佐,很高兴。他听说这个学生在前线作战已经很多年了,至今却仍旧是个团长,他觉得应该立即予以提拔。

任命书下达后,师部把另外的两个团调拨至路春的麾下,归他领导。路春很高兴,接到命令后,他对自己的属下进行了大调整。路春把何参谋提拔为旅部参谋长,把原来的洪副团长提拔为正团长,把赵营长提拔为副团长,而黄连长也升为营长了。由此,许多建有功劳的将士,还有几位炮手都一一被嘉奖提拔了。

所有的人都安排好以后,路春让伙房多烧了几个菜,在自己的旧团部小院中摆了两个方桌,请三个团的主要干部在一块吃了一餐,以示庆贺。

晚饭以后,刚调来的两个团的干部都坐车回去了。路夏趁哥哥高兴,又走进路春的房间,向他表示祝贺。

路夏说:"哥,祝贺你升任了旅长!"

路春会餐时饮了一些酒,此时正在高兴,他兴奋地大声地说:"这有什么稀奇!我早就应该被提拔了,我参加过北伐!在部队已干了十几年,我的同学中有一些人现在都已经是师长了!"

路夏又问:"哥,我听陈参谋介绍说,你在湖南抗日前线,有一次战斗中,你的团一次就干掉了一百多个鬼子。"

路春说:"是的,是曾有一仗!那一仗让我们团扬名了。那时我就已经是个团长,那场战斗后,我就很有名气了。战斗结束后,我受到了嘉奖,却不知为什么没有被提拔,仍是个团长。我想,这可能是我以前北伐时,有一仗打得很惨,部队被打散了,我有一段时间脱离了部队所造成的。这大概也是我这次打了个小胜仗就能被提拔的原因。路夏,我告诉你,当兵打仗,除了勇敢外,谋略也很重要!否则难以取胜!在战场上,光勇敢还不行,还必须会用脑,用智!要用谋略,再加上勇敢,才能更有把握取胜!"

路夏说:"哥,我要向你学习经验!"

路春说:"在战斗中学习吧。我也把你和陈参谋提了一级,以后你俩就从团部调到旅部,还做我的参谋,你仍然分管我们旅部的机要文件!"

路夏说:"谢谢旅座!"

路春嘿嘿地笑了起来,说:"你回去吧,我今天高兴,多喝了几杯。"

路夏说:"哥,我明天请一天假,我想去师部军医院看看救我的那位医生。"

路春愣住了,问:"你要去师部军医院看医生?男的?女的?"

路夏声音低了些说:"女的。"

路春又追问:"师部军医院有女医生?"

路夏不好意思地改口说:"她是护士,她救过我,给我输过血,已有不少日子了,我想去看看她,谢谢她。"

路春听了,想了一会,眯起了眼睛又问:"是那位给你输过血的

177

护士吧,你不会是爱上了她吧?我见过她,忘记了,她叫什么名字?"

路夏没有回答。

路春想了一会只好松口说:"好,你去吧!我不想让你也如我一样,很大的年纪才成家。我这么大年纪了,都还没有孩子。你明天怎么走呢?有二十多里地呢,我可不能给你单独派车送你去谈恋爱!"

路夏高兴了,说:"我年轻有劲,我起早走着去,下午回来!"

路春说:"我知道了。你明天傍晚之前一定要赶回来,战争期间,有许多敌特、汉奸躲在阴暗处,路上要小心!"

路夏站了起来,立正说:"谢谢旅座!我走了。"说完,路夏转身离开。

第二天清晨,路夏早早地起床了。

旅部位于崇山峻岭中的一个小村庄里,村中买不到任何东西。路夏翻找了自己的所有藏品,在提包中找到四小盒猪肉罐头,那是路夏以前舍不得吃省下来的。路夏用军用包装了这几盒罐头,与同房间的陈参谋说了一声,就出发了。

出了院子,路夏向门口站岗的哨兵笑着打了一声招呼,随后看表,正好是八点半。手表是路夏进大学读书时,父亲送给他的礼物,是一只瑞士进口表。

"快些走!十点半能到。"路夏自言自语。

山区小土路,行人原本就少,再加上不久前这一带刚刚进行过一场大战,震慑了一些敌特、汉奸。路夏一路上都平安无事,不到十一点,他就赶到了陆军医院的大门口。

路夏穿着军装,他与大门外的警卫打了一声招呼后就走进了医院。路夏在病房门口挡住了一位正在往里面走的女护士问:"请问,欧阳护士今天在上班吗?"

这位护士望了路夏一眼,说:"你好眼熟,好像在我们这儿住过?"

路夏笑了,忙感激地说:"谢谢你!我以前负过伤,曾在你们这儿住过,请问欧阳今天在吗?"

这位护士立即笑了说:"欧阳在,刚才我还看到她,我去告诉她。"说完,这位护士对路夏笑笑,走进了病区。

不一会,欧阳就来了,她走到门口,惊喜地说:"路夏,你怎么突然来啦?"

"你忙,我又想给你一个惊喜,就没有打电话提前告诉你。"路夏看着欧阳说。

欧阳说:"我正忙,在上班,没办法陪你,怎么办呢?"

路夏说:"不急,我等你下班,中午你能休息一会吧?"

欧阳说:"那好,医院大门外东边有一片小树林,你中午去那儿等我,我下班时过去,给你带一份饭。"

路夏听了,十分惊喜地说:"那太好了,中午我在小树林等你!"

欧阳点点头,她转身返回了医院病房。

路夏放心了,他慢慢走出医院,在医院周围晃荡。战争期间,为了躲避日本飞机的轰炸,这所陆军战地医院也藏匿在崇山峻岭之中。在这个山坳中的小山村里,只住有十几户人家,路夏只用了半个小时,就把这个小山村看了个遍,然后他就站在林边等候欧阳。

　　林边有一些小草,还有一些杜鹃花在开放。路夏弯腰摘了几枝杜鹃花握在手中,他想,没有什么好东西作为礼物,就送给欧阳一束杜鹃花吧。

　　路夏不停地看表,已经十二点多了,终于,他远远地看见欧阳穿着军装,手中提着一个暗绿色的军用铁饭盒走过来了。

　　当欧阳快要靠近时,路夏往林中退了几步,他怕被别人看见,毕竟两人都穿了军装,被人看见还是不太好的。

　　欧阳靠近林边了,路夏叫了一声:"欧阳!我在这里!"说完,路夏手中拿着一束杜鹃花快步迎了上来。

　　两人靠近了,仅仅只是愣了一会,路夏一把抱住了欧阳,他的那只捧着鲜花的手也在匆忙中放到了欧阳的背部。

　　欧阳一只手提着饭盒,另一只手也搂住了路夏。是思念,是想见一面的渴望让这两位年轻人紧紧地抱在一起,许久都不舍得分离。

　　欧阳在路夏的耳边轻轻地说:"我们吃饭吧!"

　　路夏把杜鹃花送到了欧阳面前说:"这花很美,送给你!"

　　欧阳接下花并放在面前闻了一下说:"谢谢!"

　　林边正好有一块大石头,欧阳把花摆放在大石头边,然后,她打开了饭盒,把饭递给了路夏。

　　路夏说:"我俩一块吃吧!"

　　欧阳说:"我刚才已经吃过了,吃完后又给你打了一份。今天的菜好,有蘑菇烧肉,还有青菜!"

　　路夏说:"你们医院的饭菜不错,我们在部队吃不到这样的好菜!"

欧阳说:"不久前一位从前线送来的受伤军官对我说,估计战争很快就要结束了。在欧洲战场,德国军队已经全面溃败,德国一完蛋,小日本也撑不了多久,很快也就会完蛋了。"

路夏吃了一口饭对欧阳说:"你在这大山之中的医院里,消息还真是很灵通的嘛!日本鬼子确实很快就要完蛋了,抗日战争很快就要结束了。日本人太贪了,他们犯了个致命的错误,那就是发动了太平洋战争!现在美国人也对日宣战了。日本那么小的一个海洋国家,资源十分匮乏,如何能对付许多国家?所以他们必败无疑!"

欧阳说:"那太好了!我们医院中有许多从前线下来的伤员,他们经常带来许多关于战争的消息。"

路夏说:"欧阳,战争结束后,你打算怎么办?"

欧阳听了,扭头一笑说:"不知道,这要看部队如何安排。如果我离开了部队,我就嫁给你,不知你的父母可愿意接受我?"

路夏笑着说:"我希望战争结束后,我也能离开部队,我俩去找一份好工作,结婚成家!我的父母早就盼望着我能找个媳妇。"

欧阳扭着头又问:"是真的吗?"

路夏说:"真的!"说完,抓住欧阳的手说,"战争结束后,你愿意跟我走吗?"

欧阳深情地望着路夏说:"我当然愿意跟你走!我不会一辈子都待在这个军医院中当护士!"

路夏听了欧阳的回答,神情忽然黯淡下来,忧郁地说:"中日之战很快就会结束,但国共两党矛盾很深,国家前途还很难说,我真是担心！"

欧阳安慰说："到时再说吧。"并转移话题，"你上午是坐车来的？"

路夏说："没有车，我是起早走着来的。"

欧阳问："你是走来的？两地之间有二十多里呢！"

路夏说："早就想来看看你，最近我哥打了个不小的胜仗，升了旅长，所以我趁他高兴时请假来看你了。机会难得，不要说二十多里路，就是三十里、四十里，我也会来的！"

欧阳听了，十分感动："路夏，谢谢你！这么远的路，来一趟真不容易。"

路夏知道欧阳正在上班，不可在此久留，说："一会儿你上班，我就回去了，山区没有什么好礼物，我只带了四盒罐头。"说完，路夏放下饭盒，从背包中掏出罐头放在石头上。

欧阳再次被路夏的真诚感动，她说："礼轻情重！我不需要你的礼品，你也不用在这方面费心思！"说完，欧阳从石头边站了起来，说，"我在上班，该回去了，希望你以后有机会再来看我。"

路夏知道欧阳要走了，也从石头边站了起来。

两个青年，好不容易见了一面，时间却如此短暂。路夏很是不舍，他一把抓住了欧阳的手放在嘴边吻了一下，接着，他又一次抱住了欧阳。

欧阳也感动得双眼潮红，她也再次抱住了路夏。

沉默了几分钟，欧阳放开了路夏，弯腰一手拿起饭盒，一手抓住几个罐头说："我走了，要上班了，有空你再来！"

说完，欧阳转身向山坡下走去。

路夏站在林边,久久地望着欧阳离去的背影,是幸福还是不舍? 一瞬间,路夏的双眼也噙着泪水。

第十一章　穿长衫的男人冲进了店

李灿走后不久,依照他的安排,路润不久就搬了家。新居离原来的那栋楼有两条街的距离,仍隐藏在一条较为偏僻的小街中。新租的家也是一间房,在一栋旧楼的二楼。安顿好以后,路润把新居地点告知了老联络点内的那位缝纫女工。然后,她仍去文山书店上班。

许多天过去了,路润一直未得到老丁约见的通知。她无法获得李灿的消息,每天心中七上八下地惦记着。这天下午,书店已经没有什么生意了,黄老板就走进了内室。路润一个人坐在吧台上照看着生意,她找了一本新到的小说,靠在椅子上慢慢地翻阅着。

下午四点多,一个穿着长衫、戴着礼帽的男人忽然快步冲进了书店。他迅速地环视了一下书店各处后,急步站在路润的吧台前说:"路润!快!帮我一下!我被人跟踪了!"说完,这个男人快速地脱扯下自己身上的灰色长衫,卷成一个团握在手中。路润心中一惊,抬头仔细一看:这人四十多岁,头戴礼帽,是路润以前工作过的那个老书店的张老板。两年前他被调走了,他的真名叫丁强。李灿临走时曾告诉路润,丁强已被调回这一片区,将接替自己与路润联系。路润一直等,许多天过去了,却一直未接到通知。路润没有想到丁强同志今天以这种极端危险的方式与自己相见了。

路润心中慌乱起来,她匆忙站起来说:"快,快到窗口!窗外是一条小巷。"

说完,路润冲到书架后面的一个小窗边,拉开了窗栓,推开了小窗。丁强急忙把脱下的长衫塞到了路润手中,猛地跨大步登上了窗台。他跳下了窗,回头望了一眼路润便迅速地离开了小巷。

路润急忙关上窗门,并匆忙地把长衫塞到了一个书架底下。刚回到吧台坐下,门外又冲进来两个穿一身黑色短衣长裤、头戴礼帽的男人。路润已经平静下来了,她望着两个人。两个黑衣人迅速跑到几个书架前转了一圈,没有发现什么,马上走到路润面前询问:"刚才是否有一个穿长衫的人进来了?"

路润慢慢地说:"没有!今天下午店中没有什么生意,没有什么人进来买书!"

一个穿短装、三十多岁的黑衣男人,对另一个男人说:"组长,我一直跟了很久,清楚地看见他到了书店这个地方,怎么人突然不见了!"

组长说:"我们再找找!"

两人说完,同时向书店后堂走去。他们发现了店后的过道,看见了走道侧面的那扇小门,便猛地一下把门推开。店老板黄志诚正在室内算账,惊讶地抬头问:"你们干什么?怎么跑到这间房中来了?"

穿黑衣的组长说:"我们在找一个人,刚才看见他进了你们这个店,人忽然不见了,你看见没有?"

黄老板站了起来大声地说:"我在房间内没有见到任何人进来,请你们出去!"

这间小房不大,只有八平方米,两位黑衣人用眼巡视了一下,没有见到什么异常,只好悻悻地离开了。

黄老板走到路润的桌前温和地问:"刚才有外人到我们的店中来过?"

路润立即否认说:"没有!刚才离开的这两个人好像是侦缉队的便衣!"

黄老板说:"又是两个狗汉奸!肯定不是什么好人,小心点!"

路润说:"知道了!"

下班了,路润忧心忡忡,她缓缓地向家中走去。搬到新住处以后,路润每天下班都认真地看住房对面的墙上是否有纸条或者广告。今天她又挨墙走了过去,墙上什么也没有。路润担心着丁强,不知他是否安全地逃脱了。回到家,路润没有心思烧饭,她坐在椅子上忽然想起未能把丁强脱下的那件长衫带出来扔掉,她的心中十分担忧。

第二天,路润上早班,开门进店后,她立即快步从书架底下拿出那件灰布长衫,藏了几个地方都觉不妥。最后,路润进入了黄老板的那个小房间,她把那件长衫放进了一个装书的旧盒内。路润想起黄老板也时常穿长衫,放到他的房内应该说得过去。

一位穿长裙的文雅女士进来了,她站在一排书架前挑书。路润站了起来,她热情地向这位女士介绍着几本刚到的新书。忽然店内又冲进来四个人,全部身着黑色短衣,有两个人手中还拿了枪。路润一眼认出其中两人昨天曾经来过,她知道这伙人是侦缉队的。路润回到吧台上坐下,领头的那位组长从身上拿出一个小牌,向路润亮明了身份,接着,组长对手下的三个人挥手说:"仔细检查一下!"

店中那位买书的女士吓得掉头走了。

路润坐在凳子上盯着侦缉队员们在店中检查。四个队员在书架上、书堆上仔细地搜索,有一名队员还弯腰检查了书架的下方,另两名队员同时推开了走道后面的那间小房的门。不一会,从里面冲出一名队员大声喊:"组长,在这间小屋内找到一件长衫!"

路润心中一惊,正在紧张,那位组长拿了长衫来到路润面前问:"这件长衫是谁的?"

路润抬起头平静地说:"我们店老板的!"

组长问:"老板呢?"

路润说:"老板有事,今天未来上班。"

正说着,真巧,黄老板提着一摞书走进了书店。路润抢先对黄老板说:"老板,这几位先生来我们店里检查,看到了你的这件长衫,他们正在问我!"

黄老板看见店中的几个黑衣人及听了路润的话,心中立即明白了,他问几个黑衣人:"怎么回事?"

侦缉组长说:"昨天,我们怀疑有一个共产党分子进了你们的店,今天在你们的店中发现了这件长衫,怎么回事?"

黄老板一听,立即气愤地驳斥:"这件长衫是我的!我换下放在店中的!"

说完,黄老板伸手抢下那位组长手中的长衫。

路润见了在一旁插嘴说:"长衫有什么稀奇的!我们老板身上

187

还正穿着一件呢,你们不能这样胡乱地闯进我们的店,乱搜查!"

黄老板听了也在一旁严厉地说:"我们是正经生意人!请你们赶快出去,我刚进了一些书,还要做生意!"

那位组长见仍未找到其他异常的东西,只好挥了一下手,领着三个队员匆匆地走了。

这位黄老板五十多岁,中等身材,长圆脸,今天他正好穿了一件深蓝色长衫。

李灿曾告诉路润,这家书店的黄老板是共产党的外围友好人士,所以李灿安排了路润在他的书店工作。

几个侦缉队员走了,黄老板走到路润面前,把那件灰色长衫递给了路润,对她说:"你可能已经被这几条恶狗盯上了,要小心!"

路润说:"这件衣服暂时还是放到你的房间里吧,我想办法处理!"

黄老板说:"不必了,我来处理!"说完,黄老板又接过了那件灰色长衫,两人都没有再说话。

"路润,把我刚才带来的新书都上架吧!"黄老板说完,走进了自己的那间小办公室。

路润把新书一一都上架了,她一边搬书,一边细想刚才发生的事。这时一个穿白上衣、梳分头的青年走进了店,路润认出他是徐汇这一片区的交通员小史。

小史靠到路润身边低声说:"几条狗都走了。这个店已经被监控了,外面有暗哨,你要小心!"

丁强跳窗逃走,躲进了一条僻静的小巷获得安全后,又担心起路润的安全。到达驻地后,丁强立即安排小史到文山书店附近察看。

路润听了很感动,忙说:"知道了,快走!谢谢你!"

第三天,路润在书店中提心吊胆地上了一天班。

第四天,书店中一切都还平安,路润心中也安定一些了。傍晚时,路润向家中的那条小街走去,她习惯性地朝家对面的墙上望去,这一次她心中一惊,她看见了墙上有一张广告。

路润绕到了对街路边的墙下,广告上用暗语通知她去老联络点见面,老联络点仍是那个裁缝铺。

路润站在广告前想了片刻,又回身向周围看了一下,这时路上正好没有其他的行人。路润决定不上楼,她转身拿着上班的小包直接朝接头点走去。

这个联络点已经使用了很长时间,一直很安全。路润推门进去,天都快黑了,她看见昏暗的灯光下那位缝纫女工仍在机子上踏机子,路润知道,这位大姐此时是在等自己。

看见路润进门了,大姐对她点了一下头,笑着说:"快进去!老丁在等你。"

路润推开了店后那间小屋的房门,昏暗的灯光下,她看见一个人正坐在桌前。那人听见门声抬起了头,正是老丁。

老丁看见路润来了,欣喜地笑着说:"你来啦,路润,我在等你,快坐下歇歇!"

路润问:"张老板,你找我?"

老丁说:"以后你就叫我老丁好了,张老板这个名字是我以前在那个旧书店工作时用的假名字!"

路润笑了,她在椅子上坐下。老丁起身给路润倒了一杯开水放在桌上,说:"临时通知你来,是不得已。最近我们有两处联络点都被敌人破坏了,我也被敌人的暗探盯上了,一连好几天都不能外出。小史昨天被派到另外一个区去执行任务了。今天上午我们刚获知我们另外一个重要的联络站也被敌人盯上了。现在天已快黑了,等天完全黑下来时,需要你往徐汇区跑一趟。靠近江岸边上有一个'黄山竹器店',你去以买床竹席为由,找一位姓孙的老板,把一封信交给他,对他说,'老家带信说你父病危,请你立即回去看看',他就知道了。明天,我们根据地将有好几位同志要去孙老板的店中取货,这几位同志会很危险,所以只好临时安排你去通知孙老板让他们撤离及做好善后工作。你年纪轻又是生面孔,天已经黑了,暗哨不一定会注意到你,你去比较合适。你行吗?"

路润立即说:"行!徐汇区这一大片我都很熟悉。我可以很快就找到那家'黄山竹器店',我马上去办!"

老丁说:"那很好。你从我这儿出门后,要在小街上转一下,确定后面没有尾巴才可行动,一定要注意安全。"说完,老丁低头从抽屉中拿出一封信递给了路润。

路润接过了信,立即把信放进小包中,想了一会,又有些不放心,她把信叠成一个小方块放进旗袍右侧的一个小口袋中。

路润站了起来,她准备走了。

老丁也站了起来,送路润到房门口,叮嘱道:"小心!这信很要紧!关系到明天几位同志的安危,你进店前后一定要注意观察!注意安全。"

路润说:"知道了,你放心!"

路润开门出去,她穿过那个缝纫店的门庭。缝纫女工听见门响,抬起头向路润点了一下,路润也点了一下头,就迅速地向店门走去。

徐汇区离路润的新家也不太远,路润以前与李灿在一块工作时,曾多次在这一带执行任务,所以很熟悉这片区的街道。

天很快黑下来了,一些街灯已经亮起。路润依着记忆及老丁的描述,很快就在原来的一处老联络站附近找到了这家"黄山竹器店"。路润认出这是一家刚开张不久的新店,她立即明白这是党组织在一些老的联络站点被破坏以后,又开辟出来的一处新的工作站点。

竹器店的大门正开着,路润站在对街朝这边仔细看过来。她并未发现在街角及店门口有可疑的人。暗哨撤走了?路润一边想,一边向两侧又张望了一下。她迅速越过街道进入店中,一位四十多岁的中年男人穿了一件深蓝色长衫正站在店台中央。

路润靠近店台用暗语问:"请问你店中有铺床的竹凉席卖吗?"

中年人回答:"小姐,有凉竹席卖,有大有小,你需要买什么尺寸的?"

路润说:"我需要买一床中号的凉竹席,前几天,我曾经与你店里的孙老板预订过。"

中年人听了,笑了说:"小姐,我就是孙老板,你要的竹席我已经给你准备好了。"

路润听了,低声问:"你是孙老板?"

中年人回答:"我就是孙老板。"

路润说:"孙老板,你老家有人带信说,你父亲病了,请你马上回去看看。明天将会有几位商人来你的店中进货,你要把他们安排好。"说完,路润从腰侧身口袋中掏出信迅速递了过去。

孙老板立即接信,他用手攥紧后塞进了口袋。接着他闪身去窗边看了一下,又返回店台,说:"知道了,你快走吧!"说完,孙老板从店台后面靠墙的立柜中抽出一卷竹席递给了路润。

路润拿了竹席马上点头,转身向店外走去。

出了店门,路润加快了脚步,走了一段路后,她到一家布店门口的摊位上去观察一些新式花布。这时路润侧身向后仔细地观望了一下,街灯下,她没有发现有人跟踪,路润挟着竹席向家中慢慢走去。

这几天接二连三的变化,让路润心中紧张起来了。第二天上午上班,路润心中仍感忐忑不安。傍晚下班时,她又故意绕到徐汇江岸边上的那家竹器店附近去观看。竹器店今天已经关门,附近的行人也明显地减少了。路润放心了,她为自己又一次完成了任务而高兴。她安心地向家中走去。

两周后。

这天傍晚路润下班后,又习惯地向家对面的墙上望去,突然看见墙上增加了一张广告。路润立即又往前走了一段路,然后她穿过街道绕了过去,慢慢地向那张广告走去。

这是一张刚贴上的广告,路润一看上面的内容,发现是上级领导又通知她去那个裁缝铺。

看到了通知,路润在街上转了两个圈,然后迅速地靠近了那个缝纫店。进了店,那位踏机的女工仍在等她,见她来了,忙说:"来啦!老丁在后面。"

路润快步从店堂中穿过,她推开店后的那个小屋的门,室内电灯已经亮了,老丁正坐在桌后。

老丁站了起来,为路润倒了一杯开水送到她的面前说:"来啦!快坐下歇歇!"

路润在桌边坐下,她喝了一口水。老丁望着路润说:"今天叫你来,是因为最近几天我们的便衣已经发现有侦缉队的暗哨躲在你店的四周,那个书店现在已经很不安全了。昨天和今天,有好几批可疑的人在那个书店门口转悠。他们很有可能是想在那一带等着逮我。那天我在街上被一个侦缉队的人认出来了,被盯上了,我转了两条街都未能甩掉,最后正好到了你的书店附近,紧急中只好进了你的书店,也连累了你。现在侦缉队已经盯上了你,他们在暗处,你在明处,时间长了,肯定会发现你的住处,甚至连这个缝纫店都会被注意到,那就麻烦了。我和几位同志研究了一下,为了你的安全准备把你的工作岗位调整一下,所以通知你来,你同意吧?"

老丁说着停顿了一下,望着路润。路润想了一会,说:"好的!我没意见。我现在的这份工作,也是组织上安排的,一直干得很好!"

听了路润的回答,老丁接着说:"后面的安排有两个方向,一是仍在上海,但要调离这个区,你的家可能又要搬一次。第二是安排你到根据地去。路润,你有文化,会写文章,最近我们的许多根据地,特别苏北、浙东、江南一些地方,抗日形势发展得很好,许多小块的抗日根据地都扩展得很快,从而使一些分散的小根据地都连接在一起了。部队及根据地都很需要像你这样的有文化的同志去加强宣传工作及文化工作。所以我们也可以安排你去苏北或者是浙东根据地。"

路润听到老丁说可以安排自己去苏北或浙东根据地，立即想起了李灿。此时，路润想起李灿离开上海已经有不少时间了，至今杳无音信，她忍不住问老丁："领导，我想问问我原来的老领导，李灿同志的近况，他离开上海已经很长时间了。"

老丁听了路润的问话，说："路润同志，李灿同志以前曾与我在一块工作，他离开上海前还向我详细介绍了你，我已经知道你俩的关系很好。他离开上海后，我们也一直未能获得他的准确消息，他当时和几个同志一道护送一船药品去根据地，路途很长，很艰险，不知后来结果如何。而且根据地很分散，即使他们平安到达了根据地，最后被安顿在什么地方，这些都是很难知道的。我们也很奇怪，至今都未能获得他的一点消息。我们的革命每天都在大踏步地前进，但是每天也都有许多同志在为革命做出牺牲，真是令人担心。有机会我帮你问问。你如果愿意去苏北根据地，那以后你也就有机会比较方便地打听到他、找到他。我祝愿你俩能早日见面。"

听到老丁的详细介绍，路润眼睛忽然湿润了，她很感动，沉默了片刻，她抬起头说："丁书记，真是谢谢你的关心，我愿意离开上海，我想去苏北根据地。"

老丁说："路润同志，你在上海为党工作已经有不少年头了，你为党做了许多贡献，这很不容易。你换换环境，到根据地去继续工作，这样很好！现在有不少根据地的斗争形势都已改善了，日本鬼子兵及国民党兵现在都不敢轻易进入我们的根据地内部，他们的小股力量进去了，很快就会被我们消灭。目前除了在前线打仗的战士们比较危险,你在根据地的后方工作,那比在上海工作要安全得多!"

路润听了老丁的介绍,很高兴,她说:"谢谢你!我什么时候走?"

老丁笑着说:"你选定了地方,那就行了,剩下的事,我来安排!日本鬼子不会太长久了,你从青浦走吧,那儿有我们一条十分安全的地下交通线。最近,我们正好有几位同志也要调派到根据地,你和他们一块动身吧,路上你要注意安全。这一路走过去,不仅有日本兵的威胁,还会遇到一些当地的民团及土匪的袭击,你要听从护送同志的安排。三天后的傍晚,你到江滩公园小树林边的长椅上等候,会有人去接你。你们接上头后穿过小树林,就到了江边,江边上有船接你们。随身的行李要简单,尽量不要引起别人的注意。这两天你可以做些准备工作,把住房退掉,并和店中的黄老板打个招呼,让他也要有个准备,重新招个营业员。黄老板是我们党组织的好朋友,他知道我们是干什么的,很支持我们的工作。"

路润听了老丁的详细安排后,十分感动地说:"谢谢领导安排!"路润说完站了起来,准备离开。

老丁也站起来了,并伸出了手。他与路润握手告别,向她交代了在江滩公园见面时的联络暗语。

要离开大上海了,要离开这儿的党组织了,路润有点依依不舍。老丁也从桌边离开,陪送路润到门口,再次叮嘱:"小心,出门离开时,行李一定要简单,不要引起别人的注意!你到达根据地就好了,如见到李灿,请代问一声好,根据地那边的环境比我们这儿要安全许多!"

路润拉开了门,当她走到那位缝纫女工的机子前,特地停留了片刻,她向这位一直帮助自己的缝纫工大姐点头微笑,并轻声地说了一句:"谢谢你大姐！我要走了。"

缝纫工大姐微笑着说:"慢走！小心！再见！"

路润向店外走去,外面的街面上,街灯已经全部亮起,已是一片夜晚的景象。

路润向前走了几步,内心的激动又让她依依不舍地停了下来。路润站在街角人行道上,回身久久地注视着这间她曾经很多次来执行任务的小小缝纫店。

再见了,小店。

再见了,缝纫工大姐。

我要走了！路润将要去一处新的革命之地,在那儿她将要参加新的革命斗争,并寻找自己心中的爱人。

第十二章　老同学在小店中相聚

没想到，路夏与欧阳在林边的谈话，不久就变成了现实。

1945年8月15日正午，日本天皇向全日本广播，接受《波茨坦公告》，无条件向盟军投降。

听到这个令人无比振奋的消息，路春旅部的全体官兵都冲出了营房，大声地欢呼，许多官兵忍不住跳起来把军帽扔到了半空中。

日本宣布无条件投降了！

欢呼啊！我们胜利了！

欢呼啊！中国胜利了！

艰苦卓绝的中国抗日战争终于胜利了，官兵们高兴地拥抱在一起。到处都响起了鞭炮声，那些国民革命军抗日部队的士兵也都走出了山林。居住在山坳之中的许多山民得知这一喜讯，纷纷敲着锣，打着鼓，扎着红绸，来到路春旅部门口，与官兵们一同庆祝。

第三天上午，路春正在作战室与何参谋长谈论日本投降后中国未来的形势，机要参谋路夏走进来立正说："报告！师部有电话，请旅座去接!"

路春快步走出旅部办公室,来到侧间的电讯室,他拿起电话,听到了师长宋敏的声音:"喂!是路春旅长吗?"

路春立即立正回答:"是!我是路春!"

电话中宋师长说:"接总部命令,有重大行动,请你和何参谋长马上去重庆开会!"

路春回答:"好!我知道了,什么时候动身?"

宋师长说:"马上动身!我也去。考虑你的夫人在重庆,照顾你一下,安排你也去开会。"

路春说:"好!谢谢师座!"

路春放下了电话,思索片刻后返回旅部办公室,对何参谋长说:"师部通知我俩去重庆开会,有重大行动。你赶快去安排一下!"

何参谋长听了,立即转身离开了办公室。路夏正站在旁边,他听到了部分电话内容,问:"旅座,你马上去重庆开会?"

路春回答:"紧急会议,很快就会回来,你们在家等候命令吧。"

说完,路春走进房间,他穿戴整齐后,从室内拿出一个公文包及一个小皮箱快步出了小院。这时,何参谋长已坐上一辆吉普车在等候,路春迅速地上了车。

吉普车沿院门外狭窄的黄土小路疾驰而去。

四天后。

下午四时不到,路春和何参谋长开车返回旅部。路夏和陈参谋等接到电话,赶到院外迎接。路春刚下车进到小院,就立即对旅部工作人员说:"四点半钟,各部团长将要赶到旅部来开会,还有半个小时,大家快去准备!"

陈参谋问:"要不要再打电话通知他们?"

路春一摆手说:"不用,何参谋长已经打电话通知了。"

路春一脸的严肃,他一边进屋一边把腰部的皮带松了一下并自言自语说:"刚刚歇息没有几天,就又要打仗了!"

跟在路春身边的路夏听了忙问:"和谁打仗?"

路春回头板着脸不高兴地反问了一句:"你说呢? 你也要学会动动脑子想想!"

路夏听了,沉思,无语。他转身走了过去,帮助陈参谋等人清理旅部办公室中的大长方桌。

在山区,因为条件有限,路春的旅部没有大型的会议桌。于是,几位参谋想办法从几户农家弄来了三个大方桌,把它们拼在一起,上面又铺了两块暗绿色的军毡,组成了一个也很不错的旅部军事会议桌。

很快,好几辆军用吉普都到了,几个团的干部纷纷下车,并互相打着招呼,走进了旅部的小院。

路春已重新穿戴整齐。陈参谋、路夏已为大家备好茶水放在大桌上,许多军官依次走进了旅部办公室。因为抗战胜利了,大家站在桌边仍然在笑着交谈着,路春神情严肃地站在了长桌的上首,下达命令:"开会!"

何参谋长站在路春身旁大声喊:"起立!"

已经坐下的几位军官立即又站了起来,立正站在桌旁。

接着,何参谋长又大声喊:"坐下!"所有的军官都坐下了。

陈参谋、路夏在旁边的一张小长桌子边也坐下了,他俩准备记录。

路春说:"兄弟们,我们在重庆开完紧急会议后赶回来,现在小日本已经投降了,对日军的受降工作正在全国各地紧张地进行。日军投降以后在东北、华北、华中、江南等许多地方空下了大片的无人管理区。目前许多地方的共产党正抢在我们的前面在全国各地接受日军的投降,接收日军的大量军事装备,他们正在与我们争抢地盘。我们师部已经接到紧急转移到湘南地区的命令,我们要赶快去这些空白地区,占领这些无人管理的地方。大家开完会后,立即进行动员,明天准备一天,后天上午七时整,我旅部的所有部队准时出发!"

听到这个突然的消息,几位团长相互望了一眼,都没有说话。过了一会,一位副团长轻声地问了一句:"我们以后还回来吗?"

路春立即大声地回答:"这么远距离的大部队调动,你说还会回来吗?我们不会回来了!起码短期内是不会再回来了。大家明天要把所有的东西都清理好,并做好这次远程行军的各项准备,部队要步行几十里走出山区后才能乘上汽车,我们赶到武汉后,就可以上火车了。"

何参谋长等路春旅长说完以后又问:"还有什么疑问吗?"

几位团长回答说:"没有了!"

路春听了,下令说:"散会!"

散会后,几位团长都站在路春的身边不走,他们都想再问问重庆的情况。一位姓洪的团长问:"旅座,重庆的总部也要动啰?"路春说:"那是自然!重庆总部的人员也正在抓紧转移,他们比我们的行动快得多！我们坐车，他们大部分是坐着飞机走的。估计现在有不少总部的人已经到达了南京、上海等地，你们也抓紧吧。"

另一位姓李的团长说："我们与新四军抢地盘，很可能双方要干起来。"

路春脸上没有了笑容，说："新四军在江南的力量不大，只有新四军及一些地方游击队！"

几位团长望着路春，都没有说话。

路春又催了一句："大家快回去准备吧，我们旅部也有许多事要安排。"

几位团长纷纷离开小院。路夏一直站在路春的身边，他听到了路春与几位团长的私聊后，心中立即沉重起来。此时他忽然想到了自己的组织——共产党！接着，路夏又担心起自己心中的恋人——欧阳。

路夏站在路春身边问："旅座，这次部队大调动，师部医院也走吧？"

路春听了弟弟的问话，知道了他的心事，忙笑了："你担心你的女朋友？她们师部医院肯定是会和我们一道行动的！你不用担心她！"

路夏心中安定了一些，忙又关心地问哥哥："哥哥，这次你去重庆，见到嫂嫂了吗？"

路春听了这话，开心地笑了，说："当然见到了！这次我去重庆开会，是宋师长照顾我，好让我与你嫂嫂见见面，团聚一下。唉，我们军人，与家人见一次面不容易！"

路夏问："嫂嫂还在重庆？"

路春说:"这些年,她一直帮她哥哥带孩子,孩子已经好几岁了。这次她哥哥也调动了,去南京工作,估计最近几天,她也会随着她哥嫂一家人一块去南京。"

路夏接着又问:"嫂嫂的哥哥与你是黄埔同学?"

路春说:"是的,还是上下铺,关系非常好,不然,他怎么会放心把妹妹嫁给我?这位同学一直对我、对你嫂嫂都非常好。"

路夏说:"黄埔军校了不起!"

路春说:"黄埔是孙中山创建的,当时国共两党都有许多人参加。这些年抗战,我们黄埔同学中有许多人都是抗日骨干,都参加了忻口之战、台儿庄之战、平型关之战、长沙保卫战、宜昌保卫战,死了许多人,唉,我的许多同学都已经不在了。"

路春心中有点难过,他对路夏说:"做军人,没办法,性命都是难保的。不说了,你也快去准备一下吧,是否又想去师部医院看看你的那位女朋友?"

路夏被哥哥猜中了心思,他有些不好意思地说:"我的女朋友叫欧阳芳草,很漂亮。她这次能随师部陆军医院调动,我就放心了,我不去了,明天打个电话与她联系一下就行了。等到达湖南以后,我们安顿好了再见面也不迟。哥,我给你看看她的照片。"

说完,路夏从上衣的小口袋中掏出欧阳的照片递给了哥哥。

路春接过照片看了一会说:"嗯,这个女孩确实不错,长得眉目清秀,照片比人更漂亮,还是个护士,比你嫂嫂强!你嫂嫂原先就是个村姑,现在也是没有任何工作的。"

路夏笑了,迎合着说:"嫂嫂在家好,以后可以陪在你身边,相夫教子!"

路春又笑了:"你这小子,还真会说话!相夫教子?我还不知道我什么时候才能有孩子呢!不说了,兄弟,快去准备吧!"

路夏笑着回了一句:"谢谢大哥!"转身离去。

第三天清晨,路夏拿着整理好的旅部的各种文件,背着已经捆扎好的背包,上了一辆吉普,与旅部的其他工作人员一道出发了。许多山民知道了在此驻扎多年的国民党军要走了,全部从村寨中跑出来,站在一些山口及一些大小不一的村寨路口,挥手相送。旅部的几辆吉普车形成一个小小的车队,穿过一段密集的士兵队伍,飞速地在黄泥土路上行驶。走出山区土路后,刚上大道,路春就遇到了洪团长的部队,他让司机稍停片刻,问了一下情况。洪团长汇报说:"旅座,李团长的部队也已经出发了,他们跟在我们团的后面。"

路春回答:"好,你们团就跟在我们旅部的后面吧。"

路夏坐在吉普车中,他看见旅部的几辆车在成片的急速行进的士兵队伍中穿行,一路上车轮滚滚,尘土飞扬。路夏站了起来,他回身从车窗向后观看,只见士兵们的脚步扬起的黄土已经遮天蔽日,从几条乡路上会集而来的步兵队伍,一眼望不到尽头,他们会集在一起,形成了一条灰黄色的可移动的巨大人流。路夏的心情逐渐变得沉重。由于此次行动目标已经明确,大家坐在车上都沉默无言。旅部不断地派人催促大家快速赶路,终于在第二天傍晚时赶到了武汉并登上了一列军用列车。

第三天清晨,路春与他的旅部所有官兵都按时到达了湖南S城。在这儿,路春的三个团按上级指示,迅速地分离了,他们各自到达自己的防区驻扎下来后,将抓紧时间对一些尚未缴械投降的日军进行受降。

在蒋介石积极调动兵力准备打内战的同时,共产党的各个大小根据地,大家也在积极应对可能发生的各种危险变化。

这天林广宇获知军区的老江同志将陪领导去延安开会,他立即给路莲写了一封短信,托请老江给路莲带去。

老江到达延安保育院时,护士小钱正好从材料科领了一些材料回来,她刚进院子,就看见老江。老江一身军装上满是尘土,站在院门口向里面张望。小钱走上前,问:"同志,你找谁?"

老江大约四十岁,国字脸。他笑着说:"我是从冀东根据地来的。请问路莲同志在哪儿上班?我给她带来了一封信。"

小钱忙说:"路莲就在我们医务科上班,你进来坐坐吧。"

老江说:"不进去了,我马上要去办事,麻烦你帮我喊一下。"

小钱听了,忙进屋对路莲说:"路莲,外面有个八路军干部来找你,是从冀东根据地来的。"

路莲连忙出了医务科,见了老江,笑着问:"我是路莲,你找我?"

老江说:"我姓江,刚从冀东前线来延安开会,我给你带来了林广宇同志的一封信。"说完,老江从衣袋中掏出信递给了路莲。路莲立即认出是林广宇的笔迹,忙说:"谢谢你!江同志,请进来坐一下吧!"

老江说:"不进去了,我来延安开会,时间很紧,今天刚到,就把信给你送来了。我走了。"

路莲极力挽留:"进来坐一下吧。"

老江说:"不了,我走了。"说完,老江摆摆手转身离去。

路莲在医务科门口抽出了林广宇的来信,信不长:

路莲同志:

　　向你问好!好久未给你去信联系,很是想念你。现我军区老江同志去延安开会,我请他给你带一封信问候。自与你在延安分手后,我与方远东等一批抗大同学在冀东根据地干得很好。我的部队已从四人战斗小组逐步壮大成为一个战斗营了,我担任了一段时间的营教导员工作。中共中央七大召开以后,我们军区响应中央号召,向日本侵略者发动了最后一击,在许多大小战场上,我军发动了近千次的战斗进攻。我们驻地附近的清林县城已被我们攻下来了,县城内的日伪军全部被歼灭,行动取得了很大的胜利。现在冀鲁、冀豫区域的根据地已经连成一片,部队得到迅速发展。最近我被调到一个新的刚组建的团担任政委工作。下一步,我们将在已经解放的区域内协助地方政府实行减租减息、发展生产的政策,组建人民政府。

　　路莲,你还好吧?你现在做什么工作?想念你!紧紧握你的手!

　　　　　　　　　　老同学兼战友林广宇

路莲把信看了一遍,又看了一遍,心中十分高兴。猛然间她想起应该抓紧机会也给林广宇写几个字,让老江带回去,她立即向大门口追去。

路莲看见老江了,他还未走远,还未出院门,路莲连忙大声喊:"老江同志,老江同志,请等一下!"

老江听见了叫声,他停住了脚步,回身看见是路莲,忙笑着问:"你叫我?什么事?"

路莲气喘吁吁地说:"不好意思,麻烦你等我十分钟,我想给我的老同学林广宇也写几个字,让你顺便带回去,可行?"

老江立即笑着说:"行,这肯定行!刚才我就想问你是否有信带回。"

路莲说:"我立马就来。"

十分钟后,路莲在一张纸上写了这样几行字:

林广宇同志:

　　收到了你的来信,知道了你们的胜利及进步,我非常高兴。我现仍与黄珠珠在一起从事一些医疗护理及保育方面的工作。抗战已经胜利了,近期延安的革命形势很紧张。不过,我们和大家在一起,和党中央在一起,请你放心!我也紧紧地握你的手!保重!

　　　　　　　　　　　　老同学兼战友路莲敬上

路莲匆忙中找不到信封,就把林广宇写来的信封又装上了自己写的信,在信封上补写了"林广宇收"四个大字。

老江接过路莲的信,笑着说:"我成你俩的信使啦!"说完,哈哈一笑。

路莲无法酬谢,她双足并齐立正,向老江敬了一个军礼:"谢谢你,老江同志!"

路春的旅部设在一个小镇。

这天下午,路夏办完了自己手上的公务后,想看看这个小镇,就与陈参谋招呼了一声后上了街。路夏在路上晃荡,他一边溜达一边看。这个镇离S城不远,镇内建筑不错,都是砖瓦房,狭窄的青石板街道两侧有许多店铺。抗战已经胜利了,小镇的街道上行人不少,十分热闹。路夏抬眼看见路边有一家饭店,就顺势走了进去。

刚坐下,店小二就来了,靠近问:"军爷,你想吃点什么?"

路夏听了,笑了:"你怎么称我军爷?我年纪不大。"

店小二忙赔笑说:"对不起,对不起,那你想吃点什么?"

路夏说:"我要尝尝你们店中的特色菜,来两份就行了。"

店小二说:"我店中的特色菜那可都是有辣椒的,你不怕辣吧?"

路夏说:"少放一些辣椒,我不喜欢吃辣椒,不能太辣!"

店小二说:"好的,那请稍等!"说完,转身去安排。

路夏坐了一会,他一边等菜一边观察着这间店铺。忽见门外又进来一人,他穿着一件灰色的长衫,戴着礼帽,还有一副眼镜。路夏看着来人,他忽然认出,此人是他的大学老同学,他的入党介绍人刘扬!

刘扬迅速地在路夏面前坐下,接着说:"我俩移一下,往里面坐坐,那儿正好有一张空桌。"

路夏回头看了一下,他发现里面的靠墙处确实还有一张空桌,两人立即一同往后面桌子边移动,并迅速地坐了下来。

路夏问:"你怎么来啦?我们到这里才几天,你怎么知道我在这里?"

刘扬看见路夏十分紧张,忙回身招手对店小二说:"伙计,麻烦你来一下。"

店小二立即跑了过来,刘扬说:"伙计,请你给我们再加两个菜,一荤一素,外加二两小酒。"

店小二听了,马上说:"好嘞!两位先生,你们稍等,一会就好!"

店小二走后,刘扬又移动了一下座位,他把背朝向了店门,低声对路夏说:"你们部队一调动,我们就知道你到了这里。这些天我一直在找机会找你,今天真好,在这儿碰到了你。我们边吃边谈!"

路夏惊异地追说:"你们怎么知道我在这里?"

刘扬诡异地笑了一下,说:"你忘了我是干什么的?自从收到了你告诉我的联系地址、部队番号后,我就时刻惦记着你的去向及安危。你是与我保持单线联系的我党的一名战士,我怎么会不知道你?"

路夏安下心来了,说:"这几年我一直未与党组织联系,也没有办法找到你们,今天能与你联系上,我很高兴,组织上有什么安排吗?"

刘扬低声说:"目前形势非常不好,虽然抗日战争已经胜利结束了,但种种迹象表明,国民党即将发动内战,很快就又要动手了,所以组织上很需要你的帮助。"

路夏说:"行,你们需要什么消息?我知道的都可以告诉你们。"

刘扬说:"你现在具体在干什么工作?"

路夏说:"我现在是旅部参谋,管理机要文件及相关处理。"

刘扬说:"那很好!你继续注意隐蔽,注意自己的安全。S城周围就有我们的部队在活动,目前力量还不是很大,如你们旅部、团部对我们有较大的军事行动,希望能早点告诉我们。"

路夏说:"好的!"

刘扬继续说:"这种困难局面持续时间不会太长。现在我党我军在东北、陕甘宁、中原的力量都很强大,在长江以南地区我们也正在集结并努力壮大我们的队伍,形势很快就会有所好转,你一定要注意保护好自己。"

店小二送来了两碗菜及两碗饭。刘扬把一碗饭放到了路夏面前,自己也抓紧吃了一口菜,继续说:"我们边吃边谈。"

路夏拿起桌上的小酒杯给刘扬及自己各倒了一杯酒,说:"老同学,好久不见,没想到在这儿见到你,真高兴!这杯酒我先敬你!"

说完,路夏拿起酒杯,仰头一口饮了下去。

刘扬也端起酒杯,抿了一口,说:"从这个店往东走五十米有一家茶叶店,是我们的联络点。"说完,刘扬又从长衫衣袋中取出一个纸条递给路夏,"这纸上有接头的时间、方法和暗号,你等会把它们记于心中后撕掉。"

说完,刘扬把杯中的酒一口饮掉,又吃了几口菜说:"我先吃了,我等会先走,你看完纸条后一定要记住时间、地点、暗语,看后撕掉。"

路夏紧张得心怦怦地跳,他靠近刘扬悄悄地说:"我知道了。"

刘扬迅速地吃饭,他低声说:"路夏,你也抓紧吃饭吧,此地不宜久待。"

刘扬吃完以后,站了起来说:"我先走了,你慢点,等一会儿再出去!"

说完,刘扬转身戴上礼帽出了店门。路夏继续低头吃饭,他一边吃一边偷偷地把纸条上的字看了两遍,记住以后,他把纸条细细地撕碎,扔在了桌边的小木桶里。

一周后。

这天路夏正在自己的办公室整理文件,他看到了一份师部下达的"剿整"沙头村游击队的文件。沙头村就在S城附近,路夏把文件看好以后收进文件袋,然后走进了旅部的作战室,路夏还想再了解一些具体情况。旅长路春这时正在打电话,路夏故意拉开了墙边一张桌子的抽屉,他一边听电话一边假装找东西。

路春正在给洪团长打电话:"……那个游击队的队部在沙头村,离你们驻地不远,师部的侦察员已经侦察清楚了,你们选个日子,去把他们消灭掉……"

电话中可隐约听到洪团长的声音:"……哪一天动手?……"

路春说:"什么时间动手,你们自己决定,地点准确无误,你们也可以先派人过去侦察一下,确定后即可行动……"

路夏在抽屉内找到了几张纸,然后,他很自然地离开了作战办公室。

傍晚,路夏吃过了晚饭,他抓紧时间来到了那家茶叶店。他看见店边橱窗内有一盆花,是红色的映山红,橱窗里面的窗帘是拉开的,暗号显示店内平安!

路夏快步走进了店,问店主:"请问你们店内可有四川的沱茶?"

店主四十多岁,头戴一顶淡棕色的圆帽,和气地说:"我们这店里没有四川的沱茶,有安徽的好茶!"

路夏问:"是安徽的什么茶?红茶还是绿茶?"

店主说:"安徽的绿茶很有名,是好茶!我让你看看样品。"

说完,店主对路夏略微点了一下头说:"请跟我来!"

店堂的后面就是一个隔间,里面摆放有一些较大的装茶叶的铁桶。往里面又走了几步,在一个屏风后面,路夏看见一个人坐在那儿,他一眼就认出,此人正是他的同学刘扬。

路夏紧走几步,刘扬站了起来,伸出双手握住了路夏的手。两人在桌边坐下,店主已经离开了。

刘扬说:"路夏,因为你刚到这儿时间不长,所以我要跟你直接联系一段时间。我目前在这儿任县委书记,负责这个县及周围一些片区的革命工作。最近几天,我每个傍晚都来这个店中待一会儿,一直在等你的消息。我们接上头以后,后面会安排其他的同志代替我与你联系。你要注意隐蔽自己,不要暴露了。今天你来,有什么消息吗?"

路夏说:"最近我们的部队将要对S城附近的一支游击队动手,你们有队伍驻在沙头村吗?"

刘扬说:"是的。沙头村是我们的一个老根据地,已有很多年了,有一支部队常驻在那儿。"

路夏说:"马上要派一个团的兵力去那儿进攻这支游击队,要赶快通知他们转移。"

刘扬说:"这个村很隐蔽,怎么被你们发现了?"

路夏说:"我们师部有一个侦察连经常化装成老百姓在周围各处侦察,已经发现这个村庄了。"

刘扬问:"什么时间动手?"

路夏说:"还未最后确定,可能就在最近几天,他们团部也有可能会派人再次潜入侦察。"

刘扬说:"好!我知道了,你赶快走吧,我也要马上把这个消息送出去。"

路夏站了起来,刘扬伸出了手:"小心!保重!"

路夏转身离开。

路夏回到驻地后,很担心沙头村那支部队的安危。路夏的新办公室在旅部作战室的另一侧,为了得到确切的消息,路夏经常找一些理由去作战室看看情况。终于到了第五天的下午,路夏听到了吉普车的刹车声,是洪团长到了。路夏顺手夹了一个文件往作战室走去,只见洪团长气势汹汹地走进作战室对路春大声地说:"旅座,你们弄错了吧,我派了一个营的兵力,今天凌晨把那个沙头村围了个水泄不通,冲进去一看,哪有什么游击队!都是一些老百姓在那里!"

路春正在看地图,他抬起头来说:"怎么会弄错呢?游击队常常会化装成老百姓,你们有没有认真地搜一搜,抓几个老百姓审问一下?"

洪团长说:"戴营长亲自带人去的,仔细搜索了全村,他们没有见到一点部队存在的痕迹。审问了好几个老百姓,都说沙头村从来都没有见到一个兵!"

路春说:"那真是怪事了,师部侦察连侦察得很清楚,怎么会没有游击队?"

洪团长说:"莫非是有人走漏了消息,游击队全走了?"

路春说:"全走了?不会吧。听说这支游击队有一百多人呢,怎么会走得一干二净!"

洪团长说:"共产党办事能力大着呢,我以前和他们打过不少次交道,我知道他们。"

路夏此时站在窗前那张小长桌边,手一页一页地慢慢整理着手中的文件,耳朵却在认真地听着路春与洪团长的对话。

路春说:"消息在你们团部走漏了吧?"

洪团长站到了作战室会议长桌边说:"不可能!"

路春说:"不要生气,我会派人查清楚的。你坐下来歇歇,晚上在我这儿吃饭!"

洪团长,中等偏下的身高,长得很壮实,平时作战很勇敢,路春十分欣赏他。

路春安慰了洪团长后,对路夏说:"路参谋,快给洪团长倒茶,通知伙房晚上多准备两个菜,我要与洪团长喝两杯!"

路夏立即立正说:"是!"说完,路夏给洪团长沏了茶,并快步去了伙房,安排他们的晚餐。

213

第十三章　镇上有条涧水河

　　自从与上级党组织联系上了,路夏犹如一个流浪的孩子终于找到了娘,心中一直十分高兴。这天又是一个约定的接头日,路夏正在考虑下午接头时争取带点有价值的情报过去,他拿出一沓文件正在查看,忽然桌上的电话响了,路夏拿起来一听,是可哥路春的声音:"路夏吧?等一会,你来一下!"

　　路夏立马说:"是!我马上过去。"说完,路夏放下电话,收拾好文件,向路春的作战室走去。

　　路春正站在一张大地图前,手持一根长木棍指着地图与何参谋长说话,路夏只听到了最后几句,路春连声地对何参谋长说:"……好,好!就这样,你安排部队继续往前推进,占领这个县城周围另外的几个镇!"何参谋长也连声回应说:"是,是!"看见路夏进来了,两个人都停止了讲话,何参谋长随即转身离去。

　　路夏问:"旅座,你找我?"

　　路春忙说:"来!你坐下,今天喊你来,和你说点私事!"

　　路春走到一张桌前坐下,路夏也在桌边坐下了。路春满脸带笑地对路夏说:"喊你来,是让你来看看我的儿子!你嫂嫂生了,寄来了你侄子的照片!"

路夏十分惊喜地问:"哥,我有侄子啦?"

路春说:"可不是嘛,我这么大的年纪,现在终于有了一个儿子,你说,我是多么高兴啊!"说完,路春从桌子抽屉中拿出了儿子的照片。

路夏接过了照片,照片中嫂嫂怀中抱着一个婴儿。

路夏一边看照片一边说:"哥,嫂嫂生了,你何不请几天假,回去看看嫂嫂?"

路春叹了一口气说:"谈何容易!我军务在身,一刻也不能离开,哪有时间去看你的嫂嫂?最近我们师部又攻占了一个县城,把县城周围几个主要的大镇子都从新四军手中夺回来了。现在,只剩下几个小镇子还在共产党的手中,我们很快就会把他们全部赶走,把这几个小镇子也连成一片。到那时,S城周围百十里地区都是我们的地盘了。"

路夏听了,心中一沉,口中却附和着说:"那真好!"

路春说:"那样是要好一些,我们也会安全一些。今天也算是告诉了你两个喜讯,叫双喜临门吧!"

路夏把照片又仔细地看了一遍,说:"哥,这孩子真像你,真好!"

两个人正高兴地说着,何参谋长又走进来了,报告说:"明天有一个运输物资的车队到我们师部,我们旅部大概也会分到一些物资。"

路春停止了与路夏的谈话,问:"什么物资?"

何参谋长说:"主要是一些食品、服装,还有一些药品。"

路春说:"那你要安排一个班的兵力去接应一下。现在我们周围还有不少共产党的散兵游勇!他们还未完全离开。"

何参谋长说:"好!"

路夏站了起来,说:"你们忙,我走了。"说完,路夏离开旅部,回到自己的办公室。

刚刚在旅部听到的这个消息,让路夏十分高兴。上午路夏翻看了许多文件,也未能找到什么特别有价值的信息。路夏立即决定在下午接头时就把这个刚听到的重要消息告诉刘扬。

下午四点多钟,路夏穿着军装又溜出了自己的办公室。他在那个茶叶店周围转了一圈,未发现有什么异常,便快步走进了这个茶叶店。

茶叶店内此时正巧没有任何顾客,只有店主站在柜台边。这店主已与路夏见过面,两人认识,路夏朝店主望着,店主朝路夏点点头,然后把手往店后一指,路夏什么也没说,快步闪身进了后店。

路夏发现后店原先的隔断已被改成一间小房,门正开着。

接头的人坐在那张小桌边,正在拨弄一把算盘。路夏一看,不是刘扬,但刘扬上次已告诉过他,后面将会改派其他的同志接替自己。他正犹豫着,桌边坐着的那人看见一个军人走了进来,马上站了起来并伸出手说:"是路夏同志吗?我姓施,你就叫我老施,我正在等你。"

路夏听了,忙伸出手握住说:"老施同志好!我是路夏!"

两人握手后在桌边坐下。路夏认真地看了老施几眼:他四十多岁,身穿一件暗灰色的长衫,国字脸,浓眉大眼,很像是一位精明的账房先生。

老施说:"路夏同志,刘扬书记已经离开这个镇子了,但他并未走远。目前革命形势很紧张,刘扬现在是县委书记,周围的许多镇、乡的工作都需要他去安排。上次你给我们提供的情报很准确,很重要,挽救了我们的一支部队,组织上已经给你记了一次大功。最近国民党部队对我们的好几个小根据地发动了进攻,他们人多,武器又好,我们抵挡不住,只好撤出了这一片地区,还伤了不少战士,部队很需要一些被服及药品,不知你可有什么办法给我们一些帮助?"

路夏说:"你们可以派人化装去一些大城市买呀。"

老施说:"以前主要是靠派人化装出去购买,一次也不能解决多少,一路上有许多关卡,查得紧,带进来很困难,还常常造成人员牺牲。"

路夏说:"我今天来就有一个好消息告诉你。最近几天,有一个运输物资的车队要到我们这个师的防区,我们旅部大概也能分到一车物资,消息是无意中得到的,听说车上的物品主要是食品、被服及药品。"

老施问:"这个消息很重要,你能否再说得详细一点?"

路夏说:"此信息是上午无意中听到的,我如再深入打听,就会暴露。我们这个镇子进出只有两条路,你们可以在这个镇子周围想办法,很可能只有一辆车,有一个班的士兵押运或接应,时间可能是明天或者是后天,不能确定。"

老施说:"那很好!我们准备试一下。在这个镇子的两端有好几处好地形,便于动手。你不用担心,我们的部队还要仔细研究后才会确定在什么地方动手。"

路夏站了起来,说:"那好,祝你们成功,我走了。"

老施伸出了手说:"谢谢你,路夏同志,保重!要小心!"

"你先出去,走吧!"老施走到隔断围成的小房门口,他把门悄悄地开了一条缝,见店中无人,把手向外摆了一下,路夏迅速地离开了小房,走出了茶叶店。街上一切平静,路夏又故意走进了几家其他的店铺,又转了一下,见无任何异常,才匆匆返回办公室。

路夏回到办公室后,开始默默地等待。第二天一整天,路夏都注意地听着路春作战室内的动静,这一天平静地度过了。第三天,路夏同样又是在担心及期待中度过了,这一天也无任何动静。终于,第四天下午,路春作战室的电话铃声响了,路春接起了电话,电话中是洪团长的声音:"报告旅座!刚才,我团一个班战士在接应运输车时遭到了新四军袭击,伤了好几名士兵,车上大部分物资也被新四军抢走了。"

路春听了,生气地问:"在什么地方发生的?"

洪团长:"在离镇二十里路的花石山山口。那儿道路狭窄,路两边有许多树林,让新四军得手了。"

路春又问:"损失了什么东西?"

洪团长说:"新四军把药品全部抢走了,车内大概有半车药品。被服及食品他们搬走了一半,还好,车子他们没有要。"

路春松了一口气说:"看样子,他们缺药。最近我们多次'进剿',新四军伤了不少人。好,算了吧。"

洪团长说:"这次新四军袭击我们,来了不少人,都是便装,很可能事先得到了准确的情报,我们只有一个班的士兵接应,不是他们的对手,这让我们有些措手不及!"

路春气得大声说:"等着我以后收拾他们!"

两天后正好是周末,路夏向路春请了一天假,去了师部陆军医院,他要去看看欧阳。

新迁的师部陆军医院也被安排在一个大镇子内。路夏先打了一个电话,约定了时间,欧阳在电话中向路夏推荐了镇中一个条件较好的小店,约好两人在店中见面。镇子不太大,小店很好找,路夏刚到店中坐了一会,就见欧阳穿着军装,把黑发绾在颈后走进来了。

正好已接近中午,路夏叫店小二送来几盘好菜,两人在店中找了一处靠窗的位置,边吃边聊。

路夏关心地问:"最近医院里忙吧?"

欧阳说:"很忙。最近师部下面的好几个团都有军事行动,听说把这一带的新四军都赶走了。还'剿'了好几处新四军的小块根据地,双方打起来了,我们国民党军也伤亡了不少人,上周送来了许多伤员。"

路夏说:"我也听说了。国共两党近期很有可能就要进行大战了,现在的局部战斗仅仅是前奏。"

欧阳说:"听说现在国共两党仍在进行谈判嘛!"

路夏说:"谈判,那是表象!国民党、蒋委员长是不会让共产党与其平起平坐的!他们时时刻刻都想灭了共产党,我很担心,蒋委员长在全国的布局一旦完成,就要大动干戈了。"

欧阳叹了一口气:"好不容易把日本鬼子打跑了,现在国共两党又要打仗,真不知什么时候才能安宁。"

路夏问:"欧阳,你会打枪吗?"

欧阳很惊讶,问:"你怎么问这个?我刚入伍时,培训了一段时间,我的枪法很准。你呢?你在部队是干文职的,会打枪吗?"

路夏笑了:"我当然会打枪!手枪、步枪、机枪我都会!我在部队待了这么久,怎么可能不会打枪?我刚到部队时,一有机会我就抓紧学习,我的枪法很准的。"

欧阳抬头问:"为什么问这事?"

路夏笑着说:"战争期间嘛,我不放心你所以才问的。我很想离开这里,万一我有机会走了,欧阳,你愿意跟我一道走吗?"

欧阳说:"这话你以前在湖北时就对我说过,我也再说一遍:我愿意跟你一道走,你到哪,我跟到哪!"

路夏笑了,又叹了一口气说:"那我就放心了!"说完,路夏在桌上伸出了双手说,"欧阳,把手给我握握!"

欧阳不好意思地笑了,并把手伸到了桌边上,路夏笑着用力地握了一下。

路夏与欧阳吃完了饭后,说:"我来看你,跑一趟很不容易,要请假,还要跑许多路,我俩在镇子里玩玩好吗?"

欧阳说:"好的。这个镇子南边有一条河流绕镇流过,那儿风景很好,我陪你去看看。"

路夏立即说:"那好,我们去看看。"

路夏在欧阳的带领下,穿过一条南北走向的小街,前面出现了一条很窄很长的小胡同。两人穿过这条胡同,一条河流就呈现在他俩的面前。在这条河流的西边有一片暗灰色的山脉,路夏问欧阳:"这条河流就是从那片山脉中流出来的吧?"

欧阳说:"大概是的吧!"

路夏站在河岸上仔细地观察这条小河,河面不太宽阔,可见对岸的民居,还有一座小塔。路夏与欧阳在河岸上找了一块大石头,两人并排在石头上坐下。

像许多南方的小河流一样,这条河流也紧挨着一条小街的房屋后墙,河沿上没有道路,却有许多用石板铺成的台阶。这处河岸边十分地僻静,竟然没有见到任何其他的行人。两人坐下后,路夏忍不住伸出一只手搂住了欧阳的腰,另一只手握住了欧阳的手。此刻此地,没有外人,欧阳也温顺地依靠在路夏的身边。

路夏与欧阳就这样静静地依偎在一起,脚下的河水在静静地流淌。路夏忽然发现这时河面上竟然有一条小船正顺着河水向他俩的脚下驶过来。

路夏看着小船,惊讶地说:"欧阳,这河叫什么名字?它的水流很急嘛,看样子它还能行船。"

欧阳说:"我也不太清楚。这河好像叫涧水河,它是从西边的大山中流出来的,听说水大时,这条河是可以行船走出去的。"

路夏听了,伸手又搂住欧阳的臂膀,并把她往自己身边靠了靠说:"欧阳,你说话要算数啊!我正在找人找机会,我不想在这国民党军队中干了,有了机会,我就通知你,你现在就要有个思想准备,到时也好立即就能跟我走。"

欧阳听了很惊讶,她直起了上身,侧头睁大了眼睛问路夏说:"你说这话是什么意思?你想到哪里去?不会是想去共产党那边吧?"

路夏笑了,安慰说:"我仅仅是说说,如果要走,那肯定是很急促的。我怕我哥哥不放我,所以肯定是偷偷地走。"国共即将开战,路夏很担心自己随时会暴露,所以这次他有意识地与欧阳谈了一点这方面的事情,以便以后自己在不得已而撤离时,也能顺利地把欧阳带走。

路夏与欧阳在河边谈了好久。他看表已经下午三点了,说:"我该回去了,我只请了一天假,还有许多的路,我们走吧!"

两人都从河边上站了起来,欧阳不舍地又伸手把路夏抱住。突然,路夏一把搂住了欧阳的腰,亲吻了起来。

随后,两人又紧紧地搂在一起。这时,在这寂静的河岸上,没有任何人看见这两个年轻人之间的亲昵。

欧阳低声说:"我们走吧!"路夏拉住欧阳的手,两人转身上岸向小巷中走去。

第十四章　涧水河上的枪声

1945年9月末。

江南大部分省、市、县都已被国民党军队占领。新四军及一些分散的小游击队被迫进一步集中并往北运动。这天上午,路春正与何参谋长在作战室看地图研究部队分布,忽然一辆军用摩托来到旅部作战室门口,一名师部作战参谋快步走进小院送来了一份紧急作战命令。

"报告!"师部作战参谋立正,向路春旅长举手敬礼,路春与何参谋长也立即举手回礼。

师部参谋说:"有紧急作战任务,请接收!"路春接下了师部文件,迅速看了一下,又递给了何参谋长。送文件的师部参谋递交了文件后,立即敬礼,转身骑摩托离开。

师部已从内线获悉有一支较大的共产党游击队,三百余人,明天将从S城的东南角松林山口穿过向北转移。师部依据总部指示研究后决定袭击这支准备撤离的共产军游击队,任务交给了路春的这个旅。

路春接过文件后,立即与何参谋长在地图上找到了作战方位。

他立即命令陈参谋通知附近的洪团长、李团长来旅部开会,布置明天的战斗。

通知下达以后,两个团的正副团长都立即到达了。战斗布置会议马上在旅部作战室召开了,路夏也坐在了桌边,他担任会议记录工作。

路春旅长和何参谋长各自站在一张大地图的一侧。路春用木棍指着地图上的位置,对几位团长说:"松林山口在这个地方,你们看清,这个山口两侧都是山,山上有许多松林,此处道路狭窄,所以叫松林山口。洪团长!"洪团长立即立正回应了一声:"到!"路春接着说:"命令你部派出两个营在明天拂晓前占领松林山口东边的山坡地。"洪团长立即说:"是!"

说完,路春又喊了一声:"李团长!"

李团长也立即起立应声:"到!"

路春说:"李团长,命令你团也派出两个营,明天拂晓前占领松林山口西边的山坡地,埋伏在那里。这次撤离经过这个山口的新四军共有三百多人,我们要以多打少,请你们务必尽力全歼这批新四军!"

李团长听完全部安排后,立即大声地说:"是!"

安排好以后,站在大会议桌边的何参谋长补充说:"这次上面安排下来的军事行动很要紧,你们两个团务必注意,不要走漏消息。安排时、打电话时都要注意,严防行动泄密!"

何参谋长说完后,路春又问:"大家还有什么疑问?"

这时李团长大声说:"旅座,我有一个问题!"

路春问:"什么问题?"

李团长说:"旅座,现在国共两党正在和谈,听说即将达成协议,我们这次军事行动是否会造成不好的社会影响?"

路春说:"这个问题问得好!目前我们已知这批即将撤离路过的军队是新四军的一些游击队。他们没有正式的番号,没有编制,没有正式的军装,武器装备也很差,他们中间的有些人连枪都没有配齐,上级命令我们把他们当成土匪。现在,不仅在我们这儿有行动,在北方,一些小规模的局部战斗也正在进行,目的就是要在谈判的最后期间给共产党一点厉害看看,让他们哑巴吃黄连,有苦说不出,迫使他们做出更大的让步。"

李团长听了,明白了,再次立正说:"我们听明白了!是,旅座!"

路春听完李团长的话后立即说:"那好!散会!军人的天职是执行命令,你们不要有顾虑,大家赶快回去准备吧。这次任务,我们以多打少,定能取胜,而且我们还准备好了谢团长的一个整团做机动兵力支援使用,大家可以放心地打!"

坐在桌旁进行会议记录的路夏听到如此重要的消息,紧张得写字的手都在微微地颤抖。"这是一支三百多人的战斗队伍啊,我要赶快通知他们改道才是!"路夏在心中暗暗地想。

几位正副团长站在地图前又仔细地研究了一遍作战计划,商定好设伏的确切地点及行动时间后,他们转身向院外走去。上车后,几辆吉普车快速地向镇外开去。

路夏把作战会议记录全部整理好以后送到路春面前,路春接过记录本阅后在上面签上了自己的名字。

路夏收起了文件夹,他转身向自己的机要室走去。路春看着路夏的背影，叮嘱了一句："此次会议记录要收好。"

路夏停止了脚步，他回身说了一句："我知道！我马上锁起来。"

路夏回到了机要室，他收理好文件，并把文件放进了档案袋。接着，他开始心神不宁。怎样才能把这个重要消息立即送出去呢？路夏坐在椅子上仔细思索，该项行动离执行时间只有十几个小时了，路夏终于全部想定。想好以后，路夏故意又跑到了旅部作战室，他有意识地让哥哥路春看到自己，并也故意地出现在何参谋长面前，让他也看到自己。如此，路夏故意跑进跑出，他反复跑了两三次，快接近傍晚时，路夏迅速地溜出旅部。他沿着街后小路进入一个小巷，从后门迅速地靠近了那个茶叶店的后窗。路夏依着窗，急促地敲击门窗，窗被打开了，开窗的正是老施同志。路夏跳进了窗户，说："紧急情报，明天拂晓，我们旅部有两个团，埋伏在松林山口，有一支三百人的新四军游击队伍将从那儿通过，计划将要予以全歼，请赶快通知他们改道转移。"

老施看见路夏紧张得胸脯上下起伏，气喘吁吁，知道情况紧急，忙说："别慌！我马上通知他们，还来得及。"

路夏不放心地说："你怎么通知他们呢？只有十几个小时了。"

老施说："我们有电台，有交通线，立即就可以把消息传过去，你放心！"

路夏接着说："这次消息送出，他们再次扑空后肯定会想到是我泄密，我肯定会暴露的。"

老施说："这次消息很重要，党感谢你，你又一次救了一支三百人的队伍。如你感到很危险，我就安排你转移吧。"

路夏说：“谢谢你，老施同志！谢谢党组织！我也很想正式归队了。我已经出来好几年了，我想回到我们的组织中间去。”

老施说：“那你打算怎么走呢？我们来安排你顺利撤离。”

路夏说：“我已做好了这方面的准备。在师部所在地A镇南边有一条涧水河，河岸边有一条小巷直通镇内，我明天上午十时到达那条小巷边的河沿上，你们安排一个带篷的小船等在那儿就行了。”

老施又追问了一句：“什么镇？什么河？”

路夏说：“我们师部所在地是A镇。A镇南边有一条L型通往河边的街道，小巷就在街的转角处，进了巷，出口就是河岸，这条河流叫涧水河。河岸很僻静，那儿很少有人，派一只小船等在那儿就可以了，我还有一个女朋友，是师部陆军医院的护士，这次我要带她一道走，我们也已经做好了准备。”

老施说：“好的，我记住了，我来安排。我们在A镇也有一个小组，熟悉那条小巷，安排一只船能办到！只是你动身时一定要注意自己的安全，在河边上我们会安排同志接应你的。”

路夏说：“谢谢你！我走了。我必须赶快回去，否则他们发现我不见了，就会起疑心的！”

老施说：“好！你赶快走，我也要赶快去安排。”

老施打开了窗户，路夏跳了出去，他仍依原路，迅速地返回了机要室。到达时，路夏看了看手表，前后时间不过四十分钟。刚坐定，何参谋长就走进来向他查要另外一份机要文件，路夏立即低头从文件档案袋中找到了那份文件，交给了何参谋长。

路夏见何参谋长来了，看到了自己，他的心稍微安定了一点。

下一步,他必须要办的事就是通知欧阳明天准时安全地到达涧水河河岸边的那个小巷口。

　　食堂就在旅部的对面,过一条窄街就到了。路夏为了方便打电话,吃晚饭时特地拿了饭盒打了一些饭菜又回到了机要室。

　　路夏等待着,终于,他看见旅部主要的工作人员都去了对街的食堂。路夏关上了房门,他按欧阳告诉的时间,推算出欧阳今天晚上应该是值夜班,她现在应该是已经到岗了。路夏想,此时欧阳应该已在医院里上夜班了。

　　路夏的机要室内就有一部电话,他拨通了欧阳护办室的号码,依据两人上次见面分手时的约定,路夏在电话中轻声地说:"欧阳,亲爱的,我好想你,你在上班吗?"

　　欧阳听到了路夏的声音说:"我在上夜班,有什么事吗?"

　　路夏立即说:"我明天去你们师部的A镇办事,采购一些东西,想顺便见见你,你明天上午十点请准时到达我们约定的老地点,我们见见面。"

　　欧阳立即听明白了,她的声音因为紧张变得有点颤抖:"好的,我知道了,我明天正好下夜班,我准备去见见你!再见!"说完,欧阳挂掉了电话。欧阳知道师部医院的电话有时也会被人监听,她不敢在电话中多言。

　　欧阳今天值的是小夜班,明天才是大夜班。放下电话后,她已隐隐约约地感觉到路夏很可能是共产党的人,不然,路夏为什么多次提出要带她走?

　　与欧阳联系上后路夏放好了电话,安心了。晚上,他找出了一套便服,准备了两把手枪。这两把枪,一把是部队本身配给他使用

228

的,另一把是他很早以前就有心偷偷地藏起来准备在紧急时刻使用的。

夜间路夏安心地睡了一觉。起床后,路夏故意地在旅部各处露了一下脸,还特地跑到路春那儿与他搭讪说了几句话,并有意地又让何参谋长看到了自己。然后,路夏去了陈参谋的房间关心地问:"你早饭吃没吃?"

陈参谋说:"我已吃过了。"陈参谋正在看一份文件,他起床已有不少时间,正在等待今天松林山口战斗任务的执行结果。

路夏故意热情地说:"听说街道斜对面新开了一家早点店,最近几天正在卖一种煎饺,很好吃,我请你!"

陈参谋说:"今天算了吧,我以后再去。等一会旅部一定很忙,今天旅部下面的两个团都有战斗任务,他们正在行动。"

路夏笑着说:"他们有任务,那不影响我俩去吃一顿早点,没有什么关系!"

陈参谋仍推辞,他知道路夏是旅长的弟弟,自己不能与他比,便说:"你今天先自己去吃,改日我再请你去!"

路夏于是说:"那好,我今天一个人先去尝尝!"说完,路夏就势转身离开了陈参谋办公室,他走出了旅部小院,闪身进了小院边上的一条小巷后,立即快步向镇口奔去。到达了镇口,路夏找到了一处树丛,他迅速地脱掉套在便衣外面的军衣,把它卷成一团,塞进了这丛树的底部并用几块石头压住。收拾好后,路夏把手枪插到了腰后,然后他开始了狂奔。

旅部距离师部的驻地 A 镇也有近二十里地,路夏看表,已经八点多钟了。

路夏一边奔跑,一边看表,他的额头上有大颗的汗珠流了下来。

　　正当路夏在土路上狂奔的时候,路春在旅部作战室也心神不宁。他很着急,今天他派出了四个营的部队,在松林山口设伏,也不知现在战斗进行得如何。路春想,四个营的兵力去对付三百个武器残破不全的共产党游击队应该是能够予以歼灭的。路春及何参谋长连续往两个团部打了好几次电话询问,留守的团部参谋都未给予明确地回复,都说部队仍在设伏等待之中。

　　时间在焦急中一分一分地流过,路春低头看了一下手表,已经九点多钟了,怎么还没有消息?这时路春忽然想起了路夏,他问身边守候在电话机旁的何参谋长:"路夏呢?路夏参谋呢?"

　　何参谋长说:"旅座,你找他?我刚才好像还看见了他!"说完,何参谋长立即站起来走出作战室。他推开路夏工作的机要室门,室内没有一个人,何参谋长立即转身去了隔壁房间问陈参谋:"路夏呢?路参谋到哪儿去啦?"

　　陈参谋说:"他刚才喊我一块去街上一家新开的煎饺店去吃煎饺,我没有同意去,他大概一个人去了。"

　　何参谋长听了,立即低头看表,说:"九点都过了,还在吃饺子?"何参谋长敏锐地感觉到可能有问题,他连忙返回作战室向路春汇报:"旅座,路参谋不见了!陈参谋说他上街去吃饺子了,现在已经九点多了,他还在吃饺子?"

　　路春听了,连忙站起来,他快步冲进路夏的宿舍。在路夏的被子中找到了路夏留下的一封信,信很短,只有几句:大哥,请原谅我今天不辞而别。我的女友欧阳,她的老父病危,要赶回去尽孝,现在到处都在打仗,我不放心她走,决定陪她一同回老家看看。因为我担心你不批准,所以只好先走了,如无意外,我们将会很快返回。请大哥你多保重,代向大嫂问好。弟路夏敬上。"

路春看完了信,沉默了片刻,然后气得把信一扯两截。此刻,路春立即想起自己旅部的好几次军事行动都失败了。路夏肯定是共产党,怎么办呢?纸是包不住火的,为了保住自己的乌纱帽,让自己不被牵连,路春此时咬了咬牙,下了狠心,他命令何参谋长说:"赶快打电话,通知一下师部,立即先派人去师部医院看看欧阳护士在不在。就说,路夏请假要陪欧阳回老家,看望欧阳病重的老父,旅部不同意,请师部派人把他俩劝下来,或者是挡下来。"

何参谋长一听就明白了,他立即给师部打了个电话,通知了师部的行动队。

就在何参谋长抓紧时间进行安排时,欧阳已经按时到达了那个河岸边上的小巷口,她站在巷子的末端眼巴巴地朝街口望着。这个小巷十分地狭窄,仅能容二人并行而过。欧阳想,如在这巷道中被拦住,子弹将会百发百中,让人无处可逃!紧张之中,欧阳又朝河边也看了一眼,她看见有一条带篷的小木船正停在坡下河边。欧阳稍为安心了一点,终于,她远远地看见一个穿便衣的男人快步向巷口冲来。欧阳知道,这人肯定是路夏,她连忙同时向河岸快走。

就在这时,师部行动队的三辆军用摩托车已赶到镇上。领队的一名军官停住了车问大家:"你们认识路夏参谋及军医院中的欧阳护士吗?"

坐在车上的军人中立即有两人同时说:"我认识他们!我见过

他俩!"

"那好,你们两辆车赶快到镇口两端去看看,如找到他们,务必要将他们挡下来,我去河边!"领队的军官安排道。

说完,三辆摩托车立即分开朝三个方向开去。

路夏拼命地奔跑,他气喘吁吁,终于到达了巷口,他远远地看见欧阳已站在巷口的前面并向河岸走去。路夏松了一口气,心中正高兴。忽然,他回头一看,只见一辆三轮军用摩托飞速地也向巷口驶来。不好!路夏急忙对欧阳大声地喊:"快,快!快下坡,下面有船!"

欧阳听到了路夏的呼喊,急忙快步下到河沿。河边的船上有两个男人,此时一个人已掀开了船篷,另一个人也已撑起了竹竿。他们对欧阳大声喊:"快上船!"随后路夏也急速地到达了河边,他刚跳上了船,就见几个穿军服的军人已经穿过巷道也到达河岸,他们站在河岸上大声地喊:"等一下,下面船上的人可是路参谋?你哥哥让你马上回去!"

路夏把欧阳用力地往船内推了一把,让她先进了舱,船工立即撑起竹竿,岸上的三个军人见船要走,立即开了枪。

砰砰!枪声大作,为了船工的安全,路夏也立即取出腰后的手枪,他躲在船的舱口向岸上射击起来。

刚下了几天雨,从西边大山上流下来河水很急,流速很快。船工弯着腰,冒着弹雨把木船用力地从岸边撑开,小船很快向前驶去。几位追到河沿的军人见木船离岸了,急忙沿着河岸追赶,并继续用手枪向船上连续地射击起来。

路夏也伏在船舱口不停地还击。

木船很快驶入了河流中间，向下游驶去。

躲在舱门口的路夏，欧阳，还有一位接应他们的同志终于松了一口气。

接应的同志说："刚才真险，再晚一步就走不掉了。幸好昨天刚下了一场大雨，水流很急，船很快。"

路夏擦了一把额头上的汗水说："太紧张了，我哥哥肯定已经发现我不在了，找到了我的信，不然，师部行动队的人是不可能这么快就能赶到河边的。"

接应的同志说："我姓江，路夏同志，你就叫我小江吧。我们的船再往前走两百米后，就可以把船撑过江去。在江那边已经安排有同志接应你们，送你俩出去。"

路夏感激地说："谢谢！谢谢组织上的安排！"

欧阳此时就坐在路夏的身边，她什么都明白了，内心为路夏是一名共产党员而感到十分地高兴。

欧阳早就不想在国民党部队中干了。她知道国民党这些年背信弃义，杀害了许多共产党人，欺压老百姓，以后一定不会有什么好下场。

一个小时后，这条木船靠在对岸的一栋房屋的坡阶上。沿河岸建有一大排民居，在每一家房屋的后面都有几层石板坡连接着河道。小江领路夏、欧阳上坡，刚上坡，这户人家的后门就打开了。小江领着他俩进了门，转了一个弯，又进了一栋小房。路夏惊异地发现：老施已在房内等着他。

老施立即伸出了双手，笑着说："刚才很紧张吧，我们听见了密集的枪声，你们吓坏了吧！"

233

路夏有些不好意思地说:"真谢谢你们！组织上安排得真好,几乎是完美地衔接。"

老施说:"那是应该的！路夏,我代表组织感谢你！你又一次为党立下了大功,救了我们的一支部队,不然我们中了埋伏,肯定会牺牲不少同志。"

路夏说:"我也是个老党员了,能为党做些工作,那是应该的,我高兴！"

路夏接着又关心地问:"那支部队,没有到松林山口去吧！"

老施说:"部队接到我们的情报后,立即于凌晨派了几名侦察员去松林山口侦察,发现林内已设有大量伏兵,马上决定临时掉头绕道从别的地方走了。这次他们又扑了一个空,肯定是气死了！"说完,老施嘿嘿地笑了起来。

说完,老施转身对小江说:"你出去弄点吃的回来,多弄一些,让他们路上带一点,我们休息一下。"

接着,老施又对路夏说:"等会你俩吃过中饭后,我就送你俩走,到我们的根据地去,从那里你们再到江北解放区去。"

路夏说:"好的,谢谢你！"

不一会,小江端回来一大搪瓷盆面条,外加一包大馍及茶叶蛋。老施把路夏、欧阳领到里面的一间房内说:"你俩把这点面条吃了吧,这几个馍及鸡蛋就带到路上吃。我已经给你们俩准备了两套旧衣及头巾,虽然你们现在已经比较安全了,路上仍要注意,等会你俩换上旧衣,化装成一对普通的农村夫妇,由我们的交通员护送你俩走。"说完,老施把放在桌上的两套深色的旧衣推到了路夏面前。

"好,真谢谢老施同志,你想的真周到!"路夏、欧阳很感动。

老施在旁边的一个凳子上坐下,路夏和欧阳两人在桌边坐下吃面。这时从外面又进来两个中年人,他们也是一身农民打扮。

老施见了问:"你们来啦?都准备好了吗?"

一位中年人回答:"已经安排好了。"

老施等路夏、欧阳吃完面条后,对他俩说:"这两位同志是护送你们出去的老徐、老王,他俩将把你们护送到下一个交通站。我们有一条很安全的地下运输线,最近由于路上新出现一些民团、土匪,我们又启用了几处新的小交通站,你俩要把联络暗号记于心中,听从交通站的同志安排。路上你们俩跟着他俩走就行了,如遇特殊情况可以见机行事,你俩有枪吧?"

路夏回答:"我俩都有枪。"

老施说:"枪要收好,不要随便露出来。"

路夏听了,立即把身上的手枪取下,放到了背包中,并把他们随身穿的衣服也放进去,扎紧后随身背在了肩上。

老徐和老王已经站到了门口,老施又从口袋中掏出六块银圆递给路夏说:"这六块银圆,给你俩路上机动使用。"

路夏、欧阳立即拒绝说:"谢谢你!谢谢组织!不用给钱,我们随身已经带有一些钱,够路上使用。"

老施抓住路夏的手说:"经费不多,这点钱你们带着吧,这样,你们路上要方便一些。"

路夏不好意思地连声说:"谢谢!谢谢组织!谢谢你,老施同志!我很内疚,我做得很不好,我与组织刚联系上时间还不长,就暴露了,被迫撤离,很是可惜,真是不好意思向老战友刘扬同志交代。"

老施说:"路夏同志,不要这么说!你在很短的时间内密集地送出好几份重要的情报,暴露也是必然的。你这次送出的情报又救了我们的一支队伍,已为党为革命做出了很大的贡献。党感谢你!部队感谢你!虽然你暴露了很可惜,我们也不后悔,我们可以马上送你走。你到一个新的根据地,换个战场,仍可以继续为革命做出贡献!刘扬书记听到汇报后,对你的撤离做了详细地安排。目前革命形势很紧张,刘书记不能亲自来送你,他让我转告你,后会有期,你放心地走吧!路上注意安全!"

老施再一次伸出手,他握住路夏的手说:"你们可以出发了,走吧!保重!我把你们送走后,还要立即赶回镇上去。"

路夏、欧阳都伸出了手,紧紧地与老施握住。老徐、老王站在门口挥了一下手,四个人就出发了。

两周后,又经过两次地下交通线人员的交接,路夏、欧阳最后在一位姓胡的年轻人的陪护下到达了苏北梨花村。

这是一处位于一片丛林边上的小村庄,村庄周围因为种有许多梨树,而得名为梨花村。刚靠近这个村庄时,路夏就感到这一带的环境已很不一样,在远处的田间乡路上,路夏看到了一些穿着土黄色服装的人在走动,到了村口,竟然有民兵在站岗。一位民兵上前来询问,陪送的年轻人小胡从身上拿出了一张纸条递给他,民兵看了纸条,又看了他们三人,然后朝远处用手指了一下说:"那座墙上有大标语的房子,就是保卫局的接待处,你们去吧!"

小胡领路夏和欧阳向那屋走去。这是一栋粉墙黑瓦的民房,在白色的外墙壁上竟然已贴有两条大标语:保卫和平! 建立新中国!

路夏、欧阳见了这口号,无比惊讶! 同行的小胡笑着介绍说:"这儿已经是解放区了,方圆几十里内都已比较安全了。国民党的兵是不敢进来的,来了,很快就会被我们消灭掉。"说完,小胡嘿嘿地笑了。

推门进去,室内一张方桌前坐了两位穿土黄色军装的人,一位中年军人看见他们,立即站起来笑着说:"小胡,你又给我们送兵来啦!"

小胡立即并足举手敬礼说:"报告谭处长,这两位同志是刚从国统区过来的,他们走了好多天才到!"

谭处长听了立即伸出了手笑着说:"欢迎,欢迎! 你们辛苦了!"

路夏、欧阳见了,立即伸出了手,紧紧地握住。小胡从内衣口袋中掏出一张纸条递给了谭处长。接着小胡又笑着对路夏、欧阳说:"你俩到家了,走了许多天,辛苦了。在这里休息几天后,很快就会给你们安排新的工作!"

谭处长听了立即客气地说:"工作安排不着急,你们几位先去厨房吃点东西,等一会吃完饭回来,路夏、欧阳,你们两位同志填一张表格就行了。"说完,谭处长对坐在桌边正在工作的另一位年轻的军人说:"小张,你带他们三个人去厨房弄点吃的吧。"

厨房就设在不远处的另一间民房中。几位穿着黄色军装的军人正在灶前烧饭,看见许多人进了门,他们立即认出了小胡,忙说:"小胡,你来啦,快坐下! 饭已经好了,菜也快了,我给你们几位先盛一些,饿坏了吧,赶快吃吧!"

军人小张笑着对路夏说:"你们几位先吃饭吧,等会吃完,上我那儿去填一张表就行了。"说完,小张笑着离开了厨房。

小胡是这儿常客,看样子,他经常送人到这儿。几个人在一张木桌边坐下后,小胡一边吃饭一边对路夏、欧阳介绍说:"你们到达这里就很安全了。你俩还要再等两三天,就会安排工作,所有从白区过来的人,都要进行审查,我刚才已经把你们的情况介绍信转交给谭处长了。审查也很简单,主要是填一张表,无大的疑问就会很快根据需要进行安排的。"

路夏听了小胡的介绍,有点担心,说:"我和欧阳都是从国民党军队中过来的,不会有问题吧?"

小胡安慰说:"不会!我最近送了好几批同志来解放区,他们都是在国民党军队中工作过的同志,没有关系的!我明天清早就要返回交通线了,你俩这几天在这儿好好休息,不要着急。"

吃完了饭,小胡说:"我到村子中去转转,你们俩等会也抓紧回保卫处填表吧。"

三个人一同走回到保卫处门口,小胡止步转身往村内走去。路夏、欧阳进了房,保卫干事小张笑着递过来两张表,路夏及欧阳立即坐在桌边填起来。表格很简单,欧阳填了一半,伸头看了一下路夏填的表,看见路夏在表格上清楚地填写上了:"中共党员"四个大字。

欧阳为路夏高兴。

表格刚填好,谭处长正好从门外进来,他接过表格看了一下说:"欧阳同志,你是护士。挺好的,我们这儿的部队医院,很缺护士,你愿意去吗?"

欧阳说:"我已在医院工作好几年了,我很愿意去部队医院工作。"

谭处长说:"我们的部队医院离这儿有两里地,在另一个村庄。每天都有从前线转下来的伤员,你去了,英雄有用武之地!"

谭处长又看了看路夏填的表格说:"你是大学生,又是老党员了,我们保卫局正好缺一位有文化的宣传部长,你可愿意留下来干?"

路夏立即站起来说:"领导,我是军人,我想上前线,为革命尽一点力,全中国马上就要解放了,恳请领导批准!"

谭处长听了笑了:"想上前线?国共之间马上就要打大仗了,双方的决战很可能还要再打几年,你不愿意留下来,那我要向上级领导汇报,你可以先到部队的一个营部去做政治工作。现在我们的部队扩编得很快,许多部队都很需要有经验的干部!"

路夏听了非常开心,连声地说:"谢谢领导!"

第十五章　大潮奔涌,势不可当

路夏逃走后,路春坐在作战室内一直闷闷不乐。弟弟路夏突然出逃,让他提心吊胆,他担心上司会怪罪下来,会追查原因,会怀疑自己通共,自己会因此丢掉乌纱帽。这些天,路春一个人独坐,他认真回想起自己部队以前有好几次行动失利或不顺,很可能都与路夏有关联了。路夏难道是个共产党?路春坐在椅子上苦想,他想起弟弟这些年是一直跟在自己的身边,从未见到他与什么人有过可疑的联系,难道他来自己部队之前就已经是共产党了?路夏走后,路春一边生气一边想原因一边抓紧时间予以补救。当天中午,路春把何参谋长叫到身边,对他说:"路参谋是我的亲兄弟,他谈了师部医院的一个护士,那位护士给他输过血,所以后来他们两人产生感情恋爱了,路夏曾经把这件事告诉过我。现在有一些年轻人害怕打仗,上次路参谋已经受过一次重伤,他大概不想再在部队中干了,两人借此就私奔远走高飞了。"

何参谋长听了路春的话,没有说话,路春接着又叮嘱:"如果师部追查这件事,你就按我的话回答他们。"

这时,何参谋长回答说:"是!旅座,我知道了。"

安排了何参谋长,路春又想好了如何去安抚自己手下的团长。当天傍晚,两位团长打电话到旅部汇报行动情况时,路春在电话中首先对洪团长关心地问:"兄弟,部队没有什么损失吧?"洪团长说:"我们在山上埋伏了一整天,没有见到一个共产党,哪里会有什么损失?就是大家跑了许多的路,又在山上的草丛中待了一整天,无功而返,士兵们很有些怨气!"

路春连忙说:"哎!气什么?没有见到新四军,我恭喜你!你想想,那新四军有三百多人,双方如果真的干起来,那些共产党,个个彪悍!可不是好对付的,或许我们还要死掉不少弟兄呢!"

洪团长许多年来一直跟在路春的身后,他是路春一手提拔上来的,这时他只好顺势说:"旅座,你说得有理!"

路春进一步说:"消息是师部得到的,任务也是他们派下来的,如果师部向你们追问,你就往我路春身上推好了,我来应付他们!"

洪团长说:"好的,我知道了。"

路春继续在电话中说:"洪团长,你想想,我们与共产党打交道这么多年了,他们是很会打仗的啊!肯定是早就派了侦察兵先行开路,在山上发现了你们的埋伏,从别的路上走了。"

洪团长回应说:"旅座,你分析得很有道理,我想也是这样!"

路春笑了:"改日上我这儿来,我请你喝两杯!"

洪团长说:"谢谢旅座,改日我一定上旅部去看你!"

安慰好洪团长后,路春又立即把同样的话对李团长也说了一遍。两位主要的团长被摆平后,路春就在旅部提心吊胆地静候师部的查问。可是,奇怪得很,一连几天下来,师部都没有一点儿动静。突然,这天作战室的电话铃声响了,何参谋长首先去接了电话,一听马上说:"旅座,找你的。"

路春心中很不安,走过去接了电话问:"喂!谁?"

电话中传来熟悉的声音,原来电话是他的大舅子杜明辉打来,两人都在电话中哈哈大笑起来。路春转口问:"老同学,怎么有时间给我来电话啦?"

杜明辉说:"老弟,你要谢谢我!我把你的夫人孩子都带到南京来啦!"

路春一听,大喜,忙问:"杜兄,你已经不在重庆啦?"

杜明辉说:"我们现在忙得不得了,国府马上就要返回南京了,我和一些军政部的人员打前站,已经先行到达南京了。哈哈!告诉你,南京现在遍地是金,许多日本佬、高官仓皇撤离,丢下来许多好别墅、好文物!他们留下来的几个大仓库,里面都堆满了许多战备物资。浮财不计其数!我申请分到了两套房子,一套我和我老婆孩子住了,另一套就给你了,我已让你的夫人带着孩子住进去了。因为现在回南京的人很多,需要许多的房子,好房子空房子谁抢到谁就住,我们现在不住进去,别的单位的人就会来住的!"

路春听得瞪大了眼睛,半天才说了一句:"你们还有这等好事?"

杜明辉在电话中仍呵呵地笑着说:"今天打电话给你,是因为还有个更好的消息告诉你,国防部马上要办国防大学将官速成研修班!近期,我们的部队扩编得很快,收编了许多投降的伪军,国防部准备马上改编训练他们。我已看到了你的名字,大概在第二批名单中,第一批进修的学员已经报到了,第二批进修的学员名单通知马上就会下达到你的部队。我已经看到了名单,所以就先打电话告诉你一声,你说,这是不是一个大好消息?"

路春在电话中听到了这个意外的好消息,大喜,连忙说:"谢谢你老同学!这么说来,我们很快就会在南京见面啰!"

杜明辉说:"可不是嘛,很快!你夫人孩子也正在数着日子等你呢!"

路春叹了一口气说:"太好了,我也太想儿子了,他肯定也长高了不少!"

杜明辉说:"孩子嘛,长得快!好,就这样,我们南京见吧,我挂了!"

路春手握电话不停地说:"谢谢!南京见!"路春一边说,一边笑着把电话挂断了。

何参谋长站在桌边一直听着路春与杜明辉的谈话,这时他也高兴地问:"旅座,你马上要去南京?"

路春笑着说:"蒋委员长马上要回南京了,局势很快就会有较大的变化。我们等着吧。"

三天后,路春收到了通信兵送来的让他去南京进修学习的通知。紧接着师长宋敏又亲自给路春打来了电话。

这几天,路春一直乐呵呵地等着师部的通知,他的一颗悬挂多日的心终于可以完全安放下来了。其实,师部也早就怀疑路春的弟弟路夏很有可能是共产党,但师长宋敏知道路春是黄埔二期的老学员,他还有一位亲戚内弟在重庆重要的军事部门工作。宋师长不想自讨没趣去掀这层盖子,这种涉共的盖子一旦掀开,引出的麻烦会没完没了。所以宋师长有意识地把路夏与欧阳一同逃跑的事按一对青年因情而私奔从轻处理了。宋师长把这件事情有意压

243

下去了,路春还不知道呢。

"路旅长,通知你去南京学习的通知收到了吗?"宋师长在电话中关心地笑着与路春打招呼。

路春一听是师长电话,立即说:"学习的通知刚才已经收到了,谢谢师座关心!"

师长宋敏说:"你这次去南京学习,是参加速成班。学习的时间只有两个月,结业后,你老兄肯定是会另有任命的啊!"

路春忙谦虚地说:"谢谢师座夸奖,我这次去国防大学学习,可以提高我们的军事素质,我学好以后,将要更好地为国家服务。"

宋师长在电话中大声地笑着说:"恭喜老兄!我提前祝贺你了!"

路春在电话中连声地说:"谢谢师座关心,谢谢师座提携!"

宋师长在电话中继续说:"你把旅部的工作安排好,抓紧走吧!"

路春说:"是!谢谢师座!"

路春挂掉了电话后,立即召见了副旅长及何参谋长,对旅部的工作进行了安排。接着进入内室,简单收拾了一些物品,三天后,他赶到了南京的新家。

路春的新家在南京郊区,是一栋带有一个小花园的西式两层的小洋楼。路春走进院子,迎面就见院内有两株高大的月季,上面挂满了紫红色的花朵,这些艳丽的花儿正在开放,空气中弥漫着淡淡的香气。妻子杜娟接到路春的电话后,立即忙着打扮自己迎接他。今天杜娟穿了一身洋装:素雅时新的软缎夹旗袍,外罩一件紫色的羊毛开衫,显得十分美丽大方。路春发现妻子还卷了头发,带着还不到三岁的儿子已站在楼门口迎接他。

路春立即看见了儿子,他穿着一套蓝白相间的长条纹上衣及深蓝色背带裤,外加深蓝色的小背心,还梳了个小分头。这孩子太可爱了！路春喜得赶快跑了几步,在楼门口一把抱住了孩子,接着他在孩子的脸上狠狠地亲了一口说:"儿子,爸爸来了,太想你了！"

妻子笑眯眯地接下路春放在地上的小皮箱,她亲热地挨在路春的身边,三个人一同进了小洋楼的大门。

进了楼,楼下是一个不小的客厅,厅内有成套的沙发、茶几、美灯,墙上还挂有两幅欧洲的乡村图画。路春放下儿子,环大厅的四周仔细看了一遍说:"这些浑蛋的小日本鬼子真是会享受,住这么好的房子！现在我们终于把他们打回老家去了,真好！"

杜娟笑着站在边上也接了一句说:"日本鬼子终于滚蛋了,真好！"

路春说:"杜娟,你知道吗？日本是一个很小的海洋国家,形状很像一条松毛虫,他们的资源非常缺乏,却还梦想着蛇吞象。想吞下我大中华,真是痴人说梦！"

说完,路春又高兴地把儿子抱了起来,放在自己的双腿上,父子俩一道在沙发上坐下。路春望着儿子,仔细地看,说:"杜娟,儿子的眼睛像你,很大！长大很帅气！"

接着,路春又转身问妻子:"你们搬进来几天了？"

杜娟说:"搬进来有一个多月了。我和哥嫂一到南京,他就申请分到了两套房子,他们让我们住了这一套。这房子原来的主人是日本人,走得急,大概只拿了些金银细软就逃走了。所以屋内留下的设施齐全,楼上还有三间房呢。"

路春高兴地把坐在腿上的儿子双肩又摇晃了几下说:"那好!我们先住着,我最近要在南京学习两个月,可以经常回来看看我的儿子啰!"

杜娟看见丈夫高兴,关心地说:"饿了吧?我给你做点吃的?"

路春说:"不用,不饿。你给我泡点茶就可以了!"

杜娟听了,起身从一个细瓷茶壶中倒了一杯绿茶送到路春手边。并顺势在他身边坐下。路春一边接过茶水,一边笑着搂住夫人说:"终于打败了小日本鬼子,我俩也可以在一块过一段好日子了!明天,我就去国防大学报到,按照以前的惯例,两个月的突击加强学习结业后,我的工作很可能要调动。结业时,正好也快过年了,我们争取回老家过年,顺便让你看看我的老父老母。唉!这些年我一直在外打仗,我已许多年未回过老家了。"

说完,路春又转过脸看妻子,他发现今天杜娟在她的颈子上挂上了一条珍珠项链,松软卷曲的黑发披在肩上,白皙的脸上一双大眼睛。妻子今天显得特别漂亮,路春忍不住,在杜娟的脸上亲了一口。

夫妇俩分离很久,杜娟显得有些不好意思,她高兴地说:"今年过年,我们一定回老家去看看,我还没有见过你的双亲呢。"

路春坐在大沙发上,一只手抱着儿子,另一只手搂着老婆,三个人坐在沙发上亲热地交谈,路春问老婆:"这几天你可去你哥哥家看看了?"

杜娟说:"我前天还去了一趟。我哥哥现在忙得很,他家的那栋楼比我们的这栋还要阔气!是独栋别墅。前些日子听嫂嫂说,国共两党目前正在谈判,如谈不好,双方就要开战。我忘不了我们住在重庆时,天天都要躲日军飞机来轰炸的可怕日子!我真是很害怕再打仗!"

路春一听,很惊讶地说:"哟,你们女人也关心起打仗的事了?"

杜娟说:"我以前与哥嫂住在一起,天天听他们说国民党、共产党之间的许多事,时间久了,我当然也知道了不少。"

路春听到这里,有点扫兴,叹了一口气:"不说了,很可能国共之间以后真会开战的!你烧点水吧,我想马上洗个澡,明天我去报到,到了那里与大家一交流,就什么事都知道了。"

第二天上午,路春就去国防大学报到了。班上已到了不少学员,在那里,路春还遇到好几位以前黄埔的老同学。他们都是一些目前仍停留在旅级岗位上还未升上去的校级军官,还有一些学员是路春从前在部队中曾经共事的老战友。大家一阵寒暄后,就坐在一起交谈,一阵询问后,什么都明白了。原来,日本鬼子投降后留下了大量优良的军事装备,使蒋委员长的军事力量发生了很大变化。陆军部队短期内迅速地扩编了许多个师,急需要各级军官带教,因此国防部决定抽出一些高年资的军官进行短期强化培训,以提高他们的作战能力及指挥能力。

第二天,培训班就开课了,发下了许多讲义资料。路春接到讲义资料后翻看了一下目录及内容,他获知在各科目讲课的老师中,有许多人都是专职的军事教官,他们曾经去过德国,专门学习过相关的军事知识。课程的设置主要有军事理论课、战史课、战例分析课。在战例分析课中,其内容竟然还包括了许多近期的中外著名的战役,如台儿庄之战、长沙阻击战、平型关之战,还有著名的欧洲的诺曼底登陆之战。路春十分佩服上课的军事教官们对一些不久前才进行的战役分析之快之精辟。路春接到资料后忍不住坐在桌边就看起来了,他回想起自己以前在黄埔学习时,主要是练习操练及一些实战。而自己在后来许多年的军事实践中,主要精力也是放在战前收集情报、侦察地形、组织安排兵力、武器的多层配置、预备队的安排及战斗前战斗时的鼓励等等,自己从未对一些重要的经典战役进行过任何认真的讨论及研究。路春此时马上明白了,这就是学习与不学习的区别。

路春决心要在这两个月的时间内好好地系统学习一些军事知识,以提高自己。

上课后的第二个周末,路春趁回家的时候,带了老婆、孩子去了杜明辉的家中。

杜娟领路春进了小院后,径直往楼内走去。进门就是一个很大的厅,放有一组带有木扶手的精致的绣花布艺沙发。老同学杜明辉正坐在沙发上看材料,看见妹妹和妹婿来了,忙放下手中的材料,站起来说:"来啦,你们今天怎么有空上我这里来了?"

路春忙客气地说:"早就该来看看老同学了,培训班已经开课了,课程排得很紧很满。今天是周末,休息一天,我请假回家看看,也特地来看看你和嫂嫂。"

杜明辉听了,忙大声地招呼夫人:"晓静,路春和杜娟来了,快给他们沏茶!"

晓静听见了,立即从一间侧室中走出来,端了两杯茶水来到大厅的茶几边,笑着问:"路春,来南京学习?"随即,晓静又端过来两盘糕点摆放在茶几上。

路春和杜娟在沙发上坐下。路春笑着看了一眼穿得很时尚的年轻嫂嫂,并朝她点点头说:"谢谢!"

路春端起了茶杯,喝了一口茶,他看见茶几上的材料是文件,随口问:"周末休息,你还在家看文件?"

杜明辉说:"国共仍在和谈,快结束了,有许多的事办不完,所以要加班看看材料。"说完,杜明辉对妹妹说,"杜娟,你带孩子去你嫂嫂那儿玩玩吧,我和路春说说话。"

杜娟见哥哥要把自己支开,忙站起来带着孩子随着嫂嫂去了大厅侧面的一间房内。嫂嫂晓静客气地说:"杜娟,你帮我剥剥豆子,我中午炒给你们吃。"

杜娟听了,在一个小凳子上坐了下来。

妹妹走了,杜明辉关心地问路春:"这些天,你在进修班学习得怎么样?"

路春说:"每天上课的内容都非常好,收益很大,我正在学习。"

杜明辉说:"老弟,目前国内的形势很紧张,大战即将开始,蒋委员长一心要灭掉共产党。如共产党不愿意接受改编,不愿意让出他们已经占据的许多地盘,压缩他们的部队,那双方是马上就要开战的!"

路春听了,立即紧张了,他低声地问:"国共双方不是还仍在和谈吗?"

杜明辉说:"和谈是幌子!做给别人看的。双方肯定是谈不好的,我们现在还没有做好在各地马上开战的准备,所以就还在谈,目的是争取再拖一点时间。"

路春又低声地问:"有这么严重？国共双方如果再打起来,那是要死许多人的。"

杜明辉说:"是呀,是会死许多人。但共产党如果不让步,那他们就是想夺取我们的江山,这仗就肯定是要打的!"

路春听了,愣在那儿,半天说不出话。两人都沉默了一会,路春又沉闷地说:"共产党已经坐大了,消灭不了他们的！当年他们只有几万人时都没有干掉他们,现在再想动手,谈何容易!"

杜明辉说:"我们是军人,服从党国命令是天职！你在进修班要好好地学习。这次进修班学习时间短,是速成的,主要是让你们学习一些军事理论及实战经验。你们这批学员结业后,都会被提拔重用的,你暂时不要告诉别人。"

路春说:"我知道。"

杜明辉又问:"房子住得还舒服吧？"

路春说:"谢谢老大哥！房子很好!"

杜明辉又说:"日本人走时,留下了许多东西。许多人趁机大发国难财！现在南京、上海乱得一塌糊涂。我们还未有时间把一些刚接收的大城市整顿好,又要打仗了,一旦开战,还不知结局如何!"

路春听了神情凝重,低声回应:"当年共产党只有几万人,几十万大军许多次地'围剿'都未能把他们灭掉,现在他们也已经有百万人马了,如何奈何得了他们？我真是担心,双方如再次撕破脸皮,后果不堪设想!"

杜明辉安慰说:"老弟,你说的这些烦心事,我们先不去想它。今天中午我让你嫂子多烧几个好菜!"

说完,杜明辉从沙发边站起身来,他走进侧室对妹妹杜娟说:"杜娟,今天中午你帮你嫂嫂多炒几个好菜。"

安排好后,杜明辉伸手牵扯住杜娟身边的孩子说:"来,让我仔细地看看我的小外甥!这孩子真漂亮!"

杜明辉把孩子带到大厅,又在沙发上坐下。路春见到儿子马上又把孩子拉到了自己的腿边问:"你的两个孩子呢?家中可请了阿姨?"

杜明辉说:"两个孩子,大的出去找同学玩去了,小的在楼上做作业。我请了一个阿姨,今天是周末,她刚好回家去了,傍晚会回来。"

杜娟和嫂嫂两人走出了侧室,杜娟对哥哥、丈夫笑着说:"你俩慢慢谈,我们烧饭去了,一会儿就会弄好!"

杜明辉听了,开心地对路春说:"来!先吃点糕点!我俩继续聊天。"

两个月后,已接近年关。

这天下午,路春在研修班的学习结束了。简单的结业仪式后,路春和好几位学员都被留了下来,他们受到了校长及军事教官的单独召见。一阵亲切地谈话后,路春收到了研修班结业证书和新的工作职务任命书。路春被正式提拔,被任命为新编六十四师的师长。除了任命书及工作调令上已经写明的,谈话中上司还告诉他,过完春节后,路春将返回原驻地,率领自己的三个团及另外刚组建的三个新团,组成一个新的师。路春的这个新编师将会随同自己的老上级宋敏师长率领的新组编的六十三师全体官兵,一道

251

北上,统一调入杜聿明的集团军中。

路春获知,他的老上级宋敏师长的原六十三师这次被一分为二了,分开的两个部分都分别进行了再扩充,组成了两个新的师:新编六十三师,新编六十四师。

路春听到如此安排,心中又惊又喜。路春知道,杜聿明是国民党军名将,此人军事知识丰富,善治军,善打仗,曾经指挥过不少次很有名的战役,杜聿明将军在国民党军中很有名气。

路春与上司谈话后,心中十分欣喜。随后,他返回到宿舍中,他收拾好自己的行李与其他学员们一一告别。路春抓紧时间返回南京家中,他高兴地对妻子杜娟说:"杜娟,今天都已经是腊月二十八了,马上就要过大年了,我在研修班的学习结业了,我们得抓紧时间,买今天晚上的票赶回老家去过年吧!"

妻子杜娟立即接下了路春手中的皮箱,并把儿子路小春送到路春怀中,她满脸喜悦,高兴地说:"你的学习结束了?那真好,我马上准备,我们回家去过年。我要去看看你的父母,也让爷爷、奶奶看看我们的孩子路小春!"

路春听了杜娟的话,连忙又补了一句:"杜娟,把你从重庆带回来的几块好布料也带上,回去给大家做几件衣服,做个见面礼!"

杜娟表示同意说:"好的!"

这天,已经是大年三十了。

清早起来,路老爷就安排李妈准备年夜饭,这是抗战胜利后的第一个春节。

路老爷家有五个孩子,可是他的四个孩子都已离开了家乡并且都已许多年不归。今天,路老爷很是希望能有奇迹出现,他盼望能有一个或者是几个孩子能突然回来,回到这棕榈里六号,来看看自己和老伴。

中午以后,路老爷就心神不宁地频繁地走到院外张望。许多人家都在打扫卫生,忙着在大门上贴对联、贴福字。小街上的行人已经很稀少了,路老爷感觉大概是没有什么希望了,一会儿李妈也将回她自己的家中去过年,到那时,家里的这栋小楼中,只有路老爷和他的老伴与小儿子三个人在一块过年了。

李妈走进了门厅说:"老爷,菜我都已经给你们准备好了,放在厨房灶台上热着。今年是抗战胜利后的第一个新年,我也要回家去看看,陪着家人过一个高兴的新年了。"

路老爷连忙说:"谢谢你,李妈!一年到头辛苦你了,时间已经不早了,你赶快走吧!"

李妈听了路老爷好意的催促,她连忙进厨房脱掉了围裙,梳理了一下自己的头发,拿着路老爷给的过年红包及一些年货就往院外走。刚出院门,迎面撞见一男一女带着一个小孩正往院子大门快步走来,李妈定眼认真地一看:"哟!这是大少爷的一家人吗?大少爷回来啦!"李妈高兴地大声喊叫起来,她连忙掉转身子,飞快跑进楼对路老爷、路太太大声地喊:"老爷、太太,大少爷一家人回来啦!"说完,李妈急忙放下自己手中的东西,高兴地与路老爷、路太太三个人一同迎出楼门。李妈快步跑了上去接过了路春手中的皮箱,路太太快跑几步高兴地一下子抱住自己的小孙子路小春。

大家一同欢天喜地地回到楼下的客厅中。李妈高兴地对路春说:"大少爷,你们一家人回来真好!老爷和太太盼你们回来,盼得不得了！年夜饭我早就已经给你们全部弄好了，就等着你们能回来过年呢！"

路老爷站在旁边，他听了，忙笑着说："谢谢李妈！谢谢你把大少爷接回来了！不早了，李妈，你赶快回去吧！"李妈听了，她转身笑着再次离开一楼的门庭，准备出小院。

路春见李妈要走，急忙对妻子说："杜娟，快把包中的糕点送两盒给李妈！"

杜娟听了急忙弯腰取了提包中的糕点追了上去。

路老爷仍站在大厅中，她看见大儿子一家人回来了，他高兴地说："春儿，你们回来，真好，我和你妈妈太想你们了。"说完，路老爷一把拉过路春的孩子，认真地看，口中不停地说，"这孩子长得好！我的好孙子，好，好！我真是高兴！"

见到路老爷在看孙子，路太太忙跑到楼梯口朝楼上大声喊："路秋，快下来，你大哥大嫂回来了，你快下来吃年夜饭了。"

听到了母亲的叫声，路秋穿着一身深蓝色的学生装从楼上飞奔下来。他来到路春与杜娟身边，望着初次见面的杜娟，高兴地叫："大嫂，欢迎你！大哥大嫂，我祝你们新年好！"

路春见到路秋从楼上下来了，忙对杜娟介绍说："这是我的小弟，叫路秋！"

杜娟听路春的介绍，她望着路秋客气地说："路秋，也祝你新年好！"

接着，路春也高兴地望着小弟问："你还好吧？还在念书吧？"

路秋说："还在念，马上就毕业了！"

路春鼓励弟弟说："我们打走了日本人，现在和平了，你要好好地读书,争取考上大学！我带回来一只好金笔,学习班发的,等会送给你,我还带回来几块好布料,可以给你及爸妈各做一套新衣。"

路老爷在一旁听了,十分高兴,也接话说:"路秋运气好,他可以好好地念大学了。"

路太太在一旁听了,也高兴地喊:"来！我们快抬桌子,大家一边吃年夜饭一边慢慢地聊！吃完年夜饭,我也有大红包送给我的儿媳和小孙子。"

路春忙与杜娟、路秋三人把大方桌抬到了大厅的中间。路老爷这时忽然想起了路夏,他问路春:"春儿,路夏还在你那儿吧,他怎么没有随你一同回家来看看?"

路春一听,说话的声音马上变低了,说:"爸,大弟,路夏他现在已经不在我的部队中了。他在我的部队中谈了一个陆军医院的女护士,两人前些日子主动离开了部队,不知他们去了哪儿。"

路老爷一听,愣住了,说:"他在你的部队中干得好好的,为什么要走呢?"

路春沉下脸说:"不知道！爸,路夏他已是大人了,我也没有办法完全管住他,他很可能已经参加了共产党,跑到共产党那边去了。"

杜娟已有不少时间未听到路春说起路夏,这时她站在旁边惊讶地问:"大弟离开了部队？难怪你最近都没有再说起他。"

路春低声地回应了一声:"他走了,也不知去了哪里,我和你说他,有什么用呢?"

路老爷听了大儿子的话,他愣着半天说不出话,过了好一会,才说:"夏儿也跑到共产党那边去了?"

255

路春面无笑容,说:"很可能!他是突然跑走的,而且很可能是因为偷了我们的军事情报,害怕被发现而逃走的。他这么做,差一点连累了我,我的军职都差点被他弄丢了!"

路老爷叹了一口气说:"这孩子,真是糊涂!"

路春停顿了一下,接着又问父亲:"大妹、小妹两人呢?她俩一直未回来吗?她俩在什么地方?"

路老爷说:"你的两个妹妹,这几年一直都未回来过。大妹可能在上海,小妹已经去了延安。她俩曾经给家中写过一两封信,许久都没有她俩的消息了。"路老爷说完叹了一口气。

大方桌被抬到了大厅的中央,路太太带着杜娟一边热菜,一边往桌上摆放。路春与父亲坐在了大方桌边,路春忧郁地对父亲说:"时局很不好,日本人是给赶走了,但国共两党很可能不久后就会大干起来。这两个党现在都早已不是以前的样子了,谁也说服不了谁,只有动手才能解决问题!"

路老爷听了,心中焦虑,他说:"国共两党合作抗战才把日本人赶走了,为什么他们就不能再好好地谈谈呢?"

路春说:"爸,这种大事我们决定不了,只有听天由命了!"

路老爷听路春如此说,大声叹息说:"春儿,你爸我年轻时曾陪你爷爷出去做过生意,到一些国家去看过。我们现在的这个中国社会太落后、太贫穷了,早就应该改变它了。这些年许多有志的青年终于在中国掀起了革命大潮,它奔涌而来,势不可挡!无人可以避开这一巨浪!现在无数的中国家庭、成千上万的中国青年都被这革命大潮深深地吸引,他们被裹挟着随着这革命大潮一块向前奔涌,我的四个孩子都被卷了进去。他们都离家出走了,走了四个啊！挡都挡不住啊！在全国像我们这样的家庭也不知还有多少！而走了一两个孩子的家庭，那更是不计其数啊！"

路春听路老爷如此说，嘿嘿地笑了，说："老爸，你老虽在家不外出，对国家形势可看得很清楚哟！"

路老爷接着又忧虑地说："春儿，我们已经老了，你的几个弟妹很可能都在共产党那边，现在这两个党又要打起来，这可怎么办啊！我希望你们兄弟姐妹们不要在战场上刀兵相见！"

路春知道父亲此时担心几个弟妹的安危，忙安慰路老爷说："爸，我们先吃饭吧，今天过年我们不谈国事！"说完，路春站了起来，他自告奋勇进了厨房，不一会他端出了一盘菜放在了大方桌上。

菜渐渐地端上了桌，路春笑着对父亲说："爸，今天过年，我还告诉你一个很好的消息。前一段时间，我在南京进行了短期的研修学习，结业后我被提拔了，现在我已被任命为一个刚组建的陆军师师长，不久，我的这个新编师将要编入杜聿明的兵团。"

路老爷听了，惊讶地问："杜聿明？我知道他！他很会打仗，在国民革命军中很有名望，你跟着他，好！"

路春得到父亲的首肯，就嘿嘿地笑了起来，说："杜将军的兵团有好几个军，每个军都有好几个师，装备大部分都是美式武器，作战能力很强大的呢！"

路老爷听了路春的介绍，忍不住又说了一句："如此强大的美式装备，不会是专门为了对付共产党的吧？"路老爷已知自己的孩子有几个在共产党那一方，此时，他很为自己的这几个孩子担心。

路春听了，不说话。他给父亲夹了不少菜，笑着说："爸，今天我们专门回来陪你二老过年,你老高兴吧?"

路老爷说:"高兴!要是我的几个孩子全部都能回来陪我们过年,那我和你妈就更加高兴了!"

路春笑着安慰老爸说:"你二老等着吧,弟妹们都会回来的。今天你老就多吃点菜!"路春给父亲又夹了许多菜。

菜上完了,路太太和杜娟也上桌坐定了,接着路春又邀杜娟说:"杜娟,今天过大年,我俩给父母敬一杯,祝二老新春愉快,健康长寿!"

路春说完后,一桌子的人都站了起来,杜娟扶着站在椅子上的儿子路小春,一家人共同举起了酒杯,共祝新年到来。

第十六章　政委在黎明来临时死去

在国民党以谈判为幌子积极准备消灭共产党军事力量的同时,在共产党的各个大小根据地,大家也在按照上级的指示积极地备战,许多军用物资及军事人员都被调往前线最需要的地方。这天,在苏北某根据地一个村庄路口,宣传科长路润带领几位同志正在村口的宣传栏上张贴壁报、刷大标语。路润拿了几张"保卫和平！反对战争！建设新中国！"的大标语,一位女兵站在旁边帮她在一间农屋的墙壁上刷好糨糊,路润和另一名战士刚把一张大标语在墙上张贴好,她一转身,忽然看见宣传部的金扬部长正站在自己的身后。路润一惊立即笑着说:"金部长,你好！你稀客,你怎么有空上我们村里来啦？"

金部长已经三十八岁了,中等身材,模样仍显得很年轻。金扬来自南京,也是一位投身革命很多年的老大学生、老党员。今天他身穿一套土黄色的新军装,扎着皮带,长圆的脸上戴了一副眼镜,显得文质彬彬。金扬站在路润身边看了墙上张贴好的几张壁报后,笑着对路润说:"路科长,你写在军区小报上的文章我看了不少,你写得真好！我马上要调走了,今天特地来看看你,我能上你的宣传科去坐一会吗？"

路润笑了，立即客气地说："行！"说完，路润对身边的几位同志说："我回去一下，你们几位继续在这墙报周围把这几张大标语仔细贴好，剩下的一些标语贴到村子另外一个路口的房屋上。"说完，路润领着金扬部长向村中走去。

两人走了几步，路润笑着问："金部长，你要调走啦？"

金扬也笑着说："马上要打大仗了，上级组织要求加强根据地战前及战斗中的宣传鼓动工作，我被调到另外一个根据地了。今天我特地来看看你，与你告别！"

路润知道金扬部长在工作中一直对自己很支持，她有些不好意思地说："谢谢你，金部长！"

两人正并排边说边向村中走去。忽然金扬看见一户农家屋后有几棵大树生长得很茂盛，远远望去，好似一幅乡村油画，真是很漂亮！金扬临时改变了主意，对路润说："我马上就要走了，路科长，我想与你谈点私事，我们就在这树林中说几句话吧，可行？你的宣传科内很可能还有其他的同志，不太方便。"

"行！"路润同意了。两人顺势走到树下站住。

路润首先开口问："金部长，你这次调到哪个根据地？"

金扬说："我的这次调动动作比较大，我将和好几位同志一道动身，我们要调出省，到目的地报到后，才能知道具体的工作位置。"

路润笑着说："你这次走得这么远，那我们以后见面可就不方便了。"

金扬也立即笑着说："是啊！这次我调动得比较远，而且马上就要打大仗了,我们以后再见面就很难了啊!路润,今天我特地到你这儿来找你,想和你说几句私房话。"

路润一听,立即敏感地知道了金扬后面会说什么话,她有些不自在了,立即羞红了脸。

金扬此时正仔细地盯着路润的脸,他早已知道这位已不太年轻的女干部至今仍是单身。由于工作关系他们之间的联系比较多,金扬很早就注意到路润的文章,知道她善写,是位才女。今天路润穿了一身洗得有些发白的土黄色军装,剪着齐颈的短发,戴着军帽,白皙的脸面因为羞怯而显得潮红。路润已不太年轻了,但仍显得十分清秀文雅。金扬至今也仍然是单身,他在心中很早就已注意到路润并且暗暗地爱上她。为了防止敌谍对根据地的渗入,组织上规定每一位从白区进入根据地的同志到达时都必须要填写登记表并进行审查。路润从上海到达根据地时,她也填写了审查表,因此在她被安排到宣传部做宣传工作时,金扬就已经知道了路润的一些基本情况。为了追求她,金扬还曾向别的同志打听过路润以前的生活,知道路润以前曾经有过一位男朋友,名叫李灿,李灿在上海做地下工作许多年,在执行一次任务后下落不明。路润到达根据地以后,一直在通过上级组织及其他一些渠道寻找他。

两人站在树下沉默了一会,路润接着又问了一句:"金部长,你哪天走?"

金扬有点不自然地说:"后天!"

说完,金扬突然伸出双手握住路润的手说:"路润,我后天就要走了,我有一句话,忍了很久,一直都没有说。今天,我必须对你说了,我很喜欢你,希望我们能成为朋友!"

路润一听，脸面涨得潮红，她立即抽出双手，低声说："金部长，对不起！不行！我早就已有男朋友了，他叫李灿。虽然我们已经失去联系很长时间了，但我们以前曾经有过约定，我必须等他！现在我仍然一直在寻找他。"

		金扬见路润坚决地拒绝了自己，忙进一步说："路润，我喜欢你已经很久了，我也知道你一直在寻找你以前的男友李灿。现在是战争时期，每天都有许多同志在各个战场上流血牺牲，李灿如果还活着，你们早就会联系上了，他很可能已经牺牲了。我们有许多革命者都牺牲在途中，掩埋时只能简单地做个标记，而且在行动中，许多人还用的都是假名字。所以，路润，你到现在都还找不到他！"

		路润突然听到了如此直接的话语，心猛地一阵收缩，眼泪忍不住从眼眶中流出。

		金扬见路润伤心了，有点懊悔自己刚才说的话过于直白。他再次伸出手，想握住路润的手，安慰她一下。路润却立即把他的手甩开，低头在树下轻轻地哭泣。

		金扬很后悔，他站在路润身边低声地又说了一句："路润，对不起，我因为马上就要走了，刚才性情太急，说了一些让你伤心的话。请你原谅！"

		路润一边哭泣一边低声地说："我知道现在有许多同志都是用假名字在工作。李灿他或许去了其他的根据地，或许也是用了假名字去了其他的战场，他或许还活着。"

		金扬见路润如此固执，只好进一步地分析给她听："路润，虽然我们的根据地很大，很分散，许多干部进来之后很快就去了基层，去了前线。但是，从我们这儿进入根据地的所有同志都会留下记录的。你想想,你来我们这儿这么久了,你又通过组织在四处寻找他,你为什么还不能找到他?你仔细想想,你不能再这么一直糊涂地等下去了!"

路润再一次受到严重的打击,她"哇"的一声,弯下了腰,蹲在树下大声地哭泣起来。路润太伤心了,她一边哭,面前却浮现出她与李灿在黄浦江江岸小树林边最后分手的情景:月色中,李灿一边往小树林走去,一边不断回身大声地说:"路润!你一定要等我啊!"路润双眼含着眼泪望着他逐渐远去的背影也大声地回应说:"我一定等你!"在互相叮嘱中,李灿高大的模糊身影逐渐消失在树林中。

金扬默默地站在路润身边,他等路润痛哭了一阵后,又靠近了一步,伸出双手用力地把路润从地上拉了起来说:"路润,求你别哭了,好不好?我后天就要走了,如果你愿意,我可以想办法在现在或者是在不久的将来让你也调走。路润!我是真的喜欢你,我的心是诚恳的!真实的!我再问你一句,我想和你做朋友,行不行?"

路润听到此,她忍住哭泣,沉默了。其实,许久以来,路润早就感觉到自己的这位上级对自己很有意思。路润难忘自己与李灿的最后约定,她咬了咬牙,擦了一把泪水说:"我还是要再找找、再等李灿一段时间,全国很快就要解放了,我很可能要等他等到全国解放!如果你真心地喜欢我并愿意等我,也许以后我会考虑。"

"唉!"金扬叹了一口气,"路润,你的条件太苛刻了,你让我等到何年?现在战争正在继续,大战在即,我连自己的命都不一定能完全保得住,你却要让我这么无希望地一直等着!我希望你能再考虑考虑。"

路润固执地又说了一句:"我必须要等,我需要再寻找李灿一段时间!我和他以前曾经有过约定。你如果愿意等我,就等!不愿意,那就算了。部队中年轻的女干部、女兵,多得很!你可以重新再去找一个!"

　　金扬听到此话,尊严让他的脸色立即沉了下来,沉默了好一会,金扬低声说:"路润,你如此说,那我只好算了。"说完,金扬拉了一下军装的上衣深深地叹了一口气,说:"再见了,路润,我走了!"说完,金扬转身向林外慢慢走去。

　　这也是一个深深爱着路润的男人,但他不够坚定。路润此时悄悄地抬起头看着金扬的背影,她一直望着金扬走到林外。接着,路润擦干了自己脸上的泪水,也拉直了自己军装的上衣,整理了一下腰带,然后坚决地向宣传科走去。

　　金部长走了。这一天,路润又想起了李灿,想得很厉害。路润心中十分惆怅,中午吃饭时她用饭盒装了些饭菜来到村边那栋农屋后面的小树林。林下有一个水塘,路润在塘边的一块石头上坐下,她一边吃饭一边望着远方的天空。天空碧蓝,只有一朵白云呈环状浮现在天空,真是奇怪!这朵环状的白云飘浮在天空,许久都不变化。路润一直盯着这朵花环状的白云,想心事,后来,在这朵白云周围又呈现出几朵小白云,它们相互融合,又组成了一个菱形的白色云环浮现在碧蓝的天空上。

　　情至深,常常会是梦一场。

　　此刻,路润悲伤得控制不住自己,她让自己心中的小情调泛滥了一次,默默地在心中写下了几行字:

爱人啊
你在何方
我们在时光中走散
黄浦江畔的屋前,子弹纷飞
我很孤单

为了你心中的那片红色花海
你不顾一切
临别的椅边
曾是我们爱过的地方
你温柔的话语:等着我
在树林里淡淡的月光中飘荡

为了你的深情
我要用一生一世
希望某一天,你忽然出现
那时,所有的思念
还有红唇
还有玫瑰
将爱和泪水汇成一条河

时间很快进入1948年底。

此时有近六十万国民党军队停留在徐州附近。他们举棋不定,给共产党的部队提供了作战良机。

11月6日，要指挥华野的五个纵队同时出击，首先在碾庄附近围住了黄百韬兵团的五个军，国共两军淮海大决战的序幕就此拉开了。

黄百韬被围之后，心中十分惊慌，连忙向徐州城内的杜聿明集团求救。此后新四军成功地阻击了邱清泉兵团的救援，于11月11日对黄百韬兵团发动攻击，双方血战十七天，黄百韬兵团终于被全歼了。接着，共产党军队又在双堆集附近包围了黄维兵团。这时，为了救黄维兵团，心急如焚的蒋介石命令杜聿明放弃徐州。12月1日杜聿明率邱清泉、李弥、孙元良三个兵团出徐州经永城、蒙城南下，并拟在解救黄维兵团后共同南撤。国民党名将杜聿明拥有十分丰富的作战经验，却怎么都没有想到，他们离开徐州城三天后，就钻进了共产党军队为其设置好的天罗地网之中。他有几十万部队的庞大兵团被共产党军队迅速地围在了永城东北面的官庄地区附近。

突围！突围！一心想突围的孙元良兵团却在12月6日就被解放军大部歼灭了，邱清泉兵团多次拼命突围也被解放军击退。12月15日，黄维兵团也被全部歼灭了。

紧接着，杜聿明的部队也被迅速赶来增援的各路共产党军队一层又一层地死死地包围在一片狭长的农村平原地区。大批的国民党军在几次被分割分批地消灭后，杜聿明兵团的几个军被吓破了胆，他们再也不敢随便分散移动了。

淮海战场的小王庄。

小王庄距官庄约七里地。在一间不大的草屋中，傍晚，国民革命军新编六十四师师长路春正心急地趴在一张桌上查看地图。一位副官进屋送来一盒罐头、几块饼干,副官把食品放在路师长的桌上。

路春师长抬头问:"白面一点都没有了?"

副官说:"白面全部吃完了,一点都没有剩下。士兵今天每人都只发了两块饼干,这饼干也很快就要分完了。"

路春叹了一口气问:"今天白天有飞机来给我们空投食物了吗?"

副官说:"今天白天是有一架飞机来空投食物了,但飞机害怕共产党军队的炮火,飞得很高,投得很不准,许多包裹都落到共产党的阵地上了。"

路春问:"我们师一点都没有收到?"

副官说:"落入我师阵地上的包裹不多,大家都挤在一起,有一些包裹落在别的部队防区了。听说许多士兵因为拥上去抢夺食物,还打起来了。我们师下面的几个团部总共只抢到了三四个包裹,真是不够分!维持不了多久的!"

路春听了,说:"我知道了,你走吧!"

副官转身走了。

副官走后,路春师长拿起饼干看了一下,他仰头叹了一口气:"唉……"又把饼干放下了,他吃不下去。

"报告!"天完全黑下来了,门口有士兵大声地喊。

路春听到了门外有一阵急乱的脚步声。

"进来!"路春说。

昏暗的灯光下,路春看见两个士兵和侦察连长推搡着一个人进了门。此人被戴了一个暗绿色的布头套,两只臂膀被两个士兵反绑在身后。

路春厉声地问:"什么人？怎么回事?"

这名侦察连长姓莫,跟在路师长后面已有好几年。他因为为人忠诚又聪明,路师长不舍得放他走,一直留在身边。

莫连长放下手中提的一个布包,举手敬礼:"报告师座！刚才我们在村外小树林中侦察,发现此人躲在树林中伸头探脑,被我们发现抓了起来。经初步讯问,此人说他是你的老乡,特地前来给你送点吃的东西！"

"给我送点吃的?"路春听了十分惊讶,忙对手下人说:"你们退下！"

两个士兵立即松了手,转身离开房间出门了,莫连长未动。

莫连长说:"这个布包是这个人背在身上的,很沉,所以他跑不快,被我们抓住了,他好像不是本地人,在他的身上没有搜到枪。"

路春走上前去,查看布袋,这是一个很大的带有背带的深棕色的布包。路春打开了布包,里面装满了压得很紧的煎饼,上面还有几个馍馍、一只烤鸡。天气很冷,他在外时间大概也已经很久了,这一袋食物被冻得如钢铁一样的坚硬。

路春师长对莫连长说:"你把这袋食物送到炊事班,热一热,让大家都能分点吃吧！"

莫连长连忙举手敬礼:"是！谢谢师座！"

说完,莫连长提着布包快步离去。

房间里没有外人了,路春师长这时走近来人,他用力地扯下头套,第一眼,他就认出此人是他的大弟路夏。

"大哥!"路夏被取下了头套,他看见了路春立即大声地叫了一声。

路春急忙摆了一下手,然后走到房门口开门看了一下。还好,他看见两位岗哨站的位置离房门很远,他们应该没有听到。

路春回身进门,走到路夏面前站住,狠狠地说:"你怎么又来啦?你还有脸再来见我!"

路夏双手抱拳,站在桌边说:"大哥,你听我说!"

"我不听!"路春吼了一声。

路春转身离开了放图的木桌,他很气愤。他想起多年前,他念及兄弟之情,收留了这个前来投奔他的兄弟,放在身边做了机要秘书,没想到,这个亲兄弟却是个共产党派过来的间谍!在他身边三年的时间里,路夏利用机要秘书这个重要岗位,偷走了他的许多重要情报,致使国民党军多次蒙受了巨大的军事损失。后来,在事情即将败露时,这个兄弟才匆匆地逃走了。

想到此,路春气愤地又回身抓住路夏的双肩用力地晃动:"你这个没良心的!你还敢再来找我,当年如不是你害了我,我早就是个军长了,也不至于革命了许多年,到现在还只是个师长窝在这里等死!"

路夏连忙解释:"大哥,我这次就是来救你出去的!我现在也是一个团的政委了。这次真是凑巧了,我们团就布防在你们师的南侧,为了尽量减少开战后你们部队官兵的伤亡,我们师原来准备派另外一位干部来做你们的思想工作。我获知新编六十四师师长是你,就主动冒着生命的危险,向我军领导要求前来执行这项任务。我来你这里,就是想救大哥你及你的士兵们出去的。刚才你的那个连长,真凶!差一点就崩了我,我现在是扛着性命来救你的啊!"

路春气愤地说:"救我?你真是无耻!好了,这下子你们马上就要胜利了,我们马上就要完蛋了,你该高兴了!"

路夏说:"哥,话不能这么说,这场战争是蒋介石逼着我们打的,他企图把共产党消灭掉,却搬起石头砸了自己的脚,我不指责你,也不埋怨你。这次我奉上级的指示,前来联系,只要你两三天内在你驻地的这一块地方竖起一面彩色的信号旗子,我军总攻时就放过你控制的这一片地区,认定你们为起义部队。到时我们看到了信号旗后将会再次派人前来与你们具体联系!"

路春听了大怒:"你让我投降,让我起义?做梦去吧!我是黄埔二期的学生!我在国民革命军中从黄埔读书起干到现在,如不是前些年你潜伏在我的身边害了我,我早就应该是军长或者是兵团司令了。"

路夏说:"大哥,你不要再吹嘘这些了。我军很快就要发动全面进攻了,你们现在已经断粮许多天了,还能撑多久?你赶快与你的杜司令一刀两断吧!"

路春听了更加大怒,猛地一拍桌子:"路夏,你知道吗?杜司令、宋师长一直待我如弟兄。上次你逃走,如果不是宋师长放我一马,没有追究,我的性命都很危险,你真是害我!你不要再说了,赶快趁现在天还未亮滚吧,回你们的共产党那边去!从此,我们兄弟再也不要相见了。我是你的大哥,我念及父母的情面,今天饶你不死!你滚!你滚吧!"

路春越说越气,他用力地拍了一下木桌面,然后拉开了房门,对门外的哨兵大声喊:"去!让何参谋长来一下!"

"是!"一位哨兵听到命令后跑步去了不远处的另一间房屋。

路夏见状,赶紧再次劝说:"哥,你赶快跑吧,赶快跟我一起走吧。"

路春说:"跑?我往哪里跑!这里到处都是兵!几十万人挤在这么小的一块地方,都变成罐头盒中的沙丁鱼了,如何跑得了?再说,在这最后时刻,我作为一个从黄埔出来的军人,我也不能干这种缺德的事!这会毁了我一生的名誉,让后人指我的脊梁骨!"

路夏急促地问:"那大嫂呢?孩子呢?"

路春听了双眼红了:"我已安排她们去了上海。"

路夏连忙又说:"我劝你还是赶快与杜长官一刀两断,你带着你的部下马上跟我一起行动!哥,难道你作为师长,还不知道?最近,你们已有好几个师的官兵都已纷纷率部起义了,这种大事,你难道还不知道?哥,已有好几批官兵都起义了,你要向他们学习,这将挽回许多士兵的生命啊!"

"起义"这两个字,像一盏亮灯,在路春心中忽闪掠过,但他迅速地否定。

正说着,何参谋长却已走进了屋,说:"师座!你找我?"说完,何参谋长望了一下站在桌边的人。路夏此时穿了一身深黑色的便服,昏暗的灯光下,何参谋长还是认出了路夏。

路春有点后悔刚才自己过于激动喊了何参谋长,现在他只好转身对何参谋长说:"这个人是谁,你肯定已认出来了,他刚才好意特地给我送来一些吃的东西。他现在要走,麻烦你送他一程,你把他送到安全地带后就让他一个人走。"

何参谋长跟在路春身后许多年,他是路春一直带着并一手提拔起来的,路春很相信他,路春现在还不忍心让自己的亲兄弟路夏死在自己的面前。这次路夏冒着危险前来,是为了救他及他的部队出去,为了防止被外人知道,路春决定把放路夏走的任务交给何参谋长。

路春仔细想好以后又对何参谋长说:"你送他走吧,出村前给他戴上头套,路上小心点,注意安全,他是谁,你知道!"

何参谋长说:"是的!师座,我知道他是谁。"

路春又叮嘱了一句。

战争打到了这种地步,何参谋长是个聪明人,他一看来人及师长的安排态度,立即就明白了是怎么回事。何参谋长知道路夏此时来此地是来做说客的,他肯定是来对师长进行劝降或者是劝说起义的,而师长不想起义,不想投降,也不想杀他。

何参谋长走到路夏跟前温和地说:"走吧,我送你出去。"

路夏站着不动,他还不想走,自己冒着生命危险而来,不能空手而归!

路春拉下了脸:"你走吧,不要再说了,走吧!"

路春说完,何参谋长推了一下路夏,两人出了门。

出了师部小院后,何参谋长带了一个卫兵给路夏又戴上了头套。黑夜中三个人推推搡搡地出了村,出村后何参谋长立即扯下了路夏的头套,三个人又往前走了很长的一段路,黑暗中路上的房屋阴影较前明显地稀少了。何参谋长停下了脚步,他对路夏说:"我们师长与你关系不一般,他让我送你到这儿,这一带双方都没有布防,比较安全。你趁天还未亮,赶快走,路上要小心。前面还有其他的部队,你要小心地通过,要不了几天,双方就要进行大决战了,是死是活,谁都不知道!"

何参谋长与卫兵停住了脚步。

路夏也停止了脚步,他向四周望了一眼。天就要亮了,远处地平线已呈现出一片鱼肚白样的天空,路夏说:"谢谢你,谢谢何参谋长!你肯定已经知道我是谁了。我现在在一个团担任政委工作,我的团正巧就布防在你们师的南侧,所以我冒着生命危险想来努力争取一下。几天后将会有无数的大炮同时轰鸣,你们几十万人挤在这么狭小的一块地方,到那时,那场景真是令人不敢想象啊!希望你再劝劝我哥哥,挂上信号旗,这样能够挽救许多士兵的生命啊!"

路夏还是比较年轻,他想得太天真了。为了尽量减少被围住的密集的国民党士兵在开战后的伤亡,上级领导指示,让部队设法多做做被围住的国民党官兵们的思想工作,鼓励他们多起义、多倒戈、多投诚。已有好几批国民党官兵都成功地起义了,当路夏知道路春的部队就布防在自己部队北侧时,他动了想去劝说路春起义的念头。他认为路春抗战期间,打日本鬼子打得那么好,他应该是能够被自己说服。所以,路夏主动要求冒险亲自前来努力一试,上级领导考虑以后同意了他的要求。

可是,何参谋长听完后却深深地叹了一口气说:"你走吧。谢谢你的好意,很难办啊!你不了解你哥哥,你的哥哥很顽固,他自恃自己黄埔毕业,你说的那条路,他不会走,我们只能听天由命了。"

路夏不死心地又说一句:"我走了,参谋长,请你再劝劝我哥哥吧,这会挽救许多人的生命啊!"说完这句话,路夏转身闪入路边的树林中。

天色已逐渐微明,淡淡的晨曦中,何参谋长站在路边,他一直看着路夏消失在不远处的树林中,随后,他与卫兵转身往回走。身边的士兵插问:"这人是师长的弟弟?"

何参谋长立即制止说:"不知道!回去不要乱说!要保密!"

士兵立即回答:"是!参谋长。"

何参谋长领着士兵向师部走去,他要去向路师长复命。

何参谋长独自走进师座的农屋,室内的灯正亮着,他推开门,看见路春师长正靠在躺椅上,他没有入睡,忙喊了一声:"师座!"

路春抬起身问:"送走啦?"

何参谋长:"平安送走了。"

路春又问:"送了多远?"

何参谋长说:"我们一直把他送出了我师的防区,又往前送了一里多路,不过前面还有一段路是宋师长新编六十三师的防区,有点危险,不知后面的情况如何。"

路春说:"那也没有办法。这么危险的时刻,他还跑来看我,唉!"路春深深地叹了一口气。

何参谋长忙安慰说:"新编六十三师的防区离我们这一侧只有半里多路,我想不会出现问题。那人最后还要求我带话给你,希望你能……"

路春立即制止说:"我知道了,不用再说了,你回去吧,这事不要告诉任何人。"

何参谋长:"我知道,我不说,我走了。"

说完,何参谋长转身开门离开。

路春躺倒在躺椅上。他长叹一声,这一夜,他一直未睡,他的双眼直直地望着这栋草屋的房顶,心中一直想着刚才路夏说的话,他有点后悔,自己处理这件事时情绪太激动,做决定太匆忙,太草率,一个好机会失去了。不过,路春在心中为自己辩护:我从黄埔毕业,从军二十多年了,作为一名职业军人,背叛是可耻的!路春心中烦乱。窗外的天空渐渐地透亮起来了,又是一个晴天。

路夏与何参谋长分手后,他快步进入一片小树林。天快要大亮了,这次路夏自告奋勇地前来做大哥的工作,是想利用亲情给大哥及他的士兵们指一条光明之路,挽救他们的生命。却没想到,大哥路春如此执迷不悟,坚决要与人民为敌顽抗到底,致使路夏空手而归。这次行动失败了,路夏心中十分难过,也十分担忧。他在心中默默地检查自己哪个环节出了问题。

天渐渐地透亮起来了,路夏快步穿过这片小树林后,发现小树林的边缘是一大片开阔的农田,隆冬季节,地上的庄稼已全部被收割干净,路夏十分担心这片开阔地。在这片田地的边缘有一个小小的村庄,在这个小村庄中,驻有杜聿明的另一个师,新编六十三师。

"赶快走,趁天还未完全大亮!通过这片开阔地后就安全了。"路夏自言自语。

说完,路夏快步冲出小树林,他迅速地进入一道田埂的边缘,伏在那儿向四周观看。

在淡淡的晨曦中,不远处的小村庄显得十分宁静。路夏知道,此时,在这个村庄许多隐蔽的地方一定有许多观察暗哨。路夏顺着田埂的边缘又向前爬行了一段路,在运动的过程中,他没有看到一个哨兵,在村庄的外围也没有见到其他巡逻的士兵。

突然,路夏在一栋农屋门前隐约见到两辆车,仔细一看,是两辆军用吉普。路夏由此判断出这栋农屋很可能就是新编六十三师部队的师级指挥部驻地。路夏再次仔细地观看,他发现村边有一些军人在移动。

路夏又在地上爬行前进了一段路,只剩下最后不到一百米的庄前平地了。怎么办呢?这段庄前平地无遮无挡,很危险。路夏这时想起昨天护送他过来的两位战友,不知他们是否已经返回部队。由于难以对行动的结果进行预测,路夏没有与自己的战友约定,周围有几十万国民党部队,为了安全,昨天晚上路夏让两位战友先行撤离了。也许他俩还等在前面的树林中?危险之中路夏胡思乱想,他有点后悔昨天晚上未安排两位战友在附近林中等他。想了好一会,路夏咬了咬牙,决定冒险趁天还未完全大亮冲过去。

说干就干,路夏弯着腰在雪地里开始了快速奔跑。

清晨,雪地里一个奔跑的黑色人影,那是多么醒目啊!

突然,"砰,砰!"路夏听到了两声清脆的枪响,接着,他感到前胸被重重一击。路夏倒下了,他摸了一下,有鲜红的血液从他的胸部涌了出来。

血流满地,路夏躺在地上,他用手压住自己的伤口。这时,他仰望着天空,却已经不能再行动了,灰色的天空渐渐地清亮起来了,天气很冷,前些日子下的积雪还未开始融化。

路夏感到了头昏,他已无力再移动一下身体,蒙眬中他想起了自己的妻子欧阳芳草,欧阳此时正挺着大肚子在干什么呢?她已怀孕七个多月了,前些日子,路夏还给欧阳写了一封信,告诉她,大战即将开始,打胜这一仗后,全国即将解放了。他告诉妻子,未来出生的孩子如果是男孩,就起名路解放,如果是女孩,那就叫路光辉。可惜因为太忙,路夏的这封家信他还未来得及寄出去,此刻正珍藏在路夏的内衣口袋中。

路夏躺在麦田的雪地里,他感到头越来越昏,渐渐地看不清天空了。而这时路夏却意外地看见了心爱的妻子欧阳芳草,她穿着白大衣,腹部已明显地隆起,她端着一个注射用的白色半月形小瓷盆正向自己走来……路夏激动地想要迎上去,他挣扎着并用力地大声喊了一句:"欧阳!你要小心!我爱你!"因为用力,路夏胸前的血液又一次汹涌地喷出,在白雪的映衬下,这摊鲜血显得格外地鲜红。

半个小时后,新编六十三师的一位参谋得到了士兵汇报的消息,带着两个士兵赶到了现场,此时路夏已经没有了呼吸。他们三人检查了这位越境者的全身,在他的身上没有发现枪,也没有子弹,只有一封浸透了血液放在内衣口袋中还未发出的家信。

这位参谋看了信,他确定了这位企图穿越村前这片开阔地的是一位共产党分子。他来此地干什么?大战在即,他感到需要立即把这件事向他师长汇报。

这位参谋把这件事分析清楚后,站在麦地里又想了一会,然后他对两位士兵说:"这位越境者是个共产党分子,你俩把他拖到那边的树林里埋了吧,免得让野狗啃了,你们在坟堆上做个明显的标记,也方便他们的人以后能够找到他。唉!马上就要开战了啊!要死许多的人。"

说完,这位参谋向师部走去。

因为不断地有一些零散的部队官兵起义投向了共产党军队。两天后,得到了汇报的杜聿明十分不放心自己防区南侧的军事防务,他亲自带了两名副官来到路春的驻地。

一辆军用吉普车急速驶进新编六十四师的师部驻地,停在一栋草房门前。听见吉普车的刹车声,路春迎出了门,他看见总司令来了。路春急忙举手敬礼,杜聿明也举手回礼,然后两人向农屋内走去,两位副官也跟随其后。

"杜司令,你怎么来啦?"路春师长首先开口。

杜聿明面无表情地说:"听说前两天这一带也有新四军分子渗透进来了,我们的士兵在麦田里还击毙了一位共产党。我不放心这一带的防务,特地来看看。"

路春听到杜司令的话,心中咯噔了一下。他立即想到,那位被击毙的共产党是否就是自己的弟弟,路春不便深问,振作了精神亲自给杜长官倒了一杯开水,杜司令的两位副官站在了师部房间的门外。

路春汇报说:"司令,我这儿目前一切都还好,就是所有吃的都已经快没有了,我安排大家每天再减少一点分量,以争取情况改善。"

杜聿明说:"路师长,情况改善很难了,实话告诉你,周围已经被共产党军队围得如铁桶一样,插翅也难以逃脱了,就等着大结局吧!"

杜司令长官的语音低沉,他神情严肃,在室内慢慢地踱步转了一下,又低头看了一下桌上的地图。杜长官是位作战经验十分丰富的高级中将,最后的大决战虽然还未开始,他却早就已经知道了最后的结局。作为一位职业军人,杜聿明目前想的、就是不能允许自己部下叛变的行为再次发生。

杜聿明在室内走了一会后,在桌边的一张椅子上坐下,他喝了一口水,抬起头来关心地问路春:"你的夫人及孩子现在哪里?都安排好了吗?"

路春回答说:"谢谢司令长官的关心。我有一位姨妹家在宁波,所以前些日子,部队动身前,我让我的老婆带着孩子去了上海,她们目前应该还安全。"

路春跟在杜聿明身后也已有几年了,他们两人私下之间相互印象不错,所以路春实话实说了。

杜聿明听了,双手拍了一下膝盖,站了起来说:"你把家中安排好了,这样很好,以免牵挂。我们已经完了,现在我们插翅都难以飞出去了。"

路春说:"司座,这几天一点动静都没有!"

杜聿明平静地说:"这是大战前的宁静!共产党军队有意识地对我们围而不攻,他们已经估计到我们的粮食已经快吃完了,知道我们的部队撑不了多久了。他们现在就是在静等我们的士兵投过去,这样可以少死一些人。所以,我来你处看看,我不允许我的部队在最后的开战之前就发生内乱!"

路春连忙说:"司令,你放心,我不会离开你的。这些年我们在一起打过多少场恶仗啊!"顿时,路春面前浮现出自己与日本鬼子的几次血腥战斗,他说:"军人嘛,就是要战死在战场!我们要死就在一块死,要活就在一块活!"

杜聿明听了路春的话,很感动,此时他又想到了最后的结局,他的双眼顿时红了。说:"好!听了你的这句话,你这一块地方,我放心了。要是以前大家都能如你路师长这样地想,我们今天也不至于会变成现在的这个样子。"

杜聿明边说边向房门走去。

路春挽留:"司座,留下来吃饭吧,我还留有一些罐头!……"

杜聿明说:"不了,我来你处看看,来了我就放心了,我还要到另外的几个地方去转转。"

"那好,司座慢走,我就不送了!"路春说。

两人在门外互相举手敬礼,杜聿明率领两位副官钻进了汽车,汽车向另外一处防地驶去。

回到了房间,路春顿时跌坐在椅子上。他立即想起刚才杜长官说的,前面防地麦田里打死了一名共产党之事。路春怀疑,那名被打死的共产党很可能就是自己的弟弟路夏。

路春深深地叹了一口气,他拿起了电话,正在别处察看军情的何参谋长接到电话后立即赶到了。

路春见何参谋长到了,也不隐瞒直接问:"前天早上,我让你送走的我的那位亲戚,你送到了什么地方?"

何参谋长说:"我们出了村,我就把那人的头套拿掉了。我们一直把他送出了我们的防地,当时我们还交谈了一会,并告诉了他离开的路线,我们分手时他很平安。"

路春说:"刚才兵团的杜司令来我处察看了,说前天早晨在新编六十三师宋师长的防区麦田中打死了一名共产党!也不知是不是我的那位亲戚。"

何参谋长吃惊地说:"啊!那不晓得,很难说。新编六十三师驻地离新四军阵地之间有一片开阔地,是麦田!现在麦子割了,地上到处都是雪,人会很显眼,很易被发现。"

路春立即说:"啊!开阔地!是麦田!你走吧,我知道了。"说完,路春往后一仰,靠在椅子上沉默不语。

何参谋长没有再说话,他转身离去。

第十七章　没想到,许多国民党高官在此地相会

四天后。

1949年元月6日下午四时。

窝住在村中小茅屋内的路春师长突然听到四周响起了猛烈的炮火声。这是共产党军队在万炮齐发！无数的炮弹正从远处密集地起飞。共产党军队在围而不打许多天后,终于发动了最后的总攻。路春趴在地图上观看,何参谋长急促地冲进来说:"报告师座,解放军的总攻开始了！"

路春与何参谋长赶到另一间茅屋中,那儿是电讯室,正在值班的几位报务员正在忙碌地接听电话。

路春进了电讯室,立即打电话询问自己防区几个团的防务及战况……

通信兵接通了李团长的电话,只听见电话中炮声连天,震耳欲聋,好不容易才听清李团长急促的话语:"师座,师座！解放军的炮火太猛烈了,团部的房子已被炮弹命中,屋顶被掀掉了一半！"

路春在电话中命令:"李团长,现在解放军炮火很猛,你要赶快安排士兵们进战壕中避一避。炮轰以后,解放军很可能在今天夜

间或者是明天清晨就要发动步兵进攻了,他们会从哪个方向首先攻击,目前还不太清楚,你们要多加小心,要尽量减少伤亡。"

打完几个电话以后,何参谋长把路春拉出了电讯室悄悄地说:"师座,我跟在你身边许多年了,我不把你当外人。解放军开始总攻了,从他们以前作战进攻的规律看,我们的军队顶不了多少时间,虽然我们部队的人很多,但很快就会土崩瓦解。我建议我俩今天晚上或者是明晚乘乱时就离开这里吧!"

路春听了,厉声地说:"决战才刚刚开始,你怎么说这话?"

何参谋长急得弯下身在路春身边低声地说:"师座,不瞒你说,我们马上就要全部完蛋了。我们的士兵饿了这么多天,现在每天晚上都有一些班、排级干部偷偷地带领一些士兵从前面的那个小树林穿过去,去找围住他们的解放军要点饭吃,去找周围的老百姓讨点吃的,许多人去了都不回来了,有时一夜要跑走好几批人呢。我们的许多士兵饿得连路都走不动了,哪里还能与解放军去作战啊!人饿得一推就倒了,哪里还能去抵抗那排山倒海的解放军?师座,我们快走吧!"

路春说:"我知道你说的这些情况,士兵们去要点吃的,就让他们去吧,睁一只眼闭一只眼吧,都已经到最后了! 走,我也正在考虑这个问题。顶,我们是顶不了多久的。不走,我们很快就会变成解放军的俘虏。"

何参谋长继续鼓动说:"我们已经坚持到现在,也算是对得起党国了。等解放军步兵开始进攻时,我们逆方向而动,乘人员混乱夜间看不清,我们也许能逃得出去。"

路春松口说:"那好,你做点准备吧。我们明天晚上就可以考虑动身,你带点水和食物,准备好换的衣服。"路春同意了何参谋长的建议。

猛烈密集的炮声终于停止了,接着,路春听到了远处出现了如炒豆子般密集的枪击声,路春知道共产党的步兵攻势开始了。不过,听这枪声,共产党步兵攻击的战场离他们师部的防区还有不少路。

路春与何参谋长急忙返回师部驻地,两人研究了一会地图,路春说:"解放军刚刚进行炮击,双方短兵相接必在其后,天马上就要黑了,明天清晨到我们几个团的前沿阵地去看看战况及布防。"

路春作为一个职业军人,他担心自己此时就率先逃离战场会被部下及士兵们指责和嘲笑,以后无颜再相见,他决定暂时缓一缓,看看战况再说。

何参谋长说:"我马上去安排。"

第二天天刚亮,刚刚平息不久的炮声又起。路春、何参谋长一行人驱车来到洪团长阵地。这一带地势平坦,洪团长在他所控制的几个小村庄之间挖了几条壕沟并在平地上用木板搭建了一些掩体、筑了一些坑道。在一个小土丘边,路春找到了洪团长的临时指挥部。

洪团长满脸泥土,见师长一行人到达,立即举手敬礼:"报告师座!我团士兵正严阵以待。"

洪团长跟在路春后面已有很多年,他很忠诚。路春立即举手还礼并关心地问:"这么冷,你们不住村里,住野外?"

洪团长说:"白天不能住村子里,村子是炮弹的目标,很危险。听炮声,解放军目前主要的攻击点仍在我们阵地的东北方向,目前还很远。"

路春说:"我们有好几个机械化师都是新的美式装备,他们挡在我们的前面,也许还能为我们抵挡一阵子。走,我们到前沿阵地看看。"

沿着已经挖好的纵横交错的壕沟,路春一行人来到洪团长防区的最前沿阵地。壕沟内及一些掩体中聚集着许多士兵,天气很冷。士兵们有的戴钢盔,有的没戴,他们都缩在一起躲着寒风。路春问洪团长:"干粮还有吗?"

洪团长说:"很少了,前几天我们抢到了两大包空投食品,还能对付几天。"

路春说:"到最后了,这两天给弟兄们多发一点吧,好让他们也有力气拼一下!"

洪团长说:"是!"

路春走到了一条横行的壕沟前,何参谋长递上了望远镜。镜头中只见远处硝烟弥漫,不断地有密集的炮弹火光闪过。路春仔细地移动镜头观察寻找,忽然他在镜头中看到了一批如潮水一样奔涌而来的灰黄色的解放军身影。观察之中,路春感到在阵地的西北方向也响起了密集的迫击炮声和手榴弹的爆炸声,远处的火光浓烟骤起。路春对何参谋长说:"解放军又展开了一次新的攻击,他们的攻势太猛了,我们的机械化部队挤在这么狭小的地方,作战能力施展不开,恐怕都会成了为解放军的活靶子!在这种状态下,我们的部队是抵挡不了多久的。"

路春把望远镜递给何参谋长,对洪团长说:"解放军向我师防区开炮时,要让兄弟们进掩体和坑道中躲一下。解放军步兵开始进攻时,你可以见机行事,自主决定,要尽量减少兄弟们的伤亡。我们还要到李团长等几个防区去看一下。"

说完,路春与何参谋长一行人转身离去。

连续察看了几个团部的布防后,路春回到了自己的师部。他正在奇怪自己的防区南侧为什么还没有较大的动静,突然路春又听到了一阵密集的炮火声。这次炮声很近,何参谋长快步跑进来汇报说:"解放军开始攻击宋师长的新六十三师防区了。"

路春说:"我们师的谢团长部队突入在宋师长的防区之中,赶快打电话问一下。"

两人正在商谈,一位参谋快步进来报告:"报告师座!谢团长打来电话,请求增援!"

路春立即站起来说:"增援?哪有增援!"

说完,路春与何参谋长赶往电讯室,接通了谢团长的电话。电话中全是炮声、机枪声、手榴弹爆炸声,震耳欲聋。路春大声喊:"谢团长,谢团长!"没有回声,却听到了一片呐喊声:"缴枪不杀!缴枪不杀!举起手来!"

路春放下了电话,他叹了一口气:"谢团长团部肯定已被解放军攻占了,这么快就完了!"

天快黑时,路春在师部召集何参谋长、副师长刘欣及几位参谋商议,路春说:"解放军已经突破了宋师长的防线,明天很可能就要轮到我们了,我们师部没有战斗力,我和何参谋长准备向洪团长的防区靠拢。刘师长,明天天亮后,如情况不好,你率领师部其他人员也向李团长靠拢吧,我们师的这两个团目前还比较安全,修筑的工事也比较坚固。"

副师长刘欣是该师组建时上级安排下来的,路春不太信任他。刘欣听到路春如此安排,立即明白路春此时想甩掉自己,他在心中狠狠地骂了一句:"哼!现在就想甩掉我,就想跑?你们也未必能够跑得出去!"

可是,刘欣在口中还是回应了一句:"好!就这样,我马上安排。"刘欣迅速地想好了,他决定马上也进行自己的一些准备。

全部安排好以后,路春挥了一下手说:"大家分头行动吧。"

天完全黑下来后,何参谋长率领一名警卫和一名司机开了一辆中吉普过来了。路春知道何参谋长已经准备好了,他上了车,几个人开车向村外东边的一条土路奔去。车行两里多路,前方出现了一大排举着火把的人,路春闷声说:"冲过去!"

警卫和何参谋长立即站起来,上身伸出窗外,两把自动步枪一阵乱射,举火把的人群立即向两侧避开并开枪回击,车冲过去了,那名警卫上臂却中弹了,他受伤靠在车内。又有一个巨大的炮弹闪着红光落在了车前,已经身处双方近距离交战的前线了,车行不久,前方又出现了一大排打着火把的队伍。路春说:"我们下车吧,车子目标太大,走不掉的。"

司机把车开到土路边的树林,几个人下了车,何参谋长拿出一个小包及一卷绷带递给警卫说:"赶快把手臂上的伤口包扎一下吧,我们已经失败了,你俩逃命去吧。这包里还有些饼干,你们小心地穿过前面的那片树林,出了树林就是解放军防区,要注意小心通过,祝你们顺利成功。"

这名警卫和司机望着路春说:"师座,我俩保护你,我们一块走!"

何参谋长说:"你俩快走吧,人多目标大,走不掉!我们也要步行,分开方便得多。"

说完,何参谋长挥手命令:"你俩快走!"

黑暗中,警卫和司机知道不走不行了,他俩举手敬礼说:"谢谢师长,谢谢参谋长!"

说完,他俩迅速向林中奔去。

警卫和司机走后,何参谋长与路春迅速在路边换上一套士兵服装,进入土路对面的另一片小树林中。在林中匆忙地跑了一段路后,他俩伏在一棵大树后面仔细观看。夜色中,他俩发现这片树林中已有不少人影在晃动。路春明白,那是与自己有着同样想法的一些官兵已在行动,大家都开始逃命了!

出了树林,又是一片开阔地,其间有一条乡村土路,越过这条土路,就是解放军的防区,最难通过。何参谋长看见前方又有一支队伍打着火把走过来了,来的这批人走得很快,路春和何参谋长急忙伏在路边观看,火光中他们辨认出是一队穿着黄色军装的解放军。

何参谋长拉着路春伏在地上未动,等这队人走过去以后,何参谋长说:"我们快走!"说完,两人顺着乡村土路开始逆方向狂奔。

刚跑了没多远,突然,前方又有一束手电筒光线射过来,并有人大声地喊:"什么人?站住!"路春吓得与何参谋长两人只好又掉转方向更加拼命地狂奔。

"砰,砰!"后面的枪声响了。

大概是因为听到了枪声,刚才已经走过去的共产党军队立即又折返了回来,在两支急速靠近的共产党军队夹击下,路春和何参谋长已无路可逃,他俩转身向不远处的树林中跑去。

有一束手电筒的光线直接地射到路春的身上,并有人在大声地喊叫:"举起手来,缴枪不杀!"

"不投降,我们就开枪了!"同时又有一个人也在大声地喊。

路春和何参谋长乖乖地举起了手。

路春此时长长地松了一口气,心想:"唉,此时做俘虏就做俘虏吧,这样也可以免得再奔波了。"

黑暗中,路春和何参谋长举着手不敢乱动,他们知道,一动就会有子弹飞过来。有两只火把靠近了,两位解放军上来把路春及何参谋长的身上搜了一遍,未发现武器,一位解放军就对身边的另一位解放军说:"报告排长,这两名国民党兵身上未发现武器!"

听到士兵报告后,这位排长问:"你们是国民党哪支部队的?是什么职务?"

何参谋长听见问话,立即抢先回答:"我们是新编六十四师的,都是普通的士兵,饿得实在受不了,也不想再与你们解放军打仗了,所以我们就跑出来了。我们都知道你们解放军优待俘虏,今晚碰到你们,好,我们就不用再饿肚子了。"

排长听了何参谋长的话,立即安排说:"张班长,你带领四个战士,打一个火把,把这两个人先押回去吧,我领其他的战士继续前进。你们可以从旁边这片小树林直接插进去,出树林往前面走半里地,就是梁庄,那儿就是我军的地盘了。"

"是!"张班长立正敬礼。

接着从队列中出来四个战士。有两个战士用力地推了一下路春及何参谋长说:"二位,请吧!"

289

说完,四位解放军举着火把把路春及何参谋长围在中间。他们向左侧的树林走去。

这片小树林不宽,走进去不久,就穿了出去。面前是一片开阔的田野,七个人从田野中穿过去。忽然,路春和何参谋长看见前面不远的地方又出现一大队人,也举着两只火把,与他们平行地往前走。

张班长对一位战士说:"那边好像也是我们的人,他们的人不少,肯定也是送俘虏到梁庄的。"

这时身边押送路春的一位解放军战士训斥路春说:"你看看,你们的破烂部队,昨天傍晚战斗才刚刚开始,就有许多人在逃跑,所以你们必然失败了!"

何参谋长听了,忙在旁边接话说:"我们的士兵一周多都没有吃饭了,每天只有几块饼干,怎么能打仗啊!"

"走,快走!"张班长大声地呵斥。

梁庄离前线很近,路春感觉到只走了一里多地,就到了。这儿已是解放军的地盘,只见庄内有许多火把及汽油灯,地面上已经坐了许多人。路春定睛一看,全是国民党兵,这些兵大概都是逃出来后又被共产党抓获的俘虏。他长叹一声,知道自己也即将与他们坐在一起,成为这群俘虏中间的一员。

夜渐深了,远处的枪声、隐约的呐喊声逐渐地平息了,第二波次的战斗已经结束了。

路春和何参谋长被带进一个院子,在昏暗的马灯光线下,路春看见在这个院子中间的空地上也已经坐了许多国民党军的俘虏,有好几位解放军战士站在这群俘虏周围看管着他们。

张班长对路春及何参谋长说:"你俩就先在这院子中坐一下吧,一会有人给你们送些吃的。不许乱跑!其他的事等天亮以后再说。"

天终于亮了。

路春和何参谋长背靠着背在地上坐了一夜。不一会,他俩又听见许多炮声在远处响起。何参谋长静静地听了一会悄悄地对路春说:"炮声已经靠近了,估计战斗已经接近我们的防区了,不知道他们怎么样了。"

路春没有回答,也没有出声。他用眼睛扫了一下坐在附近的其他的国民党军俘虏,还好,他没有发现什么熟人。

太阳出来了,有几个解放军战士抬了一大桶稀饭及一些碗筷还有一筐馍进到院子里。一位解放军干部站在院子中间说:"都起来,都起来!天气很冷,你们也冻了一夜,大家先吃点稀饭、大馍,暖一暖。你们先把队伍排好,依次发放。"

听说发吃的了,地上的国民党俘虏兵一下子全站了起来,并向稀饭桶靠近。两位解放军战士在两侧维持着秩序,让大家依次排队领取。

路春与何参谋长紧挨着排在一起,两人各领了一碗稀饭、两个馍馍后,蹲在地上一起吃起来。就在他俩吃饭的这短暂的时间里,路春看到又有几十个俘虏被带进了这个大院子中。

这个大院子内已经人满为患了。

大概是为了把俘虏进行分流,刚吃完饭,全体俘虏就被分排成三行,分别进入三间农屋进行审问及登记。

291

路春与何参谋长又站在一起,何参谋长首先被叫进了屋,接着路春也被叫了进去。

室内有两张桌子,正中间的一张桌前放有一把椅子。一位长官模样的解放军对路春说:"我们要问你一些情况,希望你老老实实地回答,不可撒谎!如被我们查出来,就要给予处罚。不管你以前在国民党部队中是干什么工作的,你都要老老实实地说真话。"

这位军官开始问话了:"你叫什么名字?"

路春说:"我姓陆,名陆群。"路春按以前与何参谋长约好地应对措施,他报了个假名字,但音相近,以方便将来需要时可以乱扯改口。

"做什么工作的?"解放军长官又问,在室内旁边的另一张桌子上也有一位解放军同时在记录。

"我是个普通的参谋。"路春又撒谎说。

"哪里人?"

"广东人。"路春知道乡音瞒不掉,这一点他说了真话。

"在什么部队任职?"

路春想了一下,说:"在新编六十四师部队工作。"此时,路春怕乱扯,现场解放军会找其他的俘虏进行指认,会罪加一等。今天是决战的第三天,路春估计自己的防区很可能还未被完全突破。

路春叹了一口气,他想起自己身为师长却与参谋长两人此时都不在前线,而躲在这里,部队的战斗状况肯定是一塌糊涂!路春很害怕在此地见到自己部队中被俘虏的士兵,那时,自己将会无地自容。

登记审问结束以后,所有的俘虏又被集中在一起。一位解放军领导对大家说:"等一会儿,我们还要把你们往后方送,现在这儿离前线太近,很不安全,此外,后面还有许多人要送进来。"

吃过中饭,路春和何参谋长与许多其他的俘虏一道被带出村庄,他们向离前线更远的后方走去。新的集结地是桃庄,离这儿有八里地。

桃庄比较大。国民党军俘虏们被分别安排在几个大院子及平房中,在这儿解放军将要对俘虏的身份进一步仔细甄别及分流。愿意参加解放军的士兵可以立即参军,愿意回家的可以领取路费,而被发现的一些国民党高级军官则必须留下来并向更远的后方运送集中。

一位解放军长官站在院子的上方对大家说:"我们解放军优待俘虏,讲话绝对算数!现在你们中间有谁愿意参加解放军的,可以举手!我们欢迎并立即吸收你们参加到我们的队伍中来。家中有困难的,想回家的,我们给你们每人发三块银圆,让你们回去,回去的人不可以再参加国民党的部队!"

听完解放军长官的训话,许多士兵立即举手要求参加解放军,他们兴高采烈地扯下帽子上的国民党军标记,排着队跟着带队的解放军走了。少数一些不愿意再参军的士兵则围在院子的另一处,他们在一张桌子边领取路费。路春和何参谋长站在旁边观察一段时间后,他俩互换了一个眼神,同时向发银圆的那张条桌走去。

路春指着何参谋长对发钱的解放军说:"解放军同志,我和他想领点钱回家,我们的父母年纪都已很大了,我们不想再打仗了,我们想回家乡了。"

293

一位站在桌旁监督发钱的解放军军官认真地盯着路春及何参谋长问:"你俩确实是个参谋?家在广东?"大概是发现路春与何参谋长不像是普通的参谋,这位解放军干部连连追问。

何参谋长说:"我们确实是个普通参谋。"

解放军军官不相信地说:"我看你俩不像是个普通的参谋。你俩必须找一个认识你们的人,证明了你们的身份后,我们才能放你们走!"

路春急了,说:"这儿没有人认识我们,我们找不到人证明我们,求求解放军长官放我们走吧。"

路春越急越是要露馅,这时站在旁边的另一位解放军,大概是位首长说话了:"没有人认识你俩,那很好,你们就等一等,后面肯定还会有认得你们的俘虏被送过来!"

说完,这位首长对站在桌边的另一位士兵说:"领这两位参谋到边上去,等有人认识他们时,你们才能让他们走。"

路春听了,心中咯噔了一下,他知道这下彻底完了,等回自己的大部队溃败下来,许多俘虏立即就会认出他俩的。

路春与何参谋长被带到院子的另一侧,他俩站在一块,无话可说。

随后,路春与何参谋长被安排在院中的另一间房内又待了一天。他俩一直注意听外面的枪声,枪声逐渐变稀疏了。路春知道这场大决战已经全部结束了,前后仅仅用了四天。

路春与何参谋长不安地向院外望去,只见密集的俘虏队伍被一些解放军押解着如潮水一样向后方拥去。这些俘虏因为来得太急又太多,这儿的解放军领导只好临时改变安排,把他们送往更远的后方村庄中。

路春顶不住了,他与何参谋长商量几句后,两人一同走到门口对一位士兵说:"请你向屋内的长官报告,我们还有事情要补充报告。"

士兵进屋内请示后,路春及何参谋长被请进了屋。

室内坐着刚才训斥他俩的那位解放军首长,路春进门时,他听到士兵在门口大声喊:"报告团长,这两个人带到了。"

团长面无表情地问路春、何参谋长说:"你俩还有什么话要说?"

路春说:"团长,我有些情况未向贵军说清楚,我再次补充:我是国民党新编六十四师师长叫路春,我是黄埔二期毕业的,他是我的参谋长叫何文义。前天我们说的话,有些不准确,我们现在特地向首长检讨。"

团长姓刘,说:"我看你俩就不像是个普通的参谋,还想混过去?我当了许多年的兵,与你们打了许多年的仗。我一眼就看出你俩在撒谎!好,坦白了就好!你们先出去休息吧,等我们分批进行安排。"

路春听了,连忙对刘团长说:"谢谢解放军首长!我们出去了。"说完,路春与何参谋长又回到大院子中,他俩找了一块地方坐了下来。

路春刚坐下没一会儿,他和何参谋长正在低声说话,走过来一位解放军战士对他俩说:"这两天我们这儿的人太多,团长已经给你俩安排在院外的一间民房中暂住,请你俩跟我走。"

路春和何参谋长站了起来,这位士兵领着他俩出了大院,走了几步,只见这个村庄的每一处有空的地方都站满了国民党俘虏以及看管他们的解放军战士。

路春和何参谋长两人此时都被面前的壮观场景深深地震撼了,他俩惊讶地瞪大了眼睛。路春深深地叹了一口气,对何参谋长说:"这是几十万的败兵啊!这个村庄到处都塞满了俘虏!"

解放军战士领路春两人转过一个屋角,进了一栋较小的房子,在这儿,门口也有两名解放军士兵在站岗。

解放军站岗的士兵挡住他们三个人问:"干什么的?"

陪同的解放军战士说:"这两位是国民党的高级军官,我们团长命令我先送他俩到这儿来。"

站岗的士兵说:"那请进。"

路春、何参谋长与这名解放军战士走进这个小院。小院四周由一大两小三间农屋围成。解放军战士走进中间的一间大屋对坐在桌边的一位解放军说:"报告!根据我们团长的安排,现有两名战俘移交给你们。"说完,这位解放军士兵向桌前的解放军干部递上了一张字条。

坐着的解放军干部看了字条后,站起来说:"好的,你回去吧。"

解放军战士听了,立即举手敬礼,转身离去。

接着这位解放军干部走到路春及何参谋长面前自我介绍说:"我姓杨,你们喊我杨连长就行了。请你俩到桌边来登记一下。"

路春和何参谋长在桌上的一个大本子上登记了自己的简单情况,并签上名字。

杨连长说:"这几天到的人太多,不容易安排,这两天晚上你俩就暂时住到对面的那间房中。里面已经有好几位你们的战友,你们先挤一挤,我们弄到了汽车,马上就会送你们到战犯管理所去,到了管理所,条件就好多了。"

说完,杨连长带了一位战士领路春与何参谋长向侧面的一间民房走去。

在这间民房门口,也站有两位解放军士兵。杨连长推开了房门,让他俩进去。路春进门后认出了里面两位国民党军官,他们都是师级干部。

路春由此明白了,国民党高级军官大概都被暂时关押在这个地方。

房内被一堵泥墙一分为二,里面一间有一个大炕,炕上还坐有另外两位战俘。看模样也是较高级的军官。

几位战俘见了面,互相对视了片刻,大家都没有作声,路春在外间的一个方桌边站住。

杨连长又重复了一句:"目前有点挤,有车子到,就马上送你们走,先克服几天吧。"

说完,杨连长转身走了出去,门口的哨兵立即把房门带上。

看见杨连长离开了,有一位路春认识的俘虏立即望向路春,看样子,他想与路春打招呼。虽然这名俘虏也换了装,路春刚才还是在一进门时就立即认出了他,此人是新编六十三师的宋敏师长,边上的另一位俘虏是新编六十三师的副师长。宋敏曾是路春的顶头上司,路春不知他俩如何也到这儿来了。路春此时心中仍十分害怕,他不愿意此时就与宋敏师长相认,以免给自己增加麻烦,路春仅淡淡地点了一下头,就向屋内的一个长条凳子走去。

路春和自己的参谋长默默地在室内坐下了,他知道,此时自己必须耐心,必须忍耐,以等待共产党的下一步安排。

正当路春、何文义被押在桃庄农屋中惶惶不可终日时,路春的妻子杜娟按照路春的安排带着孩子已经到达了上海。为了妻儿的安全,路春仔细思索后,在上前线时终于拿定了主意。他让妻子杜娟在紧急时一定要设法离开她的哥哥杜明辉,去住在上海的何文义妻子那。路春知道何文义对自己十分忠诚,动身前路春对杜娟说:"何文义参谋长的妻子叫唐虹,住在上海虹口区,她是昆山人,在老家还有房子。形势紧张时,你找个理由去上海找唐虹,暂时借住在她那儿,我已与何参谋长说好了,这样我们两家互相有个照应。在宁波,我还有个姨表妹,她的丈夫在宁波港工作。紧急时,你和唐虹也可以带着孩子向宁波方向转移,这样你们留下来或者去香港、去美国均十分方便。"说完,路春从口袋中掏出两处应急地点的详细地址及联系人姓名电话一并交给了杜娟。

路春出发后不久,杜娟便抓紧时间收拾了家中的一些重要物品,装了一些值钱的细软,与嫂嫂打了一声招呼,就带着孩子在唐虹家住下了。她俩很快就获知了徐蚌会战战败的消息,心中十分着急。在徐州附近进行的这场史无前例的大决战最后阶段的攻击,共产党军队仅仅用了四天,就全部结束了战事。当唐虹、杜娟获知这一情况时,两人深感国民党将要彻底地完蛋了。

几十万国民党军兵败如山倒的消息迅速传到了南京和上海。上海和南京城内一片惊慌、混乱。1月21日,蒋介石被迫因战败宣布引退下野,李宗仁接任了代总统一职,与中共开始进行和谈。

退到幕后的蒋介石回到了老家溪口,他只休息了几天,即开始忙于善后。他一方面紧盯着国共双方的和谈动向,另一方面抓紧经营台湾。

这天上午,杜明辉仍在南京军事委员会办公室中认真地转发几份军事文件,突然桌上的电话铃声响了,杜明辉拿起电话,电话中传来他的上司领导的声音:"是杜将军吧,请到我的办公室来一下。"

在上司的办公室中,领导召见了杜明辉,几句简单地寒暄后,两人谈话直奔主题,上司说:"杜将军,有一项重要的军事任务,需要你立即去执行。"

消息来得太突然,杜明辉有点紧张,他惊讶地问:"什么任务这么急?"

上司说:"杜将军,你的老师蒋校长,十分信任你这位学生,他指定要你前去台湾打前站,进行一些重要的军事方面的建设工作。现在,我们要为我们可能出现的最后结局进行一些准备工作了,准备迟了,恐怕会措手不及。"

杜明辉听了,又补问了一句:"什么时候走?"

上司说:"明天!最迟后天你要动身!"

杜明辉急了:"走得这么急,我还没有任何思想准备,国共双方不是还正在进行谈判吗?"

上司放缓了语气,踱到了沙发边并在杜明辉的身边坐下,他安慰杜明辉说:"杜兄,你还不知道吧,这次和谈不同以往,解放军已取得战场上的优势,因此现在共产党提出的条件十分苛刻,双方是很难谈得成功的。你想想,解放军势头迅猛,他们的攻势怎么可能会停得下来!解放军精明得很啦,我们中间的一些老朽,真是糊涂,还幻想着与共产党划江而治,这怎么可能谈得成功！目前共产党正在利用和谈这点短暂时间,抓紧进行渡江前的各项准备工作,现在解放军已在长江北岸沿线各地的许多小港、小河汊中聚集了大量的船只,解放军一旦准备好了,马上就会越过长江,所以现在南京已经危在旦夕！"

杜明辉望着上司的脸沉闷地附和说:"我知道南京无险可守。而且天气很快就要变暖了,江水马上就要大涨了。"杜明辉思索一会儿继续说,"估计解放军很可能会选择在江水大涨之前发动渡江之战,留给我们的时间确实是不多了。"

上司称赞说:"杜将军,你分析得很对,我们也是这么想的。不过,你也不必太过悲观,我们身边这道精心布置很久的长江天险防线,也许还能抵挡一段时间。"

杜明辉收敛了笑容,冷笑了一声说:"长江天险能抵挡解放军？这是哄小孩子的呢。我想问问,我这次执行任务的具体时间,什么时候回来,我也好有个安排。"

上司仍坐在沙发上,他侧着身子温和地与杜明辉说:"杜兄,这次你去台湾要做较长时间打算,你去那儿主要是协助陈诚长官等人安排好台湾军事方面的建设工作。陈诚长官早就去了台湾,现在台湾是他在主事,你到台湾报到后,会有人给你安排具体工作,国防部这次也安排有两位同志与你一道出发。"

杜明辉追问:"那我一时半会不能回来了？现在时局如此严峻,走得这么急,我的家眷怎么办呢？"

上司说:"台湾方面恐怕是暂时不会让你回来的,大陆形势现在这么紧张,你急着回来干什么？你今天回去以后抓紧时间把家中安排一下,你可以让你的家属随后也一块过去。让你的副官去安排一下吧,现在上海每天都有船到台湾,你去找他们办理一下手续就行了。"

上司站了起来继续说:"杜兄,放心吧,内部已有安排,团以上干部的家属都将撤到台湾,马上准备执行,这样也好让我们的将士可以放心地在前线与共产党军队作战。在南方,一些党和政府的行政机构也在进行最后撤退的准备工作。目前,我们大家都仍在共同努力,很希望局面能够有所好转。"

上司走到桌边,从桌上的一个公文包中取出命令,说:"杜将军,这是你的工作任命书,里面还有一些具体的行动安排细节,你回去慢慢地看吧。"说完,上司把文件袋递给了杜明辉。

杜明辉敬了一个军礼,然后双手接下了文件。

上司叮嘱:"你这次动身,对外就说是出差执行任务吧,不要让别人知道,我会安排其他的人接替你的工作,你回去准备一下吧。"

杜明辉听了,再次立正,举手又向上司敬了一个军礼表示感谢,然后转身离去。

杜明辉回到了自己的办公室,他在自己的椅子上呆呆地坐了好几分钟,深深地吐了一口气。军令如山,杜明辉没办法,他站起来打开了桌子上的几个抽屉,迅速地清理自己的办公用品,清理结束后,他拿着几个包开车回到了家中。

家中一切平静如常,两个孩子都上学去了,老婆晓静和女佣刘妈正坐在大厅中的小板凳上边说话边择菜。杜明辉提着几个包急匆匆地奔进大厅,他看了一眼妻子和女佣,没有说话,径直快步向卧室走去。

晓静抬头一看,发现今天丈夫回来神态与平时不一样,她忙放下手中的菜,跟进了卧室。杜明辉一边脱衣换装,一边急促地对晓静说:"晓静,你马上安排刘妈回家吧,就说我们要出差,多给她一点钱,让她走吧。有紧急情况,我等会告诉你。"

晓静听了,愣了一会,也神情大变。她打开床头柜上的小抽屉,从里面拿出几张钞票,快步来到大厅温和地对刘妈说:"刘妈,杜先生和我要紧急出差,只好暂时让你先回去。你收拾一下,回家去吧,谢谢你了。"

刘妈一脸惊讶,她站了起来,把手放在围裙上擦了几下,说:"太太,要我马上走?这菜还未择好,中饭还未做,等会孩子放学了,你们怎么办呢?"

晓静说:"谢谢你,刘妈!中饭等会我自己弄了,这是我多给你的两个月工钱,谢谢你了。"

刘妈伸手接下了钱,她快步走进自己的小屋收拾东西。不一会,刘妈出来了,她手中拿着一个深蓝色花布包站在晓静面前说:"太太,我也没有什么东西,一会就弄好了。我走了,谢谢你多给了许多钱,以后如你们还需要我回来,到我家给我打个招呼就行了。"说完,刘妈望了一眼地上还未择完的青菜,向院外走去。

望着刘妈出了院门,晓静连忙返回卧室,杜明辉已经换好了便服,他走出卧室坐在沙发上直叹气:"唉!倒霉!摊上了一件紧急任务。明天,最迟后天,我就要去台湾,而且一去不再回来。上面安排我的副官带你们走,目前各地形势都十分紧张,我怎么能够放心!我本来可以坐飞机直接过去,现在我准备亲自带你及孩子们一块动身,坐船从上海走。我有命令带在身上,路上行动还是比较方便的。"杜明辉一口气说了不少,他见晓静仍蹲在地上捡菜,忙再次催促:"晓静,你赶快准备一下吧,收拾一些细软,带些值钱贵重的东西就行了,其他的,唉!只好丢下了,还有这么好的房子、家具!到了台湾还不知可有地方住,也不知台湾那儿现在乱成了什么样!"

杜明辉一边无可奈何地叹气,一边说,他不停地在大厅中烦躁地踱步。忽然,他想起了妹妹杜娟,忙问:"晓静,最近杜娟来电话了吗?我们要走了,这事要告诉她,她的丈夫路春目前在前线下落不明,不知死活,她可能还不知道,这次我们要带她一块走!"

晓静见丈夫在大厅中烦躁不停地走,也急得坐在沙发上叹气,忽听见丈夫说起妹妹,忙说:"杜娟目前不在南京呢。前些日子,她打电话告诉我,她丈夫部队的何参谋长老婆唐虹病了,身体不太好,她说她们两家关系很好,她要带孩子去上海看看唐虹,陪陪她,杜娟现在人在上海。"

杜明辉听了,更是惊讶,忙问:"杜娟去了上海?她怎么没告诉我?这兵荒马乱的时候,她还往上海跑,胆子真大,真是糊涂!"

晓静说:"杜娟走之前打电话来了,你正好不在家。我心想她很快就会回来,上海离南京又不远,就没有告诉你了。"

杜明辉听了,抓起电话就往杜娟家中拨号,很长时间也无人接听。杜明辉叹了一口气说:"这怎么办呢,杜娟这时跑到上海,我这又要紧急地去台湾,我怎么找她呢?"他抬头问妻子晓静说,"杜娟走时是否留下了上海的地址及电话号码?"

晓静见丈夫很急,忙说:"杜娟走时,电话号码及地址都给我们留下了,我放在柜子抽屉中。"

"快拿来!"杜明辉对妻子说。

晓静很快从抽屉中拿来了杜娟留下的电话号码,号码是路春的参谋长何文义家的。杜明辉又回坐到沙发上,他急促地拨通了何文义家的电话号码。

电话通了,传来了一位带上海口音的软软的女性声音:"喂,侬是哪一位?"杜明辉忙抓紧问:"请问你是唐虹女士吗?"

电话中的女人回答说:"我是唐虹,请问侬是哪一位?侬找谁?"

杜明辉在电话中客气地说:"啊,你是唐虹?我是杜明辉,是杜娟的哥哥,我的妹妹杜娟在你家里吗?"

电话中唐虹一听是杜明辉,忙客气地说:"啊!你是杜明辉将军?我是知道你的!杜娟在我这儿呢,她好得很,我马上喊她!"说完,杜明辉就听见唐虹在电话中大声地喊:"杜娟,快来!你哥哥杜明辉找你!"

很快,杜娟接了电话,杜明辉拿着电话沉思了片刻,他决定开门见山地告诉妹妹,让她同意跟自己一道走。"杜娟,"杜明辉说,"目前前线形势非常紧张,我马上要到台湾去执行任务,你嫂嫂及我的两个孩子与我同时走。我考虑了很久,为了你们母子两人的安全,我决定带你及你儿子也一块过去,这样,我们兄妹两家人还可以继续在一起,台湾那里已经把我们的生活都安排好了。"为了让妹妹顺利地同意与自己同行,杜明辉在电话中把台湾说得很好。

杜娟在电话中一直听着,不吭声,好长时间她才问了一句:"哥,你们什么时候走?"

杜明辉回答:"我明天从南京动身,后天能到上海,后天下午我去唐虹家接你,我们带着车,你做好准备,在唐虹家等着我们就行了。"

电话中传来杜娟的回话:"哥,我走了,那路春怎么办呢?我听唐虹说,路春与何文义参谋长目前的下落都不太清楚,我与唐虹两人每天都着急得很呢。"

杜明辉听了在电话中大声地说:"妹妹,你急有什么用!目前最要紧的是你与孩子的安全!南京和上海不久都会有大战,仗一打起来,那太危险了。妹妹,你做好准备,后天下午待在唐虹家里等着我,我接上你一块走!"

电话中杜娟沉默了,她许久都没有回答同意。

杜明辉急了,他在电话中又大声地说:"妹妹,听哥哥的话,我们一块走。路春的事,我以后会想办法。妹妹,我本来是可以在南京坐飞机一下子就飞过去,为了带你们同行,我改在上海坐船过去。时间很紧,你做做准备,我后天下午一定去接你,我有车,很方便。"

电话中终于传来了杜娟低声的一声回答:"哥,我知道了。"

杜明辉终于松了一口气,他挂上了电话。找到了妹妹,安排好了一切,杜明辉心中轻松了一点。他从沙发上站起来,对妻子笑着说:"唉,终于找到杜娟了。晓静,你也赶快抓紧准备吧,收拾一些细软,把重要及值钱的东西集中装一下,我们顶多只能带两只箱子。我还有一些重要的文件需要马上处理掉。晓静,你快去办吧,孩子马上就要放学了。"杜明辉一口气安排了许多事,说完,他走进自己的书房,拉开了抽屉。

晓静听完丈夫的安排后,走进了卧室,也开始收拾东西。

杜明辉在书屋中快速地清理一些文件,此时,他做梦都没有想到,自己对妹妹的精心安排并未成功。第三天下午,杜明辉风尘仆仆地开车赶到虹口唐虹家。唐虹,一位年轻时尚的上海女人,中等身材,卷着头发,穿了一件素色的夹布旗袍,外套一件藕色细毛衣。她站在杜明辉的面前客气地说:"杜将军,你真是稀客,快进来坐坐。真是不好意思,杜娟今天上午吃过早饭后就带着孩子出去了,说是要去买些东西,直到现在她们母子俩都还未回来。都已经过了好几个小时了,我也在等她,真是不好意思!杜将军、你带夫人及孩子们进来在我家坐坐,歇一会吧,顺便也再等等杜娟。"

"杜娟现在不在你家?"杜明辉听了十分惊讶。

"她上午出去了。"

杜娟不在,杜明辉没有想到杜娟现在还会出去买东西。他无奈,只好对晓静说:"杜娟出去了,那我们进屋歇一会吧,再等等她。"

晓静领着两个孩子进门等候。一家四口在沙发上坐下,唐虹立即客气地端来了茶水及一些糕点,几个人一边吃一边交谈着目前的时局。杜明辉不停地看表,时间又过去了一个多小时,上船的时间就要到了,杜明辉十分着急,又坐了一会,他只好无奈地站起来告辞说:"何太太,船马上就要开了,我们不能再等了,麻烦你转告杜娟,再等机会吧,我一有机会,还会再来接她。"杜明辉说完,他站起来领着老婆、孩子向门外走去。船不等人。杜明辉一边走一边思索,他逐渐感觉妹妹杜娟这时跑出去,是故意在躲着自己。

杜明辉此时忽然一下子想明白了,想清楚了。

在这人生的最紧要关口,杜娟选择了丈夫,放弃了自己的亲哥哥。杜明辉带着孩子在门口上车,一边忧虑地低声对晓静说:"杜娟好像是故意躲起来了,她大概是不想与我同去台湾!"

晓静扶着两个孩子,她没有说话。唐虹客气地把杜明辉一家送到了车边,她不停地挥手,客气地说:"再会!杜将军慢走!"

杜明辉的分析是准确的。杜娟接到他的电话后,经过一天多的反复思索并与唐虹商议后,她决定留下来,她要在大陆等候丈夫路春下落的准确消息。唐虹和杜娟此时患难与共。唐虹给杜娟提供了帮助,她把杜明辉打发走了。其实,杜娟此时就藏在不远处的一家商店中,她从橱窗偷偷地向外观察,看见杜明辉开车离开后不久,杜娟就回到了唐虹的家中。

几个月后,伟大的中华人民共和国成立了!

路春和何参谋长来到 W 市的战犯管理所已经一年了。在这儿,他俩又经历了好几轮的讯问、调查及学习。在这个战犯管理所中,路春和何参谋长基本上已经安下心来了。为了争取宽大处理,路春还悄悄地向所中领导补充交代了自己的一个重大秘密,他说:"我的两个妹妹很可能都是共产党。"说完以后,路春还要求解放军领导给他保密。在这次交代中,路春仍未敢提及自己的大弟路夏的事情,他知道路夏很可能已经死了,他很害怕自己被牵连。

这天上午,所中又来了一名干部,通知路春及他的何参谋长,他俩将与另外五名战俘进一步被转移。

路春没有箱子,他拿了自己的一个简单布包,与何参谋长共同爬上了停在管理所大院中一辆带篷的卡车上。车内两侧的条板上已经坐了五个人,他们都是这座战犯管理所的室友。最后,又有两位带枪的解放军战士也上来了,他俩上车后,卡车的后遮篷布被放下了。

车开动了。

在颠簸中,卡车行进了很久很久。路春通过太阳的位置,卡车车头停止的方向,他机警地判断出卡车前进的方向是往北。

没有人告诉他们,七个人将去何方,将到什么地方。

第二天下午,车终于到达了目的地。带队的队长从驾驶室跳下来,车上两位持枪的战士也掀开了车篷的后遮布,跳下了车,然后队长站在车下对大家喊:"都下来吧!到了!"

路春坐在车的后半部,他率先提了小布包跳下了车,站稳以后,他拍拍身上和屁股上的灰尘,然后朝这个新地方四周观望。这是一个老旧的大院子,四周有用灰砖砌成的高大围墙。路春发现在这个大院的四角及正中央建有较高的呈四角亭状的小房,这些小房都是观察哨,上面正站有一些持枪的解放军。路春明白了,这儿是一座很大的监狱或者是看守所。大院子内此时已经停有一辆也带有篷布的大卡车,车边也正站有几个人,他们正从那边向这儿四处张望。

正看着,忽然一位解放军大声喊:"立正!"

路春与何参谋长及其他几位同车人立即并排迅速站好。路春看见从另一辆车上下来的人也迅速地站成了一排,他们一共是八个人。路春惊喜地发现,在那八个人中间有一个人是他的老熟人,正是新编六十三师的宋敏师长。一年前,他们曾在淮海战场附近的那间收容战俘的农村小屋中遇到。

宋师长也看见了路春,他的脸上闪过一丝微笑,向路春点了一下头。

解放军又大声喊:"向左转！齐步走！"

路春等一行人随解放军向前走,转弯走进一个廊道,然后走进一个大房间。在这间大房内有一个大通铺、两张桌子,通铺前面还连接有一个小灶,大概是生火取暖用的。路春看到桌面上已放有一些脸盆、毛巾、还有一些灰蓝色的服装。桌边已经坐有两位解放军等候在那儿。

解放军战士把路春等人带到桌边举手敬礼对一位军人说:"报告所长,今天的第二批学员带到！"

这时,路春惊讶地听到两个新名词:一个是所长,另一个是自己被解放军称为学员。

接着,这位解放军战士对大家宣布说:"请所长讲话！"

啊！路春再次听明白了,桌边坐着的那位解放军是位所长。他想,这儿大概是另外一个战犯管理所。

所长站了起来并开始讲话:"从今天起,你们都被称为学员。学员们,欢迎你们来到功德林战犯管理所！"所长说出了这座管理所的名称,路春听到了"战犯"两个字,心中一惊,他很早就知道这个地方,它是建于北洋军阀时期的一座监狱,共产党大概对它进行了大规模地改建。所长继续训话说:"从今天开始,你们就要安下心来,好好地生活、学习,并进行思想改造,我们将会对你们的学习逐步地进行安排。今天你们刚到,先休息,把生活安顿好,你们七个人以后就住在这个大房间中。我们这座管理所条件是比较好的,里面有特地为你们设置的阅览室、学习室、食堂、医务室。你们今天先住下来,安顿好以后再慢慢地熟悉。"

说完以后,所长又安排桌边的另一位战士说:"小董,你把这七位学员的生活用品发给他们,并带他们去几个主要的场所参观一下。"安排好以后,所长站起来,离开了。

所长离开后,小董说:"你们几位学员先来领东西吧。"

路春走在最后面,他和何参谋长各自领到了一套新衣。那是一套新的深蓝色的四袋服,另外每人还配有两条新毛巾、牙膏、瓷碗等一些生活用品。看到这些崭新的衣服及生活用品,路春心中一暖,差一点掉下眼泪。他心中十分佩服共产党现在还能如此善待自己,其胸怀真是宽大!真是了不起!路春想起自己任国民党军师长期间,曾多次在战场上向士兵们下达向解放军开枪、开炮的命令。想到这里,路春心中羞愧无比,他拿着自己的脸盆向大通铺走去。他向室内的另一位战士要求睡到通铺最里面靠墙的地方,那位战士同意了他的要求。何文义见了也立即在靠近他的位置上放下了自己的脸盆。床上已整齐地放好了七床深蓝色的新棉被,七个人住的具体位置被确定下来了。

小董接着对大家说:"你们七个人把新发下的衣服换上,把床上自己的物品整理好,我马上带你们去管理所的几个主要地方参观。"

路春和何文义随同战士小董开始参观这座不一般的战犯管理所。七个人走出这间大监室,出门就是一个较长的走廊。走廊两侧都是大小雷同的一些监室,它们已被重新改建成新的教室、阅览室、会议室。解放军小董推开了一间房门,让路春和同伴们走进去,只见这间很大的房屋内已放有三个书架,书架上摆放着一些书,室内有桌子、椅子,有三位穿着同样深蓝服装的男人正在看报。

路春和他的同伴七个人先后轻轻地走进了这间大阅览室,室内正在看报的三个人同时回过头来看着他们。突然,路春看到了一张很熟悉的脸,他认出那是王耀武。王耀武脸上闪过一丝惊讶,他站了起来,大概想与路春打招呼。可是,很快,王耀武脸上的笑容没有了。

路春与王耀武两人互相对望了一下,都没有说话,王耀武又坐回到原来的座位上。

解放军小董向路春一行人介绍:"这儿是你们的阅览室,以后在学习的空闲时间内,你们可以到这儿来看报看书。这几位也是学员,他们比你们先到。"

路春等人在室内观看了一会,小董又说:"走,下面我带你们去看看教室和食堂。"

穿过长走廊,转过一个弯道,路春一行人在小董带领下又进入另一栋很大的房子。在这栋房子的入口处,路春又看到了两位站岗的哨兵。进了室内,路春看见学员们的教室也很大,里面已经摆放了一些陈旧的长条木桌、木凳,前面的墙上还安有两块大黑板。

小董对大家说:"这儿以后就是上课的教室,今后你们将会经常在此学习、讨论。"

这间大教室里,此时没有任何人。路春在门口观看了一会,小董说:"走,下面带你们去看看你们的食堂及卫生室。"

卫生室也在这栋大房子内,它紧挨着这栋房子楼道中的另一个出口。路春一行人在小董带领下,在卫生室门口站了一会,房门外门头上挂有卫生室的小牌。室内此时正有三位身穿黄色军装的女兵在里面,她们三人同时回头望着他们,大家都没有说话。

311

相互看了一会,小董又说:"走!再带你们去看看食堂,等一会就要吃饭了,以免你们到时找不到地方。"

食堂设在另外的一栋大房子中,小董带路春一行人走出这栋房后,穿过一个小廊道,进入了另外一栋屋子。这栋屋子也很大,走进楼道,路春看见食堂不小,有摆放公物的平台,厅堂内已放有不少用陈旧的木板制成的长条形饭桌、长凳。

此时饭厅里面没有任何人。

"好,现在你们已经熟悉这儿的环境了,可以回去休息一下,一会儿有军号声吹响,就表示开饭了,我们回去吧。"小董说。

小董带领路春等人结束参观,又领他们往回走。在出口处,路春看见另一位解放军也正领着另外八位新来的学员往食堂中走。他们八个人也是来熟悉这儿的各处环境的。

这时,路春正巧又看见了宋敏师长,这时两人都互相笑了笑,仍旧未能说上话。

回到了住房,路春在一张小木桌边坐下,何文义看见桌边的水瓶,他拿起了水瓶说:"刚才我在转角处看见一个大水炉,大概是打开水的地方,我去打点开水。"

路春说:"你去吧,我歇一会儿。"

时近黄昏,天色渐渐地暗下来了,突然响起了脆亮的军号声,路春说:"大概是吃饭的军号声,我们先去吃饭,吃完饭再打水回来。"

说完,路春站了起来,他拿了碗筷并招呼室内的另外五位学员说:"走,我们先去吃饭,去看看食堂的饭菜怎么样!"

何文义拿了水瓶、碗筷与路春一道向食堂走去。

食堂内的电灯已经全部亮起来了,里面有不少人,他们都穿着深蓝色的四袋服站在窗前排队,路春与何文义在一个队列后面站住。在等待的过程中,路春东张西望,他惊讶地又看到了好几张熟悉的面孔。他看见了黄维和杜聿明。这两人都是他的上司,他们以前很熟悉。路春惊得呆呆地站着,忘记了走路,后面有人不客气地催促路春:"怎么不走?有什么可看的!往前走!"

终于到了窗口。

路春领到了一勺白菜烧豆腐、三个玉米馒馒,他端着碗走到厅角的一个长条桌边坐下。接着,何文义也端着碗过来了,他坐在路春的对面。两人刚吃了几口,路春看见宋敏师长也端了碗来到了这张桌前。

路春往边上移了一下,让宋敏师长在身边坐下。路春轻轻地对宋师长说:"你看见杜聿明了吗?他怎么也在这儿?"

宋师长轻声凑近了说:"我也看见他了。他可是我们总司令,是我俩的上司。没想到,他也到了这里!"

路春低声说:"吃饭。我们今天刚到,不要多话。你是从哪儿过来的?"

宋师长说:"我是从徐州过来的。"

有人靠近了桌子,何文义立即制止道:"你俩不要再说了,吃饭!"

饭桌旁边就有一排水池,安装有不少水龙头,路春吃完了饭就地洗了碗。一个下午的所见让他的内心犹如大海中的海浪一样翻腾。他拿着洗干净的碗回到了住处,坐了一会就脱衣上床了。躺在床上,路春闭上眼睛假装入睡。另外的六个室友,有的在整理自

313

己的东西,有的也坐在桌边,大家都沉默不语。

终于,熄灯号吹响了,电灯熄灭了,何文义也在路春的身边躺下了。有自己的参谋长仍在身边陪着,路春放心地睁开了双眼。他眼望着黑暗中显得十分模糊的天花板,陷入深深地沉思。他想起了自己的妻儿,想起自己上前线之前曾叮嘱她俩如时局不好,就赶快去香港或者设法到美国去躲一躲,不知她俩走了没有。

接着,路春又想起了自己的父母,不知他俩现在怎么样了？还有两个妹妹,许多年都未见面了,听父母说两个妹妹很可能都是共产党员,路春却从未有机会与她俩单独地见面谈一谈。路春想,如果她俩真的是共产党,在此特殊时期,她俩也许能够帮助自己渡过目前的这个难关。

黑暗中,思绪如奔腾的野马,怎么都停不住。路春此时又想起了自己的顶头上司杜聿明,他俩以前的私交不错。杜长官是不久前徐蚌会战的总指挥,他很会打仗,非常善于谋略,他怎么也被共产党军队逮住了？在这场大决战中,双方肯定都死了不少人。唉,杜长官肯定是难逃一死了,他肯定是会被共产党处决的。

想到这里,路春深深地叹了一口气。他告诫自己,自身难保,何必再愁他人！我赶快忘掉这些烦恼,赶快睡吧！可是,路春却怎么也睡不着。

突然,路春又想起了自己的大弟路夏,他为大弟痛心,不知他最终是死是活。路春已确知路夏是解放军的一位团政委,如果他确实是死了,共产党是不会放过自己的！

这件事让路春最为担心,他深深地又叹了一口气。

路春的叹息声让身旁的何文义听到了,他翻了一个身,低声对路春说：“什么都不要去想，安心地先睡一觉吧。”

路春说：“我睡不着！”

何文义翻了个身，凑在路春耳边说：“刚才我去打水，遇到一个认识的国民党军军官，他悄悄地告诉我一个很确实的消息：进了这座战犯管理所，是幸运的。关进这座管理所的战犯以后都是不会被处决的。在这座战犯管理所中，对战犯的安排主要是进行改造。我们以后只要好好地改造，就可以平安地活着。”

路春惊讶地低声问：“真的吗？”

何文义低声地说：“真的！消息很可靠，我的那位熟人比我们早到两个月，他说，是所长在对他们训话时明确地向大家宣布的。”

路春听了，又长长地叹了一口气：“好，共产党如能不算旧账，不杀我们就好！那，以后我会好好地接受改造！”

听了何文义的话，路春心中安定了一些，他又对何文义说：“不知这些日子，我的老婆孩子在哪里，怎么样了，我真是担心得很呢。”

何文义说：“我不是已经把我老婆在上海的住址告诉你了吗，你的夫人后来去没去上海？”

路春压低声音说：“不知道！我动身之前，把你家的地址及电话号码都留给我的老婆了，并做了交代。叮嘱她，如情况不好，就去找你的老婆，真没想到，形势会变化得这么快，最后的战斗打响以后，几天就结束了。我不知他们后来是否有机会去上海，我老婆一直很听她哥哥的话，我很是担心，他哥哥会带着她一块去台湾！这真是让我着急啊！”

何文义听了，他动了一下身子，用双肢前臂撑在大铺上，继续悄悄地向路春分析说:"我老婆是上海郊区人,她精明得很呢,如你夫人去了她那里,紧急时,她肯定会带着你夫人母子俩去她的老家避避风头。我俩不在她们的身边,我想,她们肯定是不会同意离开大陆去台湾的!"

"唉!我真是很担心啊!"路春有点失望,深深地叹了口气,"不说了。"

路春翻了一个身,他让自己面对墙壁,让双眼离开天花板,他强迫自己闭上了双眼。

第十八章　我想领养一个女孩

1953年4月。茂川市商务局宣传科。

这天,科长路润正在单位上班,忽然传达室的工友送来一封电报。电报是小弟路秋发来的,只有几个字:母病危、父病重,盼速归。

路润接到家中电报,心中一酸,眼睛就湿润了。路润已很久都未回家乡,这次她立即向局长请了假,踏上了很多年都未再走的回乡之路。

路润离开家乡后,许多年间由于她所从事秘密工作的特殊要求,她仅仅回去过一次。后来战争虽然结束了,但成立不久的共和国百业待兴,需要进行新的国家建设,路润的工作一直十分繁忙,她走不开。今天路润终于有机会再次踏上故乡的土地,那记忆中的棕榈里六号,还是原来的那个模样吗?快到家门口了,路润加快了脚步并四处张望,还好,经历了战争,许多年又过去了,那条位于一条浅坡上的棕榈里小街还在那里!仍可以看到老家的那座小院和小二楼,它们都还在!路润心中充满了喜悦,她推开那个记忆中的小院大门,慢慢走近楼下那个依稀有些熟悉的门厅。路润看见一个老人头发稀疏花白,他身穿一套灰蓝色的褂裤,正坐在厅中大方桌的一侧。路润睁大眼睛一看,正是自己的父亲路华栋!她快速地跑了几步,声音哽咽地叫:"爸!爸!我回来了!我回来了!我妈妈呢?"说完,路润一把抓住了父亲的双手。

路华栋此时已认出这个女子就是自己多年未归的大女儿。老人盯着路润的脸十分高兴地叹口气:"唉,润儿,你终于回来了!幸亏你的妹妹和弟弟找人帮忙,前几天你妈危险得很,现在好些了,他们都在楼上。"

路润惊讶地问:"怎么不住院治疗?"

路老爷说:"你妈年纪大了,害怕死在医院里,回不了家,她坚决不住院,我们只好依了她。你妹妹回来后,特地从医院中请了医生,上门治疗,她今天也好些了,你快上去看看吧。"

路润听了急忙放下箱子跑步上楼。在二楼顶端父母的那间大卧室内,在母亲的卧床边,路润认出了许多年未见的妹妹路莲、小弟路秋。还有一个陌生的年轻女人也站在母亲的床旁。路润快步奔到床边,一把抓住母亲的手说:"妈,我回来晚了!妈,我回来晚了!"

路母躺在床上,她老多了,头发已经花白,面容已经憔悴,见了大女儿路润,双眼立即湿润了,说:"润儿,你回来了?好,回来了就好!不晚,让我看看你!"

说完,路母双手抓着大女儿的手,双眼含泪紧紧地盯着路润说:"润儿,你离家许多年,在外不归,妈妈想死你了。"

路润含泪说:"妈,孩儿不孝,让你牵挂了。"

路母躺在床上,她又对小女儿路莲说:"你姐刚到,她走了许多路,快安排让她先歇歇吧。"

接着,路母指着床边的那位年轻女人说:"路润,这是你小弟路秋的老婆邓小蓝,这些日子都是她在照顾我们。"

路润听了忙转身对小弟媳说:"小蓝,谢谢你!"

邓小蓝客气地说:"大姐,不用谢!应该的!"

小妹路莲站在床边,她听到母亲的话说:"姐,你刚到,先下楼洗洗脸歇一会吧。"

站在床边的邓小蓝笑着说:"两位姐姐,你们都下楼歇会吧,这儿有我呢。"

路润听了小弟媳的话,马上说:"真是谢谢你,小蓝!"接着她站了起来望着路莲亲热地问:"莲妹,你什么时候回来的?"

路莲说:"姐姐,我比你先到两天。我比你路近,所以小弟先找到我。前天,妈妈突然胸部发闷,晕倒在地上,小弟立即准备把她送到医院去治疗,妈妈醒来后坚决不肯。我回来后,上医院请了内科医生上门出诊,查了心电图,诊断为冠心病,输了液,这几天才好一点。"

路润和路莲一边说一边下楼。小弟路秋伴随两位姐姐也快步下楼,他迅速地打好一盆清水放在脸盆架上,路莲见了,连忙说:"姐,你很累,先洗脸,歇一会,我马上去给你弄碗吃的。"说完,路莲快步走进厨房。

路润一边侧身洗脸一边问站在身边的路秋:"这几年,你在家干些什么工作?"

路秋笑着回答:"你们几位大的,都不管父母,都跑了。家中只剩下我一个人,老爸不让我出去参加工作,怕我也跑了一去不归!

319

我只好协助老爸,接管了他的那个茶叶店。"

路润笑着问:"你一个人管一个茶叶店?原来我们家有股份的那个茶叶厂呢?"

路秋回答说:"我在茶叶店中还请了个伙计,爸爸有时也去店中看看,帮忙出出主意。那个茶厂,老爸早就放弃了,很少的一点股份,新中国成立前夕就转让给他人了。"

路润笑着说:"茶叶厂放掉也好。路秋,那你现在开了个茶叶店,也算是个工商业者或者是个小业主了。"

路秋笑了:"大姐,你怎么知道得这么清楚?"

路润也笑了,回答:"我当然知道,我现在就在商务局工作。"路润接着又低声问弟弟,"你知道路莲现在做什么工作吗?"

路秋说:"小姐姐曾在刚解放时回来过一次。她现在是个干部,在拓州市任卫生局长、党委书记。这一次妈妈生病,得亏了她,她接到电话后,请了一周假,并去医院设法请了医生上门出诊,现在妈妈好多了。"

姐弟俩正说着,路莲从厨房中端来一碗鸡蛋面进厅了,路老爷见了,忙招呼:"路润,你辛苦了,也饿了吧,快点吃面吧。"

路润听了,忙用毛巾擦了一下手,在大方桌边坐下。她一边吃面,一边向父亲询问:"不知大哥大嫂他们一家现在怎么样了?"

路莲听了也在桌边一张椅子上坐下回答:"听说大嫂带着孩子,大概去了台湾,也许是去了香港!"

路润关心地又追问:"大哥呢?"

路莲接着说:"我已打听清楚,大哥在淮海战场上被俘了。他当时是国民党军队中的一名师长,后来进了一家很有名的战犯管理所。现在每天在管理所中生活、写思想检查、写一些主要事件的回忆及学习一些文件,还经常有报纸看,生活很安定,没有什么生命危险。"

路润听了,沉默了一会,又接着询问:"大弟和大弟媳呢?"

路老爷听了这话,声音哽咽地说:"大弟的事,你不知道,这几年,我们怕你难过,一直没有写信告诉你。润儿,你大弟在新中国成立前夕牺牲了,听说是牺牲在淮海战场前线。淮海之战结束后,他的部队领导从被俘的国民党俘虏口供中获知了他牺牲的情况。新中国成立后不久,民政局派人上门前来慰问并送来了他的烈士证书。我的夏儿啊,革命都快胜利了,他却牺牲了,他太可惜了啊。"路老爷一边诉说一边哭泣起来。

路润站了起来,她在旁边用毛巾擦去父亲脸上的泪水,安慰说:"爸,别难过,革命成功是不易的,牺牲了许多同志,你在家不外出不知道,我是知道的!"

安慰好父亲后,路润关心地又追问:"那大弟媳呢?"路润已逐渐地平静下来了,她与父亲交谈了一会后,又坐下吃了一口面条。

路莲站在旁边告诉姐姐说:"二嫂姓欧阳,叫欧阳芳草。现在在江苏一家医院任党委书记,有一个小男孩,大概已经四岁了。"

路老爷接着用手擦了一把眼泪在一旁有点高兴地说:"她们母子俩去年回来过一次。那个小男孩长得很像你的弟弟,真是可爱啊,可惜啊!我儿路夏不在了,不然该多好啊!"

听到这里,路润也想起自己的革命事业及心中的爱人,她鼻子一酸,有几滴眼泪落在了面碗里,路莲在一旁看见了,忙问:"姐,你怎么啦?你现在干什么工作?还好吧?"

321

路润抬起了头,抹了一把眼泪说:"路莲,我有点不太顺利。虽然我参加革命的时间比你比大弟还要早,但我的领导,后来可能牺牲在苏南。由于我们是单线联系,知道我经历的人很少,前几年在苏北根据地政审时,我找不到能证明我的人,所以后来很受影响。"

路莲听了,她的脸色立即变得很严肃,没有了笑容,说:"姐,你说的这件事很要紧!有时间你要尽量再想想,仔细回忆是否还有其他的同志能证明你的工作经历。想出来,告诉组织部,让领导派人去核查一下就行了。"

路润听了,没有说话。路老爷及路秋在一旁听了,也都没有了笑容,他们此时也都没有说话。

路莲接着又说:"那些年,革命大潮汹涌,无数的中国青年都被这洪流所吸引,都自发地走上了这革命的道路,可惜的是我们兄妹几个走了两条不同的道路!"

路老爷听到这里,插上一句说:"我的五个孩子,四个参加了革命,现在只有你们姐弟三人还好!"

路秋在一旁听了不高兴了,大声说:"爸,都怪你!那时,你不让我走,让我现在变成了一个工商业者,而不是一个革命者!不然,我肯定也会去参加新四军、解放军,那现在肯定也会是个干部,那多好!"

路老爷大声地反对说:"那你也走了,我们两个老的靠谁生活?"路老爷对小儿子说,"路秋,快上去看看你妈妈,顺便把你大姐的箱子也带上楼吧,让你两个姐姐在一块谈谈心,她俩已许多年都未见面啊。"

路老爷接着对两个女儿说:"你俩也上楼去坐坐吧。小莲,帮帮你姐姐！"

路莲与姐姐上了楼。路莲走在前面，她推开了二楼上的第一间房，两人一道进了楼上的房间，关上门后，路莲连忙问路润："姐，这些年我们分隔很远，我一直在北方工作，我们很难见面，我早就知道你也参加了革命工作，参加了共产党，怎么会遇到了麻烦？"

路润在自己以前睡的那张小床上坐下了。这个房间原先就是路润住过的卧房，路老爷这些年间未改动这间房，他目前仍在这个房间内摆放了两张小木床，供回家的孩子们居住，而另两间房则被重新改造做了路秋夫妇俩的卧房。家中原先帮忙的老阿姨李妈，因为年纪大了，已经回老家去了。家中日常的生活小事主要是由路秋的媳妇邓小蓝承担。

姐妹俩坐在床上，相互看了几眼。路润看见路莲上身穿了件深蓝色的列宁装，梳着齐耳的短发，长圆脸，白皙的脸面，五官端正，显得十分清秀。而路润今天上身穿了件小格子衬衣，外套一件细薄的浅绿色毛衫。路润已经四十岁了，她长得像父亲，桃形脸，剪着短发，许多年过去了，她仍然显得十分文雅美丽。

路润先问妹妹："小莲，你的丈夫在哪儿工作？"

路莲有些不好意思地说："他是我的高中同学，叫林广宇，当年我就是在他的鼓励下，和他与几位同学一道偷偷离家去了延安。我们在延安抗大学习一段时间后就被安排了工作，他去了抗日前线，我留在了延安，从事卫生及保育方面的工作。那些年，我因为担心连累父母，害怕给家中带来危险，给父母带来杀身之祸，所以很少给家写信。渡江战役后，林广宇随军南下解放了江西，因为地方上急需干部，他就被留了下来转任地方上的工作，现在是宜安市

323

的市委书记,离我工作的拓州市很近。现在他忙于下乡土改工作和城建工作,走不开,这次他没有随我一同回来看爸妈。新中国成立后不久,我和他曾回来过一次。"

路润又关切地问:"你有他的照片吗？你们有孩子吗？"

路莲说:"有！照片我随身带着,给姐姐看看。"

说完,路莲从衣袋中拿出一个小皮夹,夹内就有一张照片,她抽出来递给了姐姐路润。

路润接过来仔细地看:照片是路莲夫妇俩带着他们的一双儿女之合影,路莲和她的丈夫都身穿军装,她的丈夫长得眉目清秀,很是帅气。

路润看了照片说:"你和妹婿、孩子们都很好,可惜我们至今都未能见见面。"

路莲安慰姐姐说:"会有机会的,以后有机会,我们请你上我们家去玩玩,去住几天。"

路莲收起了照片,关心地问姐姐:"我听爸爸说,你到现在还是一个人,怎么回事？你在上海工作生活那么多年,难道就没有遇到一个合意的人？"

路润听到妹妹的问话,心中很难过,眼泪马上就下来了。她此时想起了心中一直不能忘记的恋人——李灿。路润用手绢擦着眼泪轻声地说:"我以前在上海做地下工作时,曾经有一位相处很好的同志,我们经常一道执行任务,后来我们相爱了。在执行一次任务时,他暴露了,被迫撤到苏北根据地。后来我也因为暴露了,被上级安排去了苏北,却一直无法在苏北找到他。经过很多年的打听,直到解放时我才确知他已经牺牲了。那时,我才明白他为什么走了很久,都一直未能给我来信,我当时要是能与他一起走就好了。可是,我当时还有任务,不能离开上海。"

路莲又追问:"后来你就没有再遇到喜欢的人?"

路润说:"后来我在苏北一个根据地担任宣传工作,又遇到一位也是搞宣传工作的部队干部,他很喜欢我,但他知道我曾经谈过恋爱。当时正值大战前夕,急需干部,许多干部被调动,这位宣传部长也被调动了,他虽然喜欢我,却不坚定,他不愿意等我,所以我未答应他,他就离开我了。我现在年纪也大了,近几年也一直没有再遇到心中合意的人,这事就拖下来了。"

路莲劝说:"姐,你年纪不小了,你还是要抓紧找一个合适的人做伴才是。你看,我的孩子都不小了,你要抓紧才是!"

路润又难过了,她低声地说:"我的婚事可能很难解决了,我的心中也一直放不下我的初恋。他叫李灿,当时是我的上级,他是复旦大学毕业,人长得帅,参加革命许多年了,他对我又好,我们在一块扮成恋人工作了很久。他人真好,我真后悔,当时我如果坚持与他一块走就好了,有我在他的身旁,我们互相关照,他也许就不会牺牲了。"

路润说完,又伤心地低头抹眼泪。

路莲拿起路润的一只手握在手心继续安慰:"姐,你一个人,那以后怎么办呢?"

路润说:"我年纪大了不想结婚了,但我想抱养一个小孩,最好是个女孩。妹妹,你给我留心一下,在你们那儿帮我领养一个孤儿,最好是女孩。"

路莲听路润如此说,马上答应:"姐,这事不难,我回去托民政局的同志帮忙留意给你找一个好女孩。这些年因为战争,孤儿院中收留有许多孤儿,不难解决。"

路润望着路莲的脸说:"谢谢你,妹妹!"

路莲又说:"姐,关于你的革命经历,你有机会还是要再想想办法,把不清楚的地方向组织上说明白就行了,你现在在干什么工作?"

路润说:"在市工商局的宣传科任科长。"

路莲说:"你是很早之前参加革命的,你比我离家还要早好多年,依你的革命经历,你应该被安排得更好一些。"

路润说:"我无所谓!新中国成立前我在根据地时就担任宣传科长,现在也还是个宣传科长。不过我想,作为一名共产党员,我不应该追求地位,我能为党工作,就很好!我一直很喜欢搞文字工作,所以现在这个工作也挺好的,我挺喜欢的。"

路莲又问:"你现在还喜欢写文章吗?"

路润说:"我现在在商务局工作,所从事的宣传工作很忙,工作量很大,因没有时间再去写那些私人性质的小文章了,我现在文章见报很少了。"

路莲笑着说:"姐姐,过一段时间,我请你去我那儿看看。"

路润说:"等等再说吧,最近太忙,我没有时间。你这次请了几天假?"

路莲说:"现在我也很忙,正在忙城市医院建设,忙下乡土改,我也只能在这儿待几天。请了一周假,已用了两天,准备再待一两天就要抓紧回去了。"路莲说完,她站了起来,拉住姐姐的手说,"这次我俩一道回来,妈妈很高兴,她好多了,我们再去看看她。"

说完,姐妹俩又来到母亲房中。母亲正靠在床上,她见两个女儿又来了,忙说:"路秋,你快去买点好菜,晚上让大家在一块聚聚,我的两个女儿都回来了,我真是高兴啊!路润,路莲,你俩快些再来我的身边坐坐。"

两个女儿都在母亲的身边坐下了,路母说:"你俩这次一定要在家多住几天,我们一家人许多年来都难以相聚。这些年,我与你爸是多么想念你们啊!"

路莲听了忙握住母亲的手说:"我最少还可以再待两天。"

路润也握住母亲的另一只手说:"我还可以待五天,我请了一周的假。"

路母听了,催促小儿子说:"好!好!路秋呀,你赶快下楼去买些菜吧!"路润听了连忙说:"小弟,我给你钱!"

路秋听了,忙转身说:"两位姐姐,我买菜去了,我有钱。"

路润笑了,她回身对母亲亲热地说:"妈,我带了些钱,明天给你!"

晚上,在路老爷的院中小楼一楼大厅中,大方桌又一次被抬放到大厅的正中央,桌上摆放了路秋夫妇俩做的一大桌子好菜。大概是因为喜悦,大概是因为亲情,卧床多日的路老太听说楼下已经摆放好饭菜,她让孩子们把她抬下楼,她要求上桌吃饭!

路莲听了,忙上楼阻止说:"妈,你身体不好,就不要下楼了。我专门为你做了一盘番茄炒鸡蛋,很好吃,我把它端上来,我等会和姐姐一块上楼陪你吃饭,可好?"

路老太半卧在床上,她喜笑颜开地说:"不行!我一定要下去,你可知道你姐姐有多少年没有回来了?我一定要下楼,你让我在

327

桌上坐一会儿,那就是对我病最好的治疗!"

路莲说服不了母亲,只好又下楼,她与弟弟抬了一把椅子上楼,还有大姐路润也赶上来帮忙,姐弟几个终于把母亲从楼上抬了下来。

路老爷看见夫人如此困难,还坚持要下楼一起热闹,为家中团聚助兴,也十分感动。等大家坐定,菜都上好后,路老爷亲自给夫人倒了一小杯开水,接着他又给几个孩子都倒了一小杯酒,最后,他给自己也倒了一杯酒,说:"今天,我们的国家解放了,新的共和国也成立好几年了,我为我家的几个孩子今天能在此团聚而高兴!我们干杯!"

说完,路老爷仰头把酒一饮而尽。路润忙制止:"爸,你慢点,你少喝一点!"

路老爷吃了几口菜,说:"这杯子很小,这点酒没关系!"接着,路老爷又叹了一口气说,"可惜,我的大儿子,他出去最早,也算是混到了将军,却走错了路,我为他痛心!还有,我的二儿子,我更为他痛心!他如果不牺牲,肯定也会是个将军!"

路老爷一边喝酒,一边自言自语地说:"来!路润,路莲,路秋,我们共同为你们的二哥干一杯,愿他在地下的灵魂安息!"

大家又一次共同举杯,把杯中的酒一饮而尽。

路莲被父亲的话深深感动,她安慰说:"爸,你不要难过,为了中国革命的胜利,也不知牺牲了多少人!我们过去在抗日前线,在后来的解放战场,那些战斗的激烈和残酷,我无法用语言来形容。国家与人民会永远铭记二哥的!"

路老太坐在桌边,她没有吃,也没有喝。她听了丈夫的话,又听了女儿的话,她的心中又是高兴又是难过,她不停地抹眼泪,说:"好!我终于和你们的爸爸在家中等到了今天,等到了今天的这个小团聚,我高兴啊!"

路莲听了,忙跑到母亲身边说:"妈,我给你盛一口汤,你喝一点。"

路老太说:"好的,我也想喝一点。"

这一餐饭,路老爷一家人吃得非常高兴。路秋在饭桌上还试探地向路莲打听说:"大哥不会有危险吧?"

路莲说:"大哥被定为战犯,他是投降的战犯。国家现在有政策,对他以前干的事既往不咎,只要他能够接受改造,成为新人。我找人打听了,大哥在战犯管理所生活得很好,你们尽可以放心!"

路老爷深深地吐了一口气,他听了孩子们的谈话,也放心了,他没有再说关于大儿子的话。路老爷转移话题,又说:"小莲,你什么时候把你的先生及两个孩子再带回来让我们看看呢?"

路莲高兴地说:"行!最近一两年,我们都要忙于农村土改,许多干部要下乡,等有时间,我一定让他们再回来看看你俩。"

路老太喝了一口汤忙接着说:"小莲,我们可就等着你们了!"

这一餐饭,吃了很久,直到很晚才结束。

两年后。已接近国庆节了,这天路润带了两位科员正在工商局的大门口黑板边出宣传国庆节的壁报。忽然一位保卫干事跑来通知:"路科长,局长请你去一下。"

路润听了,停下了手中的壁报工作,问:"局长叫我?"

保卫干事说:"是的,你快去吧!"

329

路润对身边的两位科员说:"你俩接着抄,我去去就来。"

路润随着保卫干事一同快步进入局长高胜的办公室,路润看见高局长神情严肃,面无笑容。

高局长说:"路科长,上海公安局来了两位公安同志,要找你外调,他们在保卫科等你。"

路润:"找我外调,调查什么?"

高局长说:"是的,你去了就知道了。"

到了保卫科,路润推门进去,只见保卫科长已等在里面,桌子边上坐了两位身穿深蓝色警服的同志。看见路润进门,保卫科长立即站起来向两位外来的同志介绍说:"她就是路润同志!"

接着科长又指着桌边的一张椅子对路润说:"路科长,这两位同志前来找你了解一些情况,他们是从上海来的,请你坐下来和他们谈吧。"

说完,保卫科长又走到旁边的另一间内室的门口,他向室内招了一下手,一位保卫干事,拿了纸和笔立即跑了出来,几个人都在桌边坐定。

两位外调的同志并排坐在一张长桌的后面,路润感到气氛很严肃,有点像审讯。外调的同志先开口说:"路润同志,我们现在就开始吧?"

路润有点不开心,也有点紧张,忙说:"行,你们问吧。"

一位警员说:"我姓戴,你叫我戴同志吧。请问路润,你叫什么名字?你还有别的名字吗?你什么时候参加革命工作的?"

路润回答说:"我叫路润,曾用过两个其他的名字,一个是我写文章用的笔名叫路水,另一个名字,是我从事地下革命工作时曾经使用过的化名叫路广。我是1936年参加革命工作的。"

戴警员又问:"你是中共党员吗?什么时候入党的?"

路润很奇怪这位戴警员怎么会问这种问题,她心中很不高兴,转头一看发现本单位的那位保卫干事也正拿着笔和本子在旁边的另一张长条桌上在同步进行记录。

"这像是在审讯!"路润在心中咕哝了一句。

路润只好又重复了一次说:"我是1936年参加革命工作的,我是一名老共产党员,入党时间是1936年12月8日。"

另一位警员这时也插上来问:"我姓吕,你称我为吕同志吧。请问路润同志,你的入党介绍人是谁?"

路润:"我的入党介绍人是吴霞和李灿。"

戴警员接着问:"吴霞与李灿现在在哪儿工作?"

路润想了一会说:"吴霞原先住在我家隔壁,后来为了安全,她转移走了,不知去了何处,当时上级领导也不让我知道。李灿成了我的领导,他后来暴露了,去了苏北根据地,我曾在苏北根据地找过他,没有获得他的任何消息。新中国成立以后,通过上级领导的帮助,我多方面打听他,才知道他牺牲了。"说到这里,路润心中难过了,声音哽咽,她说不下去了。

两位外调同志看见路润哭了,忙安慰:"路润同志,请原谅,我们让你难过了,这次调查很要紧,材料必须完整,所以,我们必须问这些情况。"

路润擦了一下眼泪说:"这些材料我的档案中都有!应该能够查到,我刚到苏北工作时曾经详细地写过。"

戴同志听了,转弯说:"路润同志,不久前,我们在上海青浦区

331

抓到一个汪伪时期的汉奸。此人不仅是汪伪时期伪政府一个区的警察队副队长,而且还有命案在身,该判死刑。可是这位汉奸说,他自己也曾为中国共产党办过好事,还救过一位我们的干部,要求减轻他的罪行。他详细地讲述了当年帮助我们的经过,提出的证明人就是你!由于此事关系重大,我们前来找你核实,希望你仔细回忆一下当时的具体情况,是否确有此事?"

路润听了,心中一惊,她此刻立即知道了自己以前的好友林芬的丈夫张力被抓住了。路润知道,依张力在汪伪时期的所作所为,他是完全可以被定为汉奸的。

路润沉默了一下,试探地问:"这事我要想想,许多年了,这位汉奸是在哪儿抓到的。"

吕警员回答说:"抗战胜利后,这位汉奸带了些钱财逃离了上海,跑到青浦乡下一个小镇开了一个烟酒小店。他在那儿躲了不少年,不久前才被人发现,并举报了。他承认了许多事,但他也一口咬定他也曾为我党做过好事,而且不止一次。"

路润仔细地回想了一会回答说:"这人姓张,叫张力。他是我的一位同学的表哥。当时他在上海警署有一份工作,我的同学与我相约,我们一同来到上海。当时我们很年轻,被中国革命的大潮流所激励,想到上海寻找共产党参加革命。我的这位女同学长得很漂亮,她到上海以后,她的表哥就追求她,他们两人后来恋爱并结婚了。我后来由吴霞同志介绍入了党,当时我和吴霞是单线联系,做一些党组织的辅助工作。上海沦陷后,张力留下来继续在伪警署工作。有一次,我们组织的一位负责人被伪警署扣了,为了救这位同志,我受组织领导人李灿委派,去找了我的那位女同学的丈夫张力。他当时是徐汇区伪警察队的一位副队长,由他出面联系,这位同志未被暴露很快就给放出来了。当时我送给他老婆一套好衣及十块银圆。第二次我找他时,他肯定已经知道我是共产党了,但他确实没有出卖我。当时我们新四军有一船药品被扣在十六铺码头,情况非常紧急,我当时受李灿所派又去找了他。这次他也是看在他老婆与我是好友的分上,给予了帮忙,把那船货物给放了。不过第二天李灿所居住的联络点被袭击了,原因不清楚。李灿从联络点逃出来后被迫转移了,他随即被派遣护送这船药品去了苏北。这次办事,我们给了张力两根大金条。"

戴同志听了又问:"后来呢,后来你们是否还联系了,你说的情况确实吗?"

路润说:"后来我按上级的安排马上搬家了,不久我也暴露了,我也不知我为什么暴露了。组织上知道后,立即调动了我的工作,也安排我去了苏北。此后我再也没有与我的这个同学及她的丈夫联系。我的这位女同学叫林芬,她是与我一道从家中跑出来的,我们一块跑到了上海,当时我们都很想寻找共产党参加革命。我获知张力进了伪警察局工作后,曾经劝林芬离开张力,由于张力是林芬的表哥,我的这位女同学并未听从我的劝告,她后来还是与张力结婚了。我讲的这些话确实。"

吕警员又问:"路润同志,你提供的材料很重要,请再想想,可有遗漏?"

路润说:"没有遗漏。"

戴同志说:"路润同志,你说的话证明了这位汉奸的话。这位汉奸的口供证明了你们之间的关系及往来,但是谁能证明你呢?"

路润说:"我的入党介绍人吴霞、李灿可以证明我。李灿已经牺牲了,但吴霞很可能还活着。此外,我后来的领导人老丁,他叫丁强,他也知道一些情况,他也能证明我。"

吕警员又说了一句:"你最好能设法找到能证明你的吴霞、老丁两位同志,这样对你自己很重要。"

路润说:"我个人现在已经很难再找到他们了,当时我们的组织纪律也不允许我去找他们。后来,我离开了上海,上海那么大,又过去了这么多年,所以,我现在确实很难再找到他们了。不过,我想,如果吴霞、丁强两位同志姓名未改,也未牺牲,组织上是应该能够找到他们的。"

戴同志记录下最后一个字,说:"好吧,就这样了,请你在记录本上签上字,摁上手印。"

说完,戴同志走了过来,他把记录本递给了路润。路润看了一下后,她签上了姓名并摁下了自己的手印。

半年后。

这天是星期天。上午,路润正在家中的小木桌上教自己的养女路晶晶看一本动物小画册。女儿已经八岁了,正上二年级。她粉嘟嘟的小圆脸上,有着一对大眼睛,皮肤很白。孩子剪着短发,前额上还有一排整齐的刘海,模样显得十分可爱,路润十分喜欢她。

门正虚掩着,女儿很聪明,路润指认几种动物,刚教了两遍,晶晶就认识了。路润正在高兴,忽然听到了敲门声,跑去一看,对门的邻居周阿姨牵着自己的小女儿阿宝,端着一碗水饺正站在房门口,路润惊呼:"啊!周阿姨!这……"

周阿姨忙笑着说:"我家今天吃饺子,我家小宝要求我送一碗饺子给你家晶晶吃,所以我们就送来了。"

啊!原来这样,小宝与路晶晶一样大,也是八岁,两个小女孩很友好!路润忙感激地说:"谢谢周阿姨!谢谢小宝!"

路润牵着小宝的手,接下了碗,几个人走进了室内。

女儿路晶晶开始吃饺子,小宝站在桌边看小画册,路润对周阿姨介绍说:"我昨天给路晶晶买了一本动物小画册,正在教她看。"

周阿姨看了一会画册说:"路润,你有工作,是个文化人,真好!"

周阿姨没有工作,却养育了七个孩子,家中生活比较清苦。她与路润相伴为邻已经有两年了,两家相处十分友好。家中有这么多的孩子,路润却从未见到周阿姨生气和打骂孩子。周阿姨的性格特别好,她个子不高,形体消瘦,却喜欢穿一身黑色的衣裤,长圆的脸上有一对特别美丽的大眼睛。她的七个孩子也全部都继承了她的优良基因:每个孩子都是桃形脸,大大的黑眼睛。路润非常喜欢周阿姨的这群孩子,她常常把家中吃的东西送些给她们。周阿姨自己的个子虽然不高,她的夫君却长得高高大大、白白胖胖,一副幸福的模样。周阿姨的先生在一家药店工作,收入不高,却从不需要做任何家务。不仅如此,周先生还能每天都在家中喝点小酒,酒后常常放声高歌,日子过得滋润快乐。有一次周先生又喝多了,他在走道上遇到了路润,便挡住路润对她说心里话:"我从不做家务!你知道吗,我家老伴是她追的我!当年我母亲见她个子小,一百个不同意,她却一直死缠着我,我一直都甩不掉她,我走到哪,她

335

跟到哪！后来,我们只好结婚了。从此,我的老伴一直惯着我,从不让我做家务,哈哈！"

听到如此执着有趣的爱情故事,真让路润羡慕。看到这么和气的一大家人,路润心中常暗想,这对夫妇之间一定还存在着很多很有趣的爱情故事,他们才能在清贫中如此快乐地坚守！路润想,以后有机会一定要设法再打听一下他们之间的故事细节,把他们之间的爱情写出来！

路润站在桌边与周阿姨聊天,谈论着两家孩子们的趣事。忽然,路润听到了汽车的刹车声,她忙跑到窗前去观看,有一辆警车停在窗外,三个穿蓝色警服的人走下车。路润立即紧张起来了,忙对周阿姨说:"来人了,很可能是来找我的,让晶晶到你家避一下吧。"路润说完后,周阿姨快步走到窗前,她也盯着窗外看了一会,然后转身,拉着两个女孩出了路润的家门。

通往过道的房门正开着,来人已到门口,路润迎了上去问:"你们找谁？"

一位警员说:"你是路润吧？我们找路润！"

路润说:"我就是路润,你们找我什么事？"路润已很紧张。

一位警察从手中的皮包里抽出一张盖了红印的纸条在路润面前扬了一下,说:"请跟我们走一趟,我们有重要的事情向你询问！"

路润协商说:"在我家中问不行吗？"

那名警察又把那张盖有红印的纸条递到路润的面前,路润看了,知道不走不行了。她说:"我还有一位未成年的女儿,我需要安排一下,行吗？"

"可以的！"一名警员说。

"我的妹妹在拓州市工作,我给她打个电话,请她帮忙照顾我的孩子,我的孩子很小。"路润对警察说。

警员说:"你去吧。"

路润自觉地说:"你们如需要,可以陪我一道去打电话。"

警员说:"不用。你快去打电话吧,打好了,抓紧回来。"

路润家对面正好有个粮店,有电话,路润常去那儿打电话,与警察说定以后,路润在粮店中拨通了妹妹家的电话。

路莲的丈夫是位领导干部,她家安有电话,接电话的正好是路莲。路莲已听出是大姐的声音,说:"姐,怎么打电话来啦?"

路润强忍着紧张与难过,她的手不停地颤抖,她尽量让自己的声音放得比较平缓地说:"小妹,我遇到了一点麻烦,需要离开家一段时间,我的女儿晶晶还小,在这儿我也无其他人可以托付,我想让她到你那儿去住一段时间,可否?"

路莲在电话中听到了姐姐带有颤抖的话语,立即明白了是怎么回事,忙说:"姐,就让孩子到我这儿来住几天吧,我来安排。今天是星期天,明天周一,我去接她。"

路润说:"好!妹妹,拜托了。我把小晶晶及家中钥匙放到我家对面一位姓周的邻居家,孩子的衣服、书包、生活费我都已经准备好了,放在衣橱及抽屉中。"

"好的,我知道了,我明天就到。"路莲安慰姐姐,"你放心!"

路润打完了电话,她慢慢地往家中走,三位警察坐在她家的桌子边一起望着她。路润又对警察说:"我还要再等一会儿,我要把家中稍为安排一下。"

那位为首的警察说:"好的,你抓紧准备吧!"

路润听了,迅速走进卧室,她把自己的几件洗换衣物很快地装进一个提包,又把孩子的衣物也扎成一个布包,然后,她拿着一些钱、孩子的衣物、书包去了周阿姨的家。

周阿姨看着路润的苦脸,瞪大了眼睛,不敢问话。路润说:"周阿姨,我遇到一点麻烦,要出去一段时间,我的女儿晶晶放在你家住几天,我的妹妹在拓州市工作,可能明天会来接她。这是我家的房门钥匙及孩子衣服、书包,麻烦你转交给我的妹妹。我的妹妹叫路莲,在拓州市工作,她是位干部。"说完,路润把手中的钥匙及衣物、书包交给了周阿姨。

周阿姨瞪大了她那双大眼睛,望着路润说:"你放心,晶晶这几天就与我家小宝吃住在一起,你早点办好自己的事,早点回来。"

路润一听,眼泪立即出来了,她对靠在腿边的女儿说:"好女儿,今天周阿姨家的饺子好吃吧?妈妈临时有重要的工作要出去待一段时间,你这几天就到周阿姨家和小宝住在一起,你们一块上学,妈妈出差很快就会回来,回来就接你回家!"

女儿晶晶抬着粉红的小脸,乖巧地说:"好的妈妈,你早点回家!"

安排好女儿后,路润又迅速返回家中。这时她的心已经平静了许多,她拿出一些钱放在了抽屉中,给妹妹写了字条,接着又打开碗柜,拿出一些食品及蔬菜匆匆地送到周阿姨家中。

一切都安排好了以后,路润最后又在房中看了一遍,她对警官说:"都弄好了,走吧。"

路润拉上家门,拿着提包,上了车。车出了院门,向拘留所驶去。

周阿姨掀开了窗帘,偷偷地附在窗口观望。

第三天,路润被带到一个房间,房内有一个长条桌,桌后已坐有两名身穿蓝色警服的警察。在靠墙的地方,还有一张小桌,后面也坐有另外一位警员,桌上已准备好笔和纸,准备记录。

长桌前面有一张木椅,路润坐下,她说:"警察同志,我想问问,我为什么被拘留?"

一位警员立即大声制止:"谁是你的同志!不要乱叫!请老老实实地回答我们的问题!"

路润不服气,立即驳斥:"警察同志,我是1936年就参加了革命的老同志,我想问问,为什么拘留我?"

旁边的一位警官回答:"根据一位汉奸的交代,你曾与他们勾结在一起,出卖祖国,破坏革命,经初步调查,你有敌伪汉奸的嫌疑,请你配合我们做进一步的调查核实。"

路润一听,明白了,又是那些已经过去许多年的旧事,她被那些旧事纠缠住了。路润低下了头,她想起自己当初是受组织所派,受领导安排去接近那位汉奸,现在却怎么也说不清了,反而让自己也成了一位可耻的汉奸了。

这已不是什么调查了,这是审讯!路润感到自己跳进黄河也洗不清了,她难过得又哭了。

审讯继续往下进行,那位警员又问:"你叫什么名字?"

路润气得大声说:"我叫路润!"接着,她不等警员进行下面的讯问,自己开始述说,"我是1936年参加革命工作的,工作地点在上海。入党时间是1936年12月8日。其后,我在我的上级党组织安排下从事一些隐蔽的革命活动。我曾受组织委派,有意地去接触一位在敌伪警察署工作的伪警察区副队长,曾经利用这位副队长的关系营救了我党的一位领导同志,挽救了新四军的一船药品。"

听到这里,这位警员大声呵斥:"停!谁让你这么说的?我们问什么,你就回答什么!"

路润说:"我知道你们要问什么,这些问题我已多次向领导说明过了,并且还曾数次用纸笔写了,放入我的档案中了。在我刚到苏北根据地工作时,在政治审查时我就详细地用文字记录了。新中国成立后,也曾有人向我调查过那些历史,我又都说了。半年多以前,我又说了一次,不信,你们可以去我的单位保卫科去核实。"

听到这里,那位警官站了起来说:"路润,你今天的态度很不好,有人举报你与一位汉奸警察副队长来往密切,查阅你的历史材料也证明了这一点,你是不是敌伪汉奸,你自己知道!你要老老实实地交代!"

路润委屈地说:"唉,这个问题已经纠缠了我很多年,我是清白的,我已经写过、说过很多次了。"

警官把桌子一拍大声怒斥:"不要再狡辩了!路润,看你年纪也不小了,你要老老实实地交代!回房间仔细地想想,把你与那位汉奸有过的所有的接触、有联系的事情都交代清楚了,才能得到宽大处理!"

路润惊讶地问:"宽大处理?你们要处理我?"接着,路润坐在椅子上大声地哭泣起来。

警官见了,说:"带她回房间,给她一些纸和笔。"

"走!"两位警员站在了她的面前。

路润又被带进拘留所的那间小房。房内已经安放了一张小木桌,有一沓白纸及一支笔放在木桌上。一位警员温和地说:"你既然是老革命,就尽量把以前的那些事写详细一些吧,说明清楚了,也许不会被处理。"

"开始写吧!"这位警员又说了一句。

路润坐到了小桌边。她双手托腮,哭红的双眼望着窗外,她努力地回忆,再一次用笔详细地记录下与那位敌伪警官相识及交往的全部经过和所有细节。

第二天上午,厚厚的一沓写满文字的纸放在了桌上。其后,路润开始了漫长的等待。两周后,她等到了正式的逮捕令。三个月后,她等到了最后的结果:她被判处有期徒刑四年,并被开除党籍。

党籍被开除了,这令路润无比心疼!

路润就要被送往其他地方了,动身前夕,获知消息的路莲带着路润的女儿路晶晶来探视她。纸是包不住火的,路润接受了妹妹的建议,让孩子也知道一些真相,只有这样,孩子才能看到以后的希望和光明。

已是隆冬的季节,路晶晶念三年级了。她穿了一件花布棉袄,长长了的头发扎成两根小辫,在小姨的陪伴下,来看妈妈。就要走进那间相见的小房子,小姨路莲在走廊上又一次叮嘱她:"晶晶,你妈妈是一位革命者,是一位资历很老的共产党员。她暂时被误会了,你一定要相信你的妈妈,事情以后一定会查清楚的,进去以后,不许哭!要好好地安慰妈妈,让她高兴!"

路晶晶怯生生地走进了那间小屋,路莲被留在走廊上。

屋内的小长桌上,路润和她的女儿路晶晶相对而坐。路润想到这孩子今年才九岁,后面是漫长的四年等待,她将如何面对啊!想到这里,路润泪如雨下。她拉着路晶晶的双手说:"孩子,相信妈妈,我是被误会的,一定会被查清的,你在姨妈家好好学习和生活,等我回来!"

路晶晶,这个已经有些懂事的小姑娘,她也哭了,说:"妈妈,我知道,你不要难过,我等你回来!"

路润抹了一把眼泪,拉着晶晶的小手叮嘱:"晶晶,你要好好学习!"

路晶晶望着路润说:"妈妈,我知道。"

会见的时间很快就结束了,路晶晶仍舍不得离开,她抱着妈妈的腰不放手,路莲只好进屋拉着小晶晶的手带她出门。在离开那个小屋时,路莲安慰姐姐:"姐,四年时间很快就会过去。你放心,你的女儿,她在我家,一定会读书成才!"

"好!谢谢妹妹!"路润忍着泪水也牵着女儿的手送到了门口。在那间小屋门口,路润被守门的警员挡住了。

路润侧身站在小屋的门口,目送女儿与妹妹的身影渐渐走远,她俩频频回头,最后消失在走廊的尽头……

第十九章　一块玉佩

四年后。

这天上午,路莲正在单位办公室上班,隔壁办公室的叶娜活泼地走了进来。叶娜是办公室的文字秘书,她给路莲送来了一封信,笑着说:"路局长,有你的一封信,刚才我经过传达室,就给你带上来了。"

"啊,有我的信?谢谢你!"路莲笑着对叶娜说。叶娜很年轻,她剪着短发,穿着一件深蓝色带碎花的翻领衫,她对路莲十分尊敬。

路莲接过了来信,叶娜客气地告辞离开。路莲一看信封上的笔迹及来信地址,知道这封信是姐姐路润寄来的。她有点紧张,急忙拆信阅读。还好,姐姐来信的内容正常,叙说了最近的一些生活情况。最后,路润在信的结尾告诉路莲,自己即将刑满释放了。路莲快速地把信看了一遍,放下,接着又认真地看了一遍。路莲抬头望着窗外,想了一会,她站起来高兴地在房间中来回走动。姐姐终于要被放出来了,四年的困难光阴,她终于熬过去了,不知她现在怎么样了。下一步怎么办呢?在这四年之中,因为忙,因为不在同一座城市,路莲仅仅去姐姐那儿探望过两次,而且,这两次路莲都未敢把路晶晶带过去,姐姐肯定是很想孩子了。

路莲在办公室内走了两个来回,她想定了,她决定在姐姐情况有所好转时再次伸出援手。路莲决定去接姐姐。

路莲想好以后,立即写了一封短信,信中告诉姐姐,出狱的那一天,路莲将去接她。路莲把信封好以后,她请隔壁办公室的叶娜帮忙把信寄出了。

傍晚下班,路莲回到了家。她的家位于这座城市内一条僻静的小街,是一座普通的独栋民居楼,楼外有一个小院。路莲的夫君林广宇是这座城市的市委书记,路莲原在另一个城市工作,为了解决他们夫妇两地分居的不便及照顾林广宇的生活,上级领导把路莲也调到了这座城市并给他俩分配了这处住房。搬进来时,室内已经按照组织规定给他们配齐了一些普通的木制家具:两张长条桌、两组木柜、一个大方桌、一个两端等高的木板大床、几张小木床、几个凳子、椅子及一组皮质沙发。家具虽然很普通,但很实用,搬进来时路莲看了一下后很满意。她把室内的家具简单地进行了一些调整,铺上了干净清爽的大床单后,路莲又在室内铺挂上一些新窗帘、新台布,当一些画及一些照片也挂上墙后,这栋十分普通的砖混二层楼房顿时就变得很漂亮了。

天黑了很久,林广宇才下班回家,车停在小院的门口,秘书把林书记的一些办公用品送进了楼内后就离开了。路莲迎了上去,她接下了丈夫手中的公文包,并递上了一杯热茶,说:"广宇,这么晚才下班,快喝点热水吧,歇一会儿。"

林广宇把头发往上拢了一下,他穿了一身深蓝色的中山装,戴了一副眼镜,接过妻子递过来的水杯喝了一口说:"唉,最近这些天太忙了,有做不完的事,三个孩子呢?"林广宇夫妇只有一儿一女两个孩子,自从路莲的姐姐路润出问题后,路莲就把姐姐的孩子路晶晶接到了家中抚养照顾,路晶晶长大了,她已经在读初二了。

路莲对丈夫说:"三个孩子都放学了,我让他们三个人都上楼先去做作业了,阿姨已经把饭烧好了,就等你了。"

林广宇又喝了一口水说:"那好,我们赶快吃饭,我晚上还有许多事需要在家中接着办,有一些文件还没有看完。"

路莲接过丈夫递给她的水杯说:"我马上去厨房看看,让阿姨把饭菜端上来准备好,马上就可以吃饭。广宇,我有一件事想趁现在孩子们还未下楼,先与你说一下。我姐姐路润还有几天就要出来了,她是个参加革命比我们还要早的老同志,我要亲自去接她,以便进一步安抚她一下。"

林广宇听了,惊喜地睁大了眼睛说:"你姐姐要回来了,那太好了!她是个老同志,是我们的榜样。你应该去接她,把她接到我们家中休息一段时间,再设法给她找一份工作,同时把晶晶还给她,好让她也安个家。"

路莲听了,心中欣喜忙笑着对丈夫说:"广宇,你真好!看问题很准确,我真是很感谢你!我姐姐肯定是没有问题的!只是在过去的艰苦斗争中,我们的人牺牲得太多了,与我姐姐以前在一块工作的同志,她的联系人现在一时找不到,所以她才被坏人拖累了。"

林广宇转头认真地看着妻子说:"路莲,你怎么和我客气起来了,我们是一家人,不需要这么客气,你什么时候走?"

路莲说:"姐姐上午来信了,我算了一下日子,准备三天后动身去接她，我要在外面耽误三四天时间。这段时间，我让阿姨把你及几个孩子照顾好，我会抓紧回来的。"

林广宇叮嘱："行，你放心！不过，走之前你要把你们单位的工作安排好啊。"

路莲笑着说："我知道，我会安排好的，我让副局长老江及办公室主任给我盯着点。"

林广宇说："好！快让孩子们下来吃饭吧。"说完，林广宇拿起放在沙发上的公文包，匆忙地走进了书房。

三天后，清晨八点半，路莲就早早地来到了省立第二监狱的大门口，为了不耽误迎接姐姐出来的时间，路莲头一天下午就到达了这个城市，她在市内找了一家旅馆住下了。

省立第二监狱坐落在这座城市东边郊区的一个小镇附近，从市内有一条公交专线直达这个小镇，下车后再走一段路就到了。路莲匆忙赶到监狱大门口时，才八点半，此时监狱大门口没有任何人。灰色的大铁门紧闭着，门口有一个圆顶岗亭，有两位士兵在站岗。路莲望着监狱的大铁门有点激动，她不停地低头看表，并在大门口来回地走动。九点钟时，监狱大门前又来了一批人，他们是两个青年及三四个中年人。路莲向这几个人望去，暗想，今天从这里出来的人还不止姐姐路润一个。时间缓慢地到了九点半，终于，大铁门上的一个活动小门被打开了，从里面走出来两位穿深蓝色警服的男同志。路莲向他俩的身后望去，又有三位穿着普通便服的人随着另外两名警员出来了，这次出来的人是两男一女，路莲一眼就认出自己的姐姐路润。在这一瞬间，路莲心中为姐姐深深地难过,她强忍住眼泪。几位警员站在小门门口与三位被释放的人和气地说话。路莲急速地走了上去,站在另一侧的那一拨人也迎了上去,路莲快速地跑了几步,一把接过姐姐手上的一个布包。突然路莲看见那两位青年也向姐姐路润走来,有一位小青年急切地、高兴地对路润大声喊:"路大姐!我们来接你了!"

听见招呼声,路润和路莲都吃了一惊,路润望着这两个青年,停顿了片刻,她小心地问:"你们是……?"

那位青年满脸笑容:"路大姐,你不认得我了?我是工会的小袁呀!"

"啊!你是小袁!"路润立即想起来了,她也笑着说:"小袁,我记得你了,你们怎么来啦?"

"是的!路大姐,我和汪干事今天特地来接你!"小袁继续高兴地说,接着他指着身边的另一位青年向路润介绍说:"这是工会的汪干事,他是去年调到我们单位的,今天是高局长专门派我们俩一块来接你出来的。"

路润听了,不好意思地笑着说:"谢谢你俩来看我,真不好意思,你们还来接我!"

汪干事听了路润的话笑着说:"路大姐,不要这么说,我们来接你是应该的。我们的高局长获知你今天回家,非常关心你,特地派我们先来接你。高局长说,他会再找时间与你见面,高局长让我们转告你,他已经给你找好了安顿的地方。高局长有一位多年的好朋友,是位民主人士,在市图书馆任馆长,姓蒋,他那儿急需一位内行的图书管理人员,正在招聘,高局长推荐你去他那儿上班。局长说,以后如有更好的机会,你还可以再动一下。"

路润听了汪干事的话,很感动。她感谢自己的老领导还能这么记挂着自己。因为感动,路润的双眼噙满了泪水。

路莲拿着姐姐的布包,站在旁边,听了也十分感动。她连忙说:"谢谢,谢谢你俩!谢谢高局长!我是路润的妹妹,我叫路莲。"说完,路莲向两位青年伸出了手。

汪干事与小袁立即握住了路莲的手说:"我们知道路大姐有位好妹妹,路大姐是位老同志了,我们这么做是应该的,你们不用客气。"

说完,汪干事接过小袁手中拿着的一个暗绿色的帆布提包说:"路大姐,这个包是高局长为你准备的,他让我们转交于你,里面有一些点心及水果,还有你到市图书馆上班的介绍信、地址、电话及一百块钱。高局长让我们转告你,先用这点钱找个房子把自己安顿下来,然后在最近几天就抓紧去图书馆上班,市图书馆那儿急等着要聘一位管理员。"说完,汪干事把帆布提包递给了路润。

路莲伸手接住了递给姐姐的布包,连连地说:"谢谢,谢谢!"

两位青年向路润伸出了手说:"路大姐,保重!今天你妹妹也来接你,那我们就回去了。"

路润、路莲姐妹俩同时伸出了手,紧紧握住两位青年的手表示感谢。

汪干事和小袁一边回头望着她们姐妹俩,一边笑着转身离开。等在大铁门边接人的那几个中年人,接到人后也都陆续地走了,路莲拿着高局长的礼品,挽着姐姐的臂膀也离开此处。

姐妹俩一边离开一边说话。路莲仔细观察姐姐,路润今天穿了一件灰蓝色、洗得发白的很旧的列宁装,齐颈的短发梳得很整齐,白皙的脸上因为刚才流泪而显得有些潮红。路莲心中很不忍,很难过。路润虽然刚才哭了,情绪却仍然很好,她满脸笑容与妹妹交谈:"莲妹,你什么时候到的?今天还是昨天?"

路莲挽着姐姐的臂膀说:"我们单位最近忙得很,一直走不开,拖到昨天傍晚才赶到这儿,今天起床后就抓紧时间赶来接你了。"路莲说完停下了脚步,松了手臂,认真地看着姐姐说:"姐姐,你过得还好,仅仅是瘦了一点,精神挺好的。"

路润听了,收敛了笑容说:"妹妹,我何止是瘦了一点,待在这种地方,我心中记挂着晶晶,又一直在回想那些过去的事情,真是度日如年,我不知道我的历史问题什么时候才能够查得清!"

路莲安慰姐姐:"姐,不着急,你的事情上级领导一定会查清楚的。我听说有类似这种情况的人不止你一个人,在许多地方都存在。当时的革命斗争太残酷太复杂了,我们的许多同志都牺牲了,联系的线断了,所以有些事说不清楚,与许多牺牲的同志相比,我们这些人能活下来都是幸福啊。"

路莲的话触到了路润的痛处,她又流泪了,声音哽咽地说:"是啊,妹妹,还是你在延安革命好。你说得很对,我们当时在白区工作多难啊,许多同志都牺牲了,我的好战友李灿、吴霞,还有老丁,他们很有可能都已经不在了,不然,我为什么直到现在都还找不到他们。上海虽然很大,老丁应该能够被找到,他是位领导呀!我现在还时常想起过去那些提心吊胆的危险日子,我的那些好同志可能都不在了。当时我的领导发现我很危险,他们照顾我,让我转移到后方的根据地了。唉,所以我活下来了。"路润一边说,一边又抹泪。

路莲说:"姐姐,你不要太难过,也不要想太多,问题以后会解决的。"

路润转移话题:"妹妹,我们现在到哪儿去呢?"

路莲说:"我已安排好了,林广宇叮嘱我带你上我们家休息几天,你也可以顺便见见你的女儿路晶晶。晶晶长高了不少,她已上初二了,今天我来接你,我没有告诉她。她还是个孩子,学习很好,我不想让她的学习受到干扰,我准备等你们见面时再告诉她。"

路润又问:"我的那个老房子呢?"

路莲说:"当时因为考虑四年的时间不短,我去接晶晶时,把你租住的那个旧房子退掉了,这样可以省下不少租金,一些重要的用品,我把它们带到我家了。你的那位老邻居周大姐一家人非常好,他们当时给了我很大的帮助,你有机会要去谢谢他们。前两年我去看你,没有把这些事告诉你,是怕你伤心,现在可以和你说说了。我已定好了旅馆,今晚我们就在旅馆住吧。明天我可以先帮你找房子,或者也可以一块先去我家待几天,林广宇还在家中等着见你呢。"

路润听了很感动,说:"真是感谢妹婿,他是领导,工作肯定很忙。我想明天就暂时不去你家打扰吧,我先在旅馆里住一两天。刚才已有老局长给我介绍了一份工作,是个好机会,这样,我就不着急了。我不想在家中闲待着,明天先找房子,安顿好后抓紧去上班。我喜欢管理图书,我喜欢看书,老局长给我介绍的工作很好。"

路莲听到姐姐如此安排,也让步说:"如果你实在不想马上去我家住几天,等一等也行。你安顿好以后,我就把孩子路晶晶给你送过来陪你,不过我认为,孩子转学最好要等到学期考试结束后才能动,不然会影响孩子的学习成绩。"

路润听了说:"那好,路晶晶暂时不动吧,我一个人行。等我想想再说吧,走,我们先去你定的旅馆。"

两姐妹一路走一路说。前方出现一个土坡,路莲记得转过这个土坡就是一个乡村小镇,在镇口有一个通往市区的郊区公交线路的招呼站。果然,转过了这个土坡,就见前方的招呼站台上已经有不少人在候车,路莲带领路润向站台走去。

车还没有到,许多人都在招呼站等候,路莲提着包仍继续与姐姐说话。路润一边与妹妹说话,一边又对生活进行一些新安排,她改口说:"我又想了一下,路晶晶就暂时还放在你家住一段时间吧,等一等再说。因为转学,两处学校上的课不一样,孩子学习肯定会受影响。我想等我到图书馆上班稳定了,我抽时间先回老家棕榈里去看看老爸老妈,你去不去?最好我俩一块回去,我很想念他们两位老人。"

听到姐姐又改变了安排,路莲听了吓了一跳,她的神情凝重起来,思索如何安慰姐姐。因为,在这四年之中,老家棕榈里也发生了不小的变化。母亲在两年前就因为心脏病再次发作,未能抢救成功而去世了。当时为了不让路润知道伤心,大家都瞒着路润没有告诉她,怕她撑不住,路莲几次去看望姐姐时也没有把这个消息告诉她。现在姐姐要回老家去看父母,这可怎么办呢?路莲正在思索,正好公交车来了,路莲连忙转移话题说:"姐,车来了,我们赶紧上车吧!"

车停了,路莲扶着姐姐上了车,两人坐定后,路莲放缓声音,轻描淡写地说:"姐,老家有路秋一家人在照顾老人,你现在有许多事

351

要等着安排,回老家的事,我们不急,再等一段时间吧。父亲年纪大了,现在他如果见到你,情绪波动肯定会很大。你暂时就不要回去吧,等我以后有时间了,我陪你一块回去,现在我俩都忙,这事不急!"

车动了一下,路润望着窗外,听到妹妹如此说,她沉默了。过了好一会,路润同意说:"那好,我听你的。我暂时就不回去吧,你说得对,我这时回去对父亲肯定也是个不小的刺激。"

路莲说:"好,我同意。我明天上午就陪你找房子,下午我再陪你上街去买些生活用品,买几件新衣。你安顿好了以后,要抓紧去图书馆报到上班。上班时,你要穿好看一点,我后天就回去了,单位有许多事,忙得很呢。"

自己刚出来,妹妹马上又要走,路润心中难过,她的双眼又红了。她侧过了脸,双眼望着车窗外。车开动了,窗外是一片陌生的田野,还有一些农舍,它们在路润的眼前闪过。

路润很快让自己镇静下来,她同意了妹妹的安排,温和地说:"就这样办吧,我们抓紧,今晚我俩先住旅馆,明天上午找房,明天下午我俩上街去购物买东西,后天你就回去吧。"

路润又问:"现在我们去哪里?"

路莲高兴地说:"去饭店,我请你!我还准备了一些钱,等会拿给你!"

公交车加快了速度,向城中驶去。

时间很快,1965年了,这年8月路润收获了一个很大的喜讯:她的女儿路晶晶与路莲的小女儿林楠同时考取了大学。路晶晶被省财贸学院录取,成了一名大学生。

路润非常感谢妹妹路莲。路莲在路润处境最为困难的时候伸出了援手。为了避免远途转学影响路晶晶的学习,路莲仔细考虑后与丈夫林广宇商量,他俩都觉得路晶晶读书的事暂时不动为好。

路莲打电话对路润说:"大姐,孩子远途转学,两地的功课会很不一样,路晶晶目前的学习很好,我想,暂时仍让她继续在我们这儿念书吧,她可以在寒暑假期间去看看你,陪陪你,让她在两地之间跑跑,这对她也是个锻炼,这样可好?"

路润一听这个建议,觉得妹妹说得很真诚,她表示了同意。说:"谢谢妹妹,打扰你了,我愿意让路晶晶就住在你家,在你们那儿读完高中。"

路晶晶很聪明,正好又有林楠做伴,两个女孩天天在一起互相鼓励,一道努力,终于如愿以偿,都考取了大学。林楠考取了省工业大学无线电专业,路晶晶考取了省财贸学院财会专业。

9月初,路莲和路润相约相伴,两人一道把两个女孩护送到省城大学报到了。

路晶晶进大学读书了,路润很开心。

这年10月中旬,路莲接到上级领导的一个开会通知,她出差去外省参加卫生医疗工作下基层服务的经验交流会议,返回途中为了转车方便,路莲在安徽的一个县城停下了。这座县城位于大别山区东侧,是个革命老区,在革命战争年代曾有许多同志牺牲在这一片土地上,有许多可歌可泣的故事。

路莲吃过午饭,一看时间还很早,休息了一会后就沿着饭店门

353

外的一条土路缓缓地走,她想欣赏一下这个老县城的风景。不远处就有一座山,山上林木苍翠,路莲晃到了山脚下,才发现这山是个开放的公园。路莲站在铁栅栏围住的大铁门前,向山上望去,这座山的山顶上有一座很高的长方形的白色纪念碑。路莲停在门外向这座白色的纪念碑眺望着,她想起哥哥姐姐们的一些往事。路莲对自己说,上去看看?她的脚不由自主地跨进了大门并往山上走去。路莲在林边的水泥坡道上走了不久,在坡的左侧就出现了一个革命烈士事迹陈列馆,路莲停下了脚步,她走了进去。

陈列馆是一座由砖木构筑起来的不小的一层建筑,建筑正中间是一个很大的展览大厅,大厅两侧有一些房。在大厅的内侧的根部周围有一些用水泥、砖块砌成的不高的长条状平台,平台上面摆放展示了一些陈旧的武器。在大厅的正中央有好几排玻璃柜,它们分别围成好几个方框,里面摆放有一些革命者遗留下来的珍贵纪念品。路莲顺着墙壁,沿着不高的水泥平台依次参观看过去,最后路莲走到大厅中央仔细地观察那些玻璃柜中的纪念品。突然,路莲在一个玻璃柜的边缘看见了一个米白色的环形玉佩,这枚玉佩好熟悉!路莲心中一惊,玉佩的边缘还带有一些陈旧的血迹。路莲忽然想起自己也曾有一枚与此十分相似的玉佩,她习惯性地向自己的颈部摸去,却没有摸到那根红绳,这时,路莲才想起,自己那枚随身多年的玉佩,已经很久都没有戴了。

路莲叹了一口气,她从衣领内拿出了手,弯腰低着头靠近那枚玉佩仔细地观察。在这枚玉佩附近还有几行文字附注说明,标题就是《一枚玉佩》,路莲被这段附注的文字深深地吸引了。路莲此时想起不仅自己有一枚与此十分相似的玉佩,姐姐路润也有一枚这种环形的玉佩。路莲想起解放初期姐姐曾告诉过自己,路润在上海做地下工作时曾与一位志同道合的革命同志深深地相爱,后来,那位爱人去执行任务后就下落不明了,从此没有了消息。

路莲直起了腰,她站在玻璃柜边想了一会,然后向站在大厅中的一位女管理员走去:"同志,我想仔细看看这枚玉佩,麻烦你打开玻璃柜,拿出来让我仔细地看看它。"

女管理员客气地说:"同志,不好意思,挪动玻璃柜内的陈列品观看,要经馆长同意才行呢。"

路莲抬头与管理员协商:"那请问馆长在哪里?"

女管理员说:"馆长就在大厅门口的那间办公室中,请跟我来,我给你喊一下。"

路莲与女管理员一同走进馆长办公室,说明了要求。

馆长姓梁,四十多岁,他身穿一套深蓝色的中山装,他站了起来,很热情地伸出了手说:"行!同志,请问你贵姓,从哪儿来?"

路莲握住了梁馆长的手,感激地说:"谢谢你,梁馆长!我姓路,是从宜安市来的。今天路过贵地,想参观一下这儿的烈士陈列馆。我也是一位参加革命很久的同志了,请你们放心,谢谢你!"

梁馆长听路莲如此说,忙客气地说:"不用谢,欢迎你来我馆参观,请多指教!"

路莲说:"我想仔细察看一下你们馆内玻璃柜中的一件玉佩陈列品,麻烦你了。"

梁馆长笑着说:"行!"说完梁馆长随着路莲走向陈列大厅,他打开了玻璃柜,拿出了玉佩,双手递给了路莲。

路莲珍重地用双手接住了这枚玉佩。她站在玻璃柜边仔细地

355

观看这枚玉佩的正反两面。突然,路莲在玉佩反面的血迹旁发现了一个很小的已很模糊的"润"字,啊!路莲不由自主地叫了一声。

路莲的心怦怦地跳起来,她有点激动。再次观察后,她已初步确定了这枚玉佩与自己的那块玉佩形状、质地一模一样,发现了"润"字后,她已基本上确定了这枚玉佩就是姐姐路润的了。

"梁馆长,麻烦你,谢谢你!我还想再看看这枚玉佩捐赠者的材料。"路莲仔细看过玉佩后又与梁馆长商量。

梁馆长此时已经猜到这枚玉佩有些不一般的来历,他说:"这枚玉佩是一位老同志许多年前捐赠的,有详细的捐赠记录,我给你找一下。"说完,梁馆长走到大厅一侧两个平行排列的书橱旁边,他从书橱中找出一本很厚的蓝色资料本,依据赠品上的编号,梁馆长很快就找到了相关捐赠者的资料。梁馆长先察看了一遍确定无误后,他把材料递给了路莲。

路莲接过这本很厚的资料本,她找了一处桌子,在桌边坐下了。这枚玉佩的捐赠者姓江,他在捐赠的说明书中介绍了这枚玉佩的来历:1943年,我在江苏打工,与几位从事地下工作的革命同志相识。一天,我被邀请帮助他们到江苏青花小镇去运东西,我们从江岸边的一条船上接运下来一些货物后不久,就有一些当地的警察获知了消息,他们围了上来,负责运输的三位同志立即拔出手枪与警察们对射起来。我挑着担子正急忙往前跑,身边的一位青年一边开枪抵抗一边回头催我:"快走!"我刚走了几步,突然听到这个青年大叫一声:"哎哟!"我回头一看,这位青年已被枪弹击中,鲜血从他的左胸涌出,他倒下了。我立即放下担子,想去救他,他躺在地上断断续续地说:"东西要紧!你赶快走!别管我!"我不忍心抛下他,我托着他的头,他喘着最后的几口气,伸出一只手用力地从颈子上扯下一块玉佩交给我说:"这枚玉佩,你留着,也许以后会有人去找你。"说完,这位青年的头就垂下了,我只好放下了他。前面还有两位押运的人仍在与警察激烈地射击,周围子弹乱飞,危险中我急忙收起这枚玉佩,挑起担子往前赶路。我和几个挑担子的同伴匆忙地往前跑了半里多路后,从树林中又奔出来几位接应我们的新四军。新四军把追赶我们的警察击退,大家一起退至树林中。当天傍晚大家赶到一个村庄时才知道这批货物下船后不久,就有两位押送货物的同志牺牲了。第二天,听说接应我们的新四军同志又返回江岸去寻找那两位牺牲同志的遗体,可惜已经迟了,没有找到。我估计,他们可能是把地点找错了,也有可能是那两位同志已被当地的老百姓掩埋了或者是被那些警察拖走了。新四军同志接收下我们运送的货物后,就与我们匆忙地分手了。我离开他们走了一段路后,才想起那位青年留给我的那枚玉佩,这时,我已经找不到任何新四军了。新中国成立后,我收藏了这枚珍贵的玉佩并一直等待着有同志会依着线索来找我,却一直没有任何人前来与我联系。现恰逢我们共和国成立十周年大庆,国家正在征集一些牺牲烈士的遗物及故事,所以我就把这枚珍贵的玉佩捐献出来了。我要让大家都能看看这枚珍贵的玉佩,我们不能忘记这位烈士,应该让这位烈士的英灵安息。我不知道这位烈士的姓名,后来也没有任何人向我打听这件事情。捐献及说明者江松林敬启,1959年11月8日。

路莲看到这里,心中非常难过,她的双眼噙满泪水,她擦了一把泪水对站在桌边的馆长说:"我需要记下这位烈士的事迹,等一会我要带人来拍照。"

梁馆长看见路莲泪流满面,忙安慰:"同志,别难过,我下午在馆内等你。"

路莲抹干了脸上的泪水,快速地离开了陈列馆。她到城内找到了一家照相馆,请了一位摄影师与自己重新来到那座陈列馆。摄影师仔细地拍下了这枚玉佩的正反两面及这位捐赠者附上去的文字说明。

照片迅速地被洗出来了。路莲带着照片回到家中后,立即找出自己的那枚玉佩与照片进行比对。路莲观察对比后,再一次确定了那块玉佩就是姐姐路润的,可是姐姐的玉佩怎么会到那个玻璃柜中呢?莫非是她送给了别人?路莲想不明白,傍晚丈夫林广宇回家,路莲向林广宇诉说了自己的奇遇。林广宇听了,也感到很稀奇,相隔这么远的两个地方,时间也这么久了,竟然还会有这么凑巧的事。

林广宇说:"赶快给你姐姐打个电话,把这件事告诉她,让她到安徽去一趟,亲自去看看,事情马上就明朗了。也许这是个突破口,你姐姐可以通过这块玉佩找到她想要找的人,从而把自己的历史问题说明清楚了。"

路莲听了沉默了一会说:"你说得对!姐姐的住处没有电话,这事必须要等她明天上班,打电话到她工作的图书馆告诉她,随后我马上把照片再给她寄过去。"

林广宇笑着说:"你明天上午就抓紧时间把这次奇遇告诉她,如果这块玉佩确实是她的,那她的历史问题也就可以顺利地解决了。"

路莲仍坐在沙发上思索,低声地说:"是的,广宇,你分析得很对!"

第二天上午,路莲在自己的办公室内拨通了路润工作的图书馆的电话。这座图书馆的联系电话,在图书馆综合办公室内。路润接听了电话后不久,就因为激动,忍不住又流泪了。路莲在电话中说了一会就听到了电话那端有姐姐轻轻的哭泣声,她忙安慰说:"姐,千万别难过,我明天就把照片及材料邮寄给你看看。收到我的信后,你请几天假,亲自到安徽那个小县城去看一下就清楚了。地址、电话及联系人,我都在信中给你写清楚。"

路润听了妹妹的分析,她抹了一下眼泪说:"好的,妹妹,谢谢你!"

两周后,路润请假亲自去了位于大别山脚下的那座小城。路润刑满出来后,她经原来的上级高局长的介绍来到图书馆工作已有不少时间。路润热爱文学,她工作踏实又内行。她把图书仔细地分类编号,一些旧图书她也舍不得丢弃,就亲自进行了一些修补。同志们都知道她是个办事认真的好同志,后来大家又知道了她还是个老革命,对她更加敬重。她的请假,立即得到馆长的批准。路润依照妹妹给的地址,很快在山脚下找到了那个革命烈士陈列馆,当梁馆长再次打开那个玻璃柜让她观看那枚玉佩时,路润仅仅看了一眼,就泪如泉涌。她一边哭,一边对馆长说:"这枚玉佩原来是我的,是我送给我的爱人李灿的啊!这证明,他确实是牺牲了啊!"

路润趴在玻璃陈列柜边痛哭不已,馆内的几位工作人员都围了上来,他们十分感动。馆长一边劝,一边用笔迅速地记录下路润说的故事。

一位年轻的姑娘给路润送来了一杯开水,请她喝一点,说:"大姐,你不要太难过了,哭久了会伤身体的。"梁馆长也亲切地对路润说:"同志,请你不要再难过了,我们想请你留下来,中午在一块吃一餐饭,我们很想听听你和这块玉佩之间的故事。"

听到了馆长的邀请,路润停止了哭泣,她睁大了眼睛,想了一会。她想到自己以前曾经被判刑几年,一些主要的问题还未解决,还是不要连累李灿为好。路润擦了一把眼泪,站了起来说:"谢谢你,馆长,中午我不在你们这儿吃饭了。谢谢你们,我要回去了,我寻找这枚玉佩许多年了,终于在你们这儿找到了。今天,我在这儿看到的情况,我将会写成文字,上交给党组织。"

路润说完了,她缓缓地转身,目光呆呆地向陈列馆大门口走去。梁馆长被刚刚见到的这些情景深深地震撼。他敏锐地感觉到在这枚玉佩的背后深藏着一个十分悲壮的故事,梁馆长十分想知道这个故事,但是路润不愿意说。梁馆长不便勉强,他和几位管理员一直把路润送到陈列馆的大门口,又沿着坡道往前走了一段路。梁馆长十分不放心悲伤的路润独自离去,他对两位管理员说:"小刘,小秦,你们两位陪陪这位大姐,把她送上车!"

路润听到了梁馆长的细心安排,她清醒过来了,低声客气地说:"谢谢你们提供的帮助,谢谢你梁馆长,不用担心,我一个人行!"

路润说完,她用双手把身上的背包扶正,十分勉强地笑了一下,转身又对梁馆长一行人说:"请止步,谢谢!我走了。"

沉浸在悲伤之中的路润又一次撑住了,说完了告别的话,路润加快了脚步,向坡下走去。

　　回到家中时,路润已经平静下来了,第二天上午她就回到图书馆上班了。其后几天,路润抓紧时间把自己在大别山脚下那个县革命烈士陈列馆中所看到的那枚玉佩情况写了份报告上交给了组织部,路润恳请领导进一步去核实调查。

　　路润,她没想到,真是很不凑巧！在她上交那份珍贵的陈述报告后不久,一场声势浩大的全国性运动在全国各地迅速地展开了,这场运动持续的时间很长,上级领导及相关组织未能有时间去核查和解决路润所反映的问题。她的事再一次被搁置。

第二十章　我是党的女儿

1969年秋,国家对运动中被滞留分配的老三届大中专毕业生进行了统一面向基层的大分配。

路晶晶与一批大中专学生一块被分到了宁川县。路晶晶到县里报到后,她又被向下分到了山清水秀的清溪镇,她进了镇中的农贸供销合作社任柜员并同时学习会计工作。与她一同分到这个小镇工作的这一批老三届大学生共有十多人,看到这儿的山水这么美丽,环境这么宁静,这些大学生都十分高兴。

路晶晶来到清溪镇报到看了大概情况以后,她又返回了茂川市,把自己的分配情况、镇上看到的情况都向母亲路润详细地介绍了,说:"妈妈,那个小镇的山水可真漂亮,像在画中一样,我想先在那儿工作一两年,以后再找机会想办法调回茂川市,在你身边照顾你,可好?"

路润看到女儿对分配很满意,她很高兴,笑着对女儿说:"清溪镇那么漂亮,我明天就去那个地方看看,如果确实很好,你就不必调动了,我也可以向你靠拢呀!我现在年纪也大了,也可以不必再上班了。山间的山水好,利于养老,我还可以长寿呢,这样,我们母女俩以后相互也好有个照应。"

路晶晶听到母亲这么一说,更加高兴,说:"妈,在这个小镇与我一块分来的大学生有十多个呢。"

路润笑了,她侧着头问女儿:"有这么多的大学生分到了镇里?"

路晶晶说:"好多年未分配,积压下来的好几届大学生这次全部都分配了,人数很多,目标又主要是下基层,所以镇里就一下子分来了许多学生。"

路润说:"大学生分下来的多,不坏。你们能分配就好,以后大家还可以根据专业及各自需要再调动。"

就这样,路润很快就到女儿工作的那个地方跑了一圈,看了以后,她很满意,觉得这个地方环境很美,宜居也利于养老。随后,路润做了一个大胆的决定,不上班了,到清溪镇陪女儿,为女儿烧饭。不久,路润就搬到了清溪镇,重新租了一处房与女儿住在了一起。

两年以后,好消息再次降临。清溪镇很小,分到这儿的大学生们有男有女,大家很快就互相熟悉并经常来往相处得很好。不久,在这些年轻人中间就自动形成了好几对恋人。

路晶晶在供销社工作,她与在镇农机站工作的青年技术员徐林打交道很多,徐林也是省农学院分配下来的大学生,他常到供销社买农具、买设备,不久就与路晶晶混得很熟。小伙子中等身材,桃形小圆脸,戴了一副眼镜,很是帅气。这两个青年接触多了,相互都有了好感。在这个小小的清溪镇,路晶晶和徐林慢慢地好上了,路晶晶大眼睛长得很漂亮,徐林常常借故去买东西,有时一个星期去买好多次,终于两人相爱了。

路润知道女儿找到心上人后,心中非常高兴,她想起自己的坎坷遭遇,便催着女儿早早地把婚事办了。

时间的脚步很快,转眼已经是1982年4月了。

这天,在宁川县清溪镇的一栋带小院的平房中,路润吃完了早饭,她的养女路晶晶已经上班去了。路润已经年近七十岁,身体差多了,她慢慢地洗好了碗,擦干净了手,走到镜子前梳理自己的头发。镜中的路润面孔清瘦,脸上已出现不少皱纹,但她那双大眼睛仍在镜中熠熠生辉,眼中明亮闪动的光泽显现出她对未来的生活仍怀有希望。

梳好了头发,路润拿了一个自己的小包出门了,她要到小镇周围的小路上去走走,去活动一下自己的筋骨,这是路润最近几年养成的一个练身的好习惯。

路润沿着镇外的路往前走,前面不远处就有一条河流。河边成排的柳树都已长出许多连串的绿叶,许多细细的柳条儿,它们随着风儿正在轻轻地舞动。忽然,路润抬头看到河岸不远处的一个小山坡上有一片红色,是花儿开放了?开得这么红?路润带着疑问,怀着好奇,她快步向小山坡走去。

原来在这个小小的山坡上,有一块突起的很大的山石,在这块大山石的崖脚下竟然还生长有四五株杜鹃!它们簇拥在一起连成一片,花儿已经全部开放了,火红的花瓣正在阳光下抖动!

路润想起,这一片山水,在战争年代也曾有枪炮声响起,也曾有过许多革命的故事发生。往事让路润又激动起来,她的双眼又噙满了泪水。

路润站在杜鹃花旁欣赏着,她很高兴,又一个春天来临了,这片杜鹃花开得多么美丽啊!路润看了一会杜鹃花后,又驻足回身站在山坡上向远处眺望。路润感觉到眼前静卧在山脚下的这座清溪镇格外美丽。清溪镇不大,它由几条短短的古老小街组成。一些年代已很久远的青砖灰瓦房簇拥在一起,依傍着这条从远处大山中流淌下来的清溪河水呈"山"字形分布,溪水沿着镇的边缘蜿蜒流过。春天了,在溪水河岸边成行生长的柳树都已发芽,细长嫩绿色的柳条儿成束地拖挂在河沿上方随风摆动。再往远处,有一条黛色的模糊的远山静卧在小镇的西边。

　　这山、这古老的小镇和溪流,在春天里共同构成了一副自然生动的中国山水画卷。

　　路润站在小山坡上一边观景,一边回忆来到这个小镇上的那些有趣的往事。她很高兴自己能来到这个美如画的好地方养老。

　　"此景真美!"路润曾经是位作家,她写过许多文章,她的心敏感而灵动,此时她一边欣赏春色一边忍不住自言自语。

　　忽然,路润远远地看见一个女人顺着河岸向山坡这儿跑来。来人跑近了,路润认出她是自己的养女:路晶晶。婚后路晶晶剪短了头发,她气喘吁吁,白净的脸上布满了细细的汗珠,她走得太快太急了。看见了路润,路晶晶急促地说:"妈,你怎么跑到这儿来啦,这么远,让我好难找!"

　　路润望着女儿问:"有什么事?你跑得这么急?我上午没事,又是春天,我就出来晃晃,不知不觉中就走远了,走到这儿来了。这一块地方,因为比较远,我以前还从未来过呢。"路晶晶忙走上前一步,把路润扶住说:"妈,我们赶快回家吧!刚才我在单位上班,县民政局的同志电话打到我的单位,找到了我,说有重要的通知告诉你,叫我赶快回家告诉你。"

路润一听,心立即怦怦地跳起来,她面色凝重地问女儿:"什么通知这么急?"

路晶晶抹了一把脸上的汗珠说:"我也不知道,我们赶快回去吧!"

说完,路晶晶忙把母亲从山坡上往下扶,路润一边移步往下走,一边高兴地对女儿说:"春天了,真没想到在这处山坡上还有杜鹃,这几棵杜鹃花开得真美!晶晶,今天是这几株杜鹃花儿把我引到这儿来的!"

晶晶笑着说:"妈,你怎么知道这几株花儿就是杜鹃?"

路润高兴地说:"我当然知道!我们这儿位置偏南,天气较热,杜鹃花在我们这一带不宜生长。这处小山坡,它挡住了南面来的热气流,使这一块地方比较阴凉,所以这几株杜鹃花儿在这儿活下来了。这一带我很少来,还从未注意到在这个地方还有这种花儿。以前我参加革命时,在长江流域,在苏北,在一些山区,这种花儿十分地多见。"

母女俩一边说一边下了山坡,快步地往镇上赶去。

进了家门,路晶晶赶快打开衣橱给母亲找了一件好点的衣服,给路润换上,又用木梳把母亲被风吹乱的头发快速地梳理好,然后母女俩就在家中等候。

一个小时后,有一辆吉普车嘎的一声停在了院门口,路晶晶听见了刹车声,忙掀开窗帘朝外望了一下,她看见有三位穿着灰蓝色制服的男同志走进了小院,路晶晶忙回身对母亲说:"妈,他们来了。"

说完,路晶晶忙迎出了门。

三位同志走进了院门,走在最前面的一位同志向路晶晶伸出了手说:"你是路晶晶同志吧?我们是县民政局的,特地从县里来的,你的母亲在家吗?"

路晶晶连忙说:"我妈妈在家。快请进!"

随后,民政局的三位同志,随同路晶晶一块走进了屋内。

这是一栋三开式的平房,房内两侧设有两间小卧室,路润住一间,女儿住一间,中间是较大的堂屋。女儿路晶晶已经出嫁了,但她住得很近。自从路晶晶成家后,路润就让女儿一家人另外居住。路晶晶是个非常孝顺的好孩子,她不放心年龄已大的母亲,每个周末,她都会回到老房子来陪母亲住两天,帮助母亲做些家务,洗衣、买菜及购买各种生活用品。

几个人进了屋,路润正坐在厅堂桌旁的木椅上,她望着三位来客,面带微笑地询问:"同志,你们是……?"

三位来客全部呈环状围站在路润的面前,站在旁边的一位青年满脸笑容,他指着站在中间的一位中年人向路润介绍说:"路润同志,这位是我们县民政局的崔科长,他给你送来了喜讯!"

路润瞪大了眼睛问:"什么喜讯?"

崔科长弯下了腰,伸出双手,紧紧地握住坐在椅子上的路润的双手说:"路润同志,我给你带来了天大的好消息,你被彻底地平反了!你被恢复了党籍!被恢复了公职!"

突然听到了这意外的好消息,瞬间,她的头猛地往后一仰,双目闭上,人几乎要晕过去,崔科长及边上的那位青年,急忙伸出手扶住她。路润终于挺住了,她的泪水顺着面颊汹涌而出。

路润满脸泪水,慢慢地扶着桌边,撑着站了起来。

崔科长忙笑着对路润说:"路润同志,是好事!别难过!"说完,崔科长接过旁边另一位青年递过来的蓝色文件夹,从里面拿出了文件。

路晶晶急忙走到路润身边,扶住了妈妈。

崔科长从文件夹中抽出了文件,民政局的三位同志,一并在路润面前站齐,向路润宣布了上级下达的路润同志彻底平反的红头文件。

崔科长站在路润母女面前,严肃地把整个文件念了一遍,念完后,崔科长伸出双手把文件郑重地递给路润。

路润的双手不停地抖动,她用力地握了一下拳头,想让自己的双手停止颤抖,可是她却怎么也停止不了。路晶晶在旁边看了,实在不忍心,她抬头问:"领导,我代我妈妈接下来行吗?"

"行!"崔科长肯定地说。他也被眼前的一幕深深地感动了。

崔科长把平反的文件递给了路晶晶,他用双手又一次紧紧地握住路润攥紧的两个拳头说:"路润同志,我们早就听说了你不寻常的故事,被你的事迹深深地感动。现在,这一天终于到了,你也安心了,你要高兴才是,不要太难过。"

听到崔科长的最后一句话,路润终于绷不住了,她还是没有控制住自己,猛地一下子坐到了椅子上呜呜地痛哭起来了。

哭吧,让泪水尽情地流吧!许多年的委屈,这时确实是应该让它们彻底地发泄掉!

路晶晶接下文件后,她把平反文件公公正正地放在大方桌正中间,然后她忙着给三位同志沏茶。

崔科长连忙制止说:"小路同志,别忙了,我们还有事,就不耽误了。你好好地劝劝你母亲,让她老人家开心!"

路晶晶挽留:"同志,坐一下吧!"

崔科长说:"不了,我们确实还有事。"说完,崔科长又弯腰伸出双手,紧紧地握住路润的手说,"路大姐,不要难过了,这一天对于你来讲,来得有点晚,但它还是来了,祝贺你!后面还有一些具体的政策,补发给你的工资都将会很快地落实下来,你就不用着急,我们会为你一一办好。"

路润听到三位同志要走,她抬起头用手擦了一把脸上的泪水说:"谢谢你们!谢谢党!谢谢政府!领导,我想顺便问问那位汉奸张力,他最后怎么样了?"

崔科长说:"那个让你受到牵连的汉奸张力,他沾了你的光,得亏了你的证词,最后被定为将功折罪,被免去死刑,只判了十五年的有期徒刑,他已经在十年前就刑满释放了。你的问题,因为无人证明,再加上前些年的运动,被拖了许多年,所以最近才被彻底予以纠正。"

路润听了崔科长的话,沉默了片刻,接着她低声地道:"张力真应该好好地谢谢政府!领导,我身体还好,我还想为党再做些工作。"

崔科长听了,笑着说:"路大姐,真谢谢你,你先休息一段时间吧!县里其他同志以后也会来看你。以后有时间,你可以给年轻人讲讲你以前的那些革命故事,让大家更好地向你学习。"

接着,崔科长又对身边的路晶晶说道:"你妈妈身体还好吧,我

369

们听说她以前是个作家,文笔很好,以后有时间她老人家还可以写点回忆录,这样也可为我们县里留下一笔宝贵的革命资料。"

路晶晶说:"我妈身体还好,她经常出去锻炼,不过,前些日子她在镇卫生所检查心脏,心电图T波有点小问题。"

崔科长见路润已能交谈了,知道路润已经控制住了自己的情绪,他对两位随行的青年说:"我们走吧。"

民政局三位同志再一次与路润握手告别,然后转身向屋外走去,路晶晶跟在身后,一直送到小院门口。

院门外,崔科长站在车边对路晶晶叮嘱说:"不要送了,请回吧,回去好好地劝劝你妈妈吧。你妈妈是一位很了不起的革命老同志,我们要向她学习!"

路晶晶也因为感动,双目含泪,说:"谢谢你们！谢谢政府！"

民政局的几位同志走后,路润对女儿说:"我的身体没有问题,我的感觉好得很,我现在在家无事,年纪也还不太大,我要抓紧时间写点回忆录,把过去那些惊险的革命斗争故事记录下来,我也许还能写一本书呢。"

路晶晶立即支持说:"你的文笔那么好,确实应该写点革命文学。妈,我出去打个电话。"

说完路晶晶急忙赶到镇口。在镇口的一家商店中有一部电话,路晶晶准备给单位领导打电话,她不放心母亲,她要给自己请一天假。

"喂！是供销社吧？"路晶晶把电话拨通了,接电话的正好是路晶晶的上司,会计科的江科长。

"我是供销社。"江科长说。

"江科长,你好。我已听出你的声音了,我母亲今天有点事,我不放心她,想请一天假陪陪她,我明天下午回单位上班。"

"行!你母亲年纪不小了,她不舒服,你就陪陪她吧。"路晶晶已是主办会计,江科长在电话中很客气地对她说。

"那好,谢谢你!"路晶晶放下电话,又赶回家中。母亲已经平静下来,她正坐在椅子上认真地看那份平反红头文件。

路晶晶站在母亲身边默默地等待,母亲看了一遍又一遍,她终于抬起头说:"晶晶,今天我很高兴,我也很激动!你的妈妈——我终于等到了这一天!孩子,你不知道,此时妈妈的心中是多么高兴,又是多么难过啊!"

"我知道!妈妈,都熬过去了,我们不难过,可好!"路晶晶在旁边哄母亲。

"好!晶晶,今天下午或者是明天,你要给我发几份电报,把这个好消息告诉你的姨妈、大舅、二舅妈、小舅,让他们也为我高兴高兴!"

"好的!妈,刚才我已请好了假。今天我们休息!明天上午我去电报局为你发电报,让姨妈、舅舅们也为我们高兴。"路晶晶同意说。

因为一些原因,前些年路润有意识地让自己减少了与几位兄妹之间的来往。老家的父亲因为年老已经不在人世了,棕榈里六号的那处房,路润已经很多年都未回去过。

路晶晶说完以后,路润站了起来,她走进卧室,拉开衣橱内的一个小抽屉,路润记得,几位兄妹家的老地址就放在里面。

路润找到几位兄妹家的地址后,她转身走进厅屋对女儿说:

"晶晶,你的外公外婆都已经去世了,只有小舅舅一家仍然住在老家老房子中,这是你的几位舅舅、姨妈家的地址。这些年因为大家都很忙,来往减少了,我估计他们都未搬家,你就按上面的老地址,明天给他们发个电报报个喜吧!"

"好,我明天上午去电报局发电报!"女儿晶晶又一次肯定地说。

两天后。

路润在家中收到了第一封电报,那是她的小妹路莲发来的,电文写:大姐,喜闻你的问题已得到彻底地解决,我们太高兴了。恭贺!握手!紧紧地握手!小妹路莲敬启。

下午,路润又收到小弟路秋的电报:恭贺大姐!我们全家都太高兴了。大姐,你多保重,我们抽时间会去看你。

大哥路春的电报到得较迟:大妹,喜闻你已彻底平反,恭喜!保重!

最后,是二弟媳欧阳的来电:大姐,我们永远是一家人。恭贺你!我们有空将会去看你。

傍晚,虽然这天不是周末,路晶晶下班后还是抓紧时间又赶了回来,她手中提着刚在镇上买的新鲜的咸水鸭及一份熟菜推开了家门。路晶晶看见母亲手中拿着几份电报,坐在椅子上欣喜地流泪。

路晶晶说:"妈,我买了菜回来了,我来陪你吃饭。姨妈及舅舅们来电报了吧?"

路润用手擦了一下脸上的泪水说:"是的!他们都给我回电报

了。他们都知道了,我被彻底地平反了,恢复了党籍!我现在又重新是党的人了,我是党的女儿!他们都高兴啊!我更高兴啊!我终于等到了这一天!"

说完,路润坐在椅子上又失声地痛哭起来。

路晶晶忙上前劝阻:"妈,你怎么又哭了,现在不是很好嘛!明天徐林请客,我们全家都到饭店中吃一餐,庆贺一下。今天不行,孩子要上学,孩子他爸上班也忙。"

路润忙说:"不要客气,不要花钱!你们忙,你明天就不用回来了,我一个人行。"

五个月后。

时已至深秋,这天天气晴好,天空万里无云。路润找出两件旧毛衣挂在院子里晒着,进房后,她见衣柜的门仍旧开着,就随手拉开衣橱中的小抽屉。在这个不大的木屉中,藏有路润的一些重要纪念品,前些日子,路润把自己的平反文件也放了进去。两个月前,路润收到了平反后补发下来的工资,共计两万四千多元,这是国家补发给她的一笔不小的收入。路润拿到钱后,心中准备将钱的一半上交给党组织,用以作为自己这些年补交的党费,剩下的钱,她准备留给自己的养女路晶晶及最小的弟弟路秋。

路润知道自己的小弟是个小个体工商业者,收入不高,孩子多,生活一直不富裕,路润决定帮助他一点,尽尽自己一点微薄的力量。路润站在抽屉前,望着钱,她拿起纸笔,回到桌子边,写了起来:晶晶,我的好女儿!我年纪已经不小了,如果哪一天我走了,请你将国家给我的钱之一半作为我的党费上交给党组织,因为我是党的女儿……路润坐在桌边把自己的想法和安排写出来后,心中非常高兴。她认真地又看了一遍后,签上了自己的名字和时间。路润把纸条和钱放在了一起,这时她很想找一块红绸布把它们包起来。

路润在抽屉内翻找,抽屉底部有一个红绸小包露了出来,路润把这个红绸布包从抽屉底部用力地抽了出来,拿在手中,却不忍心把它打开。在这个红绸布包中藏有一支旧钢笔及几张十分珍贵的照片,照片上拍摄的是一个刻有润字的环形玉佩及一段文字记录。有泪水从路润的眼中涌出,在这几张照片中深藏着路润心中最痛也是最爱的一段往事。

路润拿着这个红绸布包站在抽屉边,她含着热泪,停顿了好一会,然后她慢慢地打开了这块红绸布,她一件又一件地把那些旧物又看了一遍:这只老钢笔是黑色的,很粗大,它的笔头是铜质的,是金黄色的。这支钢笔是李灿与路润最后一次见面分手时赠送给路润的爱情信物,那次见面时,两人讲好以后要凭着这只钢笔在苏北根据地相见,却没想到,那一次别离竟然是两人的诀别;那几张照片是1965年妹妹出差在安徽的一个革命老区遇到那枚玉佩时请照相馆的师傅临时拍摄的,包含那张珍贵的捐赠说明。路润把这些东西仔细地看了一遍又一遍,又有泪水从路润的眼中涌出。路润知道,因为这枚玉佩,李灿的这个故事终于被上级组织核实清楚了,路润才有了现在彻底的平反,她现在又是党的人了。

路润站在衣柜抽屉边把照片材料看了很久,又想了很久,她慢慢地擦干了脸上的泪水,她把补发下来的两万四千元钱和自己刚才写好的几个字,还有玉佩的照片、玉佩的文字故事照片以及那支钢笔,又仔细地放在一起,放进了那块红绸,并紧紧地包好。

这天上午,路润写了几页回忆录后又想出去走走,练练身体。她把院门带上,沿着镇中的那条主街往镇口走去。路润来到这个宁静的小镇已有些年头。在这儿,女儿路晶晶好运相随,她顺利地寻找到自己的好郎君,成了家,还养了个儿子。镇上很少有人知道路润从前的那些历史,那些辉煌的及一些不愉快的事情,都过去了。路润这些年在这个小镇上过着十分安静的生活。

又到了镇口的河边,有两位在河边洗衣归来的邻居挽着装衣的大竹篮迎面走来,见到路润,她们热情地先开口打招呼:"路大姐,你也出来玩?"

今天路润心中特别舒服,她笑着回答:"是啊,今天天气真好,一点都不冷,我出门玩玩,也到河边走走,你俩洗衣?"

一位邻居大妈说:"河水好清啊,几下子就把衣服洗干净了,我家今天洗被子,不来河边洗不行。"

路润说:"河水是流动的,洗衣干净!"

这条小河,叫清溪,它从远处的山上流下来,河水清澈,小镇也因它而得名。

路润与两位邻居相遇交谈后,她点点头即与她们擦肩而过。路润在河沿上又往前走了很长的一段路,一抬头,她又看见了远处的那个小山坡,看见山坡上那块突出的孤立的大山石。顿时,她又想到山坡上再去看看那几株她十分喜欢的杜鹃。

路润站在这丛杜鹃的面前,看见这丛杜鹃经过春夏长时间的开放后,一些老的花朵早已凋零。路润靠近它们后又俯下身低下头仔细地观看那些花枝,她看见在这丛杜鹃的许多枝头上已有许多的新花蕾形成,它们如绿豆一样的细小,密密地藏在许多枝叶之间。

这么多的花蕾,在下一个春天,这丛杜鹃花将会开得多么美丽啊!

路润心中感叹。

吃过中饭,路润上床躺了一会儿,因为思考,她没有睡着。路润便又起床写了一段。这时,女儿路晶晶来了。晶晶看见桌上有好几页稿纸,说:"妈,今天你又写了?写回忆录,不要太急,可以一边休息,一边玩玩,每天缓慢地进行。"

路润抬起头说:"写作是需要灵感的,回忆起来的片断要赶快记下来,不然会忘记,又要重新再想。"

路晶晶站在桌边说:"妈,今天是周六,我来帮你打扫卫生,洗衣服。"

路润问:"徐林出差回来了吗?你今天到我这里来,你儿子单独在家行吗?"

路晶晶说:"徐林打电话说明天上午到家,孩子正在家中做作业,不用我操心。晚上,如你不放心,我可以把孩子接过来。"

路润连忙说:"孩子还小,单独一个人在家不行,你赶快回去吧,今天这里不用你帮忙,你在这儿影响我写文章,你还是走吧。"

路晶晶见母亲催她走,她把带来的几样菜放进了碗橱,又把桌椅上的灰尘擦净,随后进卧室找了几件脏衣服放进脸盆准备清洗。路润见了走过去制止:"这几件衣服还要穿,今天不洗。你回去吧,孩子小,一个人在家不安全,明天徐林回来了,你再来。"

路晶晶知道母亲在写文章,怕干扰。她依了母亲,整理好房间后,又把母亲的晚饭做好说:"妈,今天你不让我留在这儿,我明天上午再来。妈,你的心脏不太好,别太累着。晚饭已经做好了,你等会儿趁热吃了吧。"

路润笑着说:"好女儿,谢谢你!"

路晶晶回去了。

女儿走后,路润把女儿烧好的饭菜看了看,菜很好,有红烧鱼块、豆腐炒肉片、炒青菜,她高兴地吃了一大碗饭,接着又伏在桌上写起来。文章已写到她与李灿在黄埔江畔的最后离别,存在记忆深处的那些细微碎片,还有思念、难过、不舍让路润的思绪如一匹脱缰的野马,纸上的文字迅速地一行一行地往下延伸,路润眼中的泪水也同时止不住地涌了出来。

晚上九时许,路润停止了这一天的写作,她有点疲倦,能把过去的那些惊险的经历都回忆出来,写出来,路润非常开心。洗好脸以后,路润准备睡觉。

今天真是有些反常,路润躺下后刚眯上眼睛不久就开始做梦。她梦见一条十分繁华的大街道,那是什么地方?是在大上海。路润手中拿了一份刚刚刊发有她文章的报纸,她在人群中高兴地奔跑,有两个穿着黄色衣服的军人跟在她后面追赶:"站住,站住!"他们是日本兵。砰,砰!枪响了,路润听见了枪响,她猛然惊醒,瞬间,路润身上惊出了一身的冷汗。

路润的大脑此时变得特别地清醒,她焦虑地让自己闭上眼睛,可是许多往事此时却如过电影一样在她的脑海中不停地回放,她再也睡不着了。路润又想起了吴霞大姐,上海分手后,路润就再也没有见到过她,不知她现在怎么样了,路润想,吴霞肯定也是牺牲了,不然为什么一直找不到她。还有老丁也找不到,肯定也不在了,在那个艰难的年代,我们的同志死得太多了。路润又想起了在那间小屋中自己在红旗下的宣誓,想起了自己去找老同学林芬的情景,林芬,不知现在她在哪里。路润又想起了在一个公园的长椅上,李灿塞给她的一张纸条,那是一份很重要的情报,路润顺利地把它送走了。路润此时心中又清晰地想起那个她曾经深爱的人,他是个多么好的青年啊。李灿是背着背包来与她告别的,说是要走了,要到根据地去,叫她不要忘记他,叫她一定要等他。他不停地挥手,最后的时候,他们还拥抱了,还亲吻了……林边,最后只剩下他那高高的身影。

今天晚上是怎么回事?我怎么尽想这些往事!路润有些埋怨自己。路润再次躺下后,她又看见了那个熟悉的缝纫小店,店中有一位她时常联系的缝纫工大姐,路润正与大姐在交谈,一大群穿着黑衣的侦缉队员竟然冲进店里了,后店中这时也冲出来好几位同志,激烈的枪弹对射着,有一颗子弹向着路润的左胸急速飞来,她中弹了,左胸立即一阵剧烈地疼痛。路润醒了,她感到左胸前区、左上臂疼痛,她用力地抖动了一下左上臂立即感到胸闷、不能呼吸,一阵冷汗从额头渗出。路润知道是心脏病发了,床头柜内就有治疗心脏病的药物,路润用力地翻身去拉床头柜的抽屉,她刚刚伸出左臂,却突然失去了知觉。

第二天,天气更好,又是一个大晴天。这一天是星期天,徐林半上午就回来了,路晶晶做好自己家中的一些小家务后,又给丈夫、孩子准备好中饭,然后,她用饭盒装上了两样专门为母亲做的好菜:母亲很喜欢吃的大蒜炒腊肉和山粉圆子烧肉。路晶晶兴冲冲地提着小竹篮往母亲家中走去。

院内屋檐下的铁丝上还挂有母亲的一件旧毛衣,路晶晶顺手把毛衣收下,放在腋下夹着。她推门进去,感觉室内很安静,母亲不在院内,也不在厅室,路晶晶急忙推开母亲卧室的房门。

母亲竟然还躺在床上,路晶晶快步走了前去,大声喊:"妈!你怎么还不起床!"

母亲一动不动,没有回应,路晶晶她回头一看,母亲侧卧在床上,她的一只手拖在床沿,路晶晶大惊!她掀开了被,母亲身体已经冰凉!

小竹篮掉在地上,夹在腋窝下的毛衣也掉了下来,路晶晶猛扑到母亲的身上大声地哭喊起来:

"妈妈,你怎么会这样?"

三天后。

路家还活着的三位兄妹均从全国各地赶到了宁川清溪镇路润家中。

路晶晶的姨妈路莲第一个到达,见到了侄女路晶晶,路莲伤心地问:"你妈妈前些日子好得很,怎么突然去世了呢?"

路晶晶抹着眼泪说:"那天白天她还很好,她有心脏病,可能是夜间病突然发了,就突然走了。我真后悔,那天正好是周六,我是应该来陪她过夜的,可是那天,她不让我留下来。"

路莲含着眼泪说:"你母亲是个心中有坚定信仰并为之奋斗了

一生的老共产党员,她肯定是出现了突然的情况,不幸去世了,你母亲生前有安排吗?"

路晶晶说:"妈妈曾对我说过,如她有突然情况,要我把她补发工资的一半,作为她的党费上交给国家。她早已写好了遗书,放在抽屉中。"

路莲用手绢擦着泪眼说:"你妈妈这样的安排很好!"

第二天,路莲陪着侄女路晶晶找到县委组织部的同志,按照路润写好的放在抽屉内的字条的嘱托,路莲和路晶晶代表路润向党组织上交了一万两千元的党费及部分已经写好的革命回忆录。

县委组织部长郑重地接下了这一笔数字不小的党费。他说:"路润同志是我党的好战士,她的英勇事迹,我们从她的档案材料中早就知道了。她是我党隐蔽战线上的一位无名英雄,国家和人民将会永远记住她!"

宁川县这一带曾经也是革命老区。在这座老县城周围曾先后发生过许多次激烈的战斗,在县城郊外不远处也有一座山,山上已建有革命烈士陵园。有许多牺牲在土地革命时期的红军战士、抗日战争时期的抗日战士、解放战争时期的解放军战士都安葬在这里。县委组织部的领导同志结合上级文件精神,决定让路润同志的遗体安葬在这座革命公墓中,以方便后人能够永远地瞻仰,向她学习。

这天是个好日子,县委的几位领导同志,路润家的几位兄妹都来到这座革命烈士陵园。在一处朝南向阳的半山坡上,几位年轻的同志正在帮助铲土,在已修建好的墓围前,一块乳白色的大理石墓碑上方刻印有一个红色的五星,下面是"路润同志永垂不朽"八个大字。路家的几位兄妹全部帮助扶着墓碑,路晶晶和她的大君徐林难过地跪在一旁。

又有几个青年走过来,也在旁边帮助铲土和填土,并把墓碑压实。

路润的小妹路莲,穿了一身黑衣,她一边流泪一边用一块白绸布擦拭墓碑上的浮灰。路莲一边擦一边低声地说:"大姐,你的一生走得太累了,今天你终于可以安息了!"

墓碑终于安放好了。

县委的一位领导同志走到墓前,大声说:"同志们,立正!让我们向英勇的路润同志致敬!默哀!"

路家三位兄妹,低着头环站在墓碑前。今天,分别已几十年的一家几位兄妹终于整齐地在路润的坟墓前聚集了。许多年不见,却在这种环境下见面了,这让他们无比地难过!泪水布满了每个人的面颊。

路家的几位兄妹与县委的同志一一握手。几位老人都已年迈,他们不断地向县委的同志们鞠躬,并不停地说:"谢谢!谢谢领导!谢谢政府!"

县委的领导同志很是感动,他握住路家兄妹们的手说:"路润是我党的一位好女儿,是我党秘密战线上的一位好战士,党和人民会永远记住她!"

仪式结束后,路家兄妹送走了县委的领导同志。路莲已经花白的短发散乱地披在面颊边,她难过地坐在姐姐的墓前仍不忍离去。大哥路春见了,他从口袋中掏出一张字条说:"昨晚我整夜思索,辗转难眠,凌晨起床写了几个字,现在念给大家听听。"

路润的大哥路春,他已经七十好几,头发全白了,但保养得很好。今天他穿了一身黑衣,胸前带了一朵白花。路春十分地幸运,他进了战犯管理所后不久,管理所领导依据国家政策,在宁波帮他打听到他的妻儿下落。路春的妻子杜娟,因挂念路春,在最后时刻,她没有同意跟随自己的哥哥杜明辉一家去台湾,她带着儿子路小春一块躲起来了,最终留在了宁波。1959年新中国成立十周年大庆时,路春、何文义、宋敏都幸运地得到了政府的特赦,他们从战犯管理所出来后不久都被安排了工作,路春后来还进了政协。路春终于与自己的妻儿团聚了,他的儿子路小春长大后,在姑姑们的教导下,走了一条与父亲完全不一样的道路。他考进了一所工业大学,成了一名电机工程师,正在用自己的技术专长为国家服务。

听到了大哥的话,路莲从地上站了起来,她用手指梳整了一下自己的乱发与大家一起在路润的墓前站齐。路春含着热泪慢慢地念着字条:"路润妹妹,你在天有灵!当年中国的革命大潮汹涌,在大潮的奔涌之中,我们一家兄妹五人有四人走上了革命之路。在革命大潮的裹挟中,我在河滩上搁浅了,妹妹你曾被卡在河的弯道中。而路夏,我们的好弟弟,他被大潮吞没了,牺牲了。只有小妹路莲,她顺利地到达了革命大潮的彼岸!妹妹,你当初的革命理想今天在中国已经完全实现,你所向往并参加的中国共产党已经取得了中国革命的完全胜利,已经改变了中国的历史,并建立起一个全新的伟大的国家,现在大家正在进行国家建设。妹妹,今天你终于可以安息了!安息吧,好妹妹!"

路春手中拿着写好的字条,他深情地念着字条上的话语,他一边念一边回忆一些往事,在他的面前浮现出许多往日的场景:在黄埔军校门前,路春和许多身穿军装的青年端着步枪从校门前急促地跑过……在农村,许多农民举着镰刀、标枪向前奔涌……在工厂,许多工人戴着红袖章、举着标语,拥上街头……在战场,许多中国军人与日本鬼子正在进行殊死搏斗……

路春在墓前念完了,接着路莲也动情地说:"姐姐,在当时的革命形势下,在中国,像我们这样的家庭,有成千上万。今天,我们的党已经取得了伟大的成功,建立了伟大的共和国,共和国不会忘记为其战斗过的每一位战士,不论他是有名的英雄,还是无名的英雄!姐姐,你为党工作、奉献、奋斗了一生,你是党的好女儿!你安息吧!"

路春念完了悼词,路莲也与姐姐说完了心中的话,墓前所有的人又一次低头齐声说:"安息吧!路润!"

安息吧!路润!远处似乎仍有人也在低声地吟诵:

人民不会忘记你!

共和国不会忘记你!

你的平凡的英勇的故事,将会被人们永远铭记!

吟诵的余音低沉,它在墓园上空久久地萦绕、回荡。

后　记

　　我的本职工作非常繁忙，为什么我在业余及退休后又写了许多文学作品呢？那是因为我热爱文学并曾一次又一次地被感动。
　　年幼时，家中极度贫困，十分感谢国家在我读初一时就给予我帮助，每月三元助学金，它在当时可以买一百五十碗稀饭。我每月上交两元给妈妈，留下一元看小人书。我学习很好，不需复习。那时每天下午放学后我常去校门口龙门高坡上一家书店看小人书，一分钱看两本。后来，我渐大，又改看了文字书，上课看、走路看，书越看越厚，到大学毕业时，我已阅读了不少的中外名著。从此，我迷上了文学。1983年我在上海一所大学再次进修时，被一位青年的奋斗精神所感动，萌生为他呐喊的念头。那天晚上，我走到这所大学的一间大型阶梯教室最高最后最边缘的一个座位上坐下，开始了我的人生第一篇文学稿试写。从此，我打开了文学圣殿的大门，这扇门打开以后，就没有再关上。1987年后，我业余时间在一些杂志、报纸上发表了许多散文及故事。2014年初我出版了一本散文集《迷惘的夏天》。2014年底，那天是周六，我下班后上街去买新年挂历，在八路车站台上等车时我偶然遇到了一位老同学。

在和老同学短暂的交谈中,我获知有三位同学中风了,这消息震惊了我,也让我顿时萌生了立即停止工作的念头。为了不辜负自己一生对文学的热爱及付出的许多辛劳,我需要为自己留点时间,去实现我人生中的一个久远的梦,那就是:我想写一两本书。

因工作的需要及单位安排,我曾多次下乡深入大别山革命老区的农村去工作。在那些地方,我有机会接触到一些革命者的历史故事,并被深深地感动。其后在工作之余及退休后,我又大量阅读了中国革命者的一些资料,被许多有名的无名的英雄的光辉事迹深深地感动。旧中国太落后太贫穷了,在已经过去的八九十年前,在那风起云涌的革命年代,中国革命大潮汹涌澎湃。无数的热血青年被这革命大潮所吸引,许多赤贫的工人、农民被动员起来了,许多年轻的知识分子、许多富家子弟青年也被吸引、被鼓舞、被动员参加进来了,他们投身到抵抗日本侵略者、推翻半封建半殖民地旧中国的伟大的革命洪流之中,他们创造了许多可歌可泣的感人故事。他们中间有些人还率先把家中财产分发给穷人,还有一些人为了心中的信仰、为了革命默默地贡献出自己宝贵的生命。他们不仅是中国革命中的一名英勇的战士,其中还有不少人后来还成长为中国革命的领导者。

中国共产党人经过二十八年的奋斗,最终取得了反帝、反封建、反官僚资本主义的新民主主义革命的伟大胜利!

今天,我们已经过上了衣食无忧的幸福生活,为了感谢党和人民对我的培养,我想用我手中的这支笔给那些为共和国的诞生做出巨大贡献的有名英雄、无名英雄写点文字,以展示他们的无悔信仰,展示他们在公开及隐秘战线上所树立的无言丰碑!

历史记得他们!

让我们的时代永远地铭记!

中国革命有许多讲不完的好故事!《大潮奔涌》是我喜爱的一部书,希望广大读者也能喜爱它。

感谢黄德应同志提供了许多宝贵的相关革命历史、军事资料!

感谢白丽同志的大力支持,提供了打字协助!

谨以此书献给那些在公开的及隐秘战线上默默奉献的英雄!